江南大学校级教改课题"思政课跨学科教研学能效提 《概论》为例"(课题号:JG2021178)

传统家书家训
与当代家庭教育品读

魏云豹　刘　耀　编著

吉林大学出版社
·长春·

图书在版编目（CIP）数据

传统家书家训与当代家庭教育品读 / 魏云豹，刘耀编著. --长春：吉林大学出版社，2024.12. -- ISBN 978-7-5768-4241-8

Ⅰ.I262；B823.1-49

中国国家版本馆 CIP 数据核字 20242T2G20 号

书　　名　传统家书家训与当代家庭教育品读
　　　　　CHUANTONG JIASHU JIAXUN YU DANGDAI JIATING JIAOYU PINDU

作　　者　魏云豹　刘耀
策划编辑　李承章
责任编辑　白羽
责任校对　李承章
装帧设计　贝壳学术
出版发行　吉林大学出版社
社　　址　长春市人民大街 4059 号
邮政编码　130021
发行电话　0431-89580036/58
网　　址　http://www.jlup.com.cn
电子邮箱　jldxcbs@sina.com
印　　刷　华睿林（天津）印刷有限公司
开　　本　787mm×1092mm　1/16
印　　张　21
字　　数　380 千字
版　　次　2024 年 12 月　第 1 版
印　　次　2024 年 12 月　第 1 次
书　　号　ISBN 978-7-5768-4241-8
定　　价　98.00 元

版权所有　翻印必究

目 录

导论　传统家书家训中的家庭教育智慧……………………………（1）

第一部分　家书家训品读·道德修养篇

《诫伯禽书》（节选）……………………………西周·周公（11）
《诫子歆书》………………………………………西汉·刘向（14）
《女训》（节选）…………………………………东汉·蔡邕（17）
《戒子益恩书》……………………………………东汉·郑玄（20）
《诫子书》…………………………………………三国·诸葛亮（24）
《诫子书》…………………………………………三国·王修（27）
《训子孙遗令》……………………………………魏晋·王祥（30）
《诫子书》…………………………………………魏晋·羊祜（33）
《手令诫诸子》……………………………………魏晋·李暠（36）
《诫子孙书》………………………………………南北朝·杨椿（40）
《颜氏家训·名实第十》…………………………南北朝·颜之推（45）
《贻诸弟砥石命》…………………………………唐·舒元舆（51）
《诫子弟书》………………………………………唐·柳玭（56）
《族谱后录下篇》（节选）………………………北宋·苏洵（61）
《与徐仲仁》………………………………………明·王阳明（66）
《家训》……………………………………………明·高攀龙（70）
《示儿帖》…………………………………………明末清初·陈确（79）

1

第二部分　家书家训品读·劝学治学篇

《手敕太子文》……………………………………西汉·刘邦（85）
《与子琳书》………………………………………西汉·孔臧（88）
《诫子书》……………………………………南北朝·王僧虔（91）
《颜氏家训·勉学第八》（节选）………………南北朝·颜之推（96）
《符读书城南》………………………………………唐·韩愈（107）
《诲侄等书》…………………………………………唐·元稹（111）
《与长子受之》……………………………………南宋·朱熹（115）
《纪先训》（节选）…………………………………南宋·杨简（119）
《示儿书》（节选）……………………………………明·周怡（126）
《示季子懋修书》……………………………………明·张居正（130）
《与舍弟书十六通》（其二）………………………清·郑板桥（134）
《为学一首示子侄》…………………………………清·彭端淑（138）
《复长儿汝舟》（节选）……………………………清·林则徐（141）
《资敬堂家训·卷上》（节选）………………………清·王师晋（144）
《曾国藩家书》（其二）（节选）……………………清·曾国藩（148）
《致孝威、孝宽》……………………………………清·左宗棠（153）
《致儿子书》…………………………………………清·张之洞（159）

第三部分　家书家训品读·生活态度篇

《诫子俭葬书》………………………………………三国·沐并（165）
《与从弟君苗君胄书》………………………………三国·应璩（169）
《诫子崧书》………………………………………南北朝·徐勉（172）
《戒子拾遗》（节选）…………………………………唐·李恕（177）
《遗令诫子孙》………………………………………唐·姚崇（181）

《狂言示诸侄》………………………………… 唐·白居易（187）
《柳氏叙训》…………………………………… 唐·柳玭（190）
《戒从子诗》………………………………… 五代北宋·范质（201）
《告诸子及弟侄》（节选）………………… 北宋·范仲淹（208）
《训俭示康》………………………………… 北宋·司马光（210）
《放翁家训》（节选）……………………… 南宋·陆游（215）
《庞氏家训·禁奢靡》……………………… 明·庞尚鹏（222）
《药言》（节选）…………………………… 明·姚舜牧（225）
《了凡四训·积善之方》（节选）…………… 明·袁黄（229）
《朱柏庐先生劝言》（节选）……………… 明末清初·朱柏庐（235）
《家训》…………………………………… 明末清初·王命岳（241）
《训诸子书》………………………………… 清·纪晓岚（246）
《答甘林侄》………………………………… 清·龚未斋（249）
《谕纪泽、纪鸿》（节选）………………… 清·曾国藩（251）
《致敏弟》…………………………………… 清·胡林翼（255）

第四部分　家书家训品读·人际交往篇

《诫兄子严敦书》…………………………… 东汉·马援（261）
《诫兄子书》………………………………… 东汉·张奂（264）
《戒弟纬》…………………………………… 三国·刘廙（266）
《诫子侄文》（节选）……………………… 三国·王昶（269）
《与子俨等疏》……………………………… 魏晋·陶渊明（273）
《颜氏家训·慕贤第七》（节选）………… 南北朝·颜之推（276）
《诫子孙》…………………………………… 北宋·邵雍（280）
《家训》（节选）…………………………… 宋·江端友（282）
《省心杂言》（节选）……………………… 宋·李邦献（284）
《袁氏世范·处己》（节选）……………… 南宋·袁采（288）
《童卯须知·朋友篇》……………………… 南宋·史浩（298）

3

《家训》（节选）……………………………………南宋·朱熹（301）
《寄诸弟》（节选）…………………………………明·王阳明（304）
《孝友堂家训》（节选）…………………………明末清初·孙奇逢（307）
《治家格言》（节选）……………………………明末清初·朱柏庐（310）
《聪训斋语》（节选）………………………………清·张英（314）
《杭州韬光庵中寄舍弟墨》…………………………清·郑板桥（318）
《训大儿》……………………………………………清·纪晓岚（322）
《致诸弟》（节选）…………………………………清·曾国藩（324）

参考文献………………………………………………………（327）

后记……………………………………………………………（329）

导论　传统家书家训中的家庭教育智慧

家是最小国，国是千万家。家风家教建设既是家事，也是国事。历史和现实反复证明，良好的家风、家教和家庭建设不仅有利于引导家庭成员遵守家庭道德规范，形成良好的家庭氛围，也能够引领社会好风气，促进社会和谐发展。传统家书家训，无论篇幅长短，都承载着中华文化和中国精神，是中华优秀传统文化的重要组成部分，蕴含着深厚的家庭教育智慧。这些智慧，穿越时空的界限，至今仍对我们的家庭教育产生着深远的影响。

一、传统家书家训的历史起源和发展

家训，这一承载着家族智慧与道德规范的瑰宝，自古以来便以多种形式流传于世，它不仅被尊称为"家范""家规""家诫"，还常以"家仪""治家格言"等雅称出现。这些家训，如同家族血脉中的精髓，通过专书、训诫、书信、诗歌、散文等丰富多彩的方式，跨越时空的界限，代代相传，熠熠生辉。

一般来说，最为系统、详尽的家训往往以专书的形式呈现，如《颜氏家训》《温公家范》《放翁家训》《郑氏规范》《庞氏家训》《了凡四训》《朱柏庐治家格言》等。这些专门的家训之作不仅涵盖了家族成员应遵守的行为准则，还融入了深厚的文化底蕴和哲学思想，成为后世学习的典范。例如，《颜氏家训》中"吾见世间，无教而有爱，每不能然；饮食运为，恣其所欲，宜诫翻奖，应呵反笑，至有识知，谓法当尔。骄慢已习，方复制之，捶挞至死而无威，忿怒日隆而增怨，逮于成长，终为败德"，深刻批判了过度溺爱孩子的家庭教育方式，揭示了其危害性。

诫书和家书也是传统家训呈现的一种形式。在日常生活中，长辈们常以诫书或家书的形式，对晚辈进行言传身教。这些文字虽简短却意味深长，往往能直击人心。如曾国藩在给儿子的信中写道："家勤则兴，人勤则俭；能勤能俭，永不贫贱。"这句话深刻揭示了勤俭与个人、家庭之间的密切联系，昭示了勤俭对于个人和家庭的重要性。

此外，家训还常常以诗歌、散文等文学形式出现，这些作品以其优美的语言、深邃的意境，让后辈在品味中领悟家族的精神传承。如宋代陆游的《示儿》："死去元知万事空，但悲不见九州同。王师北定中原日，家祭无忘告乃翁。"诗中虽未直接提及对儿子的训诫，但那份对国家的忠诚、对后代的期望，无疑是家族精神的重要体现。

在漫长的历史长河中，家训通过规范家族成员的行为举止，塑造了一代又一代人的品格与价值观。许多优秀的家训思想甚至已经超越了家族界限，成为全社会共同遵循的道德规范。

家训的历史渊源可追溯至先秦时代，随着家庭的诞生与演进，为了指导后代如何在社会中立足，家训作为一种家庭教育手段逐渐确立起来。总体上说，先秦时期的家训，还只停留在口头训诫上，是作为家长对子女就某一问题的训示或家教实践中父母对子女的一种教诲，严格意义上系统而完整的居家之"训"尚未出现。

最早的家训是哪一条，在学界是存在争议的。但根据史料记载，周初王室的家训可谓真正开中国传统家训先河。如周文王遗命武王的《保训》、周文王的《诏太子发》、周公旦对长子伯禽的训诫等，都是早期家训的呈现。这一时期的家训多散见于经典文献之中，如《尚书》中的训诫之辞、《周易》中的家庭伦理思想、《诗经》中的家教诗篇，等等。这些家训内容虽然简略，但已初步体现了对家庭成员品德修养、家庭和谐以及子女教育的重视。这些家训建构了传统家训的大致框架，为我国古代家庭教育的发展奠定了坚实的基础。

作为真正意义上居家之"训"的全面而系统的家训，是伴随儒家文化的兴盛而逐渐形成的。随着汉初"罢黜百家，独尊儒术"的思想大一统，儒家思想逐渐成为社会主流思想，深受儒家思想影响的家训开始系统化发展。一方面，人们开始自觉地教子传家，出现了"家教""家约""家训""家诫""家声"等基本的家训概念以及家书、遗嘱等新的家训形式；另一方面，家训实现了口头训诫到文献形式的全面转化，在内容上显现出儒家思想影响加深和封建礼教强化的趋势。在这一时期，家训的形式和内容逐渐丰富和完善，如刘邦的《手敕太子文》以自身的亲身经历对太子刘盈进行教导，强调了要勤奋读书、善于任用贤能，并努力治理好天下的重要性，体现了对太子品德修养和政治才能的期望；孔臧的《与子琳书》则强调了勤奋学习和立志成才的重要性；班昭所著的《女诫》一书更是我国第一部专门的女教著述，以《卑弱》《夫妇》《敬顺》《妇行》《专心》《曲从》《和叔妹》七篇专章，阐述了女子在家庭和社会中应遵循的道德规范和行为准则。这些家训著作的出现，标志着家训文化开始走向成熟。

我国历史上第一部内容丰富、体系完整的家训是南北朝时期颜之推创作的《颜氏家训》，成书于隋文帝灭陈国以后。当时社会动荡不安，世家的兴起使传承后世子孙的家训著作开始迅速增多，其种类齐全，空前繁荣。这一时期的家训不仅数量众多，而且内容广泛，涉及教子、兄弟、治家、慕贤、勉学等多个方面。在这种背景之下，《颜氏家训》开创了"家训"这一文学体裁的先河。由此，《颜氏家训》享有了"古今家训，以此为祖"的美誉。作为我国历史上第一部完整的家庭教育教科书，它的出现也标志着传统家训的成熟。这部作品共有七卷二十篇，内容广泛，涉及家庭教育、道德修养、学习方法、为人处世等多个方面，不仅为后世的家庭教育和道德修养提供了宝贵的参考，同时也为研究南北朝时期的历史和语言文学提供了重要的资料。

隋唐时期，家训文化继续发展。这一时期的家训著作不仅继承了前人的优秀成果，而且在内容和形式上都有所创新。如唐代李世民的《帝范》就是一部专门训教皇子皇孙的著作，它强调了为君之道和治国理政的智慧。

宋元以后，随着社会的稳定与文化的蓬勃发展，家训的发展也出现了前所未有的繁荣，达到了鼎盛时期。一方面，家训的范畴不再局限于针对具体问题的即时训教，而是拓展为对一个人终身成长及家族世代传承具有普遍指导意义的规范性家范，这些家范的涌现标志着家训制度的成熟与深化；另一方面，家训在内容、形式及其教化实践层面均经历了显著的变革，逐渐跨越了家族界限，实现了社会化转型。家训的训诫对象不再仅限于家族内部成员，而是面向全社会，成为训诫与引导大众的重要力量。

这一时期的家训著作不仅数量庞大，而且质量上乘，涌现出了许多脍炙人口的名篇佳作。如宋代的《温公家范》《放翁家训》、元代的《郑氏规范》、明代的《庞氏家训》、清代的《朱柏庐治家格言》等，都是家训文化中的瑰宝。这些家训著作不仅内容丰富、思想深刻，而且形式多样、语言生动，深受人们的喜爱和推崇。

随着近现代社会的深刻变革及西方文化的强烈冲击，传统家训文化逐渐淡出了公众的视野。晚清以降，伴随着社会、政治危机的日益加重，思想文化领域的风云激荡，传统伦理道德观念遭遇了前所未有的挑战与批判，儒家思想的统治地位摇摇欲坠。在这样的时代背景下，家训这一承载传统儒家伦理道德传承的重要载体，也随之步入了日渐凋零的黄昏。林则徐、曾国藩、胡林翼、左宗棠、李鸿章、张之洞等晚清名臣的家书，可谓传承千百年的家训著作的最后一个高峰，通过家书的灵活形式，巧妙地融入了诸多新颖的教育理念与方法，为中国传统家训文化注入了新的活力与生机，使其在历史的长河中重新焕发出耀眼的光芒。

时过境迁，家训文化如今已显落寞，家书这一家训的重要载体也渐趋式微。然而，传统家书家训中所蕴含的对于家庭教育的深切关注与丰富的教育智慧，却如同璀璨星辰，跨越时空的界限，在当代家庭教育中依然闪耀着独特的光芒。

二、传统家书家训中的家庭教育智慧

家书家训作为中华民族传统文化的重要组成部分，蕴含着丰富的家庭教育智慧。这些智慧不仅体现在对子女道德修养的培养上，还涉及劝学治学、生活态度、人际交往等多个方面。

（一）道德修养的培育

以儒家思想为框架的传统家书家训始终注重道德修养的培育。《大学》有云："古之欲明明德于天下者，先治其国。欲治其国者，先齐其家。欲齐其家者，先修其身。欲修其身者，先正其心。欲正其心者，先诚其意。欲诚其意者，先致其知。致知在格物，物格而后知至，知至而后意诚，意诚而后心正，心正而后身修，身修而后家齐，家齐而后国治，国治而后天下平。自天子以至于庶人，壹是皆以修身为本。"修、齐、治、平是传统家书家训中关注的重点，尤其是作为儒家修行的第一步：修身。

传统家书家训中尤其强调立身之本在修德。从周公旦对长子伯禽的训诫中强调"为政以德"到诸葛武侯诫子"静以修身，俭以养德"，再到王修、王祥、羊祜、李昺、杨椿等不断强化立身修德观念，到颜之推的《颜氏家训》中德修观念开始系统化。颜之推主张"礼为教之本"，在家书中虽无专篇论述道德修养之道，但修德之道却贯穿全书始终。如他提到"今不修身而求令名于世者，犹貌甚恶而责妍影于镜也"，强调要内修己身；再比如，他指出"巧伪不如拙诚"，强调了诚信的重要性。再到后来，立身修德，更是成为家训的重要一部分。如袁采的《袁氏世范》专门以"处己"篇，表达了自己对于个人道德修养的一些看法。传统家书家训中关于修德的这些内容，对于教导子孙后代树立正确的道德观念，塑造良好的个人形象，具有重要的意义。

除个人道德以外，传统家书家训也注重家庭伦理和社会道德的培育。家庭是社会的基本单位，因此传统家训中往往包含了对家庭成员之间相处之道的教导。例如，孝顺父母、尊敬长辈、和睦兄弟等观念在许多家训中都有所体现。这些家庭伦理的培育有助于维护家庭和睦，促进社会稳定。同时很多重要的道德规范也成为社会推崇的美德，如"诚实守信""尊老爱幼""忠诚爱国""崇德向善"等等。

总的来说，传统家书家训通过倡导个人品德、家庭伦理和社会道德等的修养，为子孙后代提供了全面的道德教育，帮助他们提升道德修养，更好地立身处世。

一个人的品德是其立身之本，是其未来成就事业、造福社会的基石。在当代家庭教育中，品德教育依然是家庭教育的核心和灵魂。传统家书家训关于道德修养的教育中蕴含着丰富的智慧，为当代家庭中的道德教育提供了宝贵的借鉴和启示。

（二）读书治学的劝教

劝勉子孙勤学苦读，指导后辈读书治学，是传统家书家训的另一个重要主题。儒家修身之道重在学，孔子曾说："吾尝终日不食，终夜不寝，以思，无益，不如学也。"通过学习，尤其是师法古人，一个人的道德、才能、智慧等都能够提升，从而实现自己的人生价值。

读书学习是立身之基、兴家之道。因此，在传统家书家训中，长辈们多是劝导子孙后代要勤学不辍。如《颜氏家训》勉学篇开篇就讲："自古明王圣帝，犹须勤学，况凡庶乎？"元稹教育子侄说："不于此时佩服诗书，以求荣达，其为人耶？其曰人耶？"林则徐则告诫儿子："古人仕而优而学，吾儿仕尚未优，而可夜郎自大，弃书不读哉！"他们发出的质问，反映了传统家书家训中对于读书学习的重视，也是对后辈不学无术的担忧。一分耕耘，一分收获。只有勤学苦读，才能保证自身学识、德行的增加。是以，孔臧才会告诉儿子"取必以渐，勤则得多"，韩愈才会在诫诗中提到"诗书勤乃有，不勤腹空虚"，朱熹才会教导儿子"大抵只是勤谨二字"，周怡才会劝诫儿子"读书莫懒惰"，左宗棠才会勉励儿子"读书更要勤苦"，等等。

读书治学讲究方法。因此，很多家书家训中也将劝诫读书学习化为具体的方法指导，借以更好地帮助子孙后代读书治学，精进学业。如《颜氏家训》勉学篇就明确指出，"人生小幼，精神专利，长成之后，思虑散逸，固须早教，勿失机也"，强调早期教育的重要性。在读书方法上，古人或有讲究专注与精进，如强调"学贵专门"；或有提到博览群书，如杜甫的著名诗句"读书破万卷，下笔如有神"。这两种观点在传统家书家训中都有体现，如《曾国藩家书》中就提道："若但当读一人之专集，不当东翻西阅。"其鼓励学习者应专注于某一领域或主题进行深入学习，而不是浅尝辄止或贪多求全。《聪训斋语》所言："毋贪多，毋贪名；但读一篇，必求可以背诵，然后思通其义蕴，而运用之于手腕之下。"其强调读书不能囫囵吞枣，需要明明白白、彻彻底底地掌握书中的精髓。此外，如王师晋《资敬堂家训》中的"读五经四子书，须要句句体认"和郑板桥家书中的"读书以过目成诵为能，最是不济事"，都是持有同类思想的学习方法指导。然而，颜氏家训则认为"夫学者贵能博闻也"。颜之推认为，"夫明六经之指，涉百家之书，纵不能增益德行，敦厉风俗，犹为一艺，得以自资"。这里就是强调要博览群书，广泛涉猎。其实二者之间也非绝对对立，广泛阅览强调的是学习的广度，而专一精进强调的是学习的深度，二者实际上缺一不可。

除此之外，很多传统家书家训中也专门进行读书写作的具体方法指导，尤其是一些家书更是如此，如曾国藩在家书中提到，"读书之法，看、读、写、作，四者每日不可缺一"；左宗棠在家书中也指出，"读书要目到、口到、心到"。

读书是获取知识最直接、最有效的途径之一。读书学习不仅是知识的积累，更是心灵的滋养、思维的启迪和人格的塑造。因此，传统家书家训十分重视对子孙后代的学习劝进和学习方法的指导。这种家庭教育中对于读书学习的重视，至今仍然值得借鉴学习。

（三）生活态度的引导

《菜根谭》有言："宠辱不惊，看庭前花开花落；去留无意，望天上云卷云舒。"这句话教导人们在生活中要保持一颗平常心，不以物喜，不以己悲，追求内心的平和与宁静。这种超脱的生活哲学，不仅有助于个人心态的调整，也是构建和谐家庭、和谐社会的基石。传统家书家训也十分注重生活态度的指引，尤其是在治家问题上，大多提倡勤俭持家，积善行德，为子孙后代积累福报。

勤俭，自古以来便是中华民族的传统美德，它不仅是一种良好的生活作风，更是持家兴业、绵延福泽的不二法门。早在《尚书》《左传》《周易》等古典文献中，就有关于勤俭的深刻论述，如《尚书·大禹谟》中的"克勤于邦，克俭于家"，强调了在国家事务上勤劳、在家庭生活上节俭的重要性。在传统家书家训中，勤俭的理念更是始终贯穿其中。从早期的节葬俭葬之风，到后期的尚节俭、禁奢靡，人们普遍把勤俭的理念代代相传。沐并的《诫子俭葬书》、姚崇的《遗令诫子孙》、陆游的《放翁家训》，都不乏节葬俭葬的训诫。这是他们留给子孙后代的节俭生活作风诫勉。"一粥一饭，当思来之不易；半丝半缕，恒念物力维艰"，朱柏庐的这句格言，是对传统勤俭美德最生动的描绘。"天下之事，常成于困约，而败于奢靡"，陆游的这句家训揭示了奢靡生活带来的危害。"人须俭约自持，不可恃产浪费"，姚舜牧的这句诫言，是对每一个人的人生警示。

勤俭，意味着生活的简单。因此，传统家书家训中尤其强调要淡泊自持，甘于简朴。箪食瓢饮，这是颜回甘于简朴的真实呈现，也是无数长辈对于子孙后代的希望。司马光说"众人皆以奢靡为荣，吾心独以俭素为美"，庞尚鹏言"淡薄能久，宾主相欢，但求适情而已"，朱柏庐讲"人皆以薄于自奉而不爱其生，而不知是乃所以养生也"，都是对简朴生活的追求和赞美，也是简朴家风传承的典范。

除勤俭生活外，传统家书家训还注重引导子孙后代积善行德，乐施好善。其中佼佼者，莫过于被誉为"中国第一善书"的《了凡四训》。其提出的积善十则：与人为善、爱敬存心、成人之美、劝人为善、救人危急、兴建大利、舍财作福、护持正法、敬重尊长、爱惜物命，至今仍不失为引导子女向善的重要方法。

在传统家书家训中，也不乏引导子孙后代热爱生活、知足常乐、积极向上等内容，如胡林翼告诉弟弟"是可知人苟常存知足之戒，自无不快之怀"等。

这些良好的生活作风和积极的生活态度，不仅有助于优良作风的形成和个人心态的调整，也有助于引导人们形成积极、健康、向上的生活态度，助力家庭的和谐与兴旺发达，对当代家庭教育具有重要的借鉴意义。

（四）人际交往的规范

人的一生立身处世，离不开各种人际关系的处理。"独学而无友，不如不学也"，这是孔子对于读书交友的看法。因此，在传统读书人的观念中，交友是一大重事。但友有好坏之分，交友不慎，易入歧途。因此，传统家书家训特别注重教导子孙后代择友要慎。故《袁氏世范》中提及，"与人交游，须择其善者，能补益吾身者"；朱熹在《与长子受之》中告诫儿子要交"敦厚忠信，能攻吾过"的"益友"，而不要交"谄谀轻薄，傲慢亵狎，导人为恶"的"损友";《曾国藩家书》中提到"择友则慎之又慎……一生之成败，皆关乎朋友之贤否，不可不慎也"，等等。

人与人的关系处理，往往有着很多原则和规范。家人之间、朋友之间以及与陌生人之间，都需要遵守一定的规范。因此，传统家书家训强调要以诚待人，宽以待人，谦恭待人。

诚信为本，孔子说，"人而无信，不知其可也"。因此传统家书家训中认为与朋友交往应言而有信，强调诚实守信是人际交往的基石。如王祥《训子孙遗令》中讲到"夫言行可覆，信之至也"，《颜氏家训》中提到"有所许诺，纤毫必偿，有所期约，时刻不易，所谓信也"以及"人而无信，百事皆虚"，等等。

宽容是一种美德，能够化解矛盾、增进友谊。因此传统家书家训中强调在人际交往中应宽以待人，不斤斤计较。王祥讲"行止与人，务在饶之"，袁采说"与人交游，若常见其短而不见其长，则时日不可同处。若常念其长而不顾其短，虽终身与之交游可也"，都是主张待人以宽厚，在人际交往中，要能尊重他人的差异和意见，学会包容他人的不足和错误。

谦恭谨慎既是一种道德要求，也是人际交往中的一大法宝。因此传统家书家训中常常提到要谦虚待人，说话做事需谨慎。如王修讲"左右不可不慎，善否之要，在此际也"，羊祜言"恭为德首，慎为行基"，杨椿提出"无贵无贱，待之以礼"，都是强调要谦逊待人，谨慎行事。

良好的人际关系是一个人立身处世的关键，传统家书家训中蕴含了丰富的人际交往智慧，这些智慧不仅体现了古人的道德观念和生活哲学，也对当代家庭教育具有重要的指导意义。

传统家书家训，作为中华民族珍贵的文化遗产，不仅是沟通家族情感的桥梁和纽带，也是中华文化传承与传统美德弘扬的坚实基石，其中蕴含着丰富的家庭教育智慧。这些智慧不仅涵盖了道德修养、劝学治学、生活态度、人际交往等多个方面，而且还远远不止于此，它们构成了传统家书家训的核心内容，为后世子孙提供了宝贵的人生指导和道德标尺。

在日新月异的现代社会中，我们更应珍视这份文化遗产，深入探究其家庭教育的精髓、理念和方法，让传统家书家训中的智慧在新时代绽放出新的光芒，持续引领我们迈向更加辉煌的未来。

第一部分

家书家训品读·道德修养篇

《诫伯禽书》（节选）

西周·周公

原　文

君子不施其亲，不使大臣怨乎不以。故旧无大故，则不弃也，无求备于一人。

君子力如牛，不与牛争力；走如马，不与马争走；智如士，不与士争智。

德行广大而守以恭者，荣；土地博裕而守以俭者，安；禄位尊盛而守以卑者，贵；人众兵强而守以畏者，胜；聪明睿智而守以愚者，益；博文多记而守以浅者，广。去矣，其毋以鲁国骄士矣！

译　文

有德行的人不会怠慢他的亲戚，也不会让大臣因为没有被任用而抱怨。对于老臣老部下，如果没有重大的过失，就不要抛弃他们，也不要对一个人求全责备，因为没有人是完美无缺的。

有德行的人，即使力量像牛一样强大，也不会与牛去比力气；即使跑得像马一样快，也不会与马去比赛跑步；即使智慧像士人一样高超，也不会与士人去争比智慧。

德行广大的人能够保持谦恭的态度，这样的人会获得荣耀；土地广阔富饶的人能够节俭持家，这样的人会生活得安稳；官位尊贵的人能够保持卑微的心态，这样的人会显得更加尊贵；人多兵强的人能够保持敬畏之心，这样的人会取得胜利；聪明睿智的人能够保持愚钝的态度，这样的人会获得更多的益处；博学多才的人能够保持浅显的心态，这样的人会见识更广。你去吧，到了鲁国之后，千万不要因为身在封地就骄傲自大，怠慢了那里的士人啊！

作者简介

周公,生卒年不详,生活在西周初期(约公元前1100年左右)。姓姬,名旦,亦称叔旦,是周文王姬昌的第四个儿子,武王姬发的弟弟,因其采邑在周,爵位为上公,故称周公旦,简称周公。西周初期杰出的政治家、军事家、教育家。周公历经文王、武王、成王三代,既是西周王朝创建的开国元勋,又是稳定西周统治、促成"成康之治"的主要决策人。相传他制礼作乐,建立典章制度,对后世影响深远。言论见于《尚书》诸篇,被尊为儒学先驱。

家庭教育品读

《诫伯禽书》是周公对儿子伯禽进行告诫的一段话。鲁国是周公封地,武王灭商以后周公受封于鲁,但因为周公要辅佐朝政,一直没有前往封地就封,于是让自己的长子伯禽代为就位,伯禽也成为鲁国第一任国君。《诫伯禽书》就是周公对儿子如何修德的告诫。

"为政以德",周公自己在德行上是一个很好的典范。作为西周开国功臣,周公在常年征战中对德政有着很深的体会,这让他在处理国政时注重推行德政,用德行来要求自己,治国安邦。周公为政的第一大德就是谦虚谨慎。他虽身居高位,作为文王的儿子、武王的弟弟、成王的叔叔,在天下的地位可以说已经非常之高,但是他却为了见宾客"一沐三捉发,一饭三吐哺",只是怕错失了人才。

谦虚谨慎是中华民族的传统美德。这在周公的《诫伯禽书》中体现得尤为明显。

《诫伯禽书》开篇即言:"君子不施其亲,不使大臣怨乎不以。故旧无大故则不弃也,无求备于一人。"这句话深刻揭示了修德之本在于谦恭自守。这段话所揭示的宽以待人、严以律己的态度,是为人修德的第一步。周公以自身的言行作为榜样,告诫伯禽要时刻保持谦逊之心,不骄不躁。

接下来,周公又以牛、马、士为喻,强调有德行的人应懂得谦逊,不与人争强斗胜。真正的强大,不在于外在的力量或智慧,而在于内心的平和与谦逊。这种态度,不仅能使个人保持清醒与理智,更能赢得他人的尊重与信任。

最后，周公以守恭、守俭、守卑、守畏、守愚、守浅阐述了谦虚之德的六个方面，要求儿子要以谦恭的态度自处、保持节俭的生活方式、保持卑微的心态、常存敬畏之心、保持愚钝的态度、时刻自以为不足，这样才能时刻保持谦虚谨慎，做到礼贤下士，虚心向别人学习，从而不断增益自己的智慧与德行。

然而，遗憾的是，伯禽并未能完全践行周公的教诲。他一到鲁国，便不顾当地实际情况，急于改变制度与风俗，虽表面上是在推行周公的德政，实则一意孤行，给鲁国人带来了不小的困扰。

尽管如此，《诫伯禽书》这篇家训仍以其深刻的修德之道，为后世子孙树立了光辉的典范。在如今这个日新月异的时代，家庭教育中更应该注重对子女的道德修养教育，将修德视为子女立身之本、处世之道。家长们应告诫子女：无论身处何种环境、面对何种挑战，都应保持内心的谦卑与敬畏、勤俭与自律、学习与反省。唯有如此，才能在人生的道路上走得更远、更稳、更精彩。

《诫伯禽书》作为中国最早的家训著作之一，对后世家训文化的发展产生了深远的影响。它开中国古代仕宦家训的先河。后世许多家训著作都受到了《诫伯禽书》的启发和影响，形成了丰富多样的家训文化体系。

《诫子歆书》

西汉·刘向

原　文

告歆无忽：

若未有异德，蒙恩甚厚，将何以报？董生有云："吊者在门，贺者在闾。"言有忧则恐惧敬事，敬事则必有善功，而福至也。又曰："贺者在门，吊者在闾。"言受福则骄奢，骄奢则祸至，故吊随而来。

齐顷公之始，藉霸者之余威，轻侮诸侯，亏跂蹇之客，故被鞍之祸，遁服而亡。所谓"贺者在门，吊者在闾"也。兵败师破，人皆吊之，恐惧自新，百姓爱之，诸侯皆归其所夺邑。所谓"吊者在门，贺者在闾"也。

今若年少，得黄门侍郎，要显处也。新拜皆谢，贵人叩头，谨战战栗栗，乃可必免。

译　文

告诫吾儿歆儿，切勿轻视此理：

你并没有特殊的德行，却能蒙受皇恩浩荡，如此优厚之恩泽，你将以何物来报答呢？董仲舒曾言："吊丧的人到了家门口，贺喜的人就会到里门了。"这句话什么意思呢，就是说当你心怀忧虑的时候，就会心生敬畏，从而恭敬地投身于本职工作之中。如此恭敬从事，必将收获善行与功德，福祥亦会随之而来。他又说："贺喜的人到了家门口，吊丧的人就会在里门等候。"这句话又是什么意思呢，就是说当人们享受福运的时候，往往容易变得骄傲奢侈，而骄傲奢侈常常会招来灾祸，所以吊丧的人也就随之而来。

齐顷公刚刚登上王位时，凭借他祖父齐桓公的霸主余威，轻视侮辱诸侯国的使者，甚至让跛足的使者受辱，因此遭遇了鞍之战的灾祸，最后不得不偷偷换掉衣服逃亡。这就是"贺喜的人到了家门口，吊丧的人就会在里门等候"的写照。然而，当他兵败师破，人们都为他感到悲哀之时，他却能够诚惶诚恐，改过自新，于是百姓重新爱戴他，诸侯也归还了因侵袭而夺得的齐国城邑。这就是"吊丧的人到了家门口，贺喜的人就会到里门了"的体现。

现在你还年纪轻轻，就已经担任了黄门侍郎这一显要的职位。新任职的官员都要向你致谢，地位高贵的人也要向你叩头。在如此情境之下，你必须小心谨慎，战战兢兢地处理每一件事情，这样才能确保免于灾祸。

作者简介

刘向（约公元前77年—公元前6年），原名刘更生，字子政，祖籍沛县（今属江苏省徐州市），汉高祖的弟弟楚元王刘交的玄孙。西汉经学家、目录学家、文学家。汉宣帝时，被提拔为谏议大夫。汉元帝时担任大宗正，后因反对宦官弘恭、石显下狱，被免为庶人。汉成帝时，得到重用，任光禄大夫，改名为向，官至中垒校尉，故又世称刘中垒。奉命领校秘书，所撰《别录》，为我国目录学之祖。著《九叹》等辞赋三十三篇，大多亡佚。今存《新序》《说苑》《列女传》等书。

家庭教育品读

《诫子歆书》是刘向写给小儿子刘歆的一封家书，这封家书不仅体现了刘向作为父亲对儿子的殷切期望和谆谆教诲，也蕴含了丰富的家庭教育理念和智慧，值得我们深入品读。

刘歆因受父亲的影响，从小博览群书，学识渊博，被汉成帝召见，待诏宦者署，为黄门郎。由于刘歆初登仕途，刘向担心儿子年少得志、不识深浅、忘乎所以，就写了这封《诫子歆书》以告诫儿子。

在家书中，刘向通篇向儿子讲述的是谦虚谨慎、居安思危的道理。他先是引用董仲舒的名言"吊者在门，贺者在闾；贺者在门，吊者在闾"，来说明福祸相依、祸福相互转化的道理。他告诫刘歆，在得志时不可骄傲自满，要保持清醒头脑，小心谨慎从事本职工作，以免招致祸患。这种居安思危、谦虚谨慎的家教理念，对于培养子女的忧患意识和自律精神具有重要意义。

刘向在对儿子的教育中不仅仅是只讲大道理，他还通过历史故事来强化教育效果。他列举了春秋时齐国齐顷公的典故，来具体说明"满招损、谦受益"的道理。齐顷公初期依仗霸主的余威轻侮诸侯，最终招致兵败师破、遁服而亡的惨痛教训以及后期诚惶诚恐、改过自新，最终重新得到百姓爱戴，众国归还城池的历史转变，正是体现了骄奢必败、谦逊受益的道理。刘向通过这一历史典故，告诫刘歆要牢记古训，保持谦虚谨慎，不可重蹈覆辙。

  刘向这一家书侧重于对儿子品德的教育，谦虚谨慎、居安思危等都是中华民族传统美德的重要组成部分，也是家庭教育中需要教给孩子们的道理。刘向在刘歆初登仕途时就及时写了这封家书进行告诫和提醒，体现了家庭教育中对子女的密切关注和关心，对孩子成长的指导和期望。这对刘歆的后来发展产生了深刻影响。刘歆记住了他父亲的话，一生都保持谦逊，成为著名学者，撰写《七略》《三统历谱》等，被称为"学术界的大伟人"。

  《诫子歆书》不仅是一封家书，更是一份宝贵的家庭教育遗产。它蕴含了丰富的家庭教育理念和智慧，对于我们今天仍然具有重要的启示意义。作为新时代的父母，家长们应该从中汲取营养和灵感，努力培养出品学兼优、德才兼备的下一代。

《女训》（节选）

东汉·蔡邕

原 文

心犹首面也，是以甚致饰焉。面一旦不修饰，则尘垢秽之；心一朝不思善，则邪恶入之。咸知饰其面，不修其心，惑矣。夫面之不饰，愚者谓之丑；心之不修，贤者谓之恶。愚者谓之丑，犹可；贤者谓之恶，将何容焉？故览照拭面，则思其心之洁也；傅脂，则思其心之和也；加粉，则思其心之鲜也；泽发，则思其心之顺也；用栉，则思其心之理也；立髻，则思其心之正也；摄鬓，则思其心之整也。

译 文

心灵就像头和脸一样重要，因此需要非常注重修饰。如果脸一天不洗，就会积满灰尘和污垢；同样，如果心一天不思考善良的事情，邪恶的念头就会乘虚而入。大家都知道要修饰自己的面容，却往往忽视了修养自己的内心，这真是让人困惑啊。脸面不修饰，愚笨的人会说丑；内心不修养，有德行的人却会说是恶。被愚笨的人说丑，或许还可以接受；但被有德行的人说恶，那将如何自处呢？

因此，当我们在照镜子、擦脸的时候，应该想着要让自己的心灵保持纯洁；当我们抹香脂的时候，应该想着要让自己的心灵保持平和；当我们搽粉的时候，应该想着要让自己的心灵保持清新；当我们润泽头发的时候，应该想着要让自己的心灵也保持柔顺；当我们用梳子梳头发的时候，应该想着要让自己的思绪变得有条理；当我们挽起发髻的时候，应该想着要让自己的心灵保持正直；当我们整理鬓角的时候，应该想着要让自己的心灵也保持整齐。

作者简介

蔡邕(公元133年—公元192年),字伯喈,陈留郡(今属河南省开封市)人,权臣董卓当政时拜左中郎将,故后人也称他"蔡中郎"。东汉著名文学家、史学家、书法家、音乐家。蔡邕出身于世家,早年师从太傅胡广,博学多识。他历任平阿县长、郎中、议郎等职。后来因屡次直言进谏,陈述时弊而得罪权贵,被流放朔方郡。董卓掌权后,蔡邕被迫出仕,被强令为侍御史,拜左中郎将,封高阳乡侯。董卓被杀后,蔡邕因感念董卓的厚待而哀叹,结果被牵连入狱,并最终在狱中逝世。蔡邕明经通史,熹平四年(公元175年),他与五官中郎将堂溪典、光禄大夫杨赐、谏议大夫马日䃅等人,奏请正定《六经》文字,得灵帝批准后,蔡邕亲笔书写由工人刻碑立在太学门外,这就是中国第一部石经"熹平石经"(又称汉石经)。后来的儒者学生,都以此为标准经文。蔡邕也是汉代最后一位辞赋大家。他的代表作《述行赋》和《青衣赋》均为汉末著名的辞赋,标志着赋体风格从庄重典雅向通俗清丽的转变,对魏晋时期的文学发展产生了深远的影响。除了通经史,善辞赋,蔡邕的书法造诣也很深,精于篆、隶。尤以隶书造诣最深,名望最高,有"蔡邕书骨气洞达,爽爽有神力"的评价。蔡邕还精通音律,善鼓琴、绘画,且能自制琴曲,如著名的"蔡氏五弄"(《游春》《渌水》《幽思》《坐愁》《秋思》),与三国魏末嵇康创作的《嵇氏四弄》并称九弄,隋炀帝曾把弹奏"九弄"作为取士的条件之一。

家庭教育品读

《女训》是蔡邕为女儿蔡文姬(蔡琰)所写的一部教导用书。蔡邕自身才学渊博,也对女儿的教育十分上心,从小就对女儿进行严格而全面的教育。这篇《女训》即是蔡邕专门为教育女儿修德所著,通过日常生活中的具体细节,如修面、修发等,形象生动地阐述了修心养德的重要性。其核心思想在于告诫女儿,面容的娇柔美丽固然重要,但品德和学识的修养对女人来说更为关键。

《女训》讨论的是外在美和心灵美的问题。蔡邕通过修面与修心的对比深刻揭示了内在修养对于个人成长的重要性。他认为,如果只注重外表的修饰而不注重内心的修炼,那么这种美是肤浅的、暂时的。真正的美丽不仅仅在于外表，更在于内心的纯洁与善良。他教导女儿在日常生活中的每一个细节中都要反思和修养自己的心灵。例如，在照镜子擦拭脸面时，要思考自己的心是否纯洁；在抹香脂时，要思考自己的心是否平和；在搽粉、梳发、挽髻等每一个动作中，都要与内心的修炼相结合，使自己的行为与内心的美好相一致。在当代家庭教育中，父母应该教育子女正确认识外在美和内在美，注重修养德行，培养良好的品德。此外，蔡邕这种通过日常生活细节教育引导子女修心养德的家教方式既生动又有效，对当代家庭教育中教育方式的选择也具有很大的启发和借鉴意义。

《女训》中也多次提到品德修养的重要性。蔡邕认为，一个女性的品德和学识修养远比外表的娇柔美丽更为重要。他通过对比愚者和贤者对未修饰面容和未修炼内心的不同评价，强调了品德修养对于个人形象和社会评价的重要性。这虽然是蔡邕为女儿蔡文姬所写，但其教育意义却不仅仅局限于女性。它告诉我们，每个人都应该注重内在修养的培养和提升自己的品德、学识。只有这样，我们才能真正成为一个内外兼修、品德高尚的人。

《戒子益恩书》

东汉·郑玄

原文

吾家旧贫，不为父母群弟所容，去厮役之吏，游学周、秦之都，往来幽、并、兖、豫之域，获觐乎在位通人、处逸大儒，得意者咸从捧手，有所受焉。遂博稽《六艺》，粗览传记，时睹秘书纬术之奥。年过四十，乃归供养，假田播殖，以娱朝夕。

遇阉尹擅势，坐党禁锢，十有四年，而蒙赦令，举贤良方正有道，辟大将军三司府。公车再召，比牒并名，早为宰相。惟彼数公，懿德大雅，克堪王臣，故宜式序。吾自忖度，无任于此，但念述先圣之元意，思整百家之不齐，亦庶几以竭吾才，故闻命罔从。

而黄巾为害，萍浮南北，复归邦乡，入此岁来，已七十矣。宿业衰落，仍有失误，案之礼典，便合传家。今我告尔以老，归尔以事，将闲居以安性，覃思以终业。自非拜国君之命，问族亲之忧，展敬坟墓，观省野物，胡尝扶杖出门乎！家事大小，汝一承之。咨尔茕茕一夫，曾无同生相依。其勖求君子之道，研钻勿替，敬慎威仪，以近有德。显誉成于僚友，德行立于己志。若致声称，亦有荣于所生，可不深念耶？可不深念耶？

吾虽无绂冕之绪，颇有让爵之高。自乐以论赞之功，庶不遗后人之羞。末所愤愤者，徒以亡亲坟垄未成，所好群书，率皆腐敝，不得于礼堂写定，传与其人。日西方暮，其可图乎？家今差多于昔，勤力务时，无恤饥寒，菲饮食，薄衣服，节夫二者，尚令吾寡恨。若忽忘不识，亦已焉哉。

译文

过去我家里十分贫穷，因此，我虽然爱好读书，但因不从事生产而被父母和兄弟们所不容，于是我到乡里做了小官。后来因向学之心，我辞去差役，游历求学到长安一带，以及幽州、并州、兖州、豫州等地，有幸得以拜见那些居高位又学识渊博贯通古今的人，与隐逸的知名大儒们相处，凡是那些有造诣的人我都跟从他们学习，并有所收获。在这期间，我通读六经，粗略地浏览了各种史籍传书，还时常参阅有关谶纬图箓和占验术数、预言未来等方面内容的书。直到我年过四十，才回到家乡供养父母，租田种植，暇时读书，以耕读娱乐朝夕。

但不幸的是，我碰上了宦官专权，因党锢之祸我被禁锢了十四年，直到后来蒙受赦令才解除禁锢。然后又被举荐为贤良方正有道之士，被大将军三司府征召。朝廷的公车两次征召我，与众多名士并列，我早年就有机会成为宰相。然而，我深知只有那几位先生，品德高尚、学识渊博，才能胜任王臣的重任，因此应当依次重用他们。我自我估量，认为自己无法胜任这样的高位，我当时一心只想着要阐述先圣的原始意图，整理百家学说的不同观点，希望能竭尽我的才能整理出来。因此，当朝廷的命令传来时，我并没有遵从。

后来，黄巾军作乱，我四处漂泊，南北不定，最终又回到了故乡。这一年，我已经七十岁了。我的学业素养已经荒疏，在著作里也存在着谬误，按《曲礼》所说"七十老而传"，我现在应该把家事托付给你了。现在，我告诉你，我已经老了，将把家事交给你来处理。我将闲居在家，颐养天年，深入思考以完成我的著述任务。除非是去拜见国君，或是询问族亲的忧虑，或是祭拜坟墓，或是观赏乡野之物，我才会拄着拐杖出门。家中的大小事务，你都要一力承担。考虑到你孤零零的一个人，没有兄弟可以依靠，你一定要努力追求君子之道，勤奋钻研，不要懈怠。要恭敬谨慎地保持威严的仪容，接近有德行的人。你的声誉将在同僚朋友中树立起来，你的德行也将由你自己的志向来决定。如果你能赢得好的名声，也会让你的父母感到荣耀，怎么能不深思熟虑呢？怎么能不深思熟虑呢？

我虽然没有做官的想法，但我有高风亮节，愿意将爵位让给他人。我感到欣慰的是，凭着我著述的成就，也许可以不给后代留下羞辱。然而，我所愤愤不平的是，没有能够为死去的父母修建好坟墓，我所喜爱的书籍大多都已腐烂损坏，无法在讲堂中抄写整理，传授给他人。现在已经是西山日暮，我还能有所作为吗？

现在家里的状况比以前好多了，你要勤奋努力，抓住时机，不要担心饥寒交迫。饮食要简单，衣服要朴素，节约这两方面，才能让我少些遗憾。如果你忽略了我的教诲，记不住这些道理，那就算了吧。

作者简介

郑玄（公元127年—公元200年），字康成，北海高密（今属山东省潍坊市）人。东汉末年著名学者、经学家。郑玄早年家族败落，祖父、父亲都是在乡间务农，家中生活比较贫寒。但他从小勤奋好学，在做了一段时间小官以后，他进入太学攻读，先师从京兆人第五元（一作第五元先）学习《京氏易》《公羊春秋》《三统历》《九章算术》等，后又师从东郡张恭祖学习《周官》《礼记》《左氏春秋》《韩诗》《古文尚书》等。约三十七岁时，他西入关中，通过马融的学生卢植介绍，师事著名的古文经学家马融。在马融门下，他日夜寻诵，未尝怠倦，终成大器。郑玄博古通今，以古文经学为主治学，兼及今文经学，博采众家之长，遍注儒家经典，一生投身于整理古代典籍，传承学术文化事业。他是汉代经学的集大成者。唐贞观二十一年（公元647年），被列入二十二先师之一，配享孔庙。郑玄的著作丰富，包括《周礼注》《仪礼注》《礼记注》《毛诗郑笺》《天文七政论》《中侯》等，共百万余言。郑玄的经学成就对后世产生了极其深远的影响。他的注释长期被封建统治者作为官方教材，收入九经、十三经注疏中，对儒家文化乃至整个中国文化的流传作出了重要贡献。

家庭教育品读

《戒子益恩书》是郑玄晚年写给儿子郑益恩的诫书。郑玄晚年自感身体不佳，可能不久于人世，因此写下了这篇述志教子文。郑玄在诫书中详细地叙述了自己一生的经历和品行操守，希望用自己的亲身经历给儿子树立榜样，并提出了对儿子的诸多期望。

勤奋好学是郑玄成为经学大师的关键。因此，在诫书中，他讲自己走遍"周、秦之都""幽、并、兖、豫之域"，得以向"在位通人""处逸大儒"恭敬问学，借此鼓励儿子也要像自己一样，不断追求学问，不畏艰难，持之以恒。郑玄希望儿子能够明白，无论身处何种环境，都要保持对知识的渴望和对学问的热爱，通过不断努力，实现自我超越。这就启发我们，在当代家庭教育中，家长应该培养孩子的学习兴趣和习惯，让他们明白学习是一生的事业，只有不断学习，才能不断进步，适应社会的变化和发展。

淡泊名利是郑玄的道德操守。一心治学的郑玄是一个品行高尚之人。生于乱世，他坚守节操，不慕名利，多次拒绝征召，而曾经和他一起被征召的人，后来成了宰相，"比牒并名，早为宰相"。他对自己的评价就是："虽无绂冕之绪，颇有让爵之高。自乐以论赞之功，庶不遗后人之羞。"因此，他也希望自己的儿子能够成为品德优秀之人，"其勖求君子之道，研钻勿替，敬慎威仪，以近有德。显誉成于僚友，德行立于己志"。这种道德教育对于培养儿子的独立人格和道德观念具有重要意义。在当代家庭教育中，家长们也应该引导孩子正确看待名利，让他们明白名利只是外在的荣誉和地位，真正的价值在于内心的充实和成长。

自立节俭，勤劳持家，这是郑玄对于儿子的期望。贫寒家境中走过来的郑玄十分注重对儿子的生活指导，他教育儿子要勉力经营家业，自立节俭，"勤力务时，无恤饥寒。菲饮食，薄衣服"。郑玄希望儿子能够学会自立自强，不依赖他人，同时懂得珍惜资源，勤劳持家，为家庭的幸福和繁荣贡献自己的力量。这就启示我们，在当代家庭教育中，家长应注重培养孩子的独立性和责任感，让他们学会自己处理问题，以能够更好承担家庭和社会的责任。

在郑玄的苦心教导下，郑益恩也算不负父望，被孔融举为孝廉，孔融"为黄巾所围"，他"赴难殒身"。可惜英年早逝，没能留下更多的东西。

《戒子益恩书》是郑玄对儿子深情的嘱托和殷切的期望，其家庭教育思想深刻而丰富。通过深入品读这封诫书，我们可以感受到郑玄对儿子的关爱和教诲，也可以从中汲取到宝贵的家庭教育智慧。这些智慧不仅对于郑益恩的成长和发展具有重要意义，也对于当代家庭教育具有重要的启示和借鉴价值。家长们应该以郑玄为榜样，注重培养孩子的品德、学识和责任感，让他们成为有理想、有道德、有文化、有纪律的新时代青年。

《诫子书》

三国·诸葛亮

原　文

夫君子之行，静以修身，俭以养德。非淡泊无以明志，非宁静无以致远。夫学须静也，才须学也，非学无以广才，非志无以成学。淫慢则不能励精，险躁则不能治性。年与时驰，意与日去，遂成枯落，多不接世，悲守穷庐，将复何及！

译　文

君子的行为操守，应该是依靠内心的宁静专一来提高自身的修养，通过俭朴节约的生活来培养自己的品德。如果不能够恬淡寡欲，就无法明确自己的志向；如果不宁静专一，就无法达到远大的目标。学习必须要做到静心专一，而才干则来自勤奋学习。因此，如果不努力学习，就无法增长自己的才干；不明确志向，就不能在学习上获得成就。放纵懈怠，就不能振奋精神；轻薄浮躁，就不能修养心性。如此，年华伴随时光飞逝而去，意志随同岁月而消磨殆尽。最终就像枯黄的树叶一样枯老衰落，大多不接触世事、不为社会所用，只能悲哀地困守在自己穷困的破屋里，那时再悔恨又怎么来得及呢！

作者简介

诸葛亮（公元181年—公元234年），字孔明、号卧龙，徐州琅琊（今属山东临沂市）人，三国时期蜀汉丞相，杰出的政治家、军事家。诸葛亮早年父母双亡，和弟弟诸葛均一起跟随叔父诸葛玄离开家乡到豫章赴任，后诸葛玄投奔荆州刘表，诸葛亮也跟随叔父来到荆州。建安二年（公元197年），诸葛玄去世，诸葛亮选择了隐居隆中，躬耕南阳。后刘备依附荆州刘表，得徐庶推荐，得知诸葛亮大才，于是三顾茅庐终于见到了诸葛亮，诸葛亮向刘备提出占据荆益两州、联孙抗曹的《隆中对》，刘备力邀诸葛亮出山辅助自己，诸葛亮由此加入刘备麾下，帮助刘备成功占领荆州、益州之地，与孙权、曹操形成三足鼎立之势。章武元年（公元221年），刘备称帝后，诸葛亮被任命为丞相。后刘备托孤，刘禅即位，诸葛亮被封为武乡侯。当时，诸葛亮为匡扶蜀汉政权，呕心沥血，鞠躬尽瘁，死而后已。前后六次北伐中原，多以粮尽无功，终因积劳成疾，于蜀建兴十二年（公元234年）病逝于五丈原，享年五十四岁。死后，刘禅追谥诸葛亮为忠武侯，东晋政权特追封他为武兴王。诸葛亮一生"鞠躬尽瘁、死而后已"，是中国传统文化中忠臣与智者的代表人物。他不仅在政治、军事上有着卓越的贡献，还在文化、科技等领域留下了宝贵的遗产。历史上对诸葛亮给予了极高的评价，后世常以"武侯"尊称诸葛亮。

家庭教育品读

《诫子书》是蜀建兴十二年（公元234年）诸葛亮临终时写给他八岁儿子诸葛瞻的一封诫书。诸葛亮一生为国，鞠躬尽瘁，死而后已。尽管诸葛亮事业繁忙，但他对儿子的教育却从未忽视。但毕竟时日无多，诸葛亮只能通过一封诫书来教育儿子。《诫子书》不仅体现了诸葛亮对儿子的深切期望和谆谆教诲，也蕴含了他对人生、事业和修养的深刻感悟，对当代家庭教育具有重要的启发意义，至今仍被广泛品读和学习。在家庭教育方面，我们可以从中得到以下启示：

一是注重对孩子的品德教育。诸葛亮在《诫子书》中首先强调了修身养德的重要性。他提到"静以修身，俭以养德"，对儿子在德行修养上提出了要求和方法指导。这启示我们，在当代家庭教育中，家长要注重培养孩子的品德修养，引导他们学会自我约束、自我管理，形成良好的道德品质。

二是注重对孩子的志向培养。"非淡泊无以明志，非宁静无以致远。"诸葛亮告诫儿子要明确自己的志向，并坚定不移地追求远大目标。这告诉我们，在当代家庭教育中，家长要帮助孩子树立正确的价值观和人生目标，鼓励他们勇敢追求自己的梦想，不断努力奋斗。

三是要督促孩子勤奋学习。"夫学须静也，才须学也。"诸葛亮强调了学习的重要性和勤奋的必要性。他认为只有通过勤奋学习，才能增长才干，实现自己的价值。这启示我们，在当代家庭教育中，家长要重视孩子的学习，引导他们养成良好的学习习惯，培养他们的学习兴趣和自主学习能力。

四是要教导孩子珍惜时间。"年与时驰，意与日去。"诸葛亮提醒儿子要珍惜时间，不要让年华虚度。这告诉我们，在当代家庭教育中，家长要教育孩子珍惜每一分每一秒，不要浪费时间，要时刻保持积极向上的心态，不断努力进步。

只有家长们时刻以身作则，对孩子的德行、志向、学习时刻关注和引导，才能够培养出具有高尚品德、远大志向、勤奋好学和珍惜时间的优秀孩子。

《诫子书》不仅是诸葛亮个人智慧和品德的体现，也是中华优秀传统文化中关于家庭教育、修身立志的重要文献之一。

《诫子书》
三国·王修

原 文

自汝行之后，恨恨不乐，何哉？我实老矣，所恃汝等也，皆不在目前，意遑遑也。

人之居世，忽去便过，日月可爱也！故禹不爱尺璧而爱寸阴。时过不可还，若年大不可少也。欲汝早之，未必读书，并学作人。

汝今逾郡县，越山河，离兄弟，去妻子者，欲令见举动之宜，效高人远节，闻一得三，志在善人。

左右不可不慎，善否之要，在此际也。行止与人，务在饶之。言思乃出，行详乃动，皆用情实道理，违斯败矣。父欲令子善，唯不能杀身，其余无惜也。

译 文

自从你离开以后，我心里总是闷闷不乐，这是为什么呢？因为我确实已经老了，所能依靠的就是你们这些孩子，但现在你们都不在我身边，这让我心中感到惶恐不安。

人活在这世上，时间过得很快，一转眼就过去了，光阴值得珍惜啊！所以大禹不珍爱极其珍贵的玉璧，却珍惜每一寸光阴。时间一旦流逝就无法再回来，就像年龄大了也无法再回到年轻时候一样。我希望你能早些明白这个道理，不仅仅要努力读书学习知识，更要学会如何做人。

你现在跨越郡县，越过山河，离开兄弟，分别妻子儿女，希望你能看到并学习那些行为举止得体、有高尚品德的人，从他们的言传身教中领悟到更多的道理，做到闻一知三，立志成为一个善良的人。

对待你身边的人和事，你都要特别小心谨慎，因为善恶的关键往往就在这些细微之处。在与人相处时，要尽量宽容大度。说话前要深思熟虑，行动前要详细考虑周全，一切都要基于真实情感和道理。如果违背了这些原则，就会遭遇失败。父亲我希望儿子你能成为一个好人，除了不能伤害自己的身体之外，其他的我都可以不惜一切去为你付出。

作者简介

王修，生卒年不详，字叔治，北海营陵（今属山东省昌乐县）人。他年少时以孝顺闻名乡里，七岁时母亲去世，他因感念母亲而在社日哀哭，感动了邻里。二十岁时，王修到南阳游学，展现出高尚的品德，曾亲自照料生病的张奉全家。后来他步入仕途，初平年间（公元190年—公元193年）被孔融召为主簿，后历任高密令、胶东令等职，其间以严明的治理改善了地方治安。袁谭在青州时，征召王修为治中从事、后任治中别驾等职。曹操攻破冀州后，袁谭叛曹，王修在袁谭危急时率兵救援，虽未能成功，但向曹操请求收葬袁谭尸体，展现出深厚的义气。曹操因此对其大加赞赏，并任命其为督军粮，后历任司空掾、司金中郎将、魏郡太守等职。在任期间，他继续秉持抑强扶弱、明赏罚的治理理念，深受百姓爱戴。魏国建立后，王修任大司农郎中令，成为魏国的重要官员。他不仅在政治上有所建树，还以知人善任著称，曾识拔高柔等人才。

家庭教育品读

《诫子书》是王修写给在外求学的儿子的诫书。在这篇诫书中，王修对儿子的成长进行了多方面指导，希望儿子能够成为一个学有所成、道德高尚的人。

在《诫子书》中，王修首先强调了时间的重要性。他指出，人活在这世上，时间过得很快，一转眼就过去了。他告诫儿子要珍惜光阴，因为时间一旦流逝便无法挽回，如同人老不能返少一样。这种对时间的珍视态度，是家庭教育中的重要一课，家长们应该教导孩子要把握好当下，勤奋努力，不虚度光阴。

在诫书中，王修不仅要求儿子要珍惜时间、努力学习知识，还要求他努力学习做人。他说:"欲汝早之,未必读书,并学作人。"在王修看来,读书学知识固然重要,但学会做人比单纯读书更为重要。他告诉儿子学习那些行为举止得体、有高尚品德的人,从他们的言传身教中领悟到更多的道理,做到闻一知十,以成为一个有道德、有修养的人。在当代家庭教育中,家长们不能仅仅只关注孩子的学习,以成绩论好坏,还要教会孩子如何做人,成为一个善良有德的人,让孩子德智体美劳全面发展。

王修在诫书中还强调了谨慎的重要性。他指出,"左右不可不慎,善否之要,在此际也",提醒儿子为人处世要特别小心谨慎,平时的言行举止都要经过深思熟虑后再行动。王修认为,只有深思熟虑、言行谨慎,才能在社会上立足并取得成功。这虽然是王修对儿子的告诫,但也对当代家庭教育有很大启发,家长们应该密切关注孩子的成长,教会他们为人处世的道理。

《诫子书》是一篇深具教育意义的家庭教育文献,不仅体现了王修对儿子的殷切期望和深沉父爱,也蕴含着丰富的家庭教育智慧,为当代家庭教育提供了宝贵的经验和启示。

《训子孙遗令》

魏晋·王祥

原 文

夫生之有死，自然之理。吾年八十有五，启手何恨，不有遗言，使尔无述。

吾生值季末，登庸历试，无毗佐之勋，没无以报。气绝但洗手足，不烦沐浴，勿缠尸，皆浣故衣，随时所服。所赐山玄玉佩，卫氏玉玦、绥笥，皆勿以敛。

西芒上土自坚贞，勿用甓石，勿起坟垄。穿深二丈，椁取容棺。勿作前堂、布几筵、置书箱镜奁之具，棺前但可施床榻而已。糒脯各一盘，玄酒一杯，为朝夕奠。家人大小，不须送丧。大小祥乃设特牲，无违余命。

高柴泣血三年，夫子谓之愚。闵子除丧出见，援琴切切而哀，仲尼谓之孝。故哭泣之哀，日月降杀；饮食之宜，自有制度。

夫言行可覆，信之至也；推美引过，德之至也；扬名显亲，孝之至也；兄弟怡怡，宗族欣欣，悌之至也；临财莫过乎让。此五者，立身之本。颜子所以为命，未之思也，夫何远之有？

译 文

人生来就有死亡，这是自然的道理。我现在已经八十五岁了，离开这个世界也没有什么遗憾了，只是不留下遗言的话，恐怕会让你们无所适从。

我生于末世，虽曾入仕经历考验，但并无辅佐国家的功勋，死后也没有什么可以报答国家的。我死后只需洗净手脚，不必沐浴全身，也不要用布帛缠身，把我平时穿过的旧衣服洗洗给我穿上就行。朝廷所赐的山玄玉佩、卫氏玉玦和绥笥等物，都不要用来陪葬。

西芒那里的土质自然坚硬，不要用砖石砌墓，也不要堆起坟头。墓穴挖深两丈，椁的大小能容纳棺材就行。不要建造前堂、摆置筵席、放置书箱镜匣之类的用具，棺材前只需放张床榻就行了。祭奠时用干粮和肉脯各一盘，玄酒一杯，早晚进行。家中无论大人小孩，都不必为我送丧。等到大祥小祥祭祀时，再设特牲祭祀，不要违背我的遗命。

高柴为父母守丧三年，痛哭到眼中流出血来，孔子却认为他过于愚钝。闵子骞守丧期满，脱去丧服后外出见客，弹琴时声音急切而悲哀，孔子却称赞他孝顺。因此，哭泣的哀痛应随着时间的推移而减轻，饮食的安排也应遵循一定的规矩。

言行一致，是诚信的最高境界；推让美名，承担过错，是品德的最高境界；扬名显亲，是孝顺的最高境界；兄弟和睦，宗族欢欣，是悌道的最高境界；面对财物，最可贵的就是辞让不受。这五个方面，是立身处世的根本。颜回安贫乐道，其实并没有人们想象的那么难，只要真心追求，就能克服所有困难。

作者简介

王祥（公元184年或公元180年—公元268年），字休徵，琅琊临沂（今属山东省临沂市）人。魏晋时期大臣，书圣王羲之的族曾祖父。王祥早年丧生母薛氏，继母朱氏不慈，但王祥仍侍之恭谨。父母有疾，他衣不解带，汤药必先亲尝。朱氏常欲得生鱼，时天寒冰冻，王祥于是"卧冰求鲤"，这一孝行成为传统文化"二十四孝"的著名故事之一，有"孝圣"之称。王祥在东汉末年隐居庐江数十年，后出仕曹魏，先后任徐州别驾、温县令、大司农等职。魏高贵乡公时，因参与定策功，获封关内侯，拜光禄勋，转司隶校尉。从讨毌丘俭，迁太常，曾被高贵乡公委任为三老。后自司空升为太尉，封睢陵侯。西晋建立后，拜太保，进爵为睢陵公，与安平王司马孚等并称"八公"，且位居第一。泰始四年（公元268年）去世。王祥生性至孝，品德优良，其言行成为后世子孙恪守奉行的榜样。有《训子孙遗令》传世。

家庭教育品读

《训子孙遗令》是王祥临终时留给后代的一份珍贵遗产，集中展现了他一生的至孝精神，也是王祥难得的传世之作。在这份遗训中，王祥不仅安排了自己的身后事务，还向子孙传达了他的期望和教诲。

在遗训的开篇，王祥详尽地安排了自己的丧葬事宜，告诉家人，自己的丧葬无论是丧服的穿戴、墓穴的规模，还是棺材的选择以及陪葬品的准备上，一切事宜都应恪守俭朴原则，从简处理。这是他对后辈们俭朴生活、勤俭持家的教诲，也是他对孝道的理解，在他看来，真正的孝顺不是在丧葬上大费周折、铺张浪费，而是"大小祥乃设特牲"，定时想着祭奠就可以了。王祥对于身后事的安排，对后来乃至今天的家庭教育、社会风气都有重要启示。在明清时期，厚葬之风兴盛，子孙后代因丧致贫者数不胜数，最终断了香火。当代社会，厚葬之风依然存在，给子女带来很大负担。因此，在当代家庭教育中，家长应该给孩子灌输厚养薄葬的道理，这才是真正的孝道。

接下来，王祥向子孙们表示了不要哭泣哀伤的意思。他以古代圣贤孔子及其弟子的言行作为例子，向子孙们传达了自己对孝道的希望。他说："高柴为父母守丧三年，痛哭到眼中流出血来，孔子却认为他过于愚钝。闵子骞守丧期满，脱去丧服后外出见客，弹琴时声音急切而悲哀，孔子却称赞他孝顺。"王祥借此告诫子孙，过度的哭泣哀伤只会给自己带来身心的损害，而饮食方面也要适度控制，保持适宜的状态。在王祥看来，子孙们能爱护自己的身体，健康活下去，为家族开枝散叶，这才是对自己的孝顺。这是王祥对于孝道的认知。孝道是家庭教育中重要的一环，家长们应该以身作则，从身边的小事做起，从日常生活细节中把孝道文化发扬光大，潜移默化地加强对孩子的孝道教育。

这篇遗训最终落脚在对子孙立身处世规范的教育上，这也是整个《训子孙遗令》最为核心的部分，是王祥一生智慧的结晶，对后世产生了深远影响。在这部分，王祥列出了"五条立身之本"。首先，他强调要言行一致，不能口是心非，这是对诚信的最高要求；其次，他认为在面对赞美与过错时，应该将美名归于他人，而将过错归于自己，这是德行的最高标准；第三，他认为扬名显亲是最大的孝道；第四，他认为兄弟之间要和睦相处，宗族之间要充满喜乐，这是最好的悌道；最后，他认为，对待财货的态度，应当辞让不受，敬谢不敏。这五条准则，是王祥对子孙后代立身处世的根本要求，也是他希望子孙们能够遵循的人生信条。这五条规范，放到今天依然适用，是家长们在进行家庭教育时应该告诫孩子的内容，让他们能够体悟古人遗风，加强自身的诚信观念、道德素养、孝悌意识和财富观念。

《训子孙遗令》不仅体现了王祥个人的高尚品德与深邃智慧，更为后世子孙树立了为人处世、修身齐家的典范与准则。王祥的后代始终遵循其《训子孙遗令》，使得后来的琅琊王氏不断兴旺起来。

《诫子书》

魏晋·羊祜

原文

吾少受先君之教,能言之年,便召以典文,年九岁,便诲以《诗》《书》,然尚犹无乡人之称,无清异之名。

今之职位,谬恩之加耳,非吾力所能致也。吾不如先君远矣,汝等复不如吾。谘度弘伟,恐汝兄弟未之能也。奇异独达,察汝等将无分也。

恭为德首,慎为行基。愿汝等言则忠信,行则笃敬,无口许人以财,无传不经之谈,无听毁誉之语。闻人之过,耳可得受,口不得宣,思而后动。若言行无信,身受大谤,自入刑论,岂复惜汝,耻及祖考。思乃父言,纂乃父教,各讽诵之。

译文

我从小就接受父亲的教导,在能说话的年纪,他便引导我学习那些堪称典范的重要文献。我九岁的时候,父亲就开始教我学习《诗经》和《尚书》了。然而,即便这样,我还是没有获得乡亲们的称赞,也没有清高特别的名声。

今日我所获得的官职与地位,实乃皇恩浩荡,非我能力所及。我远远比不上我的父亲,而你们又比不上我。那种谋略宏大、见识广博的境界,恐怕你们兄弟是难以达到的;至于那种独特出众、洞察一切的才能,我察觉到你们恐怕是一点儿也没有的。

敬重乃道德之根本,谨慎为行事之基石。希望你们说话要忠诚守信,行为要笃厚恭敬。不要轻易许诺他人财物,不要传播无稽之谈,不要听信诽谤或夸大之词。听到别人的过失，耳朵可以听，但嘴上不要说，要思考之后再行动。如果言行不一，自身就会受到大的诽谤，甚至可能因罪受罚，自取灭亡，到那时我难道还会顾惜你们吗？实则担忧那样会让祖宗感到耻辱。你们要记住我说的话，听从我的教导，各自都要诵读领会。

作者简介

羊祜（公元221年—公元278年），字叔子，泰山南城（今属山东省平邑县）人。魏晋时期战略家、政治家和文学家。羊祜出身于汉魏名门士族之家，其家族历代都有人出仕高官，且以清廉有德著称。其祖父羊续在汉末曾任南阳太守；父亲羊衟在曹魏时期为上党太守，叔父羊耽任曹魏太常；母亲蔡氏，是汉代名儒、左中郎将蔡邕的女儿。羊祜的姐姐羊徽瑜嫁给司马懿之子司马师，成为景献皇后。羊祜十二岁丧父，孝行哀思超过常礼，侍奉叔父羊耽也十分恭谨。长大后，羊祜博学多才，善于写文，长于论辩，有"今日颜子（颜回）"之美称。羊祜早年曾任曹魏的中书郎、给事黄门侍郎等职，后因姻亲关系投靠司马氏家族，西晋建立后，累官尚书右仆射、卫将军，封钜平侯。泰始五年（公元269年），出任车骑将军、都督荆州诸军事，坐镇襄阳，全力筹备灭吴。咸宁四年（公元278年），羊祜带病入朝，面陈伐吴之计，力劝武帝从速发兵，并嘱中书令张华成其志。不久后去世，享年五十八岁。羊祜博学能文，有《雁赋》《让开府表》《请伐吴疏》《再请伐吴表》等作品传世。他清廉正直，立身清俭。羊祜去世后，获赠侍中、太傅，谥号为"成"。唐宋时期，羊祜得以配享武庙，其事迹被后世广为传颂。

家庭教育品读

羊祜有女无子，以兄弟的儿子为嗣。史书记载："祜无子，兄子篇嗣侯。"这篇《诫子书》应是写给嗣子的。在《诫子书》中，羊祜运用智慧理性、简练谨严的文字，表达了对子侄的殷殷教诲与无限期望。

羊祜在《诫子书》中首先追溯了父亲儿时对自己的教育，表达了自己的谦虚态度。他提到自己年少时虽受教于先君，但并未获得乡人之称和清异之名，论德行操守，也比不上自己的父亲。而在他看来，自己的子侄后辈就更不行了，连自己都比不了。通过这个他告诫子侄，应该保持谦恭、谨慎。

接下来，他着重强调了谦恭和谨慎两种德行的修养。他说"恭为德首，慎为行基",认为谦恭和谨慎是道德修养和行为准则的基础。他要求子侄们"言则忠信,行则笃敬",不要轻易许诺他人财物,不要传播无稽之谈,不要听信诽谤或夸大之词。这是他的立身处世经验之谈,也是他对子侄们的言传身教。这些教诲旨在培养子侄们的谦虚谨慎、忠信笃实、清正廉洁的良好品德。

在《诫子书》中,羊祜还点明了良好家风传承的重要性。他首先引用了父亲的教诲,明确指出诗书传承是他们家族的传统家风。然后通过对比先辈与自己、自己与后辈,深刻地告诫子侄们必须不懈地追求进步,唯有如此,才能不辜负家族的优良传统。然后,羊祜对子侄的德行操守进行了诫勉,同时指出如果"身受大谤,自人刑论",那将"耻之祖考",借此警醒子侄们,要时刻铭记家族的荣誉,不要因德行有亏而污染了良好的家风。

羊祜的《诫子书》是一份充满智慧和深情的家庭教育文献。它涵盖了谦虚自省、德行修养、勤奋自律、廉洁正直等多个方面,为后辈提供了全面的成长指导和人生启示。这些教诲不仅适用于古代社会,也对当代家庭教育具有重要的借鉴意义。在当代家庭教育中,家长应该以身作则,以良好的德行修养潜移默化地影响子女的成长,注重培养孩子立身处世的良好能力和态度,传承良好的家风。

《手令诫诸子》

魏晋·李暠

原文

吾自立身,不营世利,经涉累朝,通否任时,初不役智,有所要求。今日之举,非本愿也。然事会相驱,遂荷州土,忧责不轻,门户事重,虽详人事,未知天心。登车理辔,百虑填胸。

后事付汝等,粗举旦夕近事数条,遭意便言,不能次比。至于杜渐防萌,深识情变,此当任汝所见深浅,非吾敕诫所益也。

汝等虽年未至大,若能克己纂修,比之古人,亦可以当事业矣。苟其不然,虽至白首,亦复何成?汝等其戒之慎之!节酒慎言,喜怒必思,爱而知恶,憎而知善,动念宽恕,审而后举。众之所恶,勿轻承信。详审人,核真伪,远佞谀,近忠正,蠲刑狱,忍烦扰,存高年,恤丧病,勤省按,听讼诉。刑法所应和颜任理,慎勿以情轻加声色。赏勿漏疏,罚勿容亲;耳目人间,知外患苦;禁御左右,无作威福。勿伐善施劳,逆诈亿必,以示己明。广加咨询,无自专用。从善如顺流,去恶如探汤,富贵而不骄者,至难也。念此贯心,勿忘须臾。僚佐邑宿,尽礼承敬,宴飨馔食,事事留怀。古今成败,不可不知。退朝之暇,念观典籍,面墙而立,不成人也。

译文

我自己立身处世,从来都不追求世俗的利益,我历经多个朝代的变迁,无论时势是顺是逆,我都随遇而安,从未以智谋去刻意追求什么。如今的举动,实在不是我的本意。然而,时势的驱使让我不得不肩负起治理州郡的重任,这份责任之重大,让我深感忧虑,家族的事情,虽然我略通人情世故,但天意难测，实在难以预料其发展。当我登上车子整理马缰的时候，心中充满了重重的忧虑。

我死之后的事情都托付给你们来处理。我在这里简要地列举一些日常事务和近期的重要事项，想到什么就说什么，就不按次序来了。至于如何防微杜渐、洞察人情，这都需要你们自己去领悟和实践，不是我的告诫嘱咐就能让你们完全掌握的。

你们虽然年纪还轻，但如果能自我克制、勤奋修养，也可以成就一番事业，与古人相提并论。否则，即使到了老年，也难以有所成就。因此，你们一定要引以为戒，谨慎从事啊！要节制饮酒，说话谨慎，无论喜怒都要深思熟虑，喜爱某人的同时也要了解他的缺点，憎恶某人的同时看到他的优点，产生念头要宽宏大量，思考之后再行动。对于众人都厌恶的人或事，不要轻易相信。要仔细观察人的真伪，远离那些阿谀奉承的人，亲近忠诚正直的人。要免除刑罚牢狱之苦，忍受琐事之扰，尊敬长者，体恤死者和病患。要勤于巡查，倾听诉讼，了解百姓的疾苦。在执行法律时，要和颜悦色、依理而行，不要因个人感情而轻易动怒。在奖赏时，不要遗漏任何应得之人；在惩罚时，不要因私情而偏袒。要了解民间的疾苦，禁止身边的人作威作福。不要夸耀自己的善行，也不要想当然认为别人欺诈或不诚，以此来显示自己的高明。要广纳各方意见，不要自以为是。顺从善行要像顺水之流一样自然，摒弃恶行要像伸手入沸水一样迅速。富贵而不骄奢自傲，这是最难达到的境界。你们要时刻铭记在心，不要忘记。对于属官和城中德高望重的人，要尽到礼数、表示敬意。在宴饮和食物上，事事都要留心。古今的成败得失，你们不可不知。你们结束朝事之后，要记得阅读典籍，增长知识。如果无知得像面对墙壁一样，那就不能算作有成就的人。

作者简介

李暠（公元 351 年—公元 417 年），字玄盛，小字长生，陇西成纪（今属甘肃省秦安县）人，出身陇西李氏，家族世代都是豪门大族，他是汉代飞将军李广的第十六代孙，前凉安世亭侯李弇之孙，十六国时期西凉的开国君主，也是唐代皇族的先祖，唐代的开国皇帝李渊是李暠的第七代孙。李暠自幼便展现出聪颖好学和远大抱负的特质。《晋书》记载他：少而好学，性沉敏宽和，美器度，通涉经史，尤善文义。及长，颇习武艺，诵孙吴兵法。东晋隆安四年（公元 400 年），李暠自称大将军、护羌校尉、秦凉二州牧、凉公，改元庚子，建立西凉政权，初都敦煌。义熙元年（公元405年）李暠改元建初，并遣使奉表东晋，表达了自己的忠诚和归附之意，并于同年迁都至酒泉。西凉疆域东起建康（今属甘肃省高台县），西至鄯善（今属新疆维吾尔自治区鄯善县），广及西域。作为东晋时期河西地区杰出的政治家、外交家和文学家，李暠在位期间，重视选拔贤能，唯才是用，实施了一系列有效的政治、经济和文化措施，使西凉成为当时西北地区的重要势力。义熙十三年（公元417年）二月，李暠去世，享年六十七岁。谥号武昭王，庙号太祖。安葬于建世陵。作为西凉的开国君主，李暠为西凉政权的建立和巩固做出了重要贡献。此外，他还在文学上留下了宝贵的遗产，他的代表作品有《述志赋》《槐树赋》《大酒容赋》及《妇辛氏诔》等赋数十篇。

家庭教育品读

作为西凉开国君主，李暠子嗣众多，《手令诫诸子》就是他以自身经验写给儿子们的诫书。其内容虽短，却涵盖了生活、做人、处世、学习、为官等各个方面的人生经验和家庭教育智慧，值得我们深入品读和借鉴。

在生活上，他告诫孩子要善于独立思考。"至于杜渐防萌，深识情变，此当任汝所见深浅，非吾敕诫所益也"，他告诫孩子们要注意独立思考，面对事情应随机应变，独立解决，而不是事事都听从自己的。在当代家庭教育中，家长应给予孩子一定的自主空间，培养他们的独立思考能力和解决问题的能力，而不是一味地替他们做决定。

在做人上，李暠十分重视对儿子们道德修养的培育。他告诫诸子要"克己纂修"，即克制私欲，努力修身养性。这种对品德修养的重视，体现了家庭教育中的德育为先原则。在当代家庭教育中，家长也应注重培养孩子的道德品质，引导孩子树立正确的价值观和道德观。

在处世上，李暠尤其强调要谦虚谨慎、明辨是非。"节酒慎言，喜怒必思，爱而知恶，憎而知善，动念宽恕，审而后与"，这是李暠提醒孩子们在言行上要谨慎，审慎而后行，不可轻率从事。"详审人，核真伪，远佞谀，近忠正"，这是告诫儿子们要学会明辨是非，分清忠佞，亲近正直。他在处世上的这些告诫，在当代家庭教育中同样具有重要意义。作为家长，一方面应教育孩子学会控制自己的情绪，注意自己的言行举止，避免因一时冲动而做出错误的决定或说出伤害他人的话；另一方面要引导孩子学会辨别真假朋友，避免接触不良朋友。

在学习上，李暠虽着墨不多，但也告诫儿子们不要不学无术，要有所成就。他用"苟其不然，虽至白首，亦复何成"，如果不勤读好学，将会一生一事无成。在当代家庭教育中，家长应鼓励孩子趁着大好年华，勤奋学习，为将来的发展打下坚实的基础。

在为官上，李暠告诫儿子们要公正严明、勤政爱民，不要刚愎自用。他指出，为官应赏罚分明，不因私情而有所偏颇，"赏勿漏疏，罚勿容亲"；对待百姓，应该"耳目人间，知外患苦，禁御左右，无作威福"，切实关注民生民情，真心实意为民办事；要从善如流，善于纳谏，不要独断专行，刚愎自用。他的这些训诫虽是讲为官之道，却也对当代家庭教育有很大启发。家长应教导孩子要做事公正，不因私心而有所偏废；要注意关爱他人，不欺凌弱小；要多与他人交流，学会倾听和接纳不同的观点，等等。通过这些教导，以期为孩子的成长奠定好的基调。

在诫书中，李暠还以自身为例，以自己淡泊名利、尽职尽责的过往，为儿子们树立了学习的榜样，言传身教，对儿子们进行了谆谆教诲。父母是孩子的第一任老师和榜样。在当代家庭教育中，家长们应通过自己日常的行为示范，为孩子树立一个良好的榜样。这样，孩子在耳濡目染中就能逐渐形成正确的价值观和行为习惯。

《手令诫诸子》不仅是李暠对儿子们的殷切期望和谆谆教诲，也是他一生政治智慧和人生哲学的集中体现。它对于后世的家庭教育、人才培养等都具有重要的启示意义。

《诫子孙书》

南北朝·杨椿

原　文

　　我家入魏之始，即为上客，给田宅，赐奴婢、马牛羊，遂成富室。自尔至今二十年，二千石、方伯不绝，禄恤甚多。至于亲姻知故，吉凶之际，必厚加赠襚；来往宾僚，必以酒肉饮食。是故亲姻朋友无憾焉。

　　国家初，丈夫好服彩色。吾虽不记上谷翁时事，然记清河翁时服饰，恒见翁著布衣韦带，常约敕诸父曰："汝等后世，脱若富贵于今日者，慎勿积金一斤、彩帛百匹已上，用为富也。"又不听治生求利，又不听与势家作婚姻。至吾兄弟，不能遵奉。今汝等服乘，以渐华好，吾是以知恭俭之德，渐不如上世也。

　　又吾兄弟，若在家，必同盘而食，若有近行，不至，必待其还，亦有过中不食，忍饥相待。吾兄弟八人，今存者有三，是故不忍别食也。又愿毕吾兄弟世，不异居异财，汝等眼见，非为虚假。如闻汝等兄弟，时有别斋独食者，此又不如吾等一世也。吾今日不为贫贱，然居住舍宅不作壮丽华饰者，正虑汝等后世不贤，不能保守之，方为势家所夺。

　　北都时，朝法严急。太和初，吾兄弟三人并居内职，兄在高祖左右，吾与津在文明太后左右。于时口敕，责诸内官，十日仰密得一事，不列便大瞋嫌。诸人多有依敕密列者，亦有太后、高祖中间传言构间者。吾兄弟自相诫曰："今忝二圣近臣，母子间甚难，宜深慎之。又列人事，亦何容易，纵被瞋责，慎勿轻言。"十余年中，不尝言一人罪过，当时大被嫌责。答曰："臣等非不闻人言，正恐不审，仰误圣听，是以不敢言。"于后终以不言蒙赏。及二圣间言语，终不敢辄尔传通。太和二十一年，吾从济州来朝，在清徽堂预宴。高祖谓诸王、诸贵曰："北京之日，太后严明，吾每得杖，左右因此有是非言语。和朕母子者唯杨椿兄弟。"遂举赐四兄及我酒。汝等脱若万一蒙时主知遇，宜深慎言语，不可轻论人恶也。

吾自惟文武才艺、门望姻援不胜他人，一旦位登侍中、尚书，四历九卿，十为刺史，光禄大夫、仪同、开府、司徒、太保，津今复为司空者，正由忠贞，小心谨慎，口不尝论人过，无贵无贱，待之礼，以是故至此耳。闻汝等学时俗人，乃有坐而待客者，有驱驰势门者，有轻论人恶者，及见贵胜则敬重之，见贫贱则慢易之，此人行之大失，立身之大病也。汝家仕皇魏以来，高祖以下乃有七郡太守、三十二州刺史，内外显职，时流少比。汝等若能存礼节，不为奢淫骄慢，假不胜人，足免尤诮，足成名家。

吾今年始七十五，自惟气力，尚堪朝觐天子，所以孜孜求退者，正欲使汝等知天下满足之义，为一门法耳，非是苟求千载之名也。汝等能记吾言，百年之后，终无恨矣。

译　文

自魏国建国之初，我家便受到尊贵的礼遇，被赐予了田地、住宅，还有奴婢、马匹、牛羊等，于是一跃而成为富贵家庭。从那时起到现在已经有二十年了，家中一直有人担任着郡守、一方诸侯这样的高官，俸禄和赏赐都非常丰厚。对于亲朋好友，在他们遇到吉凶大事时，我们必定会赠送丰厚的财物；对于来往的宾客属官，我们也必定以酒肉美食招待。因此，亲朋好友之间都没有什么不满的地方。

在国家初建的时候，男人们都喜欢穿彩色丝绸做的衣服。我虽然不记得上谷翁祖那时候的事情，但还记得清河祖父那时候的服饰，经常看到他穿着布衣，系着皮带，常常告诫你们的父辈们说："你们的后世子孙，如果变得比现在富贵了，千万不要积蓄一斤黄金、一百匹彩帛以上的财物来作为富有的标志。"他既不允许我们经商求利，也不允许我们与有权势的人家联姻。到了我们兄弟这一代，就没有能遵守祖父的教诲了。现在你们穿的衣服、乘坐的车马都渐渐变得华丽了，由此可知恭敬节俭的品德，已经渐渐不如上一代了。

还有，我们兄弟如果在家，一定会坐在一起吃饭；如果有人外出不远，没有回来，我们一定会等他回来再一起吃，有时甚至过了中午还不吃饭，忍着饥饿等他回来。我们兄弟八人，现在还在世的有三人，所以我们也不忍心再分开吃饭。我也希望在我们兄弟这一辈子都不分家也不分割财产，这些你们都是亲眼看到的，并不是什么虚假的话。听说你们兄弟中，有时有人在别的房间里独自吃饭，这又不如我们这一代了。现在虽然我们家并不是很贫穷或低贱，但我居住的宅院却依然不做华丽装饰，正是考虑到你们后世子孙如果不贤良的话，不能保住家业，可能会被有权势的人家所夺取。

在北方都城的时候，朝廷法度严格。太和初年，我们兄弟三人都在宫内任职，哥哥在高祖身边，我和杨津在文明太后身边。当时有口头的诏令，要求内官们每十天要秘密报告一件事，如果不报告就会受到严厉的责备。很多人都按照诏令秘密报告，也有人通过太后和高祖之间传递消息来构陷他人。我们兄弟互相告诫说："现在我们忝为两位圣上的近臣，母子之间关系很难处理，应该非常谨慎。再说报告别人的事情，又谈何容易，即使受到责备，也千万不要轻易说话。"十多年的时间里，我们从来没有说过任何一个人的罪过，因此在当时还受到了很大的质疑和责备。我们回答说："我们不是没有听到别人说的话，只是担心不审慎，误导了圣上的听闻，所以不敢说。"后来我们终于因为不说话而受到了赏赐。对于两位圣上之间的言语，我们也始终不敢随便传播。太和二十一年，我从济州来朝见，在清徽堂参加宴会。高祖对诸王和贵族们说："在北方都城的时候，太后非常严明，我经常挨打，身边的人因此有很多是非言语。能够调和我们母子关系的只有杨椿兄弟。"于是高祖举杯赐酒给我和哥哥。你们以后如果万一得到当今圣上的知遇之恩，也应该非常谨慎地说话，不要随便议论别人的过错。

我自认为在文武才艺、门第声望和婚姻援助方面都不如别人，但是历任侍中、尚书，四次担任九卿之职，十次出任刺史，还担任过光禄大夫、仪同、开府、司徒、太保等职务，杨津现在又担任司空之职，这正是因为我们忠贞不贰、小心谨慎，从不议论别人的过错，无论对方地位高低都以礼相待的缘故。听说你们现在学习世俗之人的做法，竟然有坐着等待客人的，有奔走于权势之门的，有随便议论别人过错的，还有见到地位高的人就敬重他们，见到贫贱的人就轻视他们的。这些都是做人的大失误、立身的大毛病。自从我们家侍奉皇魏以来，从高祖以下就有七位郡太守、三十二位州刺史，担任朝廷内外显要职务的人很少有人能比得上我们家。你们如果能够保持礼节、不奢侈淫逸、傲慢无礼的话，即使不能完全超过别人，也足以免除别人的指责和嘲笑，足以成就我们家的名声。

我今年已经七十五岁了，自认为在体力精力方面还足以朝见天子，但我之所以坚持不懈地请求辞职，正是想让你们知道天下有满足的道理，为家族树立一个榜样，并不是苟且追求千载留名。你们如果能够记住我的话，那我去世之后，就不会有什么遗憾了。

作者简介

杨椿（公元 455 年—公元 531 年），字仲考（后魏孝文帝改字为延寿），弘农华阴（今属陕西省华阴市）人，南北朝时期北魏大臣。杨椿出身名门，依靠门第入仕，得魏孝文帝赏识，初拜中散，后转任内给事、中都曹、宫舆曹少卿、豫州刺史、济州刺史、梁州刺史等职。在魏宣武帝时期，多次率军镇压各民族起义，包括氐族和羌族的起义，因战功升任太仆卿，加授安东将军。后因盗种牧田和私造佛寺被免官。北魏孝明帝正光五年（公元 524 年）杨椿被起用，以卫将军都督雍州和南豳州诸军事，任雍州刺史。魏孝庄帝即位后，杨椿晋升为司徒，当年又晋升为太保加侍中。因"元颢之乱"，政局动荡，杨椿于永安二年（公元 529 年）辞官回乡。普泰元年（公元 531 年），因尔朱氏与杨家结怨，杨椿及其全家被尔朱天光杀害。杨椿一生经历魏孝文帝、宣武帝、孝明帝、孝庄帝四朝，先后治理豫、济、梁、朔、定、秦、岐、雍等八州，参与平定六镇起义、关陇起义和南徐州起义，为北魏政权建立了卓越功勋。他被害以后，太昌元年（公元 532 年），魏孝武帝追赠杨椿使持节，大丞相，太师，都督冀、定、殷、相四州诸军事，冀州刺史。

家庭教育品读

这封《诫子孙书》是杨椿永安二年（公元 529 年）辞官回乡临行时写的，通过言传身教对子孙后代进行了谆谆教导。杨椿在诫书中主要阐释的是立身之本问题。

杨椿首先从自己家族的发迹讲起，提到了家族一脉传承的"恭俭"家风。前辈们虽享有富贵，却不忘勤俭持家，不积敛过多财富，更不追求奢华生活。他们深知，物质的富足并不能带来长久的幸福，而精神的富足与品德的修养才是世代相传的宝贵财富。杨椿通过三代对比，指出在家风传承中，一代人不如一代人，"吾是以知恭俭之德，渐不如上世也"。通过这一对比，杨椿意在警醒后人应当要不慕虚华，以勤俭为美德，以朴实为本色，传承好"恭俭"家风。即便富贵如杨椿他们家族，也依然强调"恭俭之德"，这就启示我们：在当代家庭教育中，应当突出强调勤俭持家的重要性，传承好中华优秀传统家庭美德。

在诫书中，杨椿强调了以德立身的重要性，告诫子孙后代应当以忠贞谨慎为立身之本、以谨言慎行为处世之则，以谦逊守礼为交往之道，注重道德修养。杨椿在《诫子孙书》中反复强调这些的重要性。他指出，自己之所以能位至高位，正是因为"忠贞，小心谨慎，口不尝论人过，无贵无贱，待之以礼"。忠贞谨慎、谨言慎行、谦逊守礼，不仅是他个人立身处世的准则，也是他希望子孙后代能够继承并发扬的宝贵品质。通过言传身教，杨椿告诫子孙后代，无论身处何境，都应坚守忠贞之心、谨言慎行，严格遵守礼节规范，对待亲朋好友以诚相待，不因富贵而骄纵，不因贫贱而轻慢，这是家族兴盛的基石，也是个人立身之本。这种道德修养的观点，不仅适用于当时，也适用于当下。在当代家庭教育中，忠贞谨慎、谨言慎行、谦逊守礼等，也应成为家长们传递给孩子的正确道德观念，帮助孩子培养良好的道德素养和精神品质。

杨椿在诫书中还提到要家族团结、家庭和睦。他提到"吾兄弟八人，今存者有三，是故不忍别食也。又愿毕吾兄弟世，不异居异财"。这是家族的良好风气，他也希望子孙后代能够继承并发扬这种家族团结、家庭和睦的家族优良传统，保持家族的兴盛和繁荣。在当代家庭教育中，家庭之间的团结与和睦依然是家庭教育的重要主题。借鉴杨椿的诫书智慧，当代家庭教育应该注重培养孩子的团结意识和家庭责任感，使他们明白自己的行为和选择不仅关乎个人，更关乎整个家庭。

《诫子孙书》通篇贯穿着杨椿的言传身教，他以自己家族前辈、自己兄弟等人为榜样，为子孙后代树立了学习典范，也为后世家庭教育提供了示范。

《颜氏家训·名实第十》

南北朝·颜之推

原 文

  名之与实,犹形之与影也。德艺周厚,则名必善焉。容色姝丽,则影必美焉。今不修身而求令名于世者,犹貌甚恶而责妍影于镜也。上士忘名,中士立名,下士窃名。忘名者,体道合德,享鬼神之福祐,非所以求名也。立名者,修身慎行,惧荣观之不显,非所以让名也。窃名者,厚貌深奸,干浮华之虚称,非所以得名也。
  人足所履,不过数寸,然而咫尺之途,必颠蹶于崖岸,拱把之梁,每沉溺于川谷者,何哉?为其旁无余地故也。君子之立己,抑亦如之。至诚之言,人未能信,至洁之行,物或致疑,皆由言行声名,无余地也。吾每为人所毁,常以此自责。若能开方轨之路,广造舟之航,则仲由之言信,重于登坛之盟,赵憙之降城,贤于折冲之将矣。
  吾见世人,清名登而金贝入,信誉显而然诺亏,不知后之矛戟,毁前之干橹也。虙子贱云:"诚于此者形于彼。"人之虚实真伪在乎心,无不见乎迹,但察之未熟耳。一为察之所鉴,巧伪不如拙诚,承之以羞大矣。伯石让卿,王莽辞政,当于尔时,自以巧密。后人书之,留传万代,可为骨寒毛竖也。近有大贵,以孝著声,前后居丧,哀毁逾制,亦足以高于人矣。而尝于苫块之中,以巴豆涂脸,遂使成疮,表哭泣之过,左右童竖不能掩之,益使外人谓其居处饮食皆为不信。以一伪丧百诚者,乃贪名不已故也。
  有一士族,读书不过二三百卷,天才钝拙,而家世殷厚,雅自矜持,多以酒犊珍玩,交诸名士,甘其饵者,递共吹嘘。朝廷以为文华,亦尝出境聘。东莱王韩晋明笃好文学,疑彼制作,多非机杼,遂设宴言,面相讨试。竟日欢谐,辞人满席,属音赋韵,命笔为诗,彼造次即成,了非向韵。众客各自沉吟，遂无觉者。韩退，叹曰："果如所量。"韩又尝问曰："玉珽杼上终葵首，当作何形？"乃答云："珽头曲圜，势如葵叶耳。"韩既有学，忍笑为吾说之。

治点子弟文章，以为声价，大弊事也。一则不可常继，终露其情；二则学者有凭，益不精励。

邺下有一少年，出为襄国令，颇自勉笃，公事经怀，每加抚恤，以求声誉。凡遣兵役，握手送离，或赍梨枣饼饵，人人赠别，云："上命相烦，情所不忍，道路饥渴，以此见思。"民庶称之，不容于口。及迁为泗州别驾，此费日广，不可常周，一有伪情，触涂难继，功绩遂败损矣。

或问曰："夫神灭形消，遗声余价，亦犹蝉壳蛇皮，兽迹鸟迹耳，何预于死者，而圣人以为教乎？"对曰："劝也。劝其立名，则获其实。且劝一伯夷，而千万人立清风矣；劝一季札，而千万人立仁风矣；劝一柳下惠，而千万人立贞风矣；劝一史鱼，而千万人立直风矣。故圣人欲其鱼鳞凤翼，杂沓参差，不绝于世，岂不弘哉？四海悠悠，皆慕名者，盖因其情而致其善耳。抑又论之，祖考之嘉名美誉，亦子孙之冕服墙宇也。自古及今，获其庇荫者众矣。夫修善立名者，亦犹筑室树果，生则获其利，死则遗其泽。世人汲汲者，不达此意，若其与魂爽俱升，松柏偕茂，惑矣哉！"

译 文

名与实之间，就像形体与影子一样。如果品德和才艺都周全深厚，那么名声就一定会美好，如果容貌美丽，那么影子也一定美观。现在有些人不修身养性，却想在世上求得好名声，这就像容貌很丑陋，却要求在镜子里照出美丽的形象一样。上等的士人忘却名声，中等的士人树立名声，下等的士人窃取名声。忘却名声的人，是内修大道、合乎德行的人，他们享受的是鬼神的福佑，不会有意去追求名声。树立名声的人，注重修身养性、谨慎行事，担心自己的荣名不能显扬，在名声面前不会去谦让。窃取名声的人，外表忠厚而内心却十分奸诈，他们追求的是虚名，不会获得真正的名声。

人们脚所踩踏的地方，不过几寸大小，然而就是在这极短的距离内，走在崖边却可能失足坠落，抱着粗大的树干过河也可能沉溺于川谷之中，这是为什么呢？这是因为他们的脚边没有余地。君子立身处世，也是这个道理。至诚的话语，人们未必会相信；至洁的行为，有时反而会遭到怀疑，这都是因为言行名声没有留下余地的缘故。我常常因为被人诋毁而自责，于是就想如果能开辟出能让车辆并行的大路，大量造船用以航行，那么就像子路一样，说的话比登台结盟的誓言还可信，或者像赵熹以信义劝降一样，其功绩胜过克敌制胜的猛将。

我看到世上的人，因清美的名声而获得利益；信誉显赫了以后，却常常言而无信。他们不知道的是，前后自相矛盾，会毁掉前面的一切。虙子贱说："内心真诚，就会在外表上表现出来。"人的虚实真伪都在于内心，没有不在行为上表现出来的，只是人们观察得不仔细罢了。一旦被观察发现，巧妙的虚伪就不如笨拙的真诚了，承受的羞辱也就更大了。伯石假意推让卿位给弟弟，王莽假意辞谢职务，在当时，他们都自以为做得巧妙隐秘。然而，后来人们把这些事记载下来，流传万代，让人看了之后感到毛骨悚然。近来有些大贵之人，以孝悌著称，他们在居丧期间，哀伤过度，超过了礼制的规定，这也足以高出一般人了。然而他们却曾经在守丧期间，用巴豆涂脸，使脸上生疮，以表现哭泣的过度。身边的童仆没能帮他们守住秘密，结果反而更使外人怀疑他们居丧期间在居处、饮食等各方面都不可信。因为一次虚伪而毁掉了百次真诚，这都是因为对名声贪求无厌的缘故。

有一个士族子弟，读书不过二三百卷，天赋愚钝，但他家境殷实，一向自视甚高。他常常用美酒佳肴和珍贵的玩物来结交名士，那些贪图他财物的人，就争相吹捧他。朝廷也以为他有才华，还曾经派他出访友邦。东莱王韩晋明酷爱文学，就怀疑这个人的作品并非自己创作，于是设宴邀请他，当面考验他。宴会搞了一整天，大家欢声笑语，满座都是文人墨客。于是韩晋明让大家即兴赋诗，那个士族子弟很快就写成了一首，但这次所写之诗却失了以往的韵味。大家都在沉思品味，竟然没有人发觉有何不妥。韩晋明回来后，就感叹说："果然像我所预料的那样。"韩晋明还曾经问他："玉珽上端的形状应该做成什么样？"他回答说："珽头弯曲成圆形，形状就像葵叶一样。"韩晋明是个有学问的人，他忍着笑把这件事告诉了我。

为子弟修改润色文章，靠这种办法来提高子弟的声望和身价，实在是件糟糕的事。一是不能经常这样做，终究会露出马脚；二是初学者一旦有了依靠，就更加不会努力学习了。

邺下有一个少年，出任襄国县令，他非常勤勉努力，对公务很上心，常常对百姓加以抚恤，一心想求一个好的声誉。每当派遣百姓外出服役时，他都会握手送别，有时还赠送梨枣饼饵等物，和他们一一告别。他说："这是上面的命令派你们去，我于心不忍，怕你们路上饥渴难耐，用这些来表示我的一番心意。"百姓们都称赞他，口碑很好。后来他升任到泗州别驾，这种费用日益增加，无法每次周全地照顾到每一个人，一旦有了虚伪之情，就再也难以继续下去了，于是他的功绩也就败坏了。

有人问我："人死后神灭形消，遗留下来的名声和身价，就像蝉壳蛇皮、兽迹鸟踪一样，与死者有什么关系呢？那么圣人为什么还要用这些来教化人们呢？"我回答说："这是为了劝勉人们。劝勉他们树立名声，就会获得实际的好处。如果劝勉人们学习伯夷，就会有千千万万个人树立起清廉的风气；劝勉人们学习季札，就会有千千万万个人树立起仁爱的风气；劝勉人们学习柳下惠，就会有千千万万个人树立起忠贞的风气；劝勉人们学习史鱼，就会有千千万万个人树立起正直的风气。所以圣人希望天下人都能够像鱼鳞凤翼一样，不断地出现在世上，永远不绝，这样名声不就得到弘扬了吗？天下的人都仰慕名声，大概就是因为名声能够引导他们走向善良吧。再者说，祖先的美好名声和荣誉，就像子孙的冠冕和房屋。从古至今，受到祖先庇荫的人很多。那些修善立名的人，就像筑室种果一样，活着的时候就能享受到它的好处，死后还能留下恩泽给后人。世上那些急功近利的人，不懂得这个道理，以为名声能和灵魂一起升天，像松柏一样长青，这真是太荒谬了！"

作者简介

颜之推（公元 531 年—约公元 597 年），字介，琅琊临沂（今属山东省临沂市）人，南北朝时期文学家、教育家。他出身于一个以义烈著称的家族，是南齐治书御史颜见远之孙、南梁咨议参军颜协之子。颜之推自幼聪颖，十二岁时便跟随梁湘东王学习庄、老，但后来更倾向于学习礼、传。他博览书史，辞情典丽，深受西府称赞。颜之推曾担任右常侍加镇西墨曹参军等职，然其个性"好饮酒，多任纵，不修边幅"，招致非议。他一生经历多次职位更迭，包括在侯景之乱中幸免于难，随后又在北齐、北周、隋朝等不同朝代担任官职，隋文帝开皇十七年（公元 597 年），颜之推因病去世。颜之推以其博学多识而著称，一生著作颇丰，但遗憾的是，他的许多作品大多已经散佚。现存的主要作品有《颜氏家训》和《还冤志》，以及《急就章注》《证俗音字》《集灵记》辑录等。

家庭教育品读

颜之推的《颜氏家训》共二十篇，被称为"家训之祖"，在中国家庭教育发展史上有重要的影响，是一部系统完整的家庭教育教科书。《颜氏家训》二十篇，虽然没有专设道德教育的专篇，但修德之道却贯穿全书始终。作为儒家之人，颜之推十分注重"礼"，主张"礼为教之本"，强调在礼之实践，就在于践行忠孝仁义。《名实》篇是《颜氏家训》第十篇，其鉴于当时慕虚名之风而导致的恶果，在家训中对子孙后代进行了谆谆教导，告诫子孙后代应该内修己身，崇德向善，要言行一致、表里如一，不要过度追求虚名等。这些道理在千百年过去依然具有重要的智慧启发。

《名实》篇开篇即指明"名"与"实"的关系，指出德才兼备的人，名声一定会比较好，强调了个人品德的修养与才能提升方是名声的基石，只有真正德才兼备的人，才能获得真正的好名声。如果一个人看似忠厚却十分奸猾，沽名钓誉而窃取名声，这实际上并不能真正得到好名声。这就启发我们，在当代家庭教育中，家长应该注重培养孩子的道德品质和实际能力，而不是仅仅追求表面的名声。只有真正德才兼备的孩子，才能在未来社会中立足。

在《名实》篇中，颜之推着重阐述了言行一致、表里如一的重要性。他通过举例表明，真诚的话语和行为能够赢得他人的信任和尊重，而虚伪则只会带来短暂的虚假名声和长期的羞辱。他列举了仲由之言信、赵憙之降城的真诚例子，也举了伯石让卿、王莽辞政的虚伪例子，前者流传千古，后者遗臭万年，关键在于真诚与否。他以时人居丧期间作伪以搏名声为例，揭示了"以一伪丧百诚者，乃贪名不已故也"的道理。通过这些例子，颜之推要教导子孙后代的是：人不能虚伪造作，要以诚待人，言行一致，表里如一。在当代家庭教育中，家长应该以身作则，通过自己的行为示范来影响孩子，让孩子明白诚信和真实的重要性。同时，也要警惕孩子出现虚伪和做作的行为，及时给予纠正和引导。

颜之推在此篇中还告诫子孙后代，不要贪慕虚名。在文中，颜之推以两个小故事举例，批评了那些贪求虚名而不注重实际的人。士族富家子弟不勤修自身学问，却伪造文章，慕求好的名声，但终归胸无点墨，有露馅的那一天；少年为官不励精图治，却假意造作，以谋求好名声，但终归无以为继，功绩难为。他们往往都是为了获得名声而不择手段，甚至牺牲自己的原则和尊严。但这种虚名只是暂时的，无法长久维持。"治点子弟文章，以为声价，大弊事也。一则不可常继，终露其情；二则学者有凭，益不精励"，"一有伪情，触涂难继，功绩遂败损矣"，颜之推用这两个反面例子，告诫子孙后代：为了获得好名声而不择手段，害人害己，贻害无穷，要树立正确的名利观，

49

不贪求虚名，而是注重实际贡献和内在价值。这也启示我们，在当代家庭教育中，应该警惕孩子过度追求虚名的心态，尤其是一些家长为了给孩子扬名，伪造成果成绩、制造天才假象等乱象丛生，带坏了整个社会风气，给孩子的纯真染上了一抹杂色。只有加强正确名利观教育，才能让孩子更加追求内在素质的提高和道德的升华。同时，孩子也应该自觉学习、努力进取，不要依赖家长的庇护和虚假手段来获得名声。

《名实》篇虽非道德专篇，但通篇却充满了立身修德告诫，颜之推通过丰富的例子和深刻的论述，向我们传达了修身立德、真诚待人、不贪虚名等重要的道德教育思想。

《贻诸弟砥石命》

唐·舒元舆

原 文

　　昔岁吾行吴江上，得亭长所贻剑，心知其不莽卤，匦藏爱重，未曾亵视。今年秋在秦，无何发开，见惨翳积蚀，仅成死铁。意惭身将利器，而使其不光明若此，常缄求淬磨之心于胸中。

　　数月后，因过岐山下，得片石，如绿水色，长不满尺，阔厚半之，试以手磨，理甚腻，文甚密。吾意其异石，遂携入城，问于切磋工。工以为可为砥，吾遂取剑发之。初数日，浮埃薄落，未见快意。意工者相绐，复就问之。工曰："此石至细，故不能速利坚铁，但积渐发之，未一月，当见真貌。"归如其言，果睹变化。苍惨剥落，若青蛇退鳞，光劲一水，泳涵星斗。持之切金钱三十枚，皆无声而断，愈始得之利数十百倍。

　　吾因叹，以为金刚首五材，及为工人铸为器，复得首出利物，以刚质铓利。苟暂不砥砺，尚与铁无以异，况质柔铓钝，而又不能砥砺，当化为粪土耳，又安得与死铁伦齿耶！以此，益知人之生于代，苟不病盲聋瘖哑，则五常之性全，性全则豺狼燕雀亦云异矣。而或公然忘弃砺名砥行之道，反用狂言放情为事，蒙蒙外埃，积成垢恶，日不觉瘠，以至于戕正性，贼天理。生前为造化剩物，殁复与灰土俱委。此岂不为辜负日月之光景耶？

　　吾常睹汝辈趋向，尔诚全得天性者。况凤能承顺严训，皆解甘心服食古圣人道，知其必非雕缺道义，自埋于偷薄之伦者。然吾自干名在京城，兔魄已十九晦矣。知尔辈惧旨甘不继，困于薪粟，日丐于他人之门。吾闻此，益悲此身使尔辈承顺供养至此，亦益忧尔辈为穷窭而斯须忘其节，为苟得眩惑而容易徇于人，为投刺牵役而造次惰其业。日夜忆念，心力全耗。且欲书此为戒，又虑尔辈年未甚长成，不深谕解。

今会鄂骑归去，遂置石于书函中，乃笔用砥之功，以寓往意。欲尔辈定持刚质，昼夜淬砺，使尘埃不得间发而入，为吾守固穷之节，慎临财之苟，积习肄之业。上不贻庭闱忧，次不贻手足病，下不贻心意愧。欲三者不贻，只在尔砥之而已，不关他人。若砥之不已，则向之所谓切金涵星之用，又甚琐屑，安足以谕之？然吾固欲尔辈常置砥于左右，造次颠沛，必于是思之，亦古人韦弦铭座之义也。因书为《砥石命》，以勖尔辈，兼刻辞于其侧曰："剑之锷，砥之而光；人之名，砥之而扬。砥乎砥乎，为吾之师乎！仲兮季兮，无坠吾命乎！"

译 文

从前我在吴江上行走，得到亭长赠送的一把剑，心里知道它不是粗糙之物，于是把它藏在剑匣里，十分珍爱，从不轻易拿出来看。今年秋天在秦地，无意间打开剑匣，发现剑身被锈蚀覆盖，几乎成了废铁。我心中惭愧，自己身边带着这样的利器，却让它变得如此黯淡无光，心里常常想着要把它拿去淬磨一下。

几个月后，我路过岐山下，捡到一块石头，颜色像绿水一般，长度不到一尺，宽度和厚度大约是长度的一半。我试着用手磨它，感觉它的质地非常细腻，纹理也很密集。我觉得这是一块奇异的石头，于是就带进城去，询问石匠的意见。石匠认为这块石头可以用来做磨石，于是我就拿出剑来开始磨。刚开始的几天，只见剑上的锈斑薄薄地脱落，但并没有让我感到满意。我怀疑石匠欺骗了我，于是我又去问他。他说："这块石头非常细腻，所以不能很快磨利坚硬的铁剑。但是只要持续磨下去，不到一个月，就能看到剑的真面目了。"我回家按照他的话去做，果然看到了剑的变化。剑身上的锈蚀逐渐剥落，就像青蛇退去鳞片一样，剑光锐利如水，仿佛能包容星斗。我用它来切割铜钱，一共切了三十枚，都是无声无息地就切断了，比刚得到剑时锋利了几十上百倍。

我因此感叹道，金刚石是五金之首，一旦被工匠铸造成器具，又能成为最锋利的物品，这是因为它以坚硬的质地来保持锋利。但是，如果暂时不磨砺它，它还是和普通的铁没有什么区别。更何况那些质地柔软、刀刃迟钝的器具，如果不能磨砺它们，最终只会化为粪土，又怎么能和废铁相提并论呢？由此，我更加明白人生在世，只要不瞎不聋不哑不残疾，那么五常之性（仁、义、礼、智、信）就是完整的。人性完整，那么人和豺狼、燕雀也就有了区别。然而，有些人却公然忘记磨砺名声、砥砺品行的道理，反而放纵自己的情感，任由外界的尘埃积累成污垢和罪恶。他们一天天不觉悟，以至于伤害了自己的正直本性，违背了天理。活着的时候是造物主多余的产物，死后又与尘土一同消逝。这难道不是辜负了日月的光景吗？

我常常观察你们的言行举止，你们确实是天性完整的人。况且你们从小就能顺从严格的教导，都愿意心悦诚服地接受古代圣人的道理。我知道你们一定不会雕琢缺损道义，自甘堕落成为轻薄之徒。然而，我自从在京城求取功名以来，已经度过了十九次阴晴圆缺了。我知道你们担心生活所需不能接续，为柴米油盐所困，每天都要到别人家门口去乞讨。我听到这些，更加为我使你们承受这样的供养而感到悲伤，也更加担心你们因为贫穷而暂时忘记自己的节操，因为贪图小利而被迷惑，轻易地顺从别人；或者因为投递名帖忙于奔走而懈怠了自己的学业。我日夜思念着这些事情，心力全都耗尽了。我想写下这些话作为警戒，但又担心你们年纪还不够大，不能深刻理解这些话的含义。

现在恰逢有鄂州的骑兵要回去，我就把这块磨石放在书匣中，并记述使用磨石的功效，以此来寄托我之前的意愿。我希望你们能坚定保持刚硬的品质，日夜磨砺自己，让尘埃无法乘机侵入。你们要为我守住坚守贫困的节操，谨慎对待钱财，日积月累增进自己的学业。这样就不会给父母带来忧虑，不会给兄弟姐妹带来祸端，也不会让自己的内心感到愧疚。要想实现上述三者，只需要你们自己的磨砺而已，与他人无关。如果你们能不断地磨砺自己，那么前面所说的切金断玉、包容星斗的锋利作用，还只是些微不足道的小事，又怎么能用来比喻呢？然而，我确实希望你们能常常把磨石放在身边，无论是匆忙紧迫，还是颠沛流离之时，都要想到它。这也是古人自我警醒和不断磨砺的用意。因此，我写下这篇《砥石命》来勉励你们，并在磨石的旁边刻上这样的话："剑如果钝了，就要磨砺它使之光亮；人的名声如果受损，就要砥砺它使之发扬。磨砺啊磨砺啊，你是我的老师啊！弟弟啊，不要违背我的教导！"

作者简介

舒元舆（公元 789 年—公元 835 年），字升远，婺州东阳（今属浙江省金华市）人，唐代文学家和政治家。他自幼勤奋学习，积极上进，十五岁便精通经术。元和八年（公元 813 年），舒元舆成功考中进士，因办事干练，宰相裴度推荐他担任兴元掌书记，他所撰写的文檄雄健有力，备受当时人们的推崇。舒元舆自负其才华，始终保持着进取之心。大和五年（831年），他自献其文，"反复八万言，文辞精粹"，但宰相李宗闵却认为他性格浮躁、行为放纵，对其进行压制，改任著作郎，分司东都。李训受宠后，召为左司郎中，充知杂事侍御史，后官至御史中丞，兼判刑两部侍郎，并以本官同平章事，位极人臣。他也成为兰溪历史上第一位官至宰相的人。后因宦官势力坐大，李训及凤翔节度使郑注等人，秘密谋划内外联合，意图铲除宦官势力，为甘露之谋，但事情败露，计划最终失败，舒元舆在这场"甘露事变"中被杀。大中八年（公元854年），舒元舆才得以昭雪，其后裔将其遗骨移葬到兰溪白露山惠安寺侧。舒元舆以擅文敢谏著称，著有《舒元舆集》，已散佚。

家庭教育品读

《贻诸弟砥石命》是舒元舆写给弟弟们的一封家书，他的弟弟舒元褒、舒元肱、舒元迥后来皆考中进士，除舒元褒外，其余都在"甘露之变"中被处死。这篇家书是舒元舆对弟弟们的告诫。

舒元舆以两件小事的结合，指出了自我磨砺的重要性。舒元舆在家书中提到，自己先是得了一把宝剑，但因缺乏磨砺而锈迹斑斑，宛如废铁，又得到了一块奇石，可为磨石。在石匠指引下，自己以磨石磨砺宝剑，终可以削金如泥。"宝剑锋从磨砺出"，舒元舆通过这两个例子，向弟弟们表达了要自我磨砺的道理。他告诫弟弟们，不应因生活所困而忘记自我提升与磨砺。

舒元舆进而将这一道理引申到人的道德操守上，指出人的品德名誉也需要不断磨砺才能传扬光大。他告诫弟弟们，即使本性善良、天资聪慧，如果不加磨砺，也会变得平庸无奇，甚至堕落腐化。因此，必须时刻保持警醒，不断砥砺品行。

舒元舆还提醒弟弟们要坚定保持刚正的品质，警惕外界的诱惑和干扰。"欲尔辈定持刚质，昼夜淬砺，使尘埃不得间发而入"，他希望弟弟们能够始终保持内心的坚定和纯洁。

此外，舒元舆还在家书中表达了对弟弟们学习态度的关切。他担心弟弟们因生活困顿而懈怠学业，忘记了对知识的追求和对品德的锤炼。因此，他通过自身经历，告诫弟弟们要珍惜时光，勤勉学习，不断追求卓越。

《贻诸弟砥石命》不仅是对舒元舆弟弟们的告诫，更是对所有人的一份启示。在今天这个物欲横流、诱惑众多的社会里，家长们应该从中汲取智慧，教育子女无论身处何种环境，都不应忘记自我磨砺、自我提升，要坚守道德底线，保持正确的价值观。家庭是孩子成长的摇篮，也是道德操守教育的重要阵地。家长应该以身作则，通过言传身教的方式，引导孩子树立正确的价值观和道德观。

《诫子弟书》

唐·柳玭

原 文

夫门地高者，可畏不可恃。可畏者，立身行己，一事有坠先训，则罪大于他人，虽生可以苟取名位，死何以见祖先于地下？不可恃者，门高则自骄，族盛则人之所嫉。实艺懿行，人未必信；纤瑕微累，十手争指矣。所以承世胄者，修己不得不恳，为学不得不坚。

夫人生世，以无能望他人用，以无善望他人爱。用爱无状，则曰"我不遇时，时不急贤"，亦由农夫卤莽而种，而怨天泽之不润，虽欲弗馁，其可得乎？

予幼闻先训，讲论家法。立身以孝悌为基，以恭默为本，以畏怯为务，以勤俭为法，以交结为末事，以气义为凶人。肥家以忍顺，保交以简敬。百行备，疑身之未周；三缄密，虑言之或失。广记如不及，求名如傥来。去吝与骄，庶几减过。莅官则洁己省事，而后可以言守法，守法而后可以言养人。直不近祸，廉不沽名。廪禄虽微，不可易黎甿之膏血；榎楚虽用，不可恣褊狭之胸襟。忧与福不偕，洁与富不并。比见门家子孙，其先正直当官，耿介特立，不畏强御；及其衰也，唯好犯上，更无他能。如其先逊顺处己，和柔保身，以远悔尤；及其衰也，但有暗劣，莫知所宗。此际几微，非贤不达。

夫坏名灾己，辱先丧家，其失尤大者五，宜深志之。其一，自求安逸，靡甘淡泊，苟利于己，不恤人言。其二，不知儒术，不悦古道，懵前经而不耻，论当世而解颐，身既寡知，恶人有学。其三，胜己者厌之，佞己者悦之，唯乐戏谭，莫思古道，闻人之善嫉之，闻人之恶扬之，浸渍颇僻，销刻德义，簪裾徒在，厮养何殊。其四，崇好慢游，耽嗜曲蘖，以衔杯为高致，以勤事为俗流，习之易荒，觉已难悔。其五，急于名宦，昵近权要，一资半级，虽或得之，众怒群猜，鲜有存者。兹五不是，甚于痤疽。痤疽则砭石可瘳，五失则巫医莫及。前贤炯戒，方册具存，近代覆车，闻见相接。

夫中人已下，修辞力学者，则躁进患失，思展其用；审命知退者，则业荒文芜，一不足采。唯上智则研其虑，博其闻，坚其习，精其业，用之则行，舍之则藏。苟异于斯，岂为君子？

译 文

那些出身于名门望族的人，他们应该时刻警醒自己，而不可倚仗自己的地位。时刻警醒的原因在于，他们的一言一行，若稍有违背先祖的教诲，他的罪过便会比其他人更大。他们或许能在生前苟且求得名利地位，但死后如何面对地下的祖先呢？而不可倚仗自己的地位的原因在于，门第高贵容易使人自满骄傲，家族兴盛也容易引起他人的嫉妒。即便他们拥有真才实学和美德善行，人们也未必相信；而一旦有细微的瑕疵或过错，却会有众多人争相指责。因此，继承了先祖遗风的后代，必须恳切地修身养性，坚定地求学问道。

人生在世，如果自己没有才能，却期望得到他人重用，自己没有善行，却期望得到他人喜爱，这是不切实际的。如果因为没有被重用或被喜爱就抱怨说，"我生不逢时，时代不重视贤才"，这就像农夫粗心大意地耕种，却埋怨上天不赐雨水滋润，即使想不挨饿，又怎么可能呢？

我从小听受先祖的教诲，讲求并讨论家族的信条。一个人立身做人，要以孝顺友爱为基础，以恭敬沉默为根本，以谨小慎微为要务，以勤俭节约为原则，把结交朋友视为小事末节，把意气用事看作凶恶之人。持家之道在于忍让与顺从，而维护人际关系则应遵循简约与恭敬的原则。即使各种品行都已具备，也要怀疑自己是否做得周全；说话要三思而后行，思虑自己言语中是否有失误。要广泛地学习知识，好像永远学识不足似的；追求名声，就如同它是偶然得来的一样。要去除吝啬和骄傲，或许能减少一些过错。如果上任为官，应当洁身自好并省察公事，然后才能谈得上守法；守法之后，才能教化一方百姓。要始终保持正直而不接近制造祸端的人，廉洁但不沽名钓誉。虽然为官俸禄微薄，但不可轻易搜刮百姓的血汗钱；刑罚虽然可以使用，但不可胸襟狭隘地滥用。须知忧患与幸福不会同时到来，廉洁与富贵也不会并存。近来看到一些名门望族的子孙，他们的先祖为官正直，不畏强权，但到了后代衰败时，却只知道冒犯上级，没有其他能力。像他们的先祖在的时候谦逊处世，和柔保身，以远离悔恨和过失；但到了后代衰败时，却变得愚昧低劣，不知所从。这些细微的差别，不是贤明之人是无法洞察的。

因此，毁坏自己的名声，并且招致来灾祸，从而使祖宗蒙羞，家业丧失，其中损害最大尤有五个方面，你们应当深刻铭记，引以为戒。一是只求自己安逸，不甘于淡泊，只要对自己有利，什么事都干，不管不顾他人的议论。二是不懂儒家学说，不喜欢古代圣贤之道，对前人的经典无知却不以为耻，谈论当世之事却嬉笑怒骂，自己虽然知识浅薄，却厌恶别人有学问。三是对超过自己的人厌恶，对谄媚自己的人喜欢；只喜欢嬉戏谈笑，不肯钻研古代圣贤之道；听到别人的善行就嫉妒，听到别人的恶行就宣扬；逐渐被邪恶所浸染，销蚀了德行；这样的人虽然穿着士人的衣服，但和奴仆有什么区别！四是喜好漫游，沉溺于酒曲之中；把饮酒视为高雅情趣，把勤勉做事视为庸俗之流；这种习惯容易荒废正业，一旦觉察却难以悔改。五是急于追求名利官位，亲近权贵要人；这样或许能暂时获得一官半职，却要遭受众人的怨怒和猜疑。这五种错误比身上得了毒疮还要严重。身上得了毒疮还可以通过针石治疗而痊愈，但这五种错误却是巫师和医生们都无法治愈的。对此，前贤的告诫在典籍中都有记载；近代的失败教训也屡见不鲜。

对于中等才智以下的人，如果致力于修饰言辞和学问，就会急于求成、患得患失，只想施展自己的才能；而那些能够审时度势、知道退让的人，却又往往荒废学业、文采黯淡，一无是处。只有上等智慧的人才能深思熟虑、广博见闻、坚持学习、精通学业；他们被任用时就施展才华，不被任用时就把才华隐藏起来。如果不是这样，又怎么能成为君子呢？

作者简介

柳玭（？—约公元894年），京兆华原（今属陕西省耀州区）人，出身于显赫的官宦世家。他是兵部尚书、太子太保柳公绰的孙子，著名书法家柳公权的侄孙，以及天平军节度使柳仲郢的儿子。柳氏家族世代为高官，门第显赫，以治家严谨而闻名于世。柳玭早年通过明经科举及第，补任秘书正字，后因书判拔萃而累迁至左补阙。在咸通末年（公元874年），他担任昭义节度副使，随后调入刑部担任员外郎。乾符年间（公元874年—公元879年），柳玭出任岭南节度副使。黄巢占领广州后，他逃回长安，被任命为起居郎。中和初年（公元881年），柳玭随唐僖宗逃亡至成都，历任中书舍人、御史中丞。光启三年（公元887年），他以尚书右丞的身份代理礼部贡举，放榜录取了郑谷、崔涂等人才。文德元年（公元888年），柳玭以吏部侍郎的身份修撰国史，并被任命为御史大夫。后来，因事被贬为泸州刺史，约在乾宁元年（公元894年）去世。柳玭颇有文学造诣，工楷书。

家庭教育品读

《诫子弟书》是柳玭撰写的一篇重要家训。柳玭的家族世代为官，门第显赫，但治家极严，家风淳厚，被后人誉为"柳氏家法"。因此，柳玭传承家法家风，写下了这篇《诫子弟书》。

《诫子弟书》开篇即言："夫门第高者，可畏不可恃。"出身世家望族、门第显赫的柳玭深刻认识到，但凡出身于高门大族的人，虽然拥有较高的社会地位和资源优势，但同时也承受更大的责任和风险。于是，他告诫子弟，要时刻保持敬畏警惕之心，不可因门第高贵而骄奢淫逸、胡作非为。因为一旦立身行事违背了先祖的训诫，其危害就要比普通人大得多。这不仅仅会损害个人的名声，更会辱没祖先，败坏门风。

接下来，柳玭提醒子弟应该立身修德。他强调，立身修德应"以孝悌为基，以恭默为本，以畏怯为务，以勤俭为法，以交结为末事，以气义为凶人"，做到这一步还不够，还要"三缄密，虑言之或失。广记如不及，求名如傥来。去吝与骄，庶几减过"。在柳玭看来，孝敬父母、友爱兄弟是每个人应尽的义务和责任。只有做到这些，才能在社会上立足并获得他人的尊重和信任。同时，他还提倡以谦恭有礼、不议论他人为本分；以办事兢兢业业、谨慎小心为原则；以勤劳俭朴为行为准则，等等。这些共同构成了柳氏家族的立身修德之道。

柳玭不仅关注子弟的个人品德修养，也非常重视子弟的为官之德。他认为，做官首先要洁身自好，亲自省察公事。只有如此，才能忠于职守并获得他人的尊重和信任。同时，他还告诫子弟要廉洁奉公、不滥用职权。他说："直不近祸，廉不沽名。廉禄虽微，不可易黎氓之膏血；榎楚虽用，不可恣褊狭之胸襟。"这些教诲中蕴含着丰富的官德修养智慧，也是柳玭对子弟道德修养的进一步要求。

柳玭在诫书中还特别指出了五种立身修德需要克服的陋习：一是追求安逸、不愿淡泊名利；二是不学无术；三是厌恶超过自己的人、喜欢巴结自己的人；四是游手好闲、嗜酒贪杯；五是追求名利、讨好权贵。他认为这些陋习比毒疮的危害更大，一旦染上便难以治愈。因此，他告诫子弟要时刻警醒自己，远离这些陋习并努力培养高尚的美德。

　　《诫子弟书》不仅是一篇家训，更是一份宝贵的家庭教育指南。柳玭通过这篇家训向子孙后代传授了立身修德的种种道理。在当今社会，虽然时代背景和价值观念已经发生了巨大变化，但柳玭的家庭教育智慧依然具有重要的借鉴意义。当代家庭教育应该从中汲取养分，家长们应该重视家庭教育，注重培养孩子的高尚品德，帮助孩子树立正确的价值观，为子女的健康成长和未来发展奠定坚实基础。

《族谱后录下篇》（节选）

北宋·苏洵

原 文

昔吾先子尝有言曰："吾年少而亡吾先人，先世之行，吾不及有闻焉。盖尝闻其略曰：苏氏自迁于眉而家于眉山，自高祖泾则已不详。自曾祖钊而后稍可记。曾祖娶黄氏，以侠气闻于乡间。生子五人，而吾祖祜最少最贤，以才干精敏见称，生于唐哀帝之天祐二年，而殁于周世宗之显德五年，盖与五代相终始。殁之一年，而吾太祖始受命。是时王氏、孟氏相继据蜀，蜀之高才大人皆不肯出仕，曰不足辅。仕于蜀者皆其年少轻锐之士，故蜀以再亡。至太祖受命，而吾祖不及见也。吾祖娶于李氏。李氏，唐之苗裔，太宗之子曹王明之后世，曰瑜，为遂州长江尉，失官，家于眉之丹棱。祖母严毅，居家肃然，多才略，犹有窦太后、柴氏主之遗烈。生子五人，其才皆不同。宗善、宗晏、宗昇，循循无所毁誉。少子宗晁，轻侠难制。而吾父杲最好善，事父母极于孝，与兄弟笃于爱，与朋友笃于信，乡间之人，无亲疏皆敬爱之。娶宋氏夫人，事上甚孝谨，而御下甚严。生子九人，而吾独存。善治生，有余财。时蜀新破，其达官争弃其田宅以入觐，吾父独不肯取，曰：'吾恐累吾子。'终其身，田不满二顷，屋弊陋不葺也。好施与，曰：'多财而不施，吾恐他人谋我，然施而使人知之，人将以我为好名。'是以施而尤恶使人知之。族叔父玩尝有重狱，将就逮，曰：'入狱而死，妻子以累兄。请为我诇狱之轻重，轻也以肉馈我，重也以菜馈我。馈我以菜，吾将不食而死。'既而得释，玩曰：'吾非无他兄弟。可以寄死生者，惟子。'及将殁，太夫人犹执吾手曰：'盍以是属子之兄弟？'笑曰：'而子贤，虽非吾兄弟，亦将与之；不贤，虽吾兄弟，亦将弃之。属之何益？善教之而已。'遂卒。卒之岁，盖淳化五年。推其生之年，则晋少帝之开运元年也。"此洵尝得之先子云尔。

先子讳序，字仲先，生于开宝六年，而殁于庆历七年。娶史氏夫人，生子三人，长曰澹，次曰涣，季则洵也。先子少孤，喜为善而不好读书。晚乃为诗，能白道，敏捷立成，凡数十年，得数千篇，上自朝廷郡邑之事，下至乡间子孙畋渔治生之意，皆见于诗。观其诗虽不工，然有以知其表里洞达，豁然伟人也。性简易，无威仪，薄于为己而厚于为人。与人交，无贵贱皆得其欢心。见士大夫曲躬尽敬，人以为谄，及其见田父野老亦然，然后人不以为怪。外貌虽无所不与，然其中心所以轻重人者甚严。居乡间，出入不乘马，曰："有甚老于我而行者，吾乘马，无以见之。"敝衣恶食，处之不耻，务欲以身处众之所恶，盖不学《老子》而与之合。居家不治家事，以家事属诸子。至族人有事就之谋者，常为尽其心，反复而不厌。凶年尝鬻其田以济饥者。既丰，人将偿之，曰："吾自有以鬻之，非尔故也。"卒不肯受。力为藏退之行，以求不闻于世。然行之既久，则乡人亦多知之，以为古之隐君子莫及也。以涣登朝，授大理评事。史氏夫人，眉之大家，慈仁宽厚。宋氏姑甚严，夫人常能得其欢，以和族人。先公十五年而卒，追封蓬莱县太君。

洵闻之，自唐之衰，其贤人皆隐于山泽之间，以避五代之乱。及其后，僭伪之国相继亡灭，圣人出而四海平一，然其子孙犹不忍去其父祖之故，以出仕于天下。是以虽有美才，而莫显于世，及其教化洋溢，风俗变改，然后深山穷谷之中，向日之子孙，乃始振迅，相与从官于朝。然其才气，则既已不若其先人质直敦厚，可以重任而无疑也。而其先人之行，乃独隐晦而不闻，洵窃深惧焉。于是记其万一而藏之家，以示子孙。

译　文

从前，我的父亲曾经说过："我在年轻时便失去了我的父亲，因此对于先世的事迹，我并没有机会听闻太多。只是大略地听说过一些：苏氏家族自从迁居到眉州并在眉山安家后，从高祖苏泾开始，就已经不太详尽了。从曾祖苏钊之后，才稍微有些记载。曾祖娶了黄氏，他以侠义之气在乡间闻名。他生了五个儿子，而我的祖父苏祜是其中最小也是最贤能的，以才干精敏而著称。他出生于唐哀帝天祐二年，去世于周世宗显德五年，几乎与五代相始终。他去世一年后，我们的太祖皇帝才开始接受天命登基。那时，王氏和孟氏相继占据蜀地，蜀地的高才大德之人都不肯出仕为官，说那些人不足以辅佐。在蜀地为官的都是些年轻气盛的人，所以蜀地两次灭亡。等到太祖受天命登基时，我的祖父已经去世了，没能见到这一幕。我的祖父娶了李氏，李氏是唐代皇室的后裔，是太宗之子曹王李明的后代。其中一位名叫李瑜的，曾任遂州长江尉，后来失去了官职，便在眉州的丹棱安家。我的祖母性情严谨刚毅，治家严肃，多才多略，颇有窦太后、柴皇后的遗风。她生了五个儿子，每个儿子的才能都不同。宗善、宗晏、宗晁，都是谨慎规矩的人，没有什么特别的毁誉。小儿子宗晃，性格轻率侠义，难以管束。而我的父亲苏序最为善良，对父母极为孝顺，与兄弟深情厚爱，对朋友笃信不疑。乡间的人，无论亲疏都敬爱他。他娶了宋氏夫人，侍奉长辈非常孝顺谨慎，而管理下人又十分严格。他们生了九个儿子，只有我存活下来。父亲善于经营家业，家中有些余财。当时蜀地刚被攻破，那些达官贵人都争相放弃自己的田宅去京城朝见新主，只有我父亲不肯这样做，他说：'我担心这样会连累我的儿子。'他一生拥有的田地不满二顷，房屋破旧也不修葺。他喜欢施舍，但又说：'钱财多了却不施舍，我担心别人会谋算我；但如果施舍了却让人知道，别人又会认为我是为了名声。'因此他施舍时特别不喜欢让人知道。我的族叔父苏玩曾经卷入一桩重案，即将被捕，他说：'如果我入狱而死，妻子儿女就要拖累你了。请你为我打探一下案情的轻重，如果案情轻，就送肉给我吃；如果案情重，就送菜给我吃。送菜给我吃，我就不吃而死。'后来叔父得以释放，他说：'我并不是没有其他兄弟，但可以把生死相托的，只有你。'等到我父亲临终时，我的祖母还拉着我的手说：'为什么不把这些事情托付给你的兄弟们呢？'父亲笑着说：'如果我的儿子贤能，即使不是我的兄弟，我也会给予他；如果不贤能，即使是我的兄弟，我也会抛弃他。托付给他们有什么好处呢？只要好好教导他们就可以了。'于是他便去世了。他去世的那一年，是淳化五年。推算他的出生年份，则是晋少帝的开运元年。"这些都是我曾经从父亲那里听来的。

我的父亲名叫苏序，字仲先，出生于开宝六年，去世于庆历七年。他娶了史氏夫人，生了三个儿子，长子叫苏澹，次子叫苏涣，最小的就是我苏洵。父亲年幼时便失去了父亲，他喜欢做善事但不喜欢读书。晚年才开始作诗，能够直白地表达自己的想法，且作诗敏捷，立刻就能完成。几十年来，他写了数千篇诗，上至朝廷郡邑的大事，下至乡间子孙打猎捕鱼谋生的日常，都体现在他的诗中。看他的诗虽然不算工整，但可以看出他内外通达，是个豁达伟大的人。他性情简朴平易，没有威严的仪态，对自己要求不严但对别人却十分宽厚。与人交往时，无论贵贱都能让他们感到欢心。见到士大夫时，他会弯腰鞠躬表示敬意，有人认为这是谄媚；但见到田间的老农时，他也是一样，人们便不觉得奇怪了。他外表看起来对所有人都一视同仁，但内心对人的评价却十分严格。在乡间居住时，他出入从不骑马，他说："有比我年纪还大的人在步行，如果我骑马，就无法见到他们了。"他穿着破旧的衣服，吃着粗劣的食物，却毫不以此为耻，总是尽量让自己处于大家所厌恶的环境中，虽然他并没有学过《老子》，但他的行为却与老子的教导相合。在家中时，他从不管理家务事，而是把这些事交给儿子们。当族人有事来找他商量时，他总是尽心尽力地为他们出谋划策，反复讨论而不厌其烦。在灾荒之年，他甚至卖掉自己的田地来接济饥饿的人。等到年景好转，人们想要偿还他时，他却说："我是因为自己的原因才卖田的，与你们无关。"最终他都不肯接受偿还。他努力隐藏自己的善行，以求不被世人所知。然而时间一长，乡亲们还是知道了他的善行，认为他比古代的隐逸君子还要高洁。因为我哥哥苏涣在朝廷做官，父亲被授予了大理评事的官职。史氏夫人是眉州的大户人家出身，慈爱仁厚，宽厚待人。姑姑宋氏非常严厉，但史氏夫人总能让她高兴，从而和睦地处理与族人的关系。史氏夫人在我父亲去世十五年后也去世了，被追封为蓬莱县太君。

　　我听到过这样的说法，自从唐代衰落以来，那些贤能的人都隐居在山泽之间，以躲避五代的战乱。等到后来，那些割据的伪国相继灭亡，圣人出现使得四海统一，然而那些贤人的子孙仍然不忍心离开他们父祖的故居，去出仕做官。因此，虽然有美好的才能却不能在世上显赫。等到教化广泛传播，风俗改变之后，那些隐居在深山穷谷中的先人子孙才开始振奋起来，相继到朝廷做官。然而，他们的才气和气质已经不如他们的先人那样质朴直率、敦厚老实，可以毫无疑虑地担当重任了。而那些先人的品行事迹却独自隐没而不被世人所知，我私下里对此深感忧虑。因此，我记录下这些事迹的万一，并把它们藏在家中，以此来昭示子孙后代。

作者简介

　　苏洵（公元 1009 年—公元 1066 年），字明允，自号老泉，眉州眉山（今属四川省眉山市）人，北宋时期的著名文学家，与其子苏轼、苏辙并称为"三苏"，均被列入"唐宋八大家"。苏洵年少时并未专注于学业，而是喜欢游历名山大川。直到二十七岁时，他才开始发奋读书，决心在学问上有所成就。他闭门苦读六七年，其间不写任何文章，直到学问成熟。苏洵的散文论点鲜明，论据有力，语言犀利，纵横恣肆，具有雄辩的说服力。他的作品如《权书》《衡论》等，都是针对北宋社会的现实而作，对改变当时的不良文风起了巨大的促进作用。在仕途上，苏洵虽曾参加科举考试但未中，后来得到欧阳修的赏识和推荐，才逐渐获得名声。他曾任秘书省校书郎、霸州文安县主簿等职，还参与了《太常因革礼》的修撰工作。苏洵的文学创作成就卓越，其散文在当时就颇具影响，对后世文学也产生了深远的影响。

家庭教育品读

苏洵的《族谱后录》不仅是一篇记录苏氏家族世系繁衍及重要人物事迹的重要文献，更是一部关于家风传承与个人品德教育的宝贵文献。此处选取的记述先人言行的部分，主要是苏洵对其父祖事迹的记述，我们可以从中汲取到关于家族传承、个人品德修养以及处世哲学的深刻启示。

一是家族传承的重要性。苏洵在文中详细记述了苏氏家族的历史，从高祖到曾祖，再到祖父和父亲，每一代都有其独特的贡献和品格。这种对家族历史的重视和传承，体现了苏氏家族深厚的家族观念和责任感。对于我们来说，家族传承不仅仅是对家族历史的了解和记忆，更是一种对家族文化和价值观的认同和继承。通过了解家族的历史和先人的事迹，我们可以更好地认识自己，明确自己的家族责任和使命，为家族的繁荣和发展贡献自己的力量。

二是个人品德修养的典范。苏洵的父祖都是品德高尚的人，他们以身作则，为后代树立了良好的榜样。如苏洵的曾祖父"以才干精敏见称"，曾祖母则"严毅，居家肃然，多才略"，祖父则"最好善，事父母极于孝，与兄弟笃于爱，与朋友笃于信"。这些品德修养不仅赢得了乡间之人的敬爱，也为苏氏家族树立了良好的家风。品德修养是一个人立身之本，只有具备良好的品德，才能在社会中立足并赢得他人的尊重和信任。因此，在当代家庭教育中，家长们应该注重自己的品德修养，以身作则，为后代树立良好的榜样，同时注重培养孩子的道德修养，让孩子成长为一个有道德的人。

三是处世哲学的智慧。苏洵的父祖在处世哲学上也有着独特的智慧。他们注重施与，但又不愿让人知道自己的善行，体现了"施人慎勿念，受施慎勿忘"的高尚品质。同时，他们在处理家族事务和与人交往时，都表现出了宽容、厚道和谦逊的态度。这种处世哲学不仅赢得了他人的尊重和友谊，也为苏氏家族赢得了良好的声誉。这也启示我们，在当代家庭教育中，家长们应该教育引导孩子学会宽容、厚道和谦逊，尊重他人，善待他人，以建立良好的人际关系和社会关系。

《与徐仲仁》

明·王阳明

原文

北行仓率，不及细话。别后日听捷音，继得乡录，知秋战未利。吾子年方英妙，此亦未足深憾，惟宜修德积学，以求大成。寻常一第，固非仆之所望也。家君舍众论而择子，所以择子者，实有在于众论之外，子宜勉之！勿谓隐微可欺而有放心，勿谓聪明可恃而有怠志。养心莫善于义理，为学莫要于精专。毋为习俗所移，毋为物诱所引。求古圣贤而师法之，切莫以斯言为迂阔也。

昔在张时敏先生时，令叔在学，聪明盖一时，然而竟无所成者，荡心害之也。去高明而就污下，念虑之间，顾岂不易哉？斯诚往事之鉴，虽吾子质美而淳，万无是事，然亦不可以不慎也。意欲吾子来此读书，恐未能遂离侍下，且未敢言此，俟后便再议。所不避其切切，为吾子言者，幸加熟念，其亲爱之情，自有不能已也。

译文

我此番北上，仓促行路，来不及详细交谈。分别之后，我天天盼望听到你的好消息，后来收到家乡的来信，才知道你在秋天的考试中没能取得佳绩。你还年轻，才华横溢，这次考试的不如意也不值得太过遗憾。你应该注重修养德行，积累学问，以求得更大的成就。寻常的科举及第，本来就不是我对你的期望。我父亲抛开众人的议论而选择了你，之所以选择你，就是因为看到了你超出众人议论之外的优点，你应该更加努力啊！不要以为隐秘微小的事情就可以欺瞒别人而放纵自己，也不要以为聪明就可以倚仗而松懈了志气。修养心性最好的方法是钻研义理,做学问最重要的是精研专一。不要被世俗的风气所改变,不要被物质诱惑所吸引。要以古代圣贤为榜样,效法他们,千万不要把我的这些话当成迂腐和不切实际的。

从前在张时敏先生那里学习时,你的叔父也在学馆中,他当时聪明过人,然而最终却没有什么成就,就是因为他的心志不坚定,被放荡的生活所毁。从高尚明智转向污浊低下,在一念之间,难道不是很容易的吗?这实在是有前车之鉴,虽然你资质挺好,性情淳厚,绝对不会发生这样的事,但也不能不谨慎啊。我本来想让你来这里读书,但又担心你不能离开父母身边,所以暂且不敢提这个建议,等以后有机会再商议吧。我之所以不顾一切恳切地对你说这些话,就是希望你能够深思熟虑,我对你的关爱之情,实在是情不自禁啊。

作者简介

王阳明(公元1472年—公元1529年),名守仁,字伯安,号阳明,浙江余姚(今属浙江省宁波市)人,著名的思想家、哲学家、政治家、教育家和军事家。王阳明在多个领域都取得卓越成就。他一生仕途坎坷,曾任刑部主事、贵州龙场驿丞、庐陵知县、右佥都御史、南赣巡抚、两广总督等职,晚年官至南京兵部尚书、都察院左都御史。他不仅在文治方面有着卓越的表现,在军事上也有着非凡的才能。因平定宸濠之乱等军功,王阳明被封为新建伯,成为明代因军功受封爵位的三位文臣之一(另外两位是靖远伯王骥和威宁伯王越)。嘉靖七年十一月(公元1529年1月)逝世,享年五十七岁。隆庆年间追赠新建侯,谥文成。万历十二年(公元1584年)配享孔庙。王阳明是心学的集大成者,其学术思想以"心即理""知行合一"和"致良知"为核心,构建了完整的心学思想体系。他强调个性化的发展、个人意愿的尊重及个体创造力的调动,冲击了僵化的程朱理学,对中国封建社会后期产生了重要影响。他的学说不仅在中国广泛传播,还远播至日本、朝鲜半岛以及东南亚等地,对当地的文化和思想产生了深远影响。他一生致力于讲学,足迹遍及贵州、江西、湖南、广西、广东等地,培养了大批人才,极大地促进了当地教育文化事业的发展。他的教育思想强调致良知和知行合一,认为教育应该重视人的内心修养和道德实践。王守仁的弟子众多,被后世尊称为"姚江学派"。清代学者王士祯盛赞其"立德、立功、立言"皆达到极致,是明代第一流的人物。其文章博大精深,笔墨间流露出俊逸之风。《王文成公全书》流传至今。

家庭教育品读

《与徐仲仁》是王阳明弘治十七年（公元 1504 年）写给妹夫徐爱的家书，也是王阳明传世家书之一。这时，三十三岁的王阳明成为山东乡试的主考官，而十七岁的徐爱，却在浙江省的乡试中遗憾落第。于是王阳明写了这封家书对妹夫进行诫勉。整封家书的核心围绕修德展开。

家书开篇，王阳明就讲到自己对于妹夫学业的关心，"别后日听捷音，继得乡录，知秋战未利"。但随即笔锋一转，他却强调："吾子年方英妙，此亦未足深憾，惟宜修德积学，以求大成。"这既是对妹夫科举失利的宽慰，更是对妹夫长远发展的深刻洞察，提出要妹夫徐爱修养品德、积累学问，以求有更大的成就。就像他王阳明所说，"寻常一第，固非仆之所望也"，提醒妹夫徐爱，要有更高远的精神追求和人格塑造。这种教育方式对今天的家庭教育有很大启发。在当代家庭教育中，长辈应对晚辈保持宽容和鼓励，而不是一味苛责，动辄训斥。这是当代家庭教育中出现的一些问题。此外，家长们在教育子女时，应既注重学业提高，又注重道德提升，"修德积学"，双管齐下，如此方能取得大成就。

在道德修养方面，作者强调自律、慎独，不为外物所惑。"勿谓隐微可欺而有放心，勿谓聪明可恃而有怠志"，这是王阳明对妹夫自律修德的谆谆教诲。他特地举了徐爱叔父的例子，指出"昔在张时敏先生时，令叔在学，聪明盖一时，然而竟无所成者，荡心害之也"，以此为鉴，警示妹夫徐爱要谨慎行事，勿因一时的聪明或成就而放纵自己，导致最终的失败。他告诫妹夫，修身养德重在慎独，不要为外物所惑，"毋为习俗所移，毋为物诱所引"。这是王阳明对内心修养的体悟。在当代家庭教育中，家长们应该加强对子女的引导，帮助他们自觉抵制各种社会不良风气，教导他们树立正确的价值观、道德观，崇德向善。

关于如何"修德积学"，王阳明也提出了自己的看法，他认为，无论"修德"还是"积学"，都应该勤奋学习，精研专一。"养心莫善于义理，为学莫要于精专"，他认为要通过学习经义道理来修养道德，对于学习，他认为应该专心致志、精益求精。此外，他还强调向古贤效法。"求古圣贤而师法之"，这既是"修德"之道，也是"积学"之法。师法古圣贤，既可以汲取前人智慧、增加学识积累，也可以效法古人圣德，培养良好品德。这恰恰告诉我们，当代家庭教育，应该从中华传统家庭教育中寻找智慧，学习其中好的教育方式方法。

总之,这封家书虽是对后辈的殷切期望与教诲,但也蕴含着丰富的家庭教育智慧。在当今社会,这种家庭教育智慧依然具有极其重要的现实意义,值得家长们深思与践行。

《家　训》

明·高攀龙

原　文

　　吾人立身天地间，只思量作得一个人是第一义，余事都没要紧。作人的道理，不必多言，只看《小学》便是，依此作去，岂有差失？从古聪明睿知、圣贤豪杰，只于此见得透，下手早，所以其人千古、万古不可磨灭。闻此言不信，便是凡愚，所宜猛省。作好人，眼前觉得不便宜，总算来是大便宜。作不好人，眼前觉得便宜，总算来是大不便宜。千古以来，成败昭然，如何迷人尚不觉悟，真是可哀！吾为子孙发此真切诚恳之语，不可草草看过。

　　吾儒学问，主于经世，故圣贤教人，莫先穷理。道理不明，有不知不觉堕于小人之归者，可畏，可畏。穷理虽多方，要在读书亲贤。《小学》《近思录》《四书》《五经》，周、程、张、朱语录，《性理》《纲目》，所当读之书也。知人之要在其中矣。

　　取人要知圣人取狂狷之意。狂狷皆与世俗不相入，然可以入道。若憎恶此等人，便不是好消息。所与皆庸俗人，已未有不入于庸俗者。出而用世，便与小人相昵，与君子为仇，最是大利害处，不可轻看。吾见天下人坐此病甚多，以此知圣人是万世法眼。

　　不可专取人之才，当以忠信为本。自古君子为小人所惑，皆是取其才。小人未有无才者。

　　以孝悌为本，以忠义为主，以廉洁为先，以诚实为要。

　　临事让人一步，自有余地。临财放宽一分，自有余味。

　　善须是积。今日积，明日积，积小便大。一念之差，一言之差，一事之差，有因而丧身亡家者，岂可不畏也！

爱人者，人恒爱之。敬人者，人恒敬之。我恶人，人亦恶我。我慢人，人亦慢我。此感应自然之理，切不可结怨于人。结怨于人，譬如服毒，其毒日久必发，但有小大迟速不同耳。人家祖宗受人欺侮，其子孙传说不忘，乘时邂会，终须报之。彼我同然，出尔反尔，岂可不戒也！

言语最要谨慎，交游最要审择。多说一句，不如少说一句，多识一人，不如少识一人。若是贤友，愈多愈好，只恐人才难得，知人实难耳。语云："要作好人，须寻好友，引醅若酸，哪得甜酒？"又云："人生丧家亡身，言语占了八分"。皆格言也。

见过所以求福，反己所以免祸。常见己过，常向吉中行矣。自认为是人，不好再开口矣。非是为横逆之来，姑且自认不是。其实人非圣人，岂能尽善？人来加我，多是自取。但肯反求，道理自见。如此则吾心愈细密，临事愈精详。一番经历，一番进益，省了几多气力，长了几多识见。小人所以为小人者，只见别人不是而已。

人家有体面崖岸之说，大害事。家人惹事，直者置之，曲者治之而已。往往为体面，立崖岸，曲护其短，力直其事，此乃自伤体面，自毁崖岸也。长小人之志，生不测之变，多由于此。

世间惟财色二者最迷惑人，最败坏人。故自妻妾而外，皆为非己之色。淫人妻女，妻女淫人，夭寿折福，殃留子孙，皆有明验显报。少年当竭力保守，视身如白玉，一失脚即成粉碎；视此事如鸩毒，一入口即立死。须臾坚忍，终身受用，一念之差，万劫莫赎，可畏哉，可畏哉！古人甚祸非分之得，故货悖而入，亦悖而出。吾见世人非分得财，非得财也，得祸也。积财愈多，积祸愈大，往往生出异常不肖子孙，作出无限丑事，资人笑话，层见叠出于耳目之前而不悟，悲夫！吾试静心思之，净眼观之，凡宫室、饮食、衣服、器用，受用得有数，朴素些有何不好，简淡些有何不好？人心但从欲如流，往而不返耳。转念之间，每日当省不省者甚多，日减一日，岂不潇洒快活？但力持"勤俭"两字，终身不取一毫非分之得，泰然自得，衾影无作，不胜于秽浊之富百千万倍耶！

人生爵位，自是分定，非可营求，只看得"义命"二字，透落得作个君子。不然，空污秽清净世界，空玷辱清白家门，不如穷檐蔀屋，田夫牧子，老死而人不闻者，反免得出一番大丑也。

士大夫居间得财之丑，不减于室女逾墙从人之羞。流俗滔滔，恬不为怪者，只是不曾立志要作人。若要作人，自知男女失节，总是一般。

人身顶天立地，为纲常名教之寄，甚贵重也。不自知其贵重，少年比之匪人，为赌博宿娼之事，清夜睨而自视，成何面目？若以为无伤而不羞，便是人家下流子弟。甘心下流，又复何言？

捉人打人，最是恶事，最是险事。未必便至于死，但一捉一打，或其人不幸遭病死，或因别事死，便不能脱然无累。保身保家，戒此为要。极不堪者，自有官法，自有公论，何苦自蹈危险耶！况自家人而外，乡党中与我平等，岂可以贵贱、贫富、强弱之故，妄凌辱人乎？家人违犯，必令人扑责，决不可拳打脚踢。暴怒之下有失，戒之，戒之！

古语云："世间第一好事，莫如救难怜贫。"人若不遭天祸，舍施能费几文？故济人不在大费己财，但以方便存心。残羹剩饭，亦可救人之饥；敝衣败絮，亦可救人之寒。酒筵省得一二品，馈赠省得一二器，少置衣服一二套，省去长物一二件。切切为贫人算计，存些赢余，以济人急难。去无用可成大用，积小惠可成大德，此为善中一大功课也。……

有一种俗人，如佣书、作中、作媒、唱曲之类，其所知者势利，所谈者声色，所就者酒食而已。与之绸缪，一妨人读书之功，一消人高明之意，一浸淫渐渍，引人于不善而不自知，所谓便辟侧媚也，为损不小，急宜警觉。

人失学不读书者，但守太祖高皇帝圣谕六言："孝顺父母，尊敬长上，和睦乡里，教训子孙，各安生理，毋作非为。"时时在心上转一过，口中念一过，胜于诵经，自然生长善根，消沉罪过。在乡里中作个善人，子孙必有兴者。各寻一生理，专守而勿变，自各有遇。于"毋作非为"内，尤要痛戒嫖、赌、告状，此三者，不读书人尤易犯，破家丧身尤速也。

译　文

我们生活在天地之间，首要考虑的是如何成为一个真正的人，这是最重要的，其他事情都没有那么重要。做人的道理，无需多言，只需看《小学》这本书，按照书中的教导去做，怎么会有差错呢？从古至今，那些聪明睿智的圣贤豪杰，都是因为对这一点有透彻的理解，并且早早地下手实践，所以他们的事迹才能流传千古，永为后人铭记。听到这些话你还不相信，那就是平庸愚昧，应该深刻反省自己。做好人，在眼前看来似乎并不划算，但从长远来看却是大有益处。做不好人，眼前看似占了便宜，但从长远来看却是大大的不划算。自古以来，成败分明，为什么还有那么多人迷惑不醒悟呢，真是可悲！我为子孙后代说出这些真切诚恳的话，希望你们不要草草看过就忘。

我们儒家的学问，主要是为了经世致用，所以圣贤教导人们，首先要穷究事理。如果事理不明，就有可能不知不觉地堕落到小人的行列，这是非常可怕的。穷究事理的方法虽然多种多样，但关键在于读书和亲近贤人。《小学》《近思录》、四书五经以及周敦颐、程颢、程颐、张载、朱熹的语录和《性理》《纲目》等，都是应当阅读的书籍。了解人的关键也在这些书中。

在选拔人才时，要理解圣人选取狂狷之士的用意。狂狷之士都是与世俗不相合之人，但他们却有可能进入正道。如果憎恶这样的人，就不是好的征兆。如果所交往的都是庸俗之人，自己也可能变得庸俗。这样，一旦出仕为官，就可能与小人亲近，与君子为敌，这是最危险的事情，不能轻视。我看到天下很多人都犯了这个毛病，由此可知圣人是具有万世洞察力的。

选拔人才不能只看才华，而应以忠信为根本。自古以来，君子被小人所迷惑，往往是因为看重了小人的才华。小人就没有缺少才华的。

做人应以孝悌为根本，以忠义为主导，以廉洁为首要，以诚实为要义。

遇到事情时，让人一步，自然就有回旋的余地；面对财物时，放宽一分，自然就有更多的回味。

善行需要积累，今天积一点，明天积一点，积小善成大善。一念之差、一言之差、一事之差，都可能导致丧身亡家的后果，怎么能不敬畏呢！

爱别人的人，别人也会爱他；尊敬别人的人，别人也会尊敬他。我厌恶别人，别人也会厌恶我；我轻视别人，别人也会轻视我。这是自然的感应之理，切不可与人结怨。与人结怨就像服毒一样，毒性日积月累终会发作，只是发作的时间快慢、程度大小不同而已。人家的祖宗如果受过欺侮，其子孙会代代相传不忘，一旦时机成熟，就会报复。彼此都是一样的道理，所以我们怎么能不警惕自己的行为呢！

言语要特别谨慎，交友要仔细选择。多说一句话，不如少说；多认识一个人，不如少认识一个。如果是贤良的朋友，越多越好，只是恐怕人才难得，知人更难。俗话说："要做好人，必须找好朋友，如果引子是酸的，怎么能酿出甜酒呢？"又说："人生丧家亡身，言语占了八分责任。"这些都是至理名言。

看到过错是寻求幸福的途径，反省自己是避免灾祸的方法。经常看到自己的过错，就能逐渐走向吉祥。自认为总是对的人，就不好再开口说话了。这并不是说在面对横逆时，要姑且自认不是，而是说人非圣贤，岂能尽善尽美。别人加害于我，往往是我自己招致的。只要肯反省自己，道理自然会明白。这样，我们的心思就会更加细密，处理事情就会更加精详。每经历一次，就会有一次进步，省去了许多气力，增长了许多见识。小人之所以成为小人，只是因为他们只看到别人的不是而已。

有些人讲究体面、摆架子，这是非常有害的。家人惹事时，对的就放过他，错的就惩治他。但很多人往往为了体面、架子，而掩饰家人的过错，强行辩解他们的事情，这其实是自伤体面、自毁架子。这样做会助长小人的气焰，引发不可预测的变故，很多麻烦都是由此而起的。

世间只有财和色两种东西最能迷惑人、败坏人。除了自己的妻妾之外，其他都是非分之色。淫乱别人的妻女，或者自己的妻女被别人淫乱，都会折损寿命和福气，给子孙带来灾祸，这些都有明显的报应。年轻人应该竭力保守自己的节操，把身体看作白玉一样珍贵，一旦失足就会粉碎；把色这件事看作毒药一样危险，一旦沾染就会立刻死亡。只要片刻的坚忍，就能终身受用；一念之差，就可能万劫不复，这是多么可怕啊！古人非常忌讳非分之得，因为用不正当手段得来的财物，也会以不正当的方式失去。我看到世人非分得财，其实并不是得财，而是得祸。积累的财物越多，积累的灾祸也就越大，往往生出极其不肖的子孙，做出无数丑事，成为别人的笑柄，这些事例屡见不鲜，但人们却不醒悟，真是可悲！我试着静下心来思考，用清净的眼光去看待这一切，发现无论是宫室饮食、衣服器用，享受都是有限的，朴素一些、简淡一些有什么不好呢？人心只是随着欲望之流一去不复返而已。转念之间，每天可以省去很多不必要的开销，一天比一天减少，岂不是更加潇洒快活？只要坚持"勤俭"两个字，终身不取一毫非分之得，就能泰然自得、问心无愧，这不比那些污浊的财富要好上千万倍！

人生的爵位和地位都是命中注定的，不是可以强求的。只要看透"义命"二字，就能做个君子。否则，只会玷污清净的世界和清白的家门，还不如那些穷乡僻壤的农夫牧子，老死而无人知晓，反而免得出一番大丑。

士大夫之间通过不正当手段获取财物，其丑恶程度不亚于女子翻墙与人私奔。世俗之人对此却习以为常，不以为怪，只是因为他们没有立志要做个真正的人。如果要做人，就应该知道男女失节都是一样可耻的。

人的身体是顶天立地的，承载着纲常名教的寄托，非常贵重。如果不自知其贵重，少年时就与匪徒为伍，做赌博宿娼之事，那么在清静的夜晚审视自己，会成何等面目？如果认为这些无伤大雅而不感到羞耻，那就成了人家的下流子弟。甘心做下流之人，还有什么可说的呢？

捉人打人是最恶劣、最危险的事情，虽然不一定致死，但一旦捉打之后，如果对方不幸病死或因别事而死，就无法摆脱干系。保身保家最重要的是要戒除这种行为。对于极端不堪的人，自有官法和公论来制裁他们，何必自己去冒险呢？况且除了自家人之外，乡党中与我们平等相待的人，怎么能因为贵贱、贫富、强弱的原因而妄自凌辱他们呢？如果家人违犯了这个规矩，一定要让人扑打责罚他们，但决不能拳打脚踢。在暴怒之下容易失手，所以一定要警惕再警惕。

古语说："世间第一好事莫如救难济贫。"人如果不遭遇天灾人祸，施舍又能花费多少钱呢？所以救济别人并不在于花费大量的钱财，而在于心存方便。残羹剩饭也可以救人之饥；敝衣败絮也可以救人之寒。酒宴上省下一二品菜肴、馈赠时省下一两件器物、少置一两套衣服、省去一两件多余的东西。切切实实地为贫穷的人打算一下，存些盈余来救济他们的急难。去掉无用的东西可以成就大用；积累小惠可以成就大德。这是行善中的一大功课。

··········

有一种俗人，如佣书、作中、作媒、唱曲等类的人，他们所知道的只是势利，所谈论的只是声色，所追求的只是酒食而已。与他们亲密交往会妨碍人读书学习，消磨人的意志，一旦渐相亲附接近，引人于不善之路而不自知。这就是所谓的逢迎拍马、巧言令色，对人的损害不小，应该立刻警觉起来。

那些没有受过教育不读书的人，应该牢记太祖高皇帝的圣谕六言："孝顺父母，尊敬长辈和上级，与邻里和睦相处，教育训导子孙后代，各自安心于自己的本分和生活，不要做违法乱纪的事情。"时时刻刻在心里默念一遍，口里念一遍，这比诵经还要好，自然能生长善根，消除罪过。在乡里做个善人，子孙一定会兴旺的。各自找一个谋生的职业，专心致志地去做，不要半途而废，自然会有好的际遇。在"毋作非为"这一点中，尤其要痛下决心戒掉嫖娼、赌博、告状这三件事。这三件事，不读书的人尤其容易犯，而且破家丧身的速度也特别快。

作者简介

高攀龙（公元 1562 年—公元 1626 年），字存之，又字云从，号景逸，世称景逸先生，南直隶无锡（今属江苏省无锡市）人。明末东林党领袖，著名政治家、思想家、教育家。万历十七年（公元 1589 年），高攀龙中进士，初授行人司行人，执掌传圣旨、行册封等礼仪性的事务。高攀龙的政治生涯充满了波折。他因上疏为主持考察的吏部尚书孙等辩白，被谪揭阳县添注典史。在揭阳期间，他教授学徒，培养了不少学生，并察访民情吏弊，惩治地方恶霸。后回归故里，与顾宪成等人在东林书院讲学，成为一代儒学宗师。天启元年（公元1621年），高攀龙重获起用，历任光禄寺丞、太常少卿、大理寺右少卿、太仆卿、刑部右侍郎、都察院左都御史等职。他支持王之寀等追论梃击、红丸、移宫三案，借以消除外戚、勋贵及浙党势力，又力主澄清吏治，反对恢复征商，并在京师首善书院讲学。然而，因揭露阉党崔呈秀贪秽事，反被削籍归里。天启六年（公元1626年），阉党遣缇骑拘捕时，高攀龙不堪屈辱，投水自尽，时年六十四岁。崇祯初年（公元1628年），朝廷为高攀龙平反，赠太子太保、兵部尚书，谥"忠宪"。他在学术思想上的最大贡献，在于提倡"治国平天下"的"有用之学"，反对王学末流的"空虚玄妙"之学。此外，高攀龙的诗文意境深远，文格清遒，无明末纤诡之习。著有《高子遗书》《周易易简说》《二程节录》等，为后世留下了宝贵的文化遗产。

家庭教育品读

　　《家训》是高攀龙留给家族儿孙后代的训诫，载于《高子遗书》。高攀龙家训共21条，广受后人推崇，被视为教育子孙的经典。其内容涵盖做人、为善、治学、取才、交友、处世等多个方面，但核心内容是应该如何立身做人、修养德行，成为一个有道德、有担当的有用之人。

　　《家训》开篇即强调做人的重要性。他开篇即明宗义，指出在人生的众多追求中，成为一个真正的人是最根本、最重要的。他认为如何做人，这才是一个人需要真正考虑的问题，也是人生的首要任务。这体现了儒家思想中"修身齐家治国平天下"的理念，即个人修养是治理家庭、国家和天下的基础。他还指出了做好人和做坏人之间的不同，前者在眼前看来似乎并不划算，但长远来看却是大有益处；后者眼前看似占了便宜，但长远来看却是大大的不划算。以此来告诫子孙后代要做一个好人。

　　关于如何做人，如何做好人，高攀龙通篇都是讲述这个问题。

　　他首先提到通过读圣贤书来学习做人的道理。"穷理虽多方，要在读书亲贤。"他主要告诫子孙后代要读四书五经和宋明理学的书籍，尤其是周敦颐、程颢、程颐、张载、朱熹的语录等，从中寻找做人的道理。读书明智，高攀龙所说的读圣贤书虽然带有浓厚的个人倾向，但其中的道理却是相通的。当代家庭教育中，应该注重引导孩子多读圣贤书，读经典书，从书中学习如何做人、如何向善、如何修德的道理。

随后，他具体指明了关于做人的一些具体方面的做法。

一者要亲君子远小人。他认为，如果所交往的都是庸俗之人，自己也可能变得庸俗。

二者要孝悌、忠义、廉洁、诚实。他认为，这四者是做人的基本原则。他说："做人应以孝悌为根本，以忠义为主导，以廉洁为先，以诚实为要。"

三者要积累善行。他认为做人要积累善行，日积月累，从而积小善成大善。他还特意引用古语告诫子孙后代要积善行德，他说，去掉无用的东西可以成就大用，积累小惠可以成就大德，这是行善中的一大功课。

四者要谨言慎行。他认为，言语要特别谨慎，多说一句话，不如不说。并且引用"人生丧家亡身，言语占了八分"的格言，告诫子孙后代要时刻保持言语谨慎，不要因妄言而招致祸端。

五者注重自我反省。人非圣贤，孰能无过。有过错不重要，重要的是要常常反省自己，有错就改，从而"一番经历，一番进益"，从而得到自我提升。

六者不文过饰非。高攀龙指出有些人好面子、摆架子，于是对家人的过错进行掩饰，实际上是在自伤体面、自毁架子。文过饰非，最终将会助长小人气焰，引发不可预测的变故。

七者杜绝财色诱惑。他认为，世间只有财和色两种东西最能迷惑人、败坏人，告诫子孙后代，不要招惹非分之色，不要贪求非分之财，这样只会招来祸端。

八者要勤俭持家。他认为，人的欲望是无穷的，享受却是有限的。因此，他指出，只要坚持"勤俭"两个字，终身不取一毫非分之得，就能泰然自得、问心无愧。

九者不恃强凌弱，行凶作恶。他指出，捉人打人是最恶劣、最危险的事情。无论何种因素，都不能行打人之事，更不能逞凶伤人，恃强凌弱。

十者要洁身自好。他认为人的身体是很贵重的，顶天立地，承载着纲常名教的寄托，告诫子孙后代要洁身自好，"毋作非为"，尤其要痛下决心戒掉嫖娼、赌博、告状这三件事，不要甘做下流。

此十者，是高攀龙对于如何做人、如何做好人的诠释，也是他在家训中对子孙后代的谆谆教诲和告诫。这些主张虽然有些已经落后于时代，但其核心的内涵却对今天的家庭教育有着重要的启示。高攀龙的家训提醒我们，无论时代如何变迁，品德教育始终应该是家庭教育的核心。作为孩子成长的第一课堂，在家庭教育中一定要告诉子女如何做人。只有懂得做人的道理，一个人才能在纷繁复杂的世界中保持清醒的头脑，不迷失方向。此外，家长们也应该教会孩子如何做人，而不是让孩子自己体悟。就像高攀龙以自己的一生言传身教，为子孙后代留下了做人和做好人的道理。现在的家长们，也应该加强自我修养，以身作则，将善良、诚信、责任、包容等等做人的道理教给子女，让他们在人生的道路上走得更加坚定、更加从容。

《示儿帖》

明末清初·陈确

原文

小善小恶,最易忽略。凡人日用,云为小小害道,自谓无妨。不知此"无妨"二字,种祸最毒。今之自暴自弃,下愚不肖,总只此"无妨"二字,不知不觉积成大恶。故古之君子克勤小物,非是务小遗大。盖小者犹不可忽,况大事乎!二子皆有为善之资与为善之心,但自是之病未除。是己则非人,种毒非小。又气质粗浮,忽略微细,故为三复昭烈之言。《易》曰:"小人以小善为无益而弗为也,以小恶为无伤而弗去也,故恶积而不可掩,罪大而不可解。"每读《易》至此,未尝不惊魂动魄,心胆堕地也。二子毋易吾言,戒谨恐惧,庶几寡过。

译文

小的善行和小的恶行,最容易被人们忽视。人们在日常生活中,往往认为这些小小的行为对道德无碍,自以为没什么关系。然而,就是这个"无妨"的想法,埋下的祸根最为深重。如今那些自暴自弃、品行低劣的人,究其根源,都是因为"无妨"这两个字,在不知不觉中累积成了大恶。所以,古代的君子在小事上也勤于自我约束,并不是他们只关注小事而忽略了大事。实际上,小事尚且不能忽视,更何况是大事呢!你们俩都有行善的天资和想法,但唯独没有除掉自以为是的毛病。你们认为自己是对的,就否定别人,这种心态埋下的祸根可不小。再加上你们气质粗犷浮躁,容易忽略细微之处,所以我才多次重复汉昭烈帝刘备的话来提醒你们。《易经》上说:"小人认为小的善行没有益处就不去做,认为小的恶行没有伤害就不去改正,最终恶行积累到无法掩盖，罪行大到无法赦免。"我每次读到《易经》的这段话，都感到惊心动魄，心惊胆战。你们俩不要轻视我的话，要时刻保持警戒和恐惧之心，这样才能尽量少犯错误。

作者简介

陈确（公元1604年—公元1677年），字乾初，初名道永，后改名确，浙江海宁新仓（今属浙江省海宁市）人。明末清初进步思想家、哲学家，同时也是一位文学家和艺术家，精书法，善琴、箫。陈确年少以孝友著称，长大以文学驰名。但他淡于功名，无意仕途。崇祯十六年（公元1643年）秋，他同友人投师刘宗周门下，奉行慎独之学，讲求践履之功。明亡后，刘宗周绝食死，陈确继刘之志，隐居乡里二十年，足不出户，潜心著述。康熙十六年（公元1677年），他溘然长逝，享年七十三岁。在思想上，他以"既反程朱，又掊陆王"的胆略与气魄，成为蕺山学派的重要一员。他驳斥宋明理学的"心性之学"，力陈《大学》非"非孔氏之遗书"，"大学言知不言行，必为禅学无疑"。其著有《大学辨》《葬书》《瞽言》及诗文集等，但在生前死后很少刊行。

家庭教育品读

《示儿帖》是陈确写给长子陈翼、次子陈禾的一封家书。其主要内容是对儿子谈"积善除恶"的道理。

陈确非常注重对儿子的道德教育，他曾在《诸子省过录序》一文中，教导子孙要加强自身道德修养，笃实"省过"，克己所偏，去私慎独，以进于道。《示儿帖》这封家书也是劝诫儿子们要积小善，除小恶，谨小慎微。篇幅不长，内容简单，但其道理却亘古不变。

"勿以恶小而为之，勿以善小而不为"，从春秋战国到明末清初，这一道理一直流传。陈确在文中指出，《易》有言之，刘备说过，如今，陈确在家书中再次强调，只是为了告诫儿子们"戒谨恐惧，庶几寡过"。

在快节奏的现代生活中，我们往往忙于追求大事业、大成就，却容易忽视那些看似微不足道的小善小恶。然而，正如陈确所言，"总只此'无妨'二字，不知不觉积成大恶"。自古以来，人们就注重积小善，除小恶，正是因为这些日常生活中的点滴行为，实则是塑造个人品德、影响家庭氛围乃至社会风气的基石。

在当代家庭教育中，家长应树立正确的善恶观念，明确告知孩子何为善、何为恶，并身体力行地展示如何在小事上体现善良和正义。比如，在公共场所主动让座给需要帮助的人，或是在社区中参与志愿服务，这些看似不起眼的行为，实则能在孩子心中种下善良的种子，让他们学会关爱他人，理解互助的重要性。此外，家长还应引导孩子正视并改正自己的错误，无论这些错误多么微小。正如《易经》所言，小恶若不及时纠正，终将积少成多，酿成大祸。

家庭教育是孩子成长道路上不可或缺的一环，而家长对小善小恶的态度和处理方式，将直接影响孩子的品德塑造和未来发展。因此，家长应该从自身做起，从点滴小事做起，为孩子的健康成长营造一个良好的家庭环境。

第二部分

家书家训品读·劝学治学篇

《手敕太子文》

西汉·刘邦

原 文

吾遭乱世,当秦禁学,自喜,谓读书无益。洎践祚以来,时方省书,乃使人知作者之意。追思昔所行,多不是。

尧舜不以天下与子而与他人,此非为不惜天下,但子不中立耳。人有好牛马尚惜,况天下耶?吾以尔是元子,早有立意,群臣咸称汝友四皓,吾所不能致,而为汝来,为可任大事也。今定汝为嗣。

吾生不学书,但读书问字而遂知耳。以此故不大工,然亦足自辞解。今视汝书,犹不如吾。汝可勤学习,每上疏,宜自书,勿使人也。

汝见萧、曹、张、陈诸公侯,吾同时人,倍年于汝者,皆拜。并语于汝诸弟。

吾得疾,遂困,以如意母子相累。其余诸儿,皆自足立,哀此儿犹小也。

译 文

我生活在乱世之中,当时正是秦朝禁止学问的时代,因此,我曾自以为读书没有用处而沾沾自喜。直到我登基之后,才开始明白读书的重要性,于是让人给我讲解,以了解作者写书的用意。回想起我过去的所作所为,实在是有很多做得不对的地方。

尧舜没有把天下传给自己的儿子,而是传给了别人,这并不是因为他们不珍惜天下,而是因为他们的儿子不足以担当大任。普通人家尚且珍惜家里的好牛好马,更何况是天下呢?因为你是我的长子,我早就有了让你继承皇位的打算，而且群臣都称赞你和商山四皓四位贤者为友，这是连我都无法请来的贤人，却因你而来，由此可见你足以担当重任。因此，现在我确定你为继承人。

我这一生没有怎么正儿八经念过书，只是在平常读书或问字的时候，才慢慢了解了一些知识。因为这个原因，我写的东西一般不大工整，但也足以能够表达清楚我想说的内容了。现在我看你写的东西，还不如我呢。你可是要勤奋学习啊。以后，每次大臣们上的奏疏，你都要亲自动笔批阅，千万不要让别人代笔。

以后你见到萧何、曹参、张良、陈平这些公侯们，以及和我同一时代、年龄比你大一倍多那些人，都应该向他们行礼。并且，我说的这些话你也要告诉你的弟弟们。

我现在病得很重，最让我放心不下的就是如意母子。其他的孩子都已经能够自立了，只有这个孩子还小，让我很是担忧。

作者简介

刘邦（公元前256年—公元前195年），字季，沛县（今属江苏省徐州市）人，杰出的政治家、战略家、军事指挥家，汉朝开国皇帝，汉民族和汉文化的伟大开拓者之一。他出身农家，早年到外黄县跟随张耳当过一段时间游侠。后来，秦朝建立后，刘邦通过试补成为秦吏，做了泗水的亭长，在一次押送徒役前往骊山的途中，徒役们有很多在半路逃走，刘邦看到自己的任务难以完成，于是把所有徒役全部释放，自己带着一些人逃匿到芒砀山之中。秦二世元年（公元前209年），陈胜、吴广起义，刘邦趁势而起，集结队伍在沛县响应，自称沛公。后陈胜死后，刘邦率部下投奔当时的反秦义军首领、楚国贵族后代项梁，共同拥立战国时楚怀王的孙子熊心为楚王，仍号楚怀王。项梁战死后，刘邦被封为武安侯，升任砀郡长，统率砀郡兵马。秦王子婴元年（公元前207年），刘邦赴鸿门宴之后，项羽杀秦王子婴，自立为西楚霸王，主持分封天下，封刘邦为汉王，统领巴、蜀和汉中共四十一县。经过楚汉之争，汉五年（公元前202年），刘邦取得战争胜利，统一天下，即位于定陶汜水之阳，建立汉朝，定都长安，史称西汉。刘邦称帝后，陆续消灭臧荼、韩王信、韩信、彭越、英布等异姓诸侯王，分封九个同姓诸侯王；同时，建章立制，休养生息，励精图治，恢复社会经济，稳定统治秩序。对内，实行重农抑商政策，豁免徭役，减轻人民负担。对外，对匈奴采取和亲政策，开放边境关市，缓和汉匈关系。汉十二年（公元前 195 年），刘邦在讨伐英布叛乱时伤重不起，同年崩于长安，庙号太祖，谥号高皇帝。刘邦一生知人善任，虚心纳谏，百折不挠，具有较高的个人魅力。

家庭教育品读

《手敕太子文》是汉高祖刘邦在病危之际，以父亲和帝王的双重身份，写给其长子刘盈的一封遗书。在这封遗书中，刘邦以自身的亲身经历对刘盈进行了谆谆教导，强调了要勤奋读书、善于任用贤能，并努力治理好天下的重要性。

刘邦在对长子刘盈的临终教育中，没有过多进行大道理的讲述，也没有采用说教式的方式。他只是用自己生平在读书上吃的亏和自己的经历来告诉太子，你要好好读书、好好写字，好好对待长辈。不仅要求长子要做到，还要长子把自己的话传达给其他儿子。这就是刘邦的家庭教育。

虽然生在帝王家，但刘邦的儿子们也接受着来自家庭的教育，来自父亲临终的教诲。在刘邦的教导之下，汉惠帝刘盈虽然十六岁时便继承皇位，但在任期间，采用与民生息的政策，实施仁政，减轻赋税，同时和他父亲一样，知人善用，提拔曹参为丞相，萧规曹随，使得国家政治清明，国泰民安。

这封敕书不仅在历代帝王敕书中具有极高的代表性，同时也被视为一篇优秀的家训，对后世产生了深远的影响。

《与子琳书》

西汉·孔臧

原 文

告琳:

顷来闻汝与诸友生讲肄《书》《传》,滋滋昼夜,衎衎不怠,善矣!人之进道,惟问其志,取必以渐,勤则得多。山溜至柔,石为之穿;蝎虫至弱,木为之弊。夫溜非石之凿,蝎非木之钻,然而能以微脆之形,陷坚刚之体,岂非积渐之致乎?训曰:"徒学知之未可多,履而行之乃足佳。"故学者所以饰百行也!

侍中子国,明达渊博,雅学绝伦,言不及利,行不欺名,动遵礼法,少小长操。故虽与群臣并参侍,见待崇礼,不供亵事,独得掌玉唾壶。朝廷之士,莫不荣之。此汝所亲见。诗不云乎:"毋忘尔祖,聿修厥德。"又曰:"操斧伐柯,其则不远。"远则尼父,近则子国,于以立身,其庶矣乎!

译 文

告琳儿:

近来听说你和你那些友人一起研习经书传解,日夜孜孜不倦,勤奋刻苦,坚持不懈这真是太好了!人在追求学问的道路上,关键在于志向是否坚定,知识的获取必须循序渐进,勤奋努力才能收获颇丰。就像那山间的细流,虽然柔弱,却能穿透坚硬的岩石;又如那蝎虫,虽然微小,却能蛀蚀坚固的树木。细流并不是凿石的工具,蝎虫也不是钻木的机器,但它们却能凭借自己微小的力量,逐渐侵蚀坚硬的物体,这难道不是日积月累、持之以恒的结果吗?古训有云:"仅仅学习书本知识是不够的,必须将其付诸实践,才能真正体现其价值。"因此,学习是用来提高多方面品行的好途径。

你的堂叔侍中孔安国,他明智通达,学识渊博,儒雅之学无人能比。他言谈中从不涉及私利,行为从不玷污自己的名声,一举一动都遵循礼法,从小到大都保持着高尚的操守。因此,他虽然与群臣一同侍奉在君王左右,但遵守礼数,从来不做不庄重之事,独自得到了执掌皇上唾壶的美事。朝廷上的士大夫们,没有不以他为荣的。这些都是你亲眼所见的。《诗经》中不是说过:"不要忘记你的祖先,要努力修行他们的德行。"又说:"拿着斧子砍树做斧柄,斧柄本身的样子就在眼前。"从远的来说,有孔子做榜样,从近的来说,有你的堂叔孔安国做榜样。以他们为榜样去立身处世,对于你来说就足够了!

作者简介

孔臧(约公元前 201—公元前 123),孔子的第十一代孙,汉初功臣蓼侯孔聚之子,西汉著名经学家孔安国的从兄。汉文帝九年(约公元前 171 年),孔臧承袭父亲孔聚的爵位,成为蓼侯,并被拜为御史大夫。孔臧希望继承家族的事业,请求担任太常卿的职务,以便与从弟孔安国一起从事古文尚书研究。汉武帝不愿违背他的意愿,于是任命他为太常卿,给予的礼遇和赏赐与三公等同(亦即待遇仍同于御史大夫)。孔臧与博士等人商议制定鼓励学习和勉励贤才的法规,并请求将这些法规著为功令。从此以后,公、卿、大夫、官吏之中,文雅有学识的人越来越多。孔臧一生著书十篇,今已不存;又有赋二十篇,亦不曾传下来。

家庭教育品读

《与子琳书》是孔臧写给儿子孔琳的一封家书,家书的写作起因是孔臧看到儿子孔琳勤勉学习、刻苦读书,于是加以褒奖并进行鼓励指导。这封家书不仅体现了孔臧对儿子孔琳的深切关爱和殷切期望,也蕴含了很多关于学习的道理。

首先孔臧指出,学习要有明确的目标,并且持之以恒地朝着这个目标努力。"人之讲道,惟问其志",就是要求儿子孔琳要想取得学业进步,首先要有远大的志向,有学习的目标。在这个基础上,他进一步指出,"取必以渐,勤则得多",要有恒心,能够持之以恒地勤奋学习,日积月累,方能有所成就。在这里，他用具体的例子来讲述这个道理，细流虽然柔弱，却能穿透坚硬的岩石，蝎虫虽然微小，却能蛀蚀坚固的树木，这充分说明了学习只要坚持不懈，必将有所收获。通过这个例子，也给当代家庭教育提供了借鉴，家长应该鼓励孩子树立远大的志向和明确的学习目标，并引导他们通过坚持不懈、持之以恒地勤奋学习来逐步实现自己的目标。

其次，孔臧讲到了学习不能只是死读书，要身体力行，把理论与实践结合起来。"徒学知之未可多，履而行之乃足佳"，就是说学习的目的在于实践。他告诫儿子孔琳不仅要注重书本知识的学习，更要将所学知识应用于实际生活中，做到知行合一，这样才能"故学者所以饰百行"。这种教育理念在当今社会依然具有重要意义，它提醒家长要关注孩子的全面发展，鼓励他们在实践中锻炼能力、增长才干。

最后，孔臧运用身边的人作为例子，为儿子找了一个学习的榜样。孔臧在信中列举了侍中孔安国的典范行为，指出了他身上所具有的"言不及利，行不欺名，动遵礼法，少小长操"等优秀品质。他希望儿子孔琳通过学习家族的祖先孔子以及身边的学习榜样孔安国，能够成长为品德高尚、行为端正的人。这种榜样力量和激励作用对于孩子的成长具有不可估量的价值。它能够激发孩子的内在动力和潜能，使他们在学习和生活中更加积极向上、勇往直前。这也给当代家庭教育很多启发，家长在子女教育过程中要给孩子树立正确的榜样，这样才能真正激发孩子学习的兴趣。

《与子琳书》不仅是一封充满父爱的家书，更是一部蕴含丰富家庭教育理念和智慧的经典之作。

《诫子书》

南北朝·王僧虔

原 文

知汝恨吾不许汝学,欲自悔厉,或以阖棺自欺,或更择美业,且得有慨,亦慰穷生。但亟闻斯唱,未睹其实。请从先师,听言观行,冀此不复虚身。

吾未信汝,非徒然也。往年有意于史,取《三国志》,聚置床头,百日许,复徙业就玄,自当小差于史,犹未近彷佛。曼倩有云:"谈何容易!"见诸玄,志为之逸,肠为之抽,专一书,转诵数十家注,自少至老,手不释卷,尚未敢轻言。汝开《老子》卷头五尺许,未知辅嗣何所道,平叔何所说,马、郑何所异,《指例》何所明,而便盛于麈尾,自呼谈士,此最险事。设令袁令命汝言《易》,谢中书挑汝言《庄》,张吴兴叩汝言《老》,端可复言未尝看邪?

谈故如射,前人得破,后人应解,不解即输赌矣。且论注百氏,《荆州八帙》,又《才性四本》《声无哀乐》,皆言家口实,如客至之有设也。汝皆未经拂耳瞥目。岂有庖厨不修而欲延大宾者哉?就如张衡思侔造化,郭象言类悬河,不自劳苦,何由至此?汝曾未窥其题目,未辨其指归:六十四卦,未知何名;《庄子》众篇,何者内外;《八帙》所载,凡有几家;《四本》之称,以何为长。而终日欺人,人亦有不受汝欺也。

由吾不学,无以为训。然重华无严父,放勋无令子,亦各由己耳。汝辈窃议,亦当云:"何日不学?在天地间可嬉戏,何忽自课谪?幸及盛时逐岁暮,何必有所减?"汝见其一耳,不全尔也。设令吾学如马、郑,亦必甚胜,复倍不如,今亦必大减。致之有由,从身上来也。汝今壮年,自勤数倍,许胜劣及吾耳。世中比例举眼是,汝足知此,不复具言。

吾在世虽乏德素，要复推排人间数十许年，故是一旧物，人或以比数汝等耳。即化之后，若自无调度，谁复知汝事者？舍中亦有少负令誉、弱冠越超清级者。于时王家门中，优者则龙凤，劣者犹虎豹，失荫之后，岂龙虎之议？况吾不能为汝荫，政应各自努力耳。或有身经三公，蔑尔无闻；布衣寒素，卿相屈体。或父子贵贱殊，兄弟声名异。何也？体尽读数百卷书耳。吾今悔无所及，欲以前车诫尔后乘也。

　　汝年入立境，方应从官，兼有室累，牵役情性，何处复得下帷如王郎时邪？为可作世中学，取过一生耳。试复三思，勿讳吾言。犹捶挞志辈，冀脱万一，未死之间，望有成就者，不知当有益否？各在尔身已切，岂复关吾邪？鬼唯知爱深松茂柏，宁知子弟毁誉事！因汝有感，故略叙胸怀矣。

译　文

　　我知道你怨恨我不允许你自由学习，想要自己奋发努力，或许你是想在盖棺论定时自欺欺人，说自己已经尽力了；又或许你想要选择更好的学业，至少能让自己感到有些成就，也算是对自己一生有所安慰。但我常常听到你的这些想法，却未见你付出任何实际行动。我希望你能跟随先师们学习，听从他们的教导，观察他们的行为并实践所学，希望你不再虚度光阴。

　　我之所以不相信你，并不是没有原因的。想当年，我对历史产生了浓厚的兴趣，于是把《三国志》放在床头，每日研读，大约过了百日，我又转而研究玄学，虽然我在史学上有所小成，但是和真正的史学大家相比，还相差甚远。就像东方朔所说："清谈何其简单！"当我深入研究玄学以后，我的志向开始变得高远，心情也变得更加激动。我开始专注于一本书，反复诵读数十家的注释，从年少到年老，手不释卷，但即便如此，我也不敢轻易发表自己的见解。然而，你翻开《老子》只读了卷头，还不知道自己读的是什么，你还不知道王弼（王辅嗣）说了什么，何晏（何平叔）又说了什么，更不知道马融、郑玄的注释有何异同，《指例》又阐明了什么，就敢拿着羽扇，自诩为清谈之士，这是最危险的事情。假如袁令让你谈论《易经》，谢中书让你谈论《庄子》，张吴兴让你谈论《老子》，你难道还能说你没有看过这些书吗？

　　谈论就像射箭一样，前人射中了目标，后人就应该理解并继承前人的成果。如果不能理解，那就像是输掉了赌局一样。况且谈论百家注释，像《荆州八帙》《才性四本》《声无哀乐》等，都是谈论者应该熟悉的内容，就像家里准备了丰盛的菜肴来招待客人一样。然而，你却从未接触过这些内容，又怎么能期望以此来招待大宾呢？就像张衡的思想能与自然造化相媲美，郭象的言辞如悬河般流畅，他们如果自己不努力，又怎么能达到这样的境界呢？你从来没有深入了解过这些学问的题目和主旨：你对六十四卦的卦名一无所知，《庄子》的众多篇章中，哪些是内篇，哪些是外篇，你也不清楚，《荆州八帙》中记载了多少家学说，你也不知道；《才性四本》中哪一种说法更为合理，你更是不了解。然而，你却整天欺骗别人，自称博学多才，但别人也不是那么容易被你欺骗的。

由于我自己没有好好学习，所以无法给你提供什么好的教诲。但是，上古帝王虞舜没有严父教导，上古帝王唐尧也没有出色的儿子，其中的好坏都是自主成长的结果。你私下里议论时也许会说："哪一天能够不学习啊？在天地间嬉戏玩乐，为什么要自己给自己找苦吃呢？趁着现在年轻力壮，及时行乐，何必非要有所节制呢？"但你只看到了事情的表面现象，并没有全面了解情况。假如我像马融、郑玄那样努力学习，我的成就一定会比他们更高；但假如我的努力只有他们的一半，我的成就也一定会大打折扣。造成这种差异的原因就在于自身的努力程度的区别。你现在正值壮年，如果能够数倍于常人的勤奋努力，那么你的成就或许能接近我。世间的事情都是按比例来的，你应该能够明白这个道理，我就不再多说了。

虽然我生平并没有什么显著的德行和事业，但我也算在这个世界上摸爬滚打了数十年，总算是个有经验的人。或许有人会拿你来和我比较。但是当我死后，如果你自己没有什么成就和名声，又有谁会知道你们的事情呢？我们家族中也有一些年少时就负有盛名，二十岁时就超越常人、身居高位的人。在当时，我们王家门中优秀的人就像龙凤一样出类拔萃，即使差一些的也像虎豹一样勇猛。但是，当他们失去了先辈的荫庇后，谁还会把他们当作龙凤来看待呢？更何况，我也不能为你提供什么荫庇，更应该各自努力才是。有些人虽然身居三公高位，却默默无闻；而有些人虽出身贫寒、没有背景，却能得到卿相的敬重。有些父子之间贵贱悬殊，兄弟之间声名各异。这是为什么呢？原因就在于他们是否努力读书学习。我现在后悔已经来不及了，但我希望以我的经历作为前车之鉴来告诫你们这些后来的人。

你现在已经到了而立之年，应该开始考虑仕途和家庭的事情了。你的性情也会被这些事务所牵绊，哪里还能像王郎当年那样专心读书呢？所以你现在只能在世俗中求学，以度过这一生罢了。希望你再三思考我的话，不要忌讳我的直言。你还要敲打管束弟弟王志等人，希望能有万一之得。在我未死之前，我希望能看到你们能有所成就。上面这番训诫不知对你们有没有一些启发和益处？其实这只是关系到你们的切身利益，与我又有多大关系呢？我一旦死去化成鬼魂，就只会爱坟墓四周的深松茂柏，哪里还会知道后人的事情！只是因为对你有所感触，这才将心头的思虑告诉你罢了。

作者简介

王僧虔（公元 426 年—公元 485 年），字号不详，琅琊临沂（今属山东省临沂市）人，南朝宋齐时期大臣和书法家。他出身于名门望族——琅琊王氏，是东晋丞相王导的玄孙、侍中王昙首的儿子。王僧虔的曾祖父王洽是晋朝有名的书法家，父亲王昙首和伯父王弘也都是南朝的书法家，这样的家庭背景为王僧虔在书法上的成就奠定了坚实的基础。他继承家学，好文史，善音律，尤善隶书。王僧虔历宋、齐两朝，在政治上颇有建树，同时也在书法领域持续发光发热。有《王琰帖》《御史帖》《陈情帖》等书迹传世。另著有《书赋》《论书》《笔意赞》等书论行世，在书法理论上对后世产生了深远的影响。

家庭教育品读

王僧虔有四子：王慈、王志、王彬、王寂，《诫子书》一文是写给长子王慈的一封家书，告诫长子王慈要勤奋读书，不要夸夸其谈、不学无术，也不要指望祖上余荫庇护。

王僧虔首先批评了长子王慈学习上的浮躁态度。他指出学习应该是踏踏实实地读书，而不是一知半解，浅尝辄止，没有深入研究。"汝开老子卷头五尺许，未知辅嗣何所道……而便盛于尘尾，自呼谈士，此最险事。"他用一个例子指出长子王慈只是翻开书本，却未真正理解其中的深意，便自诩为谈士，这是非常危险的。这些内容如今读来，也依然蕴含着丰富的智慧。在当代家庭教育中，家长应该时刻关注孩子的学习，要引导他们踏踏实实读书，广泛阅读，深入思考，而不是空谈或自欺欺人。

王僧虔对长子王慈提出了勤奋刻苦学习的期望。他以张衡和郭象为例，说明只有通过勤奋和努力，才能达到高深的境界。他告诫子女，不要妄想不劳而获，要付出实际的努力。然后他又以尧舜的例子，来告诫儿子，自己的努力才是决定成长好坏的关键。只知道玩乐，而不知道学习，把大好年华浪费在玩乐之上,这是不可取的。他拿自己举例:"设令吾学如马、郑,亦必甚胜,复倍不如,今亦必大减。致之有由,从身上来也","吾今悔无所及,欲以前车诫尔后乘也",以此告诫儿子要广泛阅读,努力读书,因为读书是增长知识、提升素养的重要途径,读书努力的程度决定了一个人才学的高低。

为了告诉儿子读书的重要性,王僧虔还从家族荫庇方面指出了靠家族和靠自己的不同,强调子女们应该自立自强,承担起自己的责任。"况吾不能为汝荫,政应各自努力耳",他指出,自己不能为儿子提供永久的庇护,因此告诫儿子,每个人都应该靠自己的努力来成就一番事业。

王僧虔的这封诫书具有重要的家庭教育智慧,通过对子女学习态度的批评与期望、对学习方法和态度的指导以及对未来生活的期望与告诫等方面,王僧虔希望儿子自立自强、重视学习、勤奋努力。这不仅对于王僧虔的后人具有指导意义,对于我们今天的家庭教育同样具有重要的启示作用。在当代家庭教育中,家长应该注重对孩子的学习态度、学习方法的教育,以及培养孩子的独立意识和责任感,通过言传身教,为孩子点亮人生之路。

《诫子书》不仅是一篇充满智慧的家书,更是一部具有深远意义的家庭教育文献。在当今社会竞争日益激烈的背景下,《诫子书》所倡导的家庭教育理念更显得尤为珍贵和必要。

《颜氏家训·勉学第八》(节选)

南北朝·颜之推

原 文

　　自古明王圣帝,犹须勤学,况凡庶乎?此事遍于经史,吾亦不能郑重,聊举近世切要,以启寤汝耳。士大夫子弟,数岁已上,莫不被教,多者或至《礼》《传》,少者不失《诗》《论》。及至冠婚,体性稍定,因此天机,倍须训诱。有志尚者,遂能磨砺,以就素业。无履立者,自兹堕慢,便为凡人。

　　人生在世,会当有业,农民则计量耕稼,商贾则讨论货贿,工巧则致精器用,伎艺则沉思法术,武夫则惯习弓马,文士则讲议经书。多见士大夫耻涉农商,差务工伎,射既不能穿札,笔则才记姓名,饱食醉酒,忽忽无事,以此销日,以此终年。或因家世余绪,得一阶半级,便自为足,全忘修学。及有吉凶大事,议论得失,蒙然张口,如坐云雾。公私宴集,谈古赋诗,塞默低头,欠伸而已。有识旁观,代其入地,何惜数年勤学,长受一生愧辱哉!

　　梁朝全盛之时,贵游子弟,多无学术,至于谚云:"上车不落则著作,体中何如则秘书。"无不熏衣剃面,傅粉施朱,驾长檐车,跟高齿屐,坐棋子方褥,凭班丝隐囊,列器玩于左右,从容出入,望若神仙。明经求第,则顾人答策;三九公宴,则假手赋诗。当尔之时,亦快士也。及离乱之后,朝市迁革,铨衡选举,非复曩者之亲;当路秉权,不见昔时之党。求诸身而无所得,施之世而无所用,被褐而丧珠,失皮而露质,兀若枯木,泊若穷流,鹿独戎马之间,转死沟壑之际。当尔之时,诚驽材也。有学艺者,触地而安。自荒乱以来,诸见俘虏,虽百世小人,知读《论语》《孝经》者,尚为人师;虽千载冠冕,不晓书记者,莫不耕田养马。以此观之,安可不自勉耶。若能常保数百卷书,千载终不为小人也。

夫明《六经》之指，涉百家之书，纵不能增益德行，敦厉风俗，犹为一艺，得以自资。父兄不可常依，乡国不可常保，一旦流离，无人庇荫，当自求诸身耳。谚曰："积财千万，不如薄伎在身。"伎之易习而可贵者，无过读书也。世人不问愚智，皆欲识人之多，见事之广，而不肯读书，是犹求饱而懒营馔，欲暖而惰裁衣也。夫读书之人，自羲农已来，宇宙之下，凡识几人，凡见几事，生民之成败好恶，固不足论，天地所不能藏，鬼神所不能隐也。

有客难主人曰："吾见强弩长戟，诛罪安民，以取公侯者有矣。文义习史，匡时富国，以取卿相者有矣。学备古今，才兼文武，身无禄位，妻子饥寒者，不可胜数，安足贵学乎？"主人对曰："夫命之穷达，犹金玉木石也。修以学艺，犹磨莹雕刻也。金玉之磨莹，自美其矿璞。木石之段块，自丑其雕刻。安可言木石之雕刻，乃胜金玉之矿璞哉？不得以有学之贫贱，比于无学之富贵也。且负甲为兵，咋笔为吏，身死名灭者如牛毛，角立杰出者如芝草，握素披黄，吟道咏德，苦辛无益者如日蚀，逸乐名利者如秋荼，岂得同年而语矣。且又闻之，生而知之者上，学而知之者次。所以学者，欲其多知明达耳。必有天才，拔群出类，为将则暗与孙武、吴起同术，执政则悬得管仲、子产之教。虽未读书，吾亦谓之学矣。今子即不能然，不师古之踪迹，犹蒙被而卧耳。"

人见邻里亲戚有佳快者，使子弟慕而学之，不知使学古人，何其蔽也哉？世人但知跨马被甲，长矟强弓，便云我能为将，不知明乎天道，辨乎地利，比量逆顺，鉴达兴亡之妙也。但知承上接下，积财聚谷，便云我能为相，不知敬鬼事神，移风易俗，调节阴阳，荐举贤圣之至也。但知私财不入，公事夙办，便云我能治民，不知诚己刑物，执辔如组、反风灭火、化鸱为凤之术也。但知抱令守律，早刑晚舍，便云我能平狱，不知同辕观罪，分剑追财，假言而奸露，不问而情得之察也。爰及农商工贾、厮役奴隶、钓鱼屠肉、饭牛牧羊，皆有先达，可为师表，博学求之，无不利于事也。

夫所以读书学问，本欲开心明目，利于行耳。未知养亲者，欲其观古人之先意承颜，怡声下气，不惮劬劳，以致甘腰，惕然惭惧，起而行之也。未知事君者，欲其观古人之守职无侵，见危授命，不忘诚谏，以利社稷，恻然自念，思欲效之也。素骄奢者，欲其观古人之恭俭节用，卑以自牧，礼为教本，敬者身基，瞿然自失，敛容抑志也。素鄙吝者，欲其观古人之贵义轻财，少私寡欲，忌盈恶满，赒穷恤匮，赧然悔耻，积而能散也。素暴悍者，欲其观古人之小心黜己，齿弊舌存，含垢藏疾，尊贤容众，茶然沮丧，若不胜衣也。素怯懦者，欲观古人之达生委命，强毅正直，立言必信，求福不回，勃然奋厉，不可恐慑也。历兹以往，百行皆然。纵不能淳，去泰去甚，学之所知，施无不达。世人读书者，但能言之，不能行之，忠孝无闻，仁义不足。加以断一条讼，不必得其理，宰千户县，不必理其民。问其造屋，不必知楣横而梲竖也。问其为田，不必知稷早而黍迟也。吟啸谈谑，讽咏辞赋，事既优闲，材增迂诞，军国经纶，略无施用，故为武人俗吏所共嗤诋，良由是乎！

夫学者所以求益尔。见人读数十卷书，便自高大，凌忽长者，轻慢同列，人疾之如仇敌，恶之如鸱枭。如此以学自损，不如无学也。

古之学者为己，以补不足也；今之学者为人，但能说之也。古之学者为人，行道以利世也，今之学者为己，修身以求进也。夫学者犹种树也，春玩其华，秋登其实。讲论文章，春华也；修身利行，秋实也。

人生小幼，精神专利，长成已后，思虑散逸，固须早教，勿失机也。吾七岁时，诵《灵光殿赋》，至于今日，十年一理，犹不遗忘。二十之外，所诵经书，一月废置，便至荒芜矣。然人有坎壈，失于盛年，犹当晚学，不可自弃。孔子云："五十以学《易》，可以无大过矣。"魏武、袁遗，老而弥笃。此皆少学而至老不倦也。曾子七十乃学，名闻天下。荀卿五十始来游学，犹为硕儒。公孙弘四十余方读《春秋》，以此遂登丞相。朱云亦四十始学《易》《论语》，皇甫谧二十始受《孝经》《论语》，皆终成大儒。此并早迷而晚寤也。世人婚冠未学，便称迟暮，因循面墙，亦为愚尔。幼而学者，如日出之光。老而学者如秉烛夜行，犹贤乎瞑目而无见者也。

学之兴废，随世轻重。汉时贤俊皆以一经弘圣人之道，上明天时，下该人事，用此致卿相者多矣。末俗已来不复尔，空守章句，但诵师言，施之世务，殆无一可。故士大夫子弟，皆以博涉为贵，不肯专儒。梁朝皇孙以下，总丱之年，必先入学，观其志尚。出身已后，便从文史，略无卒业者。冠冕为此者，则有何胤、刘瓛、明山宾、周舍、朱异、周弘正、贺琛、贺革、萧子政、刘绍等，兼通文史，不徒讲说也。洛阳亦闻崔浩、张伟、刘芳，邺下又见邢子才，此四儒者，虽好经术，亦以才博擅名。如此诸贤，故为上品。以外率多田里闲人，音辞鄙陋，风操蚩拙，相与专固，无所堪能。问一言辄酬数百，责其指归，或无要会。邺下谚云："博士买驴，书券三纸，未有驴字。"使汝以此为师，令人气塞。孔子曰："学也，禄在其中矣。"今勤无益之事，恐非业也。夫圣人之书，所以设教，但明练经文，粗通注义，常使言行有得，亦足为人。何必"仲尼居"，即须两纸疏义，燕寝讲堂，亦复何在？

98

以此得胜，宁有益乎？光阴可惜，譬诸逝水，当博览机要，以济功业，必能兼美，吾无间焉。

....

梁元帝尝为吾说："昔在会稽，年始十二，便已好学。时又患疥，手不得拳，膝不得屈，闭斋张葛帏，避蝇独坐，银瓯贮山阴甜酒，时复进之，以自宽痛。率意自读史书，一日二十卷。既未师受，或不识一字，或不解一语，要自重之，不知厌倦。"帝子之尊，童稚之逸，尚能如此，况其庶士，冀以自达者哉！

古人勤学，有握锥投斧，照雪聚萤，锄则带经，牧则编简，亦为勤笃。梁世彭城刘绮，交州刺史勃之孙，早孤家贫，灯烛难办，常买荻，尺寸折之，然明夜读。孝元初出会稽，精选寮寀，绮以才华，为国常侍兼记室，殊蒙礼遇，终于金紫光禄。义阳朱詹，世居江陵，后出扬都，好学，家贫无资，累日不爨，乃时吞纸以实腹。寒无毡被，抱犬而卧，犬亦饥虚，起行盗食，呼之不至，哀声动邻，犹不废业，卒成学士，官至镇南录事参军，为孝元所礼。此乃不可为之事，亦是勤学之一人。东莞臧逢世，年二十余，欲读班固《汉书》，苦假借不久，乃就姊夫刘缓乞丐客刺书翰纸末，手写一本，军府服其志尚，卒以《汉书》闻。

....

夫学者贵能博闻也，郡国山川，官位姓族，衣服饮食，器皿制度，皆欲根寻，得其原本。至于文字，忽不经怀，己身姓名，或多乖舛，纵得不误，亦未知所由。近世有人为子制名，兄弟皆山傍立字，而有名峙者；兄弟皆手傍立字，而有名机者；兄弟皆水傍立字，而有名凝者。名儒硕学，此例甚多。若有知吾钟之不调，一何可笑。

译 文

自古以来，明智的君王和圣明的皇帝都尚且需要勤学不辍，更何况我们这些凡夫俗子呢？这个道理在经书和史书中随处可见，我也就不啰唆了，只是姑且举些近来切实的事例来启发你们。士大夫的子弟，几岁以上，没有不接受教育的，学得多的可能精通《礼记》和《左传》，学得少的也不会不读《诗经》和《论语》。等到成年以后，身体性情逐渐成熟稳定，趁此时机，更需要加倍教训诱导。有志向的，就能开始磨炼自己，成就自己平素的学业；没有志向的，从此开始懈怠，渐渐就沦为平凡的人了。

人生在世，一定要有自己擅长的东西。农民主要计量耕作，商人主要讨论货财，工匠主要制作精巧器物，懂技艺的人主要深入钻研技艺术法，武人士兵主要熟练骑马射箭，文人主要研究经书。我常常见到一些士大夫耻于涉足从事农业和商业，羞于钻研匠艺，射箭不能穿过铠甲，动笔只会写自己的名字，整天只知道吃饱喝足，无所事事，就这样混日子，就这样度过一生。有的人甚至因为祖上的余荫，得到一官半职，就自感满足，哪里还肯苦修学业？等到遇到吉凶大事议论得失的时候，就茫然失措，张口结舌，云里雾里，不知所云。无论是官方的还是私人的宴会集会，谈到古诗，就低头不语，打哈欠伸懒腰。有见识的人在旁看着，真替他羞得无地自容。为什么就不肯用几年时间勤学，而甘愿受一辈子的愧辱呢？

梁朝全盛的时候，贵族子弟大多没有学问，以至于坊间流传着一句俗话："刚刚学会坐车的小孩就能当著作郎，仅仅会书写寒暄用语的人就能当秘书。"他们全都热衷于用香料熏衣服，修理面容，涂抹胭脂底粉，驾着长檐车，踏着高齿屐，坐在有格子的丝织褥子上，靠着用斑丝织成的隐囊，身边陈列着各种玩赏之物，从容出入，看上去宛如神仙一般。若有碰到选拔人才考试的时候，就雇人应付；出席三公九卿的宴席，就请人代替他们写诗。在这种时候，他们也自称为快意之士。等到战乱之后，朝代更迭，选拔官员不再像以前那样凭借亲属关系，当权者中再也见不到旧时的党羽。这时，他们想要靠自己，却发现自己什么也不懂，想要在社会上谋个出路，却发现自己没啥本领。他们散尽满身珠宝，只能披着粗布麻衣，失去了往日的光彩，露出本来的面貌，像枯木一样孤独可怜，像水流一样漂泊不定，在战乱中苟且偷生，最终死在某个荒沟野岭之中。在这种时候，他们才发现自己真是个蠢材。那些有学问和技艺的人，无论到哪里都能安稳度日。自从战乱以来，所见到的俘虏，即使世代是小民，只要懂得读《论语》和《孝经》，还可以给别人当老师；而那些世代显赫，却不懂得书写的人，没有不是去耕田养马的。由此看来，怎么能不勉励自己努力学习呢？如果能常常保有几百卷书，即使千百年之后，后人也不会沦为小人。

通晓《六经》的要旨，涉猎百家之书，即使不能增强德行、改进社会风气，至少也可以作为一种技艺，作为谋生之道。父亲兄长不能永远依靠，家乡故国不能常保不失，一旦流离失所，没有人来庇护你，就只能靠自己了。俗话说："积财千万，不如薄技在身。"技艺中最容易学习而又值得推崇的，莫过于读书了。世人不管愚蠢还是聪明，都希望认识的人多，见识更多的事，然而却不肯用心去读书，这就像想要吃饱肚子却懒得做饭，想要穿得暖却懒得裁衣一样。那些读书的人,从伏羲、神农以来,在整个世界上,见识过多少人,见识过多少事,至于普通百姓的成败好恶,固然不值得一提,就是天地也不能隐藏其形迹,鬼神也不能掩其真相。

有位客人反驳我说:"我见过有的人拿着强弩长戟,诛杀罪人,安定百姓,从而取得公侯的爵位;也见过有的人熟读经书历史,匡正时弊,使国家富足,从而取得卿相的官职。而那些学识渊博,贯通古今,文武双全的人,却身无禄位,妻子儿女饥寒交迫,这样的人多得数不清,哪里值得看重学习呢?"我回答说:"人的命运有穷有达,就像金玉和木石一样。通过学问来修养自身,就好像对金玉进行磨莹雕刻一样。金玉经过磨莹,就显露出其美好的本质;而木石即使再雕刻,也掩盖不了其丑陋的本质。怎么能说木石的雕刻胜过金玉的本质呢?不能用那些有学问的贫贱之士和那些无学问的富贵之人相比较啊。况且披甲为兵,执笔为吏,身死名灭的人也多得像牛毛,而能够出类拔萃的人却少得像芝草一样。那些整天握着书卷、披着黄衣、吟诵道德、歌咏仁义的人,虽然辛苦却没有得到什么益处,这种情况就像日蚀一样难得一见;而那些追求逸乐名利的人,则像秋天的杂草一样遍地都是,这两者怎么能相提并论呢?况且我又听说,生而知之的人是最上等的,学而知之的人是次一等的。之所以要学习,就是要使人增长知识,明理通达。如果有人天生聪明,出类拔萃,作为将领可以有孙武、吴起一样的谋略,主持政事可以有管仲、子产一样的治理教化,那么即使他没有读过书,我也会说他是有学问的。而你现在既然不能够做到这样,又不愿意效法古人的事迹,那就好像蒙着被子睡觉一样,什么都不知道了?

人们看到邻里亲戚中有优秀的人才,就让子弟仰慕而学习他,却不知道应该让子弟去学习古人,这是多么愚昧无知啊!世人只是知道骑马披甲,长戟强弓,就声称自己能做将领,却不懂得明了天时,辨察地利,比较逆顺,鉴别兴亡的奥妙。只知道上传下达,积财储粮,就声称自己能做宰相,却不懂得敬奉鬼神,移风易俗,调节阴阳,举荐贤圣的极致。只知道不谋私利,勤于公事,就声称自己能治理百姓,却不懂得真诚待人,德行感天的治国之术。只知道死守律令,用刑赶早,赦免推迟,就说自己能公正断案,却不懂得和人同车就能察觉他的罪行的敏锐、追寻赃物时明知决断的巧妙,用假话引诱罪犯暴露奸邪的智慧,这样不需要经过详细审问就能了解案情,掌握真相。推而广之,即使在农民、商贾、工匠、仆人、奴隶、渔夫、屠户,养牛的、放羊的这些人当中,都有他们的前辈可以作为老师表率,多向他们学习求教,对成就事业来说是不无好处的。

读书求学的目的，本来是为了开阔心胸、明辨是非，从而有利于实际行动。对于那些不懂得奉养父母的人，应该让他们看看古人如何体察父母的心意，和颜悦色、低声下气地侍奉父母，不怕辛劳，让父母过上幸福的日子，这样他们就会感到惭愧和恐惧，进而起身去效仿实行。对于那些不懂得侍奉君王的人，应该让他们看看古人如何坚守职责、不越权侵扰，在危难时刻勇于献身，不忘忠诚进谏，以利国家，这样他们就会感到悲痛自省，想要效仿古人去为国家效力。那些一向骄傲奢侈的人，应该让他们看看古人如何恭敬节俭、节制用度，以谦卑的态度约束自己，明白礼是教化的根本，敬是修身的基础，这样他们就会猛然醒悟，收起傲慢的态度，抑制过分的欲望。那些一向卑鄙吝啬的人，应该让他们看看古人如何重视道义、轻视财物，减少私欲，忌讳盈满，周济穷人，这样他们就会感到羞愧，开始积累财物并懂得施舍。那些一向残暴傲慢的人，应该让他们看看古人如何小心谨慎，贬抑自己、少言慎行，包容别人的缺点，尊重贤能、容纳众人，这样他们就会感到沮丧，好像连衣服都承受不起一样，变得谦逊起来。那些一向胆小懦弱的人，应该让他们看看古人如何达观生死、顺应天命，坚强刚毅、正直无私，说到做到、求福不违道义，这样他们就会奋起努力，变得不可恐吓。推而广之，各种品行都可以这样通过读书来改善。即使不能完全变得纯厚，也能去除过分的缺点，所学的东西，用到哪里都能通达。然而，世上读书的人，往往只是能说却不能行，忠孝无闻，仁义不足。让他们处理诉讼，他们不一定能得出合理的判决；让他们管理千户县，他们不一定能治理好百姓。问他们如何建房，他们不一定知道楣是横的而棁是竖的；问他们如何种田，他们不一定知道稷种得早而黍种得迟。他们只会吟诗谈笑，讽咏辞赋，做些悠闲的事情，才能也变得迂腐荒诞。对于军政大事，他们却毫无用处，因此被武人和庸俗的官吏共同嘲笑诋毁，实在是因为这个原因啊！

　　学习的目的是寻求长进。有的人读了几十卷书，就开始自高自大，欺凌忽视长辈，轻视怠慢同辈，人们把他恨得像仇敌一样，厌恶他像对鸱枭那样。像这样用学习来损害自己，还不如不要学习。

　　古代求学的人是为了充实自己，以弥补自身的不足；现在求学的人是为了取悦他人，只能夸夸其谈。古代求学的人是为了他人，践行道义以造福社会；现在求学的人是为了自己，修身养性以求得官职。学习就像种树一样，春天可以观赏它的花朵，秋天可以收获它的果实。讲论文章，就如同春天的花朵；修身养性、践行道义，就如同秋天的果实。

　　人在年幼的时候，精神专注敏锐，长大成人以后，心思就容易分散。因此，对孩子必须及早教育，不可错失良机。我七岁的时候，背诵《灵光殿赋》，直到如今，每隔十年温习一次，仍然没有遗忘。然而二十岁以后所背诵的经书，倘若一个月不温习，就荒废了。但人总有困顿不得志的时候，在壮年时失去了求学的机会，那么晚年还应当坚持学习，不可以自暴自弃。孔子说："五十岁学《易》，就可以不犯大错误了。"魏武帝、袁遗，到老时学习更加专心。这些都是年轻时开始学习，一直到老都不厌倦的例子。曾子七十岁才开始学习，最后名闻天下；荀子五十岁才开始到齐国游学，仍然成为大学问家；公孙弘四十多岁才开始读《春秋》，后来因此当了丞相；朱云也是四十岁才开始学《周易》《论语》，皇甫谧二十岁才开始学习《孝经》《论语》，他们最终都成了儒学大家。这些都是早年迷失方向而晚年醒悟过来的人。世人有人成年后还没开始学习，就说已经太晚了，就这样一天天混下去，跟面壁而视没什么两样，也真是够愚蠢的了。幼年时学习的人，如同太阳初升时的光芒；老年时学习的人，如同手持蜡烛在夜里行走，但还是比闭上眼一抹黑什么也看不见的人要强。

　　学习的风气，是随时代变化而有所不同的。汉代那些贤能俊秀之士，都是凭借精通一经来弘扬圣人之道，上可以洞察天时，下可以通晓人事，凭借这一点而位至卿相的人有很多。近代以来的风气则不再如此，那些人只是空守章句，只会诵读老师的言论，将这些施之于世务，几乎无一可用。所以士大夫的子弟，都以博学多识为贵，不肯专心于儒学。梁朝从皇孙以下，在儿童时期就必须入学，观察他们的志向爱好。他们出身做官以后，就开始跟着文官们做事，几乎没有人坚持把学业继续完成。做官的同时又能继续把学业坚持完成的人有：何胤、刘瓛、明山宾、周舍、朱异、周弘正、贺琛、贺革、萧子政、刘绍等人，他们不仅通晓文史，也不仅仅限于讲说。又听说洛阳有崔浩、张伟、刘芳，邺下有邢子才，这四位儒者虽然喜好经术，但也因为才学广博而享有盛名。像这样的贤人，自然属于优秀的一类。除此之外，大多是乡野之人，言辞鄙陋，风度粗俗笨拙，彼此固执己见，专于一事，没有什么能力。问他们一个问题，往往回答几百句，追究其中心意思，却没有什么要领。邺下有句谚语说："博士去买驴，写了三页契约，却没有一个驴字。"假使让你以这种人为师，真会令人郁闷得要死。孔子说："学习之后，俸禄就在其中了。"如今却勤奋于没有什么益处的事，这恐怕不能算作是学业吧。圣人的典籍，是用来教育人的，只要能阐明经文，粗略地通晓注释的义理，使自己的言行常常有所收获，也就足以为人处世了。何必对"仲尼居"这句话，就要写两纸来阐述它的意义呢，什么"闲居"呀，"讲堂"呀，到底在哪里呢？靠这样来争胜，难道有什么好处吗？光阴可惜，就像流水一般逝去，应当广泛阅读书中那些精要的部分，来辅助自己的事业，如果能做到这样，我就没有什么可以挑剔的了。

…………

梁元帝曾经对我说：从前他在会稽的时候，年仅十二岁，就已经很喜欢学习了。当时他又患疥疮，手不能握拳，膝不能弯曲，就关闭书斋的门挂起葛布做的帐子，避开苍蝇独自坐着，用银制的器皿盛着山阴的甜酒，不时地喝上几口，来减轻疼痛。他随意地阅读史书，一天就读了二十卷。既没有老师教授，又有可能不认识字，或者不理解一句话的意思，但他还是坚持自学，不知道厌倦。身为帝王的尊贵，童年时代的安逸，尚且能如此勤奋好学，何况那些希望通过勤奋学习以求得显达的普通士人呢！

古人勤奋学习，有握锥刺股、投斧砍柴以警醒自己的，有利用雪光、聚集萤火虫来照明读书的，有锄地时带着经书的，有放牧时编写竹简的，这些都是勤奋笃学的例子。梁朝时的彭城人刘绮，是交州刺史刘勃的孙子，他早年丧父，家境贫寒，难以置办灯烛，就常常买来荻草，折成小段，点燃后照明夜读。孝元帝初年，他出任会稽太守时，精心选拔官员，因其才华被任命为国常侍兼记室，受到了特别的礼遇，最终官至金紫光禄大夫。义阳人朱詹，世代居住在江陵，后来迁居杨都，他好学不倦，但家境贫寒，没有钱财，连续几天不做饭，有时只能吞食纸张来充饥。冬天没有毡被，就抱着狗睡觉，狗也饿得虚弱，起来偷食，呼唤它也不来，哀叫声惊动了邻居，但他仍然不放弃学业，最终成为学士。他官至镇南录事参军，受到了孝元帝的礼遇。这是难以做到的事情，但朱詹也是勤奋学习的人之一。东莞人臧逢世，二十多岁时，想读班固的《汉书》，但苦于借来的书不能长久保留，于是就向姐夫刘缓乞讨客人刺字和书信的纸边，亲手抄写了一本《汉书》。军府中的人都佩服他的志向和毅力，最终他因精通《汉书》而闻名。

…………

学习的人贵在能够广博地听闻知识，对于郡国山川、官位姓氏、衣服饮食、器皿制度等，都应该追根溯源，了解它们的本来面目。然而，对于文字，有些人却常常不放在心上，甚至连自己的姓名都写错，纵然写对了，也不知道其来历。近来有人给孩子取名，兄弟们都以山字旁立字，却有名叫峙的；兄弟们都以手字旁立字，却有名叫机的；兄弟们都以水字旁立字，却有名叫凝的。这些名字与字旁的寓意不符，真是可笑至极，连有名的儒者学者也不乏这样的例子。如果有人知道我的钟音不准，那会是多么可笑的事情啊。

作者简介

见前文《颜氏家训·名实第十》处。

家庭教育品读

颜之推的《颜氏家训》共二十篇,《勉学第八》是劝学治学专篇,从不同角度探讨学习的重要性。

颜之推首先强调了人生在世,必须通过学习来掌握一技之长。他通过列举事例,对梁朝那些不学无术的贵族子弟进行了辛辣的讽刺,指出"何惜数年勤学,长受一生愧辱哉"。在人生的旅途中,父母兄弟不能永远依靠,家乡故土也无法永远庇护。一旦遭遇流离失所,唯有自身的学识与技能,才是最坚实的依靠。否则可能即便出身再显赫,却因不懂文墨,最终也只能沦为耕田养马之辈。因此,颜之推引用俗谚告诫后辈。读书学习是最值得仰仗的技能。这也启发我们,唯有自身掌握一技之长,方能确保在顺境与逆境中皆能稳固立足,寻觅到属于自己的一片天地。在当代家庭教育中,家长要注重培养孩子的能力,为孩子培养出一技之长,让他们能够更好地立足于社会。

颜之推在家训中点明了学习的目的。他认为,学习不仅能增长知识,更能明智达理,修身齐家。因此,他强调要效法古人,广泛学习。一方面,他认为所有的道理都可以在古人那里找到借鉴。即便是农商工贾,还是厮役奴隶,乃至钓鱼屠肉、饭牛牧羊之人,都有其行业内的先驱与榜样,值得我们学习效仿。另一方面,他认为"博学求之,无不利于事也",广泛涉猎各种知识,虚心向他人求教,无论从事何种职业,都能从中受益,使事业更加顺利。颜之推对于博学和专精的关系,有着辩证的认识。在他看来,专精一事也能有大成就。但过于执着于钻研一些无意义的事,那就是在浪费时光。他劝诫子孙后代,"光阴可惜,譬诸逝水,当博览机要,以济功业,必能兼美,吾无间焉",在有限的时间里,要想做到"博闻",只能了解其基本知识,而不能执着于某种学问之中。"博学""博闻",这是颜之推的学问之道,极具智慧。在当代家庭教育中,家长们可以让孩子专精一技之长,但也不能只是专精一技之长,还应广泛涉猎,开阔视野,不求博学多才,也不能狭隘无知,令人耻笑。

在《勉学》篇,颜之推还强调了勤学不辍、学而不厌的道理。他认为一分耕耘，一分收获，"夫学者犹种树也，春玩其华，秋登其实"。因此，他指出，人从小的时候就要学习，这时是学习的最好时机。他以梁武帝为例，告诉子孙后代少年时刻苦读书、学而不厌的道理。他说："帝子之尊，童稚之逸，尚能如此，况其庶士，冀以自达者哉？"他认为学无止境，因此学习是需要持之以恒，勤学不辍。他表示："魏武、袁遗，老而弥笃。此皆少学而至老不倦也。"但学习总归会有早晚，因人而异。如果错过黄金学习时间，很多人可能就放弃学习，自暴自弃。对此，颜之推以多个例子来告诫子孙后代，学习从来不晚。他以曾子、荀子、公孙弘、朱云、皇甫谧等人晚年发奋学习而有大成就的例子，告诫子孙后代，老而学者，虽如秉烛夜行，但总比闭目无知要好得多。学习是一件痛苦的事。颜之推却用很多事例，如握锥投斧，照雪聚萤，锄则带经，牧则编简等等，向子孙后代阐明学习可以带来的好处，鼓励他们勤学不辍。在当代家庭教育中，颜之推的这一教育智慧尤为值得借鉴。家长们不能只顾催促孩子的学习，还应多多为他们树立学习的榜样，用古代勤学苦读的例子，结合当下的实际，教导孩子要勤奋笃学，学而不厌。

总之，勤学是立身之基、兴家之道。无论时代如何变迁，勤学不辍的精神都应代代相传。在当代家庭教育中，家长们应以身作则，引导子女勤学向善，使之在知识的海洋中遨游，在道德的殿堂里修行。如此，方能培养出既有学识又有品德的优秀人才，为家庭、为社会、为国家贡献力量。

《符读书城南》
唐·韩愈

原　文

木之就规矩，在梓匠轮舆。
人之能为人，由腹有诗书。
诗书勤乃有，不勤腹空虚。
欲知学之力，贤愚同一初。
由其不能学，所入遂异闾。
两家各生子，提孩巧相如。
少长聚嬉戏，不殊同队鱼。
年至十二三，头角稍相疏。
二十渐乖张，清沟映污渠。
三十骨骼成，乃一龙一猪。
飞黄腾踏去，不能顾蟾蜍。
一为马前卒，鞭背生虫蛆。
一为公与相，潭潭府中居。
问之何因尔，学与不学欤。
金璧虽重宝，费用难贮储。
学问藏之身，身在则有余，
君子与小人，不系父母且。
不见公与相，起身自犁锄。
不见三公后，寒饥出无驴。
文章岂不贵，经训乃菑畬。
潢潦无根源，朝满夕已除。

人不通古今，马牛而襟裾。
行身陷不义，况望多名誉。
时秋积雨霁，新凉入郊墟。
灯火稍可亲，简编可卷舒。
岂不旦夕念，为尔惜居诸。
恩义有相夺，作诗劝踌躇。

译　文

　　树木之所以能够按照圆规曲尺做成器具，全在于木匠们的精心雕琢和巧妙制作。人之所以能够成为有用之才，是因为胸中藏有诗书。诗书的知识是勤奋学习得来的，不勤奋则胸中空虚无知。你想要知道学习的力量的话，就要先知道无论是聪明还是愚笨的人，在学习的起点上都是一样的。只是由于能不能坚持学习，导致最后的结果才截然不同。比如，两家各自生了一个孩子，幼时他们都聪明可爱，不相上下。他们从小一起玩耍，就像同一队中的小鱼一样，没有区别。然而，到了十二三岁时，他们的才智开始有所不同。到了二十岁，差异就更加明显了，就像清沟与污渠一样分明。到了三十岁，基本已经定型，这时一个人可能像龙一样飞黄腾达，而另一个人却像猪一样平庸无能。那个飞黄腾达的人，甚至不会回头看一眼那个平庸之辈。一个可能成为马前的小卒，背上受着鞭打，生满虫蛆；而另一个则可能成为公卿宰相，居住在深宅大院之中。问他们为什么会有这样的差别，原因就在于一个学习、一个不学习罢了。黄金璧玉虽然十分贵重，但是花费用度使得他们难以长久保存。学问却是藏在人身上的宝藏，只要人活着，就能不断从中受益，使自己变得充实。无论是君子还是小人，学问都不依赖于父母的地位或财富。你难道没有看到那些公卿宰相，也不是出身于显赫的家庭，而是从犁锄耕作中起身，改变了自己的命运。你难道没有见过那些三公的后代，也落得饥寒交迫，出行甚至无驴可骑的地步。文章岂能不贵重，经书典籍的训练都是要经过长期熏陶和积累的。否则就像没有根源的泛滥之水，早上还是满满的，到了晚上就已经干涸了。人如果不通晓古今，就会像穿着衣服的马牛一样，虽然外表像人，但内在却缺乏人的智慧和品德。这样的人在行为上容易陷入不义之中，又怎能期望他们获得更多的名誉呢？当秋天的积雨过后，天气变得凉爽宜人，乡村的郊外也变得更加舒适。这时，灯火显得格外亲切，书籍也可以随意翻阅。我岂不能不天天为你考虑，希望你能够珍惜时光，努力学习。恩情与道义之间，有时会有所冲突，难以两全。因此，我写下这首诗来劝勉你，希望你在面对选择时能够谨慎抉择，深思熟虑，不要轻易放弃学问和道义。

作者简介

韩愈（公元768年—公元824年），字退之，祖籍河南河阳（今属河南省孟州市），自称为"郡望昌黎"，因此世称"韩昌黎"或"昌黎先生"，唐代杰出的文学家、思想家、哲学家。贞元八年（公元792年），韩愈成功考中进士，并随后步步高升，直至担任礼部侍郎之职。长庆四年（公元824年），韩愈逝世，被赐谥号为"文"，后人也尊称他为韩文公。韩愈是古文运动的领军人物，他极力倡导恢复先秦两汉时期的散文风格，对当时盛行的骈体文风进行了坚决的反对。他的文章以其雄浑的气势、严密的逻辑和透彻的说理而著称，对后世产生了深远而广泛的影响，位居"唐宋八大家"榜首，文学地位显赫。他的代表作包括《师说》《进学解》以及《张中丞传后叙》等经典之作。

家庭教育品读

韩愈的《符读书城南》是一首对儿子的劝学之作，但也是具有丰富家庭教育智慧的家教诗。

韩愈在《符读书城南》中开篇即强调读书学习的重要性："木之就规矩，在梓匠轮舆。人之能为人，由腹有诗书。"这里通过木匠制作器具的比喻，来说明人之所以能成为真正的人，是因为饱读诗书有所涵养的缘故。这体现了韩愈对学习的重视。在他看来，这是做人的基本。

韩愈在诗中着重强调勤奋读书的必要性和意义。"诗书勤乃有，不勤腹空虚"，他告诫儿子，只有勤奋读书，才能有所收获，否则腹中空空，一无所成。"两家各生子，提孩巧相如……三十骨骼成，乃一龙一猪"，他以此为例，告诫儿子要学习，无论是聪明还是愚笨，在学习的起点上是一样的，学还是不学，决定了人的命运，有人可以飞黄腾达，有人却会跌落尘埃。这种强调勤奋学习的思想，对于当代家庭教育来说，具有非常重要的指导意义。在家庭中，家长们应该勉励孩子们要勤奋努力，不断进取，通过自身的努力来实现人生的价值。

韩愈在诗中还通过对比知识与金钱的不同，进一步强调了学习的重要性：“金璧虽重宝，费用难贮储。学问藏之身，身在则有余。”他指出，金钱虽然贵重，但难以长久保存；而学问一旦掌握，便与身俱在，取之不尽，用之不竭。在当代家庭教育中，家长们也要注意引导孩子们树立正确的金钱观、学习观和价值观，让他们明白知识才是人生最宝贵的财富，受用无穷。

在诗中，韩愈还通过对比强调了个人努力和奋斗的重要，再次指出学习的重要性。他说：“君子与小人，不系父母且。不见公与相，起身自犁锄。不见三公后，寒饥出无驴。”他认为，一个人的前途和命运并不取决于家庭出身和财产贫富，而是取决于个人的努力和奋斗。平民百姓，通过学习，依然可以封侯拜相，三公之家，如不学无术，也可能穷困潦倒。这种观点非常值得当代家庭教育借鉴，尤其是在"炫富"等不良风气浸染社会的时代，家长更应该向孩子们讲清楚其中的道理，鼓励孩子们依靠自己的努力来改变自己的命运，实现自己的人生升华。

韩愈在诗中还提到了一些学习方法。比如，他指出，"文章岂不贵，经训乃菑畲。潢潦无根源，朝满夕已除。人不通古今，马牛而襟裾"。通过这些，他告诫儿子要重视经典的学习，认为经典是做人的根本；要循序渐进、不断积累，从而融会贯通；等等。这些学习方法对于当代家庭教育来说，依然适用。家长们在辅导孩子学习时，要注意引导孩子们掌握科学的学习方法，提高学习效率。

《符读书城南》虽是一首劝子诗，但也是一份劝学书，更是一份珍贵的家庭教育遗产。

《诲侄等书》
唐·元稹

原 文

告仑等：

吾谪窜方始，见汝未期，粗以所怀，贻诲于汝。汝等心志未立，冠岁行登，古人讥十九童心，能不自惧？吾不能远谕他人，汝独不见吾兄之奉家法乎？

吾家世俭贫，先人遗训，常恐置产怠子孙，故家无樵苏之地，尔所详也。吾窃见吾兄自二十年来，以下士之禄，持窘绝之家，其间半是乞丐羁游，以相给足。然而吾生三十二年矣，知衣食之所自。始东都为御史时，吾常自思，尚不省受吾兄正色之训，而况于鞭笞诘责乎？呜呼！吾所以幸而为兄者，则汝等又幸而为父矣。有父如此，尚不足为汝师乎？

吾尚有血诚，将告于汝。吾幼乏岐嶷，十岁知方，严毅之训不闻，师友之资尽废。忆得初读书时，感慈旨一言之叹，遂志于学。是时尚在凤翔，每借书于齐仓曹家，徒步执卷，就陆姊夫师授。栖栖勤勤，其始也。若此，至年十五，得明经及第。因捧先人旧书，于西窗下钻仰沉吟，仅于不窥园井矣。如是者十年，然后粗沾一命，粗成一名。及今思之，上不能及乌鸟之报复，下未能减亲戚之饥寒。抱瓁终身，偷活今日。故李密云："生愿为人兄，得奉养之日长。"吾每念此言，无不雨涕。

汝等又见吾自为御史来，效职无避祸之心，临事有致命之志，尚知之乎？吾此意虽吾弟兄未忍及此。盖以往岁忝职谏官，不忍小见，妄干朝听，谪弃河南，泣血西归，生死无告。不幸余命不殒，重戴冠缨，常誓效死君前，扬名后代，殁有以谢先人于地下耳。

呜呼！及其时而不思，既思之而不及，尚何言哉！今汝等父母天地，兄

111

弟成行，不于此时佩服诗书，以求荣达，其为人耶？其曰人耶？

吾又以吾兄所职，易涉悔尤，汝等出入游从，亦宜切慎，吾诚不宜言及于此。吾生长京城，朋从不少，然而未尝识倡优之门，不曾于喧哗纵观，汝信之乎？

吾终鲜姊妹，陆氏诸生，念之倍汝、小婢子等。既抱吾殁身之恨，未有吾克己之诚，日夜思之，若忘生次。汝因便录吾此书寄之，庶其自发。千万努力，无弃斯须。

译 文

告诫仑以及众人：

我现在是遭遇贬谪之初，与你们相见无期，故以此信寄托我对你们的教诲。你们心志尚未坚定，却已经到了接近成年的年龄了，古人曾讥讽说，"十九童心"，你们能不感到自惧吗？我虽不能离着这么远去教诲他人，但你们难道没看见我兄长如何遵守家法吗？

我家世代清贫，这是先人的遗训，他们总是担心留下财产会让子孙变得懈怠，所以家里没有积蓄多余的财物和土地，这些你都是知道的。我私下观察到，我兄长这二十年来，凭借着低微的俸禄，维持着困窘的家庭，这期间多半是靠借贷和四处奔波来勉强支撑家计。我现在已经三十二岁了，深知衣食来之不易。当初我在东都担任御史时，常常自我反省，我连兄长严肃正经的教诲都未能时刻铭记，更何况是鞭打责骂呢？唉！我庆幸自己拥有这样的兄长，而你们很幸运地成为他的孩子。有这样一位父亲，难道还不足以做你们的老师吗？

我还有些肺腑之言要告诉你们。我小时候并不聪明，十岁时才懂得一些道理，没有听过严厉的教导，也缺乏师友的辅导。记得刚开始读书的时候，因为感受到母亲的一句话而深感叹息，于是立志于学问。那时我还在凤翔，常常步行到齐仓曹家借书，然后拿着书卷去陆姊夫那里求学。那时我生活艰辛，却勤奋不懈，刚开始就是这样的。到了十五岁，我通过了明经科的考试。之后，我拿着先人的旧书，在西窗下刻苦钻研，几乎到了废寝忘食的地步。这样过了十年，我才勉强获得了一点官职，有了一点名声。现在回想起来，我上不能报答父母的养育之恩，下不能减轻亲戚的饥寒之苦，终身都怀着愧疚，苟活至今。所以李密曾说："我希望成为别人的兄长，因为这样能有更长的时间来奉养父母。"我每次想到这句话，都忍不住泪流满面。

你们又看到我自从担任御史以来，尽职尽责，没有逃避灾祸的心思，面对事情有舍生忘死的决心，这些你们都知道吧？我这种心意，即使是亲兄弟之间也未曾轻易吐露。想当初，我担任谏官的时候，因为不忍看到小事被忽视，冒昧地干涉朝廷的决策，结果被贬谪到河南，含泪泣血西归，生死无依。幸运的是，我的性命没有丧失，重新戴上了官帽，我时常发誓要在君王面前效死，扬名后世，死后也能在地下向先人谢罪。

唉！如果在该思考的时候不去思考，等到想思考的时候却已经来不及了，还能说什么呢？现在你们父母健在，兄弟成群，不趁这个时候努力学习诗书，以求取荣华富贵，你们还算得上是人吗？还能说自己是人吗？

由于我兄长的职务容易招致怨恨和责难，所以你们在外出游玩和交友时，也应该特别谨慎。我本来不应该说到这些，但我在京城长大，朋友不少，却从来没有去过倡优之门，没有参与过喧哗的娱乐活动，你们相信吗？

我少有姐妹，姐姐家的孩子们，我牵挂他们胜过牵挂你们和我的女儿等人。他们对我抱有终生的遗憾，却没有和我一样能克制自己的诚意，日日夜夜思念，几乎忘了自己身在何处。你们方便时就抄录下我的这封信寄给他们，希望他们能够自强奋发，你们也千万要努力，片刻不要放松。

作者简介

元稹（公元779年—公元831年），字微之，别字威明，河南洛阳（今属河南省洛阳市）人，唐代著名诗人、文学家。他出身于北魏宗室鲜卑拓跋部后裔，家族经安史之乱而衰微。元稹早年丧父，家境贫寒，在母亲的悉心教导下，他勤奋好学，十五岁便以明经科及第，步入仕途，历任左拾遗、监察御史、通州司马、虢州长史等职，后因才华出众、性格豪爽，一度拜相，深受唐穆宗眷顾。然而，他因刚直不阿，触犯权贵，多次遭贬，仕途坎坷。太和五年（公元831年），因暴病在武昌逝世，时年五十三岁，被追赠为尚书右仆射。在文学领域，元稹成就斐然。他与白居易同科及第，结为终生诗友，共同倡导新乐府运动，世称"元白"，形成"元和体"。元稹的诗作以言浅意哀、扣人心扉著称，代表作有《连昌宫词》《行宫》等。此外，他还创作了传奇《莺莺传》，为后来《西厢记》的故事所本，对后世戏曲产生了深远影响。

家庭教育品读

这封家书是元稹写给侄子元仑、元郑等人的家书，通过自己的成长经历，言传身教，诫勉侄子们要传承良好家风，勤学苦读，以求荣达。

在家书中，元稹首先强调了家风的传承。他指出，自己家世俭贫，这是因为先人的遗训，他们不置产业以免子孙怠惰。而他的兄长就是始终奉行这种家风，给元稹很大触发和影响。元稹也希望自己的侄儿能够继续传承这种家风，勤俭持家。由此，他也引出自己的求学经历。

元稹在家书中以自身经历为例子，告诫侄子们要勤学苦读。他说，自己幼时缺乏教育直到十岁才懂得一些道理，没有听过严厉的教导，也缺乏师友的辅导。但是因为母亲的一句话，他就下定决心要努力学习，"遂志于学"，在当时家贫的情况下，读书需要克服各种困难，他一一克服，于十五岁明经科考试中第。但他依然没有懈怠，继续努力读书，几乎到了废寝忘食的地步，历十余年方才有所成就。通过以身作则，他勉励侄子们"于此时佩服诗书，以求荣达"。

元稹始终关注侄子的学习之路。他诫勉侄子们应该在大好年华把心思放在学习上，而不要去贪图享受。因此交游择友需要谨慎。他自己实际更是这方面的榜样。他在信中说自己"朋从不少，然而未尝识倡优之门，不曾于喧哗纵观"，而实际上，他在交友上非常值得称赞，他与白居易同科及第，结为终生诗友，"元白"之交，千古流传。

元稹的这封家书不仅是情深意切，饱含对亲人的感恩和思念，也寄托了对侄子们的深切期望。他希望侄子们珍惜当前的条件，努力学习诗书，以求荣达。

从这封家书中，我们可以得到很多家庭教育的启发。

一方面，要重视学习教育。学习是通往成功的必由之路，而坚持则是学习道路上最宝贵的品质。在当代家庭教育中，家长应该鼓励孩子热爱学习，培养他们持之以恒的精神，让他们在知识的海洋中不断探索、不断进步。

另一方面，在家庭教育中，家长应该以身作则，为孩子树立勤学苦读的榜样。父母是孩子的第一任老师，父母的言传身教对子女有着潜移默化的影响。因此，要培养孩子的向学之心，首要的是自己要热爱学习，勤于读书，如此方能带动孩子读书学习的积极性。

好的家风总是代代相传，只有一代又一代人坚持践行良好家风，传承良好家风，一个家族才能更久地传承下去。

《与长子受之》

南宋·朱熹

原 文

　　早晚受业请益，随众例，不得怠慢。日间思索有疑，用册子随手札记，候见质问，不得放过。所闻诲语，归安下处，思省切要之言。逐日札记，归日要看。见好文字，录取归来。

　　不得自擅出入，与人往还。初到，问先生，有合见者见之，不合见则不必往。人来相见，亦启禀，然后往报之。此外不得出入一步。居处须是居敬，不得倨肆惰慢。言语须要谛当，不得戏笑喧哗。凡事谦恭，不得尚气凌人，自取耻辱。

　　不得饮酒，荒思废业，亦恐言语差错，失己忤人，尤当深戒。不可言人过恶，及说人家长短是非。有来告者，亦勿酬答。于先生之前，尤不可说同学之短。

　　交游之间，尤当审择，虽是同学，亦不可无亲疏之辨。此皆当请于先生，听其所教。大凡敦厚忠信，能攻吾过者，益友也；其谄谀轻薄，傲慢亵狎，导人为恶者，损友也。推此求之，亦自合见得五七分，更问以审之，百无所失矣。但恐志趣卑凡，不能克己从善，则益者不欲期疏而日远；损者不期近而日亲。此须痛加检点而矫革之，不可荏苒渐习，自趋小人之域。如此，则虽有贤师长，亦无救拔自家处矣。

　　见人嘉言善行，则敬慕而记录之。见人好文字胜己者，则借来熟看，或传录之而咨问之，思与之齐而后已。不拘长少，惟善是取。

　　以上数条，切宜谨守，其所未及，亦可据此推广，大抵只是"勤谨"二字。循之而上，有无限好事，吾虽未敢言，而窃为汝愿之；反之而下，有无限不好事，吾虽不欲言，而未免为汝忧之也。盖汝若好学，在家足可读书作文，讲明义理，不待远离膝下，千里求师。汝既不能如此，即是自不好学，已无可望之理。然今遣汝者，恐汝在家汩于俗务，不得专意。又父子之间，不欲昼夜督责。及无朋友闻见，故令汝一行。汝若到彼，能奋然勇为，力改故习，一味勤谨，则吾犹有望；不然，则徒劳费，只与在家一般。他日归来，又只是旧时伎俩人物，不知汝将何面目归见父母、亲戚、乡党、故旧耶？念之！念之！夙兴夜寐，无忝尔所生，在此一行，千万努力！

译　文

　　早晚要按时向老师请教并寻求进步，按照大家的规矩来，不得有丝毫怠慢。白天思考时遇到疑问，要用册子随手记录下来，等到见到老师时提问，不要错过任何一个问题。听到的教诲，回到住处后要认真思考其中的重要内容。每天都要记录学习心得，隔日还要回顾。看到好的文章，要抄录下来带回家。

　　不得擅自出入，与人来往。刚到的时候，要询问老师，有应该见的人就去见，不应该见的人就不必去。如果有人来见你，也要先禀告老师，然后再去会见。除此之外，不得随意出入学堂。在居住的地方要恭敬有礼，不得傲慢懒散。说话要谦虚得体，不得嬉戏喧哗。凡事都要谦恭有礼，不得盛气凌人，以免自取其辱。

　　不得饮酒，以免荒废学业，思绪混乱，也怕言语失误，得罪他人，这一点尤其要深以为戒。不要谈论别人的过错和恶行，也不要说人家的长短是非。如果有人来告诉你这些，也不要回应。在老师面前，尤其不能说同学的短处。

　　在交友方面，更要审慎选择，即使是同学，也不能没有亲疏之分。这些都应该请教老师，听从他的教导。一般来说，敦厚忠信、能指出自己过错的人，就是益友；而那些谄媚轻薄、傲慢无礼、引导人作恶的人，就是损友。根据这个标准去寻找朋友，自己也能看出个七八分，再向老师请教以确认，就万无一失了。但只怕你志趣凡庸、不能克制自己从善，那么益友会因为你疏远而日渐远离；损友则会因为你亲近而日渐亲密。这些都必须你自己痛下决心检讨并改正，不能任由自己逐渐堕落，走向小人的境地。这样的话，即使再贤良的师长，也无法拯救你了。

　　看到别人有好的言行，就要敬慕并记录下来。看到别人写得比自己好的文章，就要借来仔细看，或者抄录下来并请教他人，思考如何与他们齐头并进（不论年龄大小，只要是好，就向他学习）。

以上几条，一定要严格遵守。没有提到的，也可以据此推广。大概就是要做到"勤"和"谨"两个字。遵循这些原则向上努力，就有无限的好事等着你，我虽然不敢多说，但私下里也为你抱有希望；反之，就会有无数的坏事发生，我虽然不想多说，但也免不了要为你担忧。如果你真的好学，在家里就足以读书写作、讲明义理，不必远离家乡千里求师。你既然不能做到这样，就是你自己不好学，已经没有什么可期望的了。现在送你出去求学，就是怕你在家里沉溺于世俗事务，不能专心学习。又因为父子之间，不想昼夜督促责备你。加上没有朋友可以交流见闻，所以才让你出去一趟。你到了那里，如果能奋发努力、勇毅前行，改掉旧习，一心勤奋谨慎，那么我对你还有期待；不然的话，就只是徒劳费力，和在家里一样。等你将来回来时，如果依然还是老样子，不知道你将以何等面目去见父母亲戚、乡党故旧呢？要记住啊！要记住啊！早起晚睡，不要辜负父母对你的期望，就在这一次出行中，千万要努力啊！

作者简介

朱熹（公元 1130 年—公元 1200 年），字元晦，又字仲晦，号晦庵，别称紫阳，晚称晦翁，谥文，故世称朱文公，祖籍徽州婺源（今属江西省婺源县），出生于南剑州尤溪（今属福建省尤溪县），南宋时期著名的理学家、思想家、哲学家、教育家，闽学派的代表人物，儒学集大成者，世尊称为朱子。朱熹自幼聪慧，勤奋好学，广泛学习儒家经典，深受周敦颐、张载等前贤的影响。他师从李侗，是程颢、程颐的三传弟子，承袭了二程"洛学"的正统，奠定了自己学说的基础。朱熹对儒家经典的注释与阐发贡献巨大，尤其是《四书章句集注》，对《大学》《中庸》《论语》《孟子》四本书进行了详细的注释和解释，成为后世儒学教育的标准教材。朱熹的理学思想对元、明、清三代产生了深远的影响，成为中国封建社会后期的官方哲学。

家庭教育品读

这是朱熹写给儿子的家书，是他对儿子在外求学的牵挂和学习指导，主要涉及"勤谨"二字，"勤"要勤学不辍、谦虚好学，"谨"要谨慎交友、谨言慎行。

朱熹强调要以勤谨为基，勤修学业。"早晚受业请益，随众例，不得怠慢。"这句话道出了勤奋学习、不懈追求的基本态度。"日间思索有疑，用册子随手札记"等，是朱熹对儿子如何学习的方法指导，遇到疑问要随手记录以待请教，听到教诲要回去认真思考，记录学习心得要回顾，看到好文章要抄录。这些方法对于学习十分有用，也是朱熹的切身体会。他的这些做法对当代家庭教育的启示就是，在鼓励孩子勤奋学习的同时，也要注重培养孩子的独立思考能力和解决问题的能力。

朱熹也对儿子在学堂的处世之道进行了指导。他指出，一是要尊师，所有事情都要经过老师允许，方可去做；二是要谦恭，"凡事谦恭"，无论是居住的地方，还是平常说话做事学习，都要做到谦恭有礼。三是择益友。好的朋友在一个人的学业精进中能够起到很大帮助作用，坏的朋友只会让你堕落。因此要谨慎择友，亲益友，远损友。择友对于个人的成长环境有着深远的影响。在当代家庭教育中，家长应教导孩子识别真正的朋友，选择那些能够相互促进、共同成长的人为友，远离那些谄媚、轻薄、傲慢之人，从而相得益彰，促进自身全面发展。

朱熹还要求儿子要善于学习别人的长处。"见人嘉言善行，则敬慕而记录之"，这是朱熹对儿子的教诲。他指出，无论年龄大小，只要值得学习，就应该向这种人学习。在当代家庭教育中，家长也应该教育孩子学习先进，对优秀的人和事保持敏感，积极学习并模仿，不断提升自我。

最后，朱熹回归主题，告诉儿子要牢记"勤谨"二字，摒弃在家中的不良学习习惯，在学堂中勤奋学习，谨慎为人，为自己博得一个美好的未来，而不是归见父母亲戚乡党故旧时无颜面对。朱熹的谆谆教导，也是当代家庭教育中家长的心声。努力，努力，再努力，要告诉孩子，每一次的努力与坚持，都是为了在未来的某一天，能够以更加自信和优秀的姿态，面对父母、亲戚、乡党及故旧，无愧于心，无愧于生。

《纪先训》（节选）
南宋·杨简

原　文

读书，意或在名利，则失圣人之意。

善学者，以平昔所见，屏之千里之外，视己空空，绝无所知，而读圣人之书，则所学正矣。

怒人而人不畏，以其失理也；未怒而人已畏，以其得理也。

…………

学者或未见道，且从实改过。

自己有道，则人自化。

颜子箪瓢，人知其贫，谁知其富？此箪瓢中，万事皆足。

学有进，则知人间言语多失，作事多失，一言不敢妄发，一事不敢妄为。

为物所逆而动心，此怨天也。

学者以平昔所见，置之千里之外，故能舍己从人。舍己从人，未易见，以己见根固，而不自觉也。

人为舍宇等物遮了眼，朝晚区区而不自知。

吾遇心忙，则自行罚，今已见作效。

人之大患，在乎自满，而以己为贤，故终其身学无所成。

善学者，观彼贤则知己之不肖，彼远大则知己之褊小，彼有勇则知己之懦弱。于此有耻，则所学未有不成。

学者行己足矣，无求于外。此学之要说。

近来学者多伪，至于临死，亦安排。

学道，不可作儿女态。

慈爱恭敬可以修身，可以齐家，可以治国，可以平天下。安富尊荣，由此而出。

为学及五分，自休不得。

吾今为学，自己之善恶，与学力之多寡，皆自知之。此自知，由吾初学深究无我所致。盖无我则虚明，不以自己之恶为善，亦不以学力之寡为多。曩时观彼学者，自谓无我，实未无我。观彼省此，深有畏焉，故今日有所济。

不如意事，人皆有之。然善学者不以为意，吾因片言戏谑自悔。

世间忙，学者欲到不忙处。

吾深究无我，已二十年。今日见此患，犹如山岳，殆有甚焉。吾乃自觉，多以为幸。

学者有志气，无问性愚，冲击而开矣；无问气习，冲击而散矣。

学道贵专一。一事未尝遽然干预，一言未尝遽然出口。使胸中闲静，静极明生，其道自见。

此心即道，一体二明。

吾家子弟，或忝科第，未可遽入仕。必待所学开明，从而自试。上不误君上任委之心，下不失民人倚赖之意。九泉乃祖于此无憾矣。

世间如梦，时人非不知。但见暖热，又且去矣。自古暖热处，误却多少人。

学者常先虚己。自古有误认臆度为道，浪度光阴，蹉跎实学，不知其几。东坡投老，顾以养生为先。追想其情，使人恐畏。微细习气，人不自知。学者当审而求之。吾为学至此，亦不自知。自前岁一病，方知之。今岁一病，又知之。吾觉此病非病，乃教诲我也。

世间多材多艺者不少。学者回顾己之愚拙，未可以为愧。材艺之士，多为材艺所惑，不能进学。未若愚拙有心于道。

贤者德重，则服人也众；德轻，则服人也寡。观服人众寡，知己德之重轻。

世间谁不被人瞒，不甘被人瞒者亦少矣。

外事不可深必，凡得失奉天命可也。动心则逆天命，祸将至矣。

先圣为鲁司寇，遂能使齐归侵疆。沈犹氏不敢朝饮其羊，公慎氏出其淫妻，慎溃氏越境而徙。学者回顾己德，宁无愧怍？

福莫大于无祸。今无事，已是享福。如不自知，将恐祸患生。

近世学道者众，然胸中常带一世间行，所以不了达。

学道者多求之于言语。所谓知道者，只是存想。

大人君子兴言立教，皆奉天命，岂有己意哉？

一堕人欲，念虑颠倒，举止轻浮。此语可谓甚善。

必欲使人从我者，岂智者哉？周公、孔子，天下后世皆归之，非使其归也。

正欲说，教住即住得，正欲怒，教住即住得，如此即善。

孔子拱而尚右，载之古书。则知夫子常拱，今人多忽之。吾家当习熟。

君子有所养，处富不骄，处贫不忧，无得失，无逆顺，其心常一，应酬不乱，无所不容。

众人中有存天焉，可从众，则从众。

学者虚己如无知，遇事则谋于人。如此者，三年大智必发。

近世惟尚词章，而夺其正学，是以家国乏人材。

译　文

读书时，如果意在追求名利，那就失去了圣人著书的本意。

善于学习的人，会把平日里的所见所闻摒弃到千里之外，使自己内心空无一物，仿佛一无所知，然后再去读圣人的书，这样所学的东西才能纯正。

发怒时别人不害怕，是因为自己失去了道理；还没发怒别人就已经害怕，是因为自己占据了道理。

…………

学者有时还没见到道的本质，那就先从实实在在地改正过错做起。

自己有了道，别人自然会受到感化。

颜回用竹器盛饭，用瓢喝水，人们都知道他贫穷，但谁知道他的富足呢？在这竹瓢之中，他感到万事都已足够。

学问有进步，就会知道人间的言语多有错误，做事也多有不当，因此一句话也不敢乱说，一件事也不敢妄做。

因为外物的不顺而动心，这就是怨天。

学者把平日里的所见所闻摒弃到千里之外，所以能够舍弃自己的意见而听从别人的。舍弃自己的意见而听从别人，这并不容易做到，因为自己的见解已经根深蒂固，往往会不自觉流露出来。

人们被房屋等物欲蒙蔽了双眼，整天忙忙碌碌却还不自知。

当我遇到心烦意乱的时候，就会自我惩罚，现在已经看到效果了。

人的最大祸患在于自满，总以为自己很贤能，所以终身学习却一无所成。

善于学习的人，看到别人的贤能就会知道自己的不肖，看到别人的远大就会知道自己的狭隘，看到别人的勇敢就会知道自己的懦弱。对此感到羞耻，那么所学就没有不成功的。

学者只要做好自己就足够了，无需向外寻求。这是学习的关键。

近来学者多虚伪，甚至到了临死时还在安排后事。

学道，不能作出小孩子的姿态。

慈爱恭敬可以修身、齐家、治国、平天下。平安、富贵、尊敬、荣耀，都由此而来。

做学问做到了五分，就不能停止不前。

我现在做学问，自己的善恶以及学问的多寡，都能自知。这种自知，是我初学时深入研究"无我"所带来的。因为"无我"就会心虚神明，不会把自己的恶当作善，也不会把学问的少当作多。以前看那些学者，自以为"无我"，其实并没有真正做到"无我"。通过观察他们再反省自己，我深感畏惧，所以今天才有所成就。

不如意的事情，人人都会遇到。但善于学习的人不会在意这些，而我却因为一句玩笑话就自我悔恨。

世间忙碌，学者想要达到不忙的境界。

我深入研究"无我"已经二十年了。今天看到这个祸患，仍然像山岳一样重大，甚至更加严重。但我能自觉到这一点，已经觉得很幸运了。

学者只要有志气，无论天性愚笨还是气习不良，都能通过努力而有所成就。

学习之道贵在专一。不要急于干预其他事情，也不要急于发表言论。让内心保持安静，静到极点就会生出光明，道就会自然显现。

这个心就是道，道和心是一体而两面的。

我们家的子弟，即使侥幸科举及第，也不要急于入仕。必须等到所学开明之后，再去尝试。这样既能不负君主的委任之心，也不会失去民众的信赖之意。祖先在九泉之下也会为此感到欣慰。

世间如梦，人们并非不知。但看到温暖热闹的地方，就又去了。自古以来，温暖热闹的地方耽误了多少人。

学者常常要先虚心。自古以来，有多少人因为误认臆度为道，而浪费了光阴，耽误了实学。东坡先生晚年的时候，还以养生为先。回想他的情况，真是让人心生敬畏。一些微小的习惯，人们往往不自知。学者应当仔细审视并寻求它。我做学问到现在，也不自知。自从前年生病后，才有所察觉。今年又生病，又有了更深的体悟。我觉得这病不是病，而是在教诲我。

世间多才多艺的人不少。学者回顾起自己的愚拙，不必为此感到惭愧。多才多艺的人往往被才艺所迷惑，不能进一步学习。还不如愚拙的人有心于道。

贤者的德行厚重，就能让更多的人信服；德行轻薄，信服的人就少。通过观察信服人数的多少，可以知道自己的德行是厚重还是轻薄。

世间谁不被别人欺骗呢？但不甘心被别人欺骗的人也很少。

外界的事情不能过分强求，一切得失都奉天命即可。如果动心去强求，那就是逆天命，祸患就会降临。

先圣孔子做鲁国的司寇时，就能使齐国归还侵占的土地。沈犹氏不敢在早晨去喝羊的奶，公慎氏赶走了淫荡的妻子，慎溃氏越过边境迁徙到他国。学者回顾起自己的德行，难道就没有愧疚吗？

最大的福气莫过于没有祸患。现在没有事情发生，就已经是在享福了。如果还不知足，恐怕祸患就会生起。

近世学道的人很多，但他们心中常常带着世俗的观念，所以不能通达。

学道的人大多在言语上寻求道。而所谓知道的人，只是存想而已。

圣人君子兴起言论、设立教化，都是奉天命而行，哪里有自己的意思呢？

一旦堕入人欲之中，念虑就会颠倒，举止也会轻浮。这句话说得很好。

一定要让别人听从自己，这哪里是智者的行为呢？周公、孔子，天下后世的人都归向他们，并不是他们强迫别人归向的。

正想说话时，让停就能停得下来；正想发怒时，让停也能停得下来，这样就能算是善了。

孔子拱手时总是以右手在上，这在古书中有记载。由此可知孔子常常拱手作礼，现在的人却大多忽视了这一点。我们家应当熟悉并实践这个礼仪。

君子的修养在于，身处富贵时不会骄傲，身处贫穷时不会忧愁，没有得失心，没有逆顺心，内心始终如一，应酬时从容不迫，无所不容。

在众人中如果存在天道的话，那么可以跟随众人一起时就跟随众人。

学者虚心到仿佛一无所知的地步，遇到事情就向别人请教。这样做的话，三年之后大智慧必定会显现。

近世人们只崇尚词章而忽视了正统的学问，所以国家都缺乏人才。

作者简介

杨简（公元 1141 年—公元 1226 年），字敬仲，谥号文元，世称慈湖先生，慈溪（今属浙江省宁波市）人，南宋哲学家、教育家、政治家。乾道五年（公元 1169 年）中进士，授富阳主簿，历任国子博士等，官至宝谟阁学士、大中大夫。他是南宋心学派易学的主要代表人物，师承陆九渊，发展心学，主张"毋意""无念""无思无虑是谓道心"。著有《慈湖遗书》《杨氏易传》等作品，对宋明理学的发展产生了重要影响。

家庭教育品读

杨简在《纪先训》中记录了二百多条其父杨庭显的修身教子齐家治国之方，以此训诫子弟后人。这些内容包括修身、学习、齐家、治国等几个主要方面。杨简父亲所传授的学习之道很多，此处节选其中一部分，呈现了杨家为学向善的治学之道。

杨简在家训中首先提出了学习的目的。他指出，学习不是为了名利，而是为了学识和道德的提升。他指出："读书，意或在名利，则失圣人之意。"这句话深刻揭示了教育的目的不应仅仅局限于名利的追求，而应更多地关注孩子品德与智慧的培养。在当代家庭教育中，家长应引导孩子树立正确的价值观，让他们明白，真正的学问是为了明理、修身、齐家、治国、平天下，而非仅仅为了个人的荣华富贵。

接下来，他提出了一系列关于学习的方法，对今天的家庭教育也具有很大启发。

一是虚心向学，以空杯的心态求学。杨简指出："善学者，以平昔所见，屏之千里之外，视己空空，绝无所知，而读圣人之书，则所学正矣。"在当代家庭教育中，家长应引导鼓励孩子保持一颗虚心向学的心，勇于摒弃自己的偏见和固有观念，以空杯心态接纳新知识。只有这样，孩子才能在知识的海洋中畅游，不断充实自己，成为真正有学问的人。

二是有过就改，培养良好品德。杨简指出："学者或未见道，且从实改过。自己有道，则人自化。"在当代家庭教育中，家长应该鼓励孩子正视自己的错误，勇于改正，这是成长的重要一步。只有这样，孩子才能在不断试错和改正的过程中成长，逐渐形成健全的人格和正确的价值观。

三是注重精神生活的富足。杨简以颜回安贫乐道举例："颜子箪瓢，人知其贫，谁知其富？此箪瓢中，万事皆足。"这也启示我们，真正的富足不在于物质的多少，而在于内心的满足和精神的充实。在当代家庭教育中，家长应积极引导孩子崇尚俭朴生活，追求精神生活富足，通过学习来实现人生境界的升华，从而拥有更加充实和幸福的人生。

四是要严谨治学，慎言慎行。杨简指出："学有进，则知人间言语多失，作事多失，一言不敢妄发，一事不敢妄为。"他认为，随着学问的增长，我们会更加意识到言语和行动的重要性。因此，在当代家庭教育中，家长应该教导孩子严谨治学，对待每一句话、每一件事都要认真负责，不轻易发表无根据的言论，不盲目行动，从而培养他们的责任感和成熟度。

五是注重自我的反省。杨简认为："学者以平昔所见，置之千里之外，故能舍己从人。舍己从人，未易见，以己见根固，而不自觉也。"在当代家庭教育中，家长应鼓励孩子进行自我反省，勇于放弃固有的观念和偏见，以开放的心态接纳他人的意见和建议。只有这样，他们才能在不断地学习和成长中取得更大的进步。

六是不断超越自我。杨简指出："吾今为学，自己之善恶，与学力之多寡，皆自知之。"在当代家庭教育中，家长应引导孩子学会自知之明，正确认识自己的优点和不足，从而有针对性地提升自己。通过不断地自我反省和修正，让孩子在成长的道路上不断超越自我。

七是以乐观心态应对不如意事。杨简认为："不如意事，人皆有之。然善学者不以为意。"因此，在当代家庭教育中，家长应教会孩子积极乐观，笑对坎坷。通过培养他们的逆境商数，让孩子在挫折中学会坚持和勇敢，从而成长为更加坚韧不拔的人。

八是学习要专一。这是学习的精髓之道。杨简指出："学道贵专一。一事未尝遽然干预，一言未尝遽然出口。使胸中闲静，静极明生，其道自见。"在当代家庭教育中，家长应引导孩子学会专一与静心。通过培养他们的专注力和耐心，让孩子在学习的道路上能够深入钻研、精益求精，从而领悟到学问的真谛。

九是培养家国情怀。学习的最终归宿应该落到为国为民。因此，杨简告诫子孙后代："吾家子弟，或忝科第，未可遽入仕。必待所学开明，从而自试。上不误君上任委之心，下不失民人倚赖之意。"这句话强调了家国情怀和社会责任的重要性。在当代家庭教育中，家长应培养孩子的责任感和使命感，让他们明白自己的学习和成长不仅仅是为了个人的利益，更是为了服务社会和回报国家。

家庭教育在培养孩子的学问之道上扮演着至关重要的角色。通过汲取古训中的智慧，家长们可以引导孩子树立正确的学习观、价值观与人生观；同时，也要注重培养他们的实践能力、自律习惯与勇气精神。只有这样，孩子们才能在未来的道路上走得更远、更稳、更精彩。

《示儿书》（节选）

明·周怡

原 文

　　人家盛衰，只看后来人如何。后来人行不肖，未必是天生定，亦在人学不学尔。学则检束身心，存养德性，处事接人，自循道理，不肯忽略；一起心动念，便恐不合于天，便恐不合于人，便恐得罪于鬼神；宁过于厚，不肯流于薄。如此等人，心地光明，行事平易，处富贵可长保富禄，处贫贱可免耻辱，即此便是盛也。若不学之人，但知利己，不顾损人；人我相忒，分明即父子兄弟夫妇间，也隔藩篱、分尔我；广大心胸，自割狭小，更何地方容人？更何地方受福？如此等人，处富贵多敛怨，处贫贱不免苦恼，即此便是衰也。人皆谓盛衰天数，若如此看盛衰，却是人自取也，故曰"祸福无不自求"者。

　　古之智者有言曰："知微君子，必不肯蹈祸患之域。"将见益之盛，不待天损而自损之，荣之极，不待天辱而自辱之。何谓自损？检察己过，自责自克，不敢贰过，不敢文过，不敢惮改是也。何谓自辱？割己之所爱，与人共之，舍己之所欲，与众同之，食甘自菲，衣甘自恶，处甘自下是也。能自损则曰益，能自辱则曰荣。盛衰岂不由人自取哉！

　　吾尝自思，前人勤俭辛苦淡薄，积福与我后人享受，忠厚谦谨，积德与我后人受报。若我后人享尽福、受尽报，则我之后人，无所受我报矣。可惧！可省！一身吃着有限，吃些粗的，着些粗的，将就用些，却何不可？若分些与人，且不论人感德，只此行亦何等快乐，又何可刻薄取人以自肥饶也？自心凡事不恼怒，享和平之福，自然人悦神佑，百禄同来。我平日少此一着，自亦觉得无福，但一念心好，鬼神悯之，汝不可不引以为戒！

　　读书莫懒惰，莫与不学好的人同处。与君子交，坐谈莫说闲话，莫说人家长短，莫发人隐事。家中内外谨严，我在此赖有刘师帛先生、刘三五先生同处，朝夕切磋，甚有益。山间绵衣服多，有新单衣甚便。此间甚暖，余事不悉。

译　文

　　一个家族的兴衰，关键要看看子孙后代的表现。如果子孙后代行为不端，这未必是天生如此，而是取决于他们是否愿意学习。学习能让人约束身心，修养德性，在与人交往中遵循道理，不轻易忽视任何细节。每当起心动念，都会担心是否符合天道，是否合乎人情，是否会得罪鬼神。他们宁愿过于厚道，也不愿变得刻薄。这样的人，心地光明，行事平和，在富贵时能长久保持福禄，在贫贱时也能免于耻辱，这就是家族兴盛的表现。相反，那些不愿意学习的人，只知利己，不会顾及他人。他们与人之间隔阂重重，即使是父子兄弟夫妇之间也如同隔着一道篱笆。他们的心胸狭小，无法容纳他人，又怎能承受福报呢？这样的人，在富贵时容易招致怨恨，在贫贱时则不免苦恼，这就是家族衰败的征兆。人们常说盛衰是天命，但如果从这样的角度来看，盛衰其实是人自己造成的。所以说，祸福都是自己求来的。

　　古代智者曾说："明智的人，一定不会踏入祸患之地。"他们会在兴盛达到顶点时，不等天意来削弱，就自己先削弱；在荣耀达到极致时，不等天意来羞辱，就自己先羞辱。什么是自损？就是检查自己的过错，自责自克，不敢重犯，不敢掩饰，不敢畏惧改正。什么是自辱？就是舍弃自己所爱的，与他人分享；放弃自己所想要的，与众人一同拥有；吃好的却自感菲薄，穿好的却自感粗劣，身处高位却自愿居下。能自损就会日益兴盛，能自辱就会更加荣耀。盛衰难道不是由人自己决定的吗？

　　我曾自我反思，前辈们勤俭节约、辛苦劳作、淡泊生活，积累了福报让我们后代享受，他们忠厚谦谨、积德行善，为我们后人积累了德行。如果我们后人把福报享尽，把德行受尽，那么我们的后人就无从享受我们的福报了。这是多么可怕、多么值得省思的事情啊！一个人的吃穿用度是有限的，吃些粗的、穿些粗的、用些将就的，又有何不可呢？如果能把一些分给别人，且不说别人是否感恩，仅仅这样的行为本身就是多么快乐啊，又何必刻薄待人、损人利己来使自己富足呢？只要心中不恼怒，就能享受和平之福，自然也会得到人们的喜爱和神灵的庇佑，各种福祉都会随之而来。我平时在这方面做得不够，所以也觉得自己福气不多。但只要心存善念，鬼神都会怜悯你。你一定要以此为戒！

读书不要懒惰，不要与不学好的人在一起。和君子交往时，坐着谈话不要说闲话，不要议论别人的长短，不要揭露别人的隐私。家中内外都要严谨，我在这里幸亏有刘师帛先生、刘三五先生同住，朝夕切磋学问，非常有益。山里的棉衣很多，有新的单衣穿起来很方便。这里很暖和，其他事情就不一一细说了。

作者简介

周怡（公元 1506 年—公元 1569 年），字顺之，号讷溪，仙源（今属安徽省黄山市）人，明代政治家、文学家。嘉靖十七年（公元 1538 年），周怡中进士，步入仕途，历任顺德推官、吏科给事中、太常少卿等职，为官清廉，刚正不阿。他曾因弹劾严嵩等权臣而多次入狱，历经坎坷，但始终坚守正义，不改初衷，被称为"嘉靖天下三君子"之一。他不仅是一位杰出的政治家，还是阳明心学的理论家和传播者，对明代政治和文化产生了深远影响。著有《讷溪集》《讷斋文录》等，其中《讷溪文集》27 卷被《四库全书》收录。

家庭教育品读

《示儿书》是周怡家庭教育的一部分，主要是劝学向善。

在开篇，周怡就提到了学习的重要性。学习能让人约束身心，修养德性，一个人的子孙后代是否学习，决定了这个家族的兴衰，从而强调后代的行为和学识对家族兴衰有决定性影响。这提醒我们，在当代家庭教育中，家长应该重视孩子的学习教育，培养他们的学识和品德，使他们成为有担当、有责任感的人。

周怡以家族兴衰和福祸为例，强调了个人应该通过学习提高德行的问题。他认为宽厚的品德、勤俭的生活是积累福报的开端，也是家族能够长久存在、兴旺发达的途径。因此，告诫儿子要宁过于厚、不肯流于薄，要宽厚待人、与人为善，要珍惜前辈的辛勤付出，继续发扬勤俭持家的优良传统。在当代家庭教育中，家长应引导孩子学会宽容、理解和尊重他人，培养他们的同情心和爱心。同时，也要教育孩子懂得感恩和珍惜，不要挥霍无度。

《示儿书》最后，周怡再次勉励儿子要勤学，和良师益友一起交往。他说:"读书莫懒惰,莫与不学好的人同处。"

从整个《示儿书》来看,其中蕴含着丰富的家庭教育理念,对于当代家庭教育仍有重要的指导意义。作为家长,我们应该从中汲取智慧,引导孩子努力学习,一心向善,成为有能力、有道德的人才。

《示季子懋修书》

明·张居正

原 文

汝幼而颖异，初学作文，便知门路。吾尝以汝为千里驹，即相知诸公见者，亦皆动色相贺曰："公之诸郎，此最先鸣者也。"乃自癸酉科举之后，忽染一种狂气，不量力而慕古，好矜己而自足，顿失邯郸之步，遂至匍匐而归。

丙子之春，吾本不欲求试，乃汝诸兄咸来劝我，谓不宜挫汝锐气，不得已黾勉从之，竟致颠蹶。艺本不佳，于人何尤？然吾窃自幸曰："天其或者欲厚积而巨发之也。"又意汝必惩再败之耻，而俯首以就矩镬也。岂知一年之中，愈作愈退，愈激愈颓。以汝为质不敏耶？固未有少而了了，长乃懵懵者。以汝行不力耶？固闻汝终日闭门，手不释卷。乃其所造尔尔，是必志骛于高远，而力疲于兼涉，所谓之楚而北行也。欲图进取，岂不难哉？

夫欲求古匠之芳躅，又合当世之轨辙，惟有绝世之才者能之。明兴以来，亦不多见。吾昔童稚登科，冒窃盛名，妄谓屈宋班马，了不异人，区区一第，唾手可得，乃弃其本业，而驰骛古典。比及三年，新功未完，旧业已芜。今追忆当时所为，适足以发笑而自点耳。甲辰下第，然后揣己量力，复寻前辙，昼作夜思，殚精毕力，幸而艺成，然亦仅得一第止耳，犹未能掉鞅文场，夺标艺苑也。今汝之才，未能胜余，乃不俯寻吾之所得，而蹈吾之所失，岂不谬哉？

吾家以诗书发迹，平生苦志励行，所以贻则于后人者，自谓不敢后于古之世家名德。固望汝等继志绳武，益加光大，与伊巫之俦，并垂史册耳，岂欲但窃一第，以大吾宗哉。吾诚爱汝之深，望汝之切，不意汝妄自菲薄，而甘为辕下驹也。

今汝既欲我置汝不问，吾自是亦不敢厚责于汝矣。但汝宜加深思，毋甘自弃。假令才质驽下，分不可强；乃才可为而不为，谁之咎与？己则乖谬，而徒诿之命耶，惑之甚矣。且如写字一节，吾呶呶谆谆者几年矣，而潦倒差讹，略不少变，斯亦命为之耶？区区小艺，岂磨以岁月乃能工耶？吾言止此矣，汝其思之。

译 文

你从小就聪明出众，刚开始学习写文章，就懂得了写作的门道。我常常把你当作是日行千里的良驹，有相识的朋友们见到你，也都动容相贺说："你家的几个孩子中，这个是最先崭露头角的。"然而自从癸酉科举之后，你忽然染上了一种狂妄之气，不衡量自己的能力而盲目慕古，喜欢自夸自足，于是突然失去了原有的进步，以至于最后狼狈而归。

丙子年的春天，我本来不想让你去参加考试，但你的几个兄长都来劝我，说不应该挫伤你的锐气，因此我不得已勉强同意了，没想到竟然会导致你的失败。其实你的学业本来就不够扎实，这能责怪谁呢？然而我私下里又暗自庆幸，以为上天或许是要让你厚积薄发。又心想你一定会因为再次失败的耻辱而警醒，从而俯首帖耳地遵循规矩。哪里知道一年之中，你越写越退步，越受激励越颓废。是因为你资质不聪慧吗？但从来没有小时候聪明，长大了反而糊涂的人啊。是因为你努力不够吗？但听说你整天闭门苦读，手不释卷。然而你的成就仅此而已，这一定是你的志向过于高远，而精力又分散于太多事物上，这就是所说的想去楚国却向北行走，想要谋求进步，这岂不是很难吗？

想要追寻古代贤人的足迹，同时又符合当世的准则，只有绝世之才的人能够做到。我朝兴起以来，这样的人也不多见。我当初年幼时登科，贸然窃取了盛名，妄自认为屈原、宋玉、班固、司马迁等人的文章，与他人相比没什么不同，区区一个进士及第，可以轻而易举地得到，于是抛弃了本业，而去驰骋于古代经典之中。等到过了三年，新的学业没有完成，旧的学业也已经荒废了。现在回忆起当时的所作所为，只觉得可笑并自责罢了。甲辰年科举落第后，我才估量自己的能力，重新走上之前的道路，白天学习晚上思考，竭尽全力，幸运的是学业有所成就，但也就仅仅得了个进士及第而已，还不能在文坛上纵横驰骋，在艺苑中夺得头筹。现在你的才华，还不能超过我，却不低头寻找我所得到的经验，反而重蹈我的覆辙，这难道不是大错特错吗？

  我们家以诗书起家，我平生刻苦励志，用以留给后人的准则，自认为不敢落后于古代那些世家名德。我本来希望你们能继承先人的志向，发扬光大，与伊尹、巫咸这样的人一起名垂史册，哪里只是想让你们仅仅考取一个进士，来光大我们的宗族。我实在是深爱着你，对你抱有殷切期望，没想到你却妄自菲薄，甘愿做一匹普通的马。

  现在你既然希望我不要管你，我自然也不敢对你多加责备了。但你应该深思，不要甘愿自暴自弃。假如你的才质平庸，那是天命不可强求；但如果是可以有所作为却不去做，那是谁的过错呢？自己行为荒谬，却把责任推给命运，这也太糊涂了。而且就像写字这件事，我絮絮叨叨、恳切地教导你几年了，但你的字还是潦倒错乱，一点没有改变，这也是命运造成的吗？这区区小技艺，难道非要花费岁月去磨炼才能精通吗？我的话就说到这里，你自己好好想想吧。

作者简介

  张居正（公元 1525 年—公元 1582 年），字叔大，号太岳，湖广荆州卫（今属湖北省荆州市）人，明代杰出政治家、改革家。嘉靖二十六年（公元 1547 年），张居正中进士，步入仕途，隆庆元年（公元 1567 年），任吏部左侍郎兼东阁大学士，后迁任内阁次辅，为吏部尚书、建极殿大学士。隆庆六年（公元 1572 年），张居正代高拱为内阁首辅，晋中极殿大学士。他任内阁首辅十年，在位期间大力推行改革，史称"张居正改革"。张居正的改革措施包括整顿吏治、改革税制、加强边防等，对明代后期的政治经济产生了深远的影响。他在中国历史上是一位备受尊敬的政治家，对后世有着重要的影响。万历十年（公元 1582 年）六月，张居正病逝，享年五十八岁，赠上柱国，谥文忠（后均被褫夺）。张居正是明代唯一生前就被授予太傅、太师的文官。去世后被明神宗抄家，至明熹宗天启二年（公元 1622 年）恢复名誉。著有《张太岳集》《书经直解》《帝鉴图说》等。

家庭教育品读

  《示季子懋修书》这篇家训，是张居正写给他的第四个儿子张懋修的一封诫书，指导儿子如何读书学习、科举考试。

张居正首先对儿子进行了肯定和鼓励，指出儿子"幼而颖异"，自己视之为千里驹，朋友也称赞。但儿子在屡次失败之后却发生了巨大转变，"忽染一种狂气"，不再脚踏实地，而是好高骛远，最终"顿失邯郸之步，遂至匍匐而归"。在张居正看来，儿子本身虽然聪颖，但为学不够扎实。因此，当再次科举时，他本不愿儿子参加，但又不愿打击孩子的积极性，于是想着让儿子再次受挫以吸取教训，但没承想儿子却就此颓废退步。于是，张居正以自己的经历为例，对儿子进行了诫勉，告诫儿子要脚踏实地，不要重蹈覆辙。

张居正对儿子不能完全理解自己的苦心深感痛心，对儿子选择了放弃努力、甘于平庸的行为痛心疾首，进行了严厉批评，"才可为而不为，谁之咎与？己则乖谬，而使诿之命耶，惑之甚矣"。张居正还以写字这件小事，批评了儿子的不够用心努力。

张居正的这篇家训，虽是对儿子的诫勉，但也能够为当代家庭教育提供借鉴。在当代家庭教育中，家长应该以身作则，用自己的言行影响孩子；同时，也要关注孩子的内心世界，了解他们的想法与需求；更重要的是，要鼓励孩子保持谦逊之心、勇于面对挑战、持之以恒地努力奋进。只有这样，才能培养出既有才华又有品德的优秀人才。

《与舍弟书十六通》（其二）

清·郑板桥

原 文

潍县署中寄舍弟墨第一书

　　读书以过目成诵为能，最是不济事。眼中了了，心下匆匆，方寸无多，往来应接不暇，如看场中美色，一眼即过，与我何与也？千古过目成诵，孰有如孔子者乎？读《易》至韦编三绝，不知翻阅过几千百遍来，微言精义，愈探愈出，愈研愈入，愈往而不知其所穷。虽生知安行之圣，不废困勉下学之功也。东坡读书不用两遍，然其在翰林读《阿房宫赋》至四鼓，老吏苦之，坡洒然不倦。岂以一过即记，遂了其事乎！惟虞世南、张睢阳、张方平，平生书不再读，迄无佳文。

　　且过辄成诵，又有无所不诵之陋。即如《史记》百三十篇中，以《项羽本纪》为最，而《项羽本纪》中，又以巨鹿之战、鸿门之宴、垓下之会为最。反复诵观，可欣可泣，在此数段耳。若一部《史记》，篇篇都读，字字都记，岂非没分晓的钝汉！更有小说家言，各种传奇恶曲，及打油诗词，亦复寓目不忘，如破烂厨柜，臭油坏酱悉贮其中，其龌龊亦耐不得。

潍县寄舍弟墨第四书

　　凡人读书，原拿不定发达。然即不发达，要不可以不读书，主意便拿定也。科名不来，学问在我，原不是折本的买卖。愚兄而今已发达矣，人亦共称愚兄为善读书矣，究竟自问胸中担得出几卷书来？不过挪移借贷，改窜添补，便尔钓名欺世。人有负于书耳，书亦何负于人哉！昔有人问沈近思侍郎，如何是救贫的良法？沈曰："读书"。其人以为迂阔。其实不迂阔也。东投西窜，费时失业，徒丧其品，而卒归于无济，何如优游书史中，不求获而得力在眉睫间乎？信此言，则富贵，不信，则贫贱，亦在人之有识与有决并有忍耳。

译 文

潍县署中寄舍弟墨第一书

  把读书时能够一眼看过就背诵下来当作是一种能力，这其实是最不靠谱的。如果只是眼睛匆匆扫过，心里却没有深入理解，记忆力也有限，对于书中的内容应接不暇，那就像看台上的美女一样，只是一眼就过，对自己有什么实际帮助呢？古往今来，有谁能像孔子那样做到过目成诵呢？他读《易经》读到"韦编三绝"，不知道翻阅了几千几百遍，那些微妙的言辞和深刻的道理，越探索越能发现新的意义，越研究越能深入理解，越往深处去就越不知道它的尽头在哪里。即使是像孔子这样生而知之、安行天道的圣人，也不放弃勤奋努力、向下学习的功夫。苏东坡读书不需要读两遍就能记住，但他在翰林院读《阿房宫赋》的时候，一直读到四更天，连老吏都觉得辛苦，而他却依然洒脱不倦。难道他是因为一读就能记住，就完事了吗？像虞世南、张睢阳、张方平这些人，一生中书不再读第二遍，结果他们始终没有写出什么好的文章。

  而且，如果一过目就能背诵，又可能陷入无所不诵的陋习。比如《史记》一百三十篇中，以《项羽本纪》最为精彩，而在《项羽本纪》中，又以巨鹿之战、鸿门之宴、垓下之会最为关键。反复诵读观赏，让人时而欣喜时而悲泣的，就在这几段而已。如果整部《史记》篇篇都读，字字都记，那岂不是个不分轻重的愚钝之人吗？更有甚者，连那些小说家的作品，各种传奇恶曲，以及打油诗，也是过目不忘，就像在破烂的橱柜里，臭油坏酱都贮藏其中，那种龌龊也是让人无法忍受的。

潍县寄舍弟墨第四书

  人们读书，原本就不能确定是否一定能带来发达。但是，即使不能发达，也不能不读书，这个主意是应该拿定的。科举功名考不来，但是学问却留在自己心中，这原本就不是亏本的买卖。我现在已经发达了，人们也称赞我善于读书，但扪心自问，我胸中能挑得出几卷书来？其实不过是挪用、借鉴，改窜添补，以此来沽名钓誉罢了。这是人对不起书啊，书又哪里辜负过人呢！以前有人问沈近思侍郎，什么是救贫的良方？沈近思说："读书。"那

135

个人觉得这个方法太迂腐，不切实际。其实这并不迂腐。到处东奔西走地钻营，既浪费时间又一事无成，只会败坏自己的品行，而最终却一无所获，哪里比得上悠闲地沉浸在经书史籍中，虽不求获得什么，但力量却近在眼前呢？相信这句话，你就能获得富贵；不相信，你就只能导致贫贱。这也在于人是否有见识、有决心，并且能忍耐。

作者简介

郑板桥（公元1693年—公元1766年），原名郑燮，号板桥，人称板桥先生，祖籍苏州，江苏兴化（今属江苏省泰州市）人，清代著名书画家、文学家。郑板桥自幼家道中落，生活拮据，早年丧母，由乳母费氏抚养长大。他勤奋好学，早年随父学习，后拜陆种园老先生为师，不仅在文学上有所成就，还在绘画、书法等方面展现出了极高的天赋。乾隆元年（公元1736年），郑板桥中进士，入仕为官，历任河南范县、山东潍县知县，政绩显著。然而，他因请求赈济灾民得罪大吏，于乾隆十八年（公元1753年）被罢官，后客居扬州，以卖画为生，成为"扬州八怪"之一。郑板桥的诗、书、画均旷世独立，世称"三绝"。他擅画兰、竹、石、松、菊等植物，其中画竹已五十余年，成就最为突出。

家庭教育品读

这是郑板桥自编《与舍弟书十六通》中的两封写给堂弟郑墨的家书。他一生给堂弟郑墨写了很多家书，这些家书大多涉及读书、学习、做文章等内容。此处选取的是潍县寄舍弟墨五书中的第一书和第四书，主要对学习方法和学习重要性进行了论述。

在第一封家书中，郑板桥主要阐释了一个道理，那就是读书态度问题。"书读百遍，其义自见"，这是一句很有哲理的话。但很多人却忘了这一点，而崇尚过目成诵。郑板桥在家书中对此进行了批评和剖析。他指出："读书以过目成诵为能，最是不济事。"他认为，一眼扫过，看似记住了很多东西，但实际上却如看台上美女一样，一扫而过，根本没有深入地理解，也无法增进自己的学业。他通过对比举例论证了这件事。他指出，孔子和苏轼这两人都天赋异禀，过目成诵，但他们却能够读书百遍千遍，所以留存很多思想深刻的作品；而虞世南、张睢阳、张方平这些人，虽然一生中书不再读第二遍，但也没啥成果问世。同时，他也认为，过目成诵还容易导致无所不诵，从而贪多嚼不烂，最终无法精进学识。

通过这封家书，郑板桥告诫了堂弟一些学习的道理。这些道理在时过境迁后的今天依然具有现实意义。在当代家庭教育中，家长要注意敦促孩子多读书，读好书，要引导他们"好书不厌百回读"，反复阅读经典，从而增长知识，精进学业，更好地提升自己。

在第二封家书中，郑板桥主要告诫堂弟读书的重要。他认为，读书科考只是求发达的一种手段，但其作用却不止于此。即便不能科举中第，不能发达，学到的知识却长留心中。并且引用沈近思侍郎关于救贫良方的话，再次强调了读书的价值所在。在郑板桥看来，读书是求取富贵的路径，但要想达到富贵，还需要有见识、有决心、有忍耐力。这些思想极具家庭教育智慧，为当代家庭教育提供了指导。在当代家庭教育中，家长应引导孩子认识到读书的重要性，鼓励他们勤学好读，从而形成良好的阅读习惯和学习能力；同时，要注意培养孩子的毅力和耐心，这是读书的需要，没有毅力和耐心，读书便难以成为长久坚持的事。

郑板桥家书，内容丰富，虽有家长里短，嘘寒问暖，但也不乏治学劝学经验，为当代家庭教育的又一借鉴之作。

《为学一首示子侄》

清·彭端淑

原 文

　　天下事有难易乎？为之，则难者亦易矣；不为，则易者亦难矣。人之为学有难易乎？学之，则难者亦易矣；不学，则易者亦难矣。吾资之昏，不逮人也，吾材之庸，不逮人也；旦旦而学之，久而不怠焉，迄乎成，而亦不知其昏与庸也。吾资之聪，倍人也，吾材之敏，倍人也；屏弃而不用，其与昏与庸无以异也。圣人之道，卒于鲁也传之。然则，昏庸聪敏之用，岂有常哉！

　　蜀之鄙有二僧，其一贫，其一富。贫者语于富者曰："吾欲之南海，何如？"富者曰："子何恃而往？"曰："吾一瓶一钵足矣。"富者曰："吾数年来欲买舟而下，犹未能也。子何恃而往！"越明年，贫者自南海还，以告富者，富者有惭色。西蜀之去南海，不知几千里也，僧富者不能至，而贫者至焉。人之立志，顾不如蜀鄙之僧哉！

　　是故聪与敏，可恃而不可恃也；自恃其聪与敏而不学者，自败者也。昏与庸，可限而不可限也；不自限其昏与庸而力学不倦者，自力者也。

译 文

　　天下的事情有困难和容易之分吗？只要去做，那么困难的事情也会变得容易；如果不去做，那么容易的事情也会变得困难。人们在学习上有困难和容易之分吗？只要去学习，那么难的知识也会变得容易掌握；如果不学习，那么容易的知识也会变得难以理解。我天资愚钝，比不上别人；我才能平庸，也比不上别人。但是我每天不停地学习，长久以来从不倦怠，等到成功了，也就不知道自己的愚钝和平庸了。我天资聪明，超过别人；我才能敏捷，也超过别人。但如果弃置不用，那跟愚钝和平庸的人就没有什么不同了。孔子的学问，最终是靠不怎么聪明的曾参传下来的。如此看来，愚钝平庸和聪明敏捷的作用，哪里是固定不变的呢！

四川的边境有两个和尚，其中一个贫穷，另一个富有。穷和尚对富和尚说："我想要到南海去，你觉得怎么样？"富和尚说："你凭借什么去呢？"穷和尚说："我只要一个水瓶、一个饭碗就足够了。"富和尚说："我多年来一直想租条船顺着江水而下，到现在还没能去成呢，你凭借什么去呢！"到了第二年，穷和尚从南海回来了，把到过南海的这件事告诉富和尚，富和尚脸上露出了惭愧的神色。四川距离南海，不知道有几千里远，富和尚不能到达，可是穷和尚到达了。一个人立志求学，难道还不如四川边境的那个穷和尚吗？

因此，聪明与敏捷，可以依靠但也不可以依靠；自己凭借着聪明与敏捷而不努力学习的人，是自己毁了自己。愚钝和平庸，可以限制但又不可以限制；不被自己的愚钝和平庸所局限而努力不倦地学习的人，是靠自己努力学成的。

❧作者简介❧

彭端淑（约公元1699年—约公元1779年），字乐斋，号仪一，四川眉州丹棱（今属四川省丹棱县）人，清代官员与文学家，与李调元、张问陶并称为"清代四川三才子"，在文学领域有着卓越的成就。彭端淑出生富庶家庭，自幼聪敏颖异，受家庭熏陶，十岁便能作文，十二岁便入县学就读。他与兄弟们在丹棱萃龙山的紫云寺苦读多年，得学识渊博的父亲及外祖父、进士出身的夹江名儒王庭诏的教益，学业有成。雍正四年（公元1726年），彭端淑考中举人，雍正十一年（公元1733年）又考中进士，从此步入仕途，历任吏部主事、员外郎、郎中等职。乾隆十二年（公元1747年），他还曾充任顺天府乡试同考官。乾隆二十六年（公元1761年），他以督粤西粮运时失足坠水为由，辞官归蜀，隐于成都白鹤堂，入锦江书院（今成都石室中学），走上了课士育贤的道路。彭端淑的文学成就斐然。他的诗歌和散体古文及文学批评理论在当时影响深远。

❧家庭教育品读❧

《为学一首示子侄》是乾隆八年（公元1743年）彭端淑所作，当时他有感后辈子侄怠于学习，不思进取，于是创作了这篇文章。文章虽无一处明确指出"示子侄"，但通篇都是在劝诫子侄要努力向学。这篇文章是很典型的劝学之文，具有普遍的家庭教育意义。

彭端淑此文极具辩证意味。他在阐发为学之道时，扣住难与易、聪敏与昏庸的关系落笔，指出凡事学则易，不学则难，若自恃聪与敏而不学，必定自败。他的这一思想，极具教育意义。在当代家庭教育中，家长应该将这一道理阐发明白，运用矛盾相互转化的观点，告诫子女，聪不聪明不重要，主观的努力才是关键。

彭端淑在文章中还采用对比的手法，以蜀之鄙二僧为例，将两人的自身条件和最终结果作了鲜明对比，把道理说得更形象，更生动，更具说服力。这也启发我们，在当代家庭教育中，家长对孩子的教育应该注重方法，把抽象的道理用简单的例子呈现出来，从而起到教育效果。

彭端淑的《为学一首示子侄》通篇都在教育子侄向学，但又不是一味地说教。生动的事例、正反的对比、矛盾的对立统一，种种方式，让道理自然流露，为人信服。其中蕴含着丰富的家庭教育智慧，为当代家庭教育提供了宝贵经验。

《复长儿汝舟》（节选）

清·林则徐

原　文

字谕汝舟儿知悉。

接来信，知已安然抵家，甚慰。母子兄弟夫妇，三年隔别，一旦重逢，其快乐当非寻常人所可言喻。今将新岁矣，辛盘卯酒，团圆乐叙，亦家庭间一大快事。父受恩高厚，不获岁时归家，上拜祖宗，下蓄妻子，怅独为何如？唯有努力报国，以上答君恩耳。

官虽不做，人不可不做。在家时应闭户读书，以期奋发，一旦用世，不致上负高厚，下玷祖宗。吾儿虽早年成功，折桂探杏，然正皇恩浩荡，邀幸以得之，非才学应如是也。此宜深知之。即为父开八轩，握秉衡，亦半出皇恩之赐，非正有此才力也。故吾儿益宜读书明理，亲友虽疏，问候不可不勤；族党虽贫，礼节不可不慎。即兄弟夫妇间，亦宜尽相当之礼。持盈乃可保泰，慎勿以作官骄人。而用力之要，尤在多读圣贤书，否则即易流于下。古人仕而优而学，吾儿仕尚未优，而可夜郎自大，弃书不读哉！

译　文

写信告知我儿汝舟。

收到你的来信，得知你已经安全到家了，我非常欣慰。母子、兄弟、夫妇之间，相隔三年，一朝重逢，那种快乐的心情，不是寻常人所能形容的。新的一年即将到来，到时候辛盘美酒，团圆欢聚，也是家庭中一大乐事。我身受皇恩深厚，却不能每年回家，向上祭拜祖宗，向下抚养妻儿，心中的怅然与孤独可想而知。只有努力报效国家，来报答皇上的恩情了。

你虽然不做官，但做人的道理不能丢。在家的时候应该闭门读书，以期有所奋发，一旦有机会为国所用，不至于上愧对皇恩，下辱没了祖宗。你虽然早年就取得了功名，但这主要是皇恩浩荡，侥幸得到的，并不是你的才华和学识本当如此。这一点你应该非常清楚。就连我能够身处阔朗轩堂，执掌权柄，也多半是因为皇恩的赐予，并不是我真的有这样的才华和能力。所以你更应该多读书，明事理。对亲友即使关系疏远，问候也不能少；对同族的人即使贫穷，礼节也不能疏忽。即使是兄弟夫妇之间，也应该尽到应有的礼节。保持已有的成就才能确保长久的安泰，千万不要因为做了官就骄傲自满。而努力的关键，尤其在于多读圣贤之书，否则就容易堕落。古人都是在做官之余还努力学习，你现在做官还谈不上优秀，怎么可以妄自尊大，放弃读书呢！

作者简介

林则徐（公元 1785 年—公元 1850 年），字元抚，又字少穆、石麟，晚号俟村老人、俟村退叟、七十二峰退叟、瓶泉居士、栎社散人等，福建省侯官（今属福建省福州市）人，清代著名政治家、思想家，被誉为近代中国的民族英雄。林则徐出身贫寒，但自幼聪颖好学，深受父亲林宾日的教诲。他早年通过科举考试步入仕途，历任翰林编修、江苏按察使、东河总督、江苏巡抚、湖广总督等职。在官场上，林则徐以清廉正直、勤政爱民著称，他致力于整顿盐务、兴办河工、筹划海运、救灾抚民，深受百姓爱戴。林则徐最为人所熟知的功绩是虎门销烟。1839 年，面对鸦片泛滥的严峻形势，林则徐受命为钦差大臣前往广东禁烟。他雷厉风行，派人明察暗访，强迫外国鸦片商人交出鸦片，并在虎门海滩公开销毁没收的鸦片烟。这一壮举震惊中外，沉重打击了英国鸦片贩子的嚣张气焰，也显示了中国人民反抗外来侵略的坚强意志。林则徐也是"近代中国睁眼看世界的第一人"。根据文献记载，他至少略通英、葡两种外语，且着力翻译西方报刊和书籍。晚清思想家魏源将林则徐及幕僚翻译的文书合编为《海国图志》。除了政治和军事上的成就外，林则徐还是一位文学家和书法家。他的诗作情感真挚、意境深远，书法则秀劲有力、独具特色。

家庭教育品读

《复长儿汝舟》是林则徐家书的其中一篇。林则徐一生写给家人的无数家书，这些家书内容广泛，涉及生活、家教、婚姻、道德、爱国等多个领域，字里行间流露出拳拳报国之心和殷殷爱子之意，读来令人动容。这封家书就是林则徐诫勉儿子要读书学习的一封家书，其核心思想就是读书学习为立身之基。

家书开篇，林则徐先是对儿子嘘寒问暖，字里行间透露出无尽的思念与关怀。信中，林则徐得知儿子林汝舟安全到家，心中倍感欣慰，这份简单的幸福，是三年离别后重逢的喜悦，也是家人间情感纽带的再次紧密相连。然而，在这份团聚的欢乐之中，林则徐并未忘记对儿子的教诲，尤其是关于读书学习的重要性。

在家书中，林则徐以"官虽不做，人不可不做"，道出了做人的根本。林则徐认为，无论身处何种境遇，都要通过读书学习不断提升自我，这是每个人的立身本钱。他诫勉儿子，回到家就应闭门苦读，以期在未来有机会服务社会时，能够不负国家重托，不辱没祖宗名声。他的这种对知识的尊重与对个人成长的重视，是家庭教育中不可或缺的一环。在当代家庭教育中，家长们应该密切关注孩子的成长动态，重视他们的读书学习，引导他们在读书学习中不断提升自己。

在家书中，林则徐还以自身经历为例，告诫儿子不可因一点小小成就就骄傲自满，从而忽视个人才学的提升。他更是引用古人"仕而优则学"的道理，告诫儿子即便在仕途上有所成就，也不应停止学习，更不能因此而轻视学问，放弃读书。林则徐这种言传身教的教育方法以及其对儿子勤学不辍的诫勉，都是当代家庭教育可以汲取的智慧。家长们在家庭教育中，言传之外，还要注重身教，要教导孩子不因一时之功就骄傲自满，要勤学不辍，不断提高自己。

林则徐家书不仅是表达亲情的信件，更是关于家庭教育的重要示范。在这篇《复长儿汝舟》中，林则徐告诉我们，无论时代如何变迁，读书学习始终是立身之基，是通往成功与幸福的必经之路。

《资敬堂家训·卷上》（节选）

清·王师晋

原 文

读《五经》、四子书，须要句句体认，反之于身，宛如先圣先贤相对晤语。动静云为，须依圣贤做去，暗室屋漏，常如天地鬼神鉴察。动念须存曾子之三省，颜子之四勿，庶几可以为家庭之肖子。圣经当佩之终身，不可离之顷刻。古圣人以天亶聪明，一身阅历，著成经传，大之可以位天地、育万物，小之可以修身齐家。存之于心，则温厚和平，发之于外，则博厚高深。试看古来能读书之人，居家诚意正心，文章尔雅，为乡里之俊良；立朝显亲扬民，致君泽民，为朝廷之柱石。非体验圣贤之志，焉能若此？

凡看书籍，须有合于孔圣并经书典籍者，方可专心体认。如悖于圣训者，当烧毁，不可存留在家。其余闲杂书籍同。

…………

读书一道，人人志在显扬，文字必须博大昌明，高华名贵，其功却自简练揣摩得来。然尤重者，须志在圣贤。暗室屋漏之中，有神明也。常存先圣先贤之志，诵读之下，宜反诸身心，何者可以企及之，何者可以则效之。力量有余，留心经济之书，兵政、河渠、钱漕、法律，皆宜详悉，为通儒之学，不可以文章、诗赋蔚然可观，遂侈然自足。

…………

为学之道，须要有专心，有恒心，有勇气，有纯一不息之心，方能成就一大器。何为专心？如读《论语》，细加融会，不知《论语》外又有《书》。读他经亦然，方能读一经得一经之益。何为恒心？为学之要如织机，然积缕成丝，积丝成寸，积寸成尺，积尺以成丈匹。此贤母训子之语，实千古为学之定则。若半途而废，如绢止半匹，不能成功。何为勇心？舜人也，我亦人也。古之人功德被天下，遗泽及后世，只此一点，自强不息之心，便做到圣贤地步。故为学须以古人为法则，所谓"学如不及，犹恐失之者也"。何为纯一不息之心？人之为学，须如川之流，不舍昼夜；如天之健，运行不息；如日月之代明，不分晦朔。人生自少壮以至于老，无一非学之境，无一非学之时。厄穷当学，显达当学。所学者何？修身齐家，致君泽民之理而已。凡此言学，虽未必尽然，即此以用力，亦可追仰古人矣。

译　文

读《五经》和四子书的时候，必须字字句句都仔细体会，并且反省自身，就好像直接与先圣先贤面对面交谈一样。无论动静行事，都要依照圣贤的教诲去做，即便在无人知晓的暗室或隐蔽之处，也要像时刻有天地鬼神在监督鉴察一样谨慎行事。每当心中起念，都要像曾子那样一日三省吾身，铭记颜子的"四勿"（非礼勿视，非礼勿听，非礼勿言，非礼勿动），这样才能勉强称得上是家中的好子孙。圣人之经应当终身佩戴，不可片刻离身。古代圣人凭借天赋聪明和一生的阅历，写成了经传。这些经典，大的方面可以安定天地、养育万物，小的方面则可以修身齐家。将其存于心中，人会变得温厚和平，表现在外，则会显得博厚高深。试看古往今来那些能读书的人，他们在家中诚意正心，文章儒雅，是乡里的杰出人才；在朝廷上则显扬父母、造福百姓，成为朝廷的栋梁。如果不是深刻体验并践行了圣贤的志向，又怎能达到这样的境界呢？

阅读书籍时，必须选择与孔子及经书典籍相合的书籍，才能专心体会。如果书籍内容与圣训相悖，就应当烧毁，不可留在家中。其他闲杂书籍也是如此。

....

读书的目的，人人都志在显扬名声，文字必须博大昌明、高华名贵。但这种成就其实来自平时的简练揣摩。然而，更重要的是要立圣贤之志。要时刻谨记，在暗室或无人之处，也有神明在监视。因此，要常存先圣先贤的志向，在诵读之下要反思自身，看看哪些方面可以企及他们，哪些方面可以效仿他们。如果有余力，还应该留心经济学、兵法、水利、财税、法律等方面的书籍，以成为博学多才的儒者。不能仅仅因为文章、诗赋写得好就自满自足。

....

145

学习的道路上，需要具备专心、恒心、勇气和纯一不息之心，这样才能成就一番大事业。什么是专心呢？就像读《论语》时，要深入领会其中的精髓，以至于在读《论语》的时候，心里不想着《尚书》等其他书籍。阅读其他经典也应该如此，这样才能确保每读一部经典，都能从中获得相应的益处。什么是恒心呢？学习的过程就像织布一样，需要一缕缕丝线积累起来，先成丝，再积丝成寸，由寸而尺，最后由尺积累到丈匹。这是贤良的母亲教导孩子的话，实际上也是千古以来学习的固定法则。如果半途而废，就像织了一半的绢布，无法成功完成。什么是勇气呢？舜是人，我也是人。古代的人能够功德遍及天下，恩泽流传后世，靠的就是这一颗自强不息的心，从而达到了圣贤的境界。因此，学习应该以古人为榜样，正所谓，"学习时好像追赶不上，又怕丢掉什么"。什么是纯一不息之心呢？人们在学习时，应该像河流一样，不分昼夜地流淌；像天体一样，不断运行；像日月交替一样，不论明暗。人的一生，从年轻到年老，无时无刻不处于学习的环境中，无时无刻不是学习的时候。无论身处困境还是显达之时，都应当学习。那么，学习的内容是什么呢？就是修身养性、治理家庭、辅佐君王、造福百姓的道理。以上关于学习的论述，虽然未必完全准确，但如果按照这些原则去努力，也可以追赶上古人的境界了。

作者简介

王师晋（公元 1804 年—公元 1880 年），字以庄，号敬斋，祖籍浙江秀水（今属浙江省嘉兴市）。曾祖通奉大夫允震始迁吴江盛泽（今属江苏省苏州市）。太平军攻克苏州时，王师晋父兄皆亡，过继其兄子伟桢为子，一度迁住上海。清军收复苏州后，王师晋于同治三年（公元 1864 年）迁居新门内钮家巷。王师晋曾仿范氏义庄例，置义宅于盛泽新桥，并设王氏义庄于苏州西花桥巷，赡养族人，赈济贫穷。

家庭教育品读

《资敬堂家训》共二卷，是王师晋为督责嗣子王伟桢而精心撰写的一部家训，内容涵盖读书治学、为人处世、治家育人等诸多方面的道理。此处主要节选上卷中读书治学部分内容，以飨读者。

在这段家训中，王师晋着重强调了读书学习的重要性和方法。他认为，学习不仅仅是获取知识的过程，更是修身齐家、治国平天下的重要途径，因此，要多读书，读圣贤书。

在读书的方法上，王师晋主张常存圣贤之志，反省自身，从而效法圣贤。学有余力，也要戒骄戒躁，广涉诸学，以达到博学多才。

他尤其强调在学习上要具有的四种品质，也是读书学习的四种方法。这四种方法对于今天的家庭教育而言，其中的道理依然适用。

首先，专心是学习的基础。在当代家庭教育中，家长要引导孩子专注于当前的学习任务，不受其他干扰。只有全神贯注地投入学习，才能真正理解并掌握知识。同时，还要教会孩子如何合理安排时间，做到劳逸结合，避免过度疲劳。

其次，恒心是学习的关键。学习是一个长期的过程，需要坚持不懈地努力。在当代家庭教育中，家长要鼓励孩子在遇到困难时保持积极的心态，勇于面对挑战。同时，还要引导孩子学会制订学习计划，并坚持执行，逐步积累知识和经验。

再次，勇气是学习的动力。在当代家庭教育中，家长要教育孩子相信自己有能力克服困难，达到学习的目标。同时，还要教会孩子如何正确面对失败，从失败中吸取教训，不断前进。

最后，纯一不息之心是学习的境界。在当代家庭教育中，家长要引导孩子保持对学习的热情和兴趣，不断探索新的知识和领域。家长可以与孩子一起制订学习目标，并鼓励他们不断努力追求更高的境界。

总之，《资敬堂家训》在读书治学、为人处世、治家育人等多方面，为当代家庭教育提供了宝贵的教育经验和方法。

《曾国藩家书》（其二）（节选）

清·曾国藩

原 文

致澄弟沅弟　　同治十年十月二十三日

澄、沅两弟左右：

屡接弟信，并阅弟给纪泽等谕帖，具悉一切。兄以八月十三出省，十月十五日归署。在外匆匆，未得常寄函与弟，深以为歉。小澄生子，岳松入学，是家中近日可庆之事。沅弟夫妇病而速痊，亦属可慰。

吾见家中后辈体皆虚弱，读书不甚长进，曾以养生六事勖儿辈：一曰饭后千步，一曰将睡洗脚，一曰胸无恼怒，一曰静坐有常时，一曰习射有常时（射足以习威仪，强筋力，子弟宜多习），一曰黎明吃白饭，一碗不沾点菜。此皆闻诸老人，累试毫无流弊者，今亦望家中诸侄试行之。又曾以为学四字勖儿辈：一曰看生书宜求速，不多阅则太陋；一曰温旧书宜求熟，不背诵则易忘；一曰习字宜有恒，不善写则如身之无衣，山之无木；一曰作文宜苦思，不善作则如人之哑不能言，马之跛不能行。四者缺一不可，盖阅历一生，而深知之深悔之者，今亦望家中诸侄力行之。养生与为学，二者兼营并进，则志强而身亦不弱，或是家中振兴之象。两弟如以为然，望常以此教诫子侄为要。

…………

谕纪泽　　咸丰八年七月二十一日

字谕纪泽儿：

余此次出门，略载日记，即将日记封每次家信中。闻林文忠家书，即系如此办法。尔在省城，仅至丁、左两家，余不轻出，足慰远怀。

读书之法，看、读、写、作，四者每日不可缺一。看者，如尔去年看

《史记》《汉书》、韩文、《近思录》，今年看《周易折中》之类是也。读者，如四书、《诗》《书》《易经》《左传》诸经、《昭明文选》、李杜韩苏之诗、韩欧曾王之文，非高声朗诵则不能得其雄伟之概，非密咏恬吟则不能探其深远之韵。譬之富家居积，看书则在外贸易，获利三倍者也，读书则在家慎守，不轻花费者也；譬之兵家战争，看书则攻城略地，开拓土宇者也，读书则深沟坚垒，得地能守者也。看书如子夏之"日知所亡"相近，读书与"无忘所能"相近，二者不可偏废。至于写字，真行篆隶，尔颇好之，切不可间断一日。既要求好，又要求快。余生平因作字迟钝，吃亏不少。尔须力求敏捷，每日能作楷书一万，则几矣。至于作诸文，亦宜在二三十岁立定规模；过三十后，则长进极难。作四书文，作试帖诗，作律赋，作古今体诗，作古文，作骈体文，数者不可不一一讲求，一一试为之。少年不可怕丑，须有狂者进取之趣，此时不试为之，则后此弥不肯为矣。

············

译 文

致澄弟沅弟　　同治十年十月二十三日

澄、沅两位弟弟：

我多次收到你们的来信，并阅读了你们给纪泽等人的教诲信，了解了家里的一切情况。我于八月十三日离开省城，十月十五日回到官署。在外面的时候匆匆忙忙，没能经常给你们写信，深感抱歉。小澄生了儿子，岳松入了学，这是家里近期值得庆贺的事情。沅弟夫妇虽然生病了但很快痊愈，这也让人感到欣慰。

我发现家里的后辈们身体都比较虚弱，学业上也没有太大的进步。因此，我曾用养生六件事来勉励孩子们：一是饭后要走一千步，二是睡觉前要洗脚，三是心中不要恼怒，四是要定时静坐，五是要定时练习射箭（射箭可以学习威仪，增强筋骨，子弟们应该多练习），六是黎明时要吃一碗白饭，不沾任何菜肴。这些都是我从老人们那里听来的，经过多次尝试，确实没有任何弊端。现在，我也希望家里的侄子们能够尝试实行。

另外，我还曾用四个字来勉励孩子们的学习：一是看新书要追求速度，不多读就会显得孤陋寡闻；二是复习旧书要追求熟练，不背诵就容易忘记；三是练习写字要有恒心，写不好字就像人没有衣服穿，山没有树木一样；四是写作文要苦思冥想，写不好文章就像人哑了不能说话，马跛了不能行走一样。这四者缺一不可，这是我一生的阅历所得，也是我深刻认识到却后悔当时没有做到的。现在，我也希望家里的侄子们能够努力实行。

养生与为学，两者要同时并进，这样意志才会坚定，身体也不会虚弱，或许这就是家族振兴的征兆。两位弟弟如果认为我说得对，希望你们能够经常用这个来教诲子侄们。

············

谕纪泽　　咸丰八年七月二十一日

字谕纪泽我儿：

我这次出门，简略地记了些日记，打算把日记封在每次寄回家的信中。听说林文忠公（林则徐）他们家就是这样做的。你在省城，只去了丁、左两家，其余时候不轻易出门，这让我在远方感到十分欣慰。

读书的方法，看、读、写、作，这四者每天都不能缺少。看，就像你去年看《史记》《汉书》《韩文》《近思录》，今年看《周易折中》之类的书一样。读，则是像《四书》《诗经》《尚书》《易经》《左传》等经典以及《昭明文选》，和李白、杜甫、韩愈、苏轼的诗及韩愈、欧阳修、曾巩、王安石的文章，这些都需要高声朗诵才能领略到它们的雄伟气概，也需要低声吟诵才能探究到它们的深远韵味。这就像富家积累财富，看书就像在外面做贸易，能获得三倍的利润；而读书则像在家谨慎守护财富，不轻易花费。又好比兵家战争，看书就像攻城略地，开拓领土；而读书则像深挖沟壑、筑牢堡垒，能守住已经获得的地盘。看书接近于子夏所说的"日知其所亡"，而读书则接近于"无忘其所能"，这两者都不可偏废。至于写字，真、行、篆、隶，你都很喜欢，切不可间断一天。既要追求写得好，又要追求写得快。我一生因为写字迟钝，吃了不少亏。你一定要力求敏捷，每天能写一万个楷书字就差不多了。至于写作各种文章，也应该在二三十岁时就形成自己的风格；过了三十岁，想要再有长进就非常难了。写四书文、试帖诗、律赋、古今体诗、古文、骈体文，这些都不能不一一讲求，一一尝试去写。年轻时不要怕写得不好，要有狂者进取的精神，如果现在不去尝试，以后就更不愿意写了。

············

作者简介

曾国藩（公元 1811 年—公元 1872 年），初名子城，字伯涵，号涤生，谥文正，湖南长沙府湘乡县（今属湖南省娄底市）人，晚清著名政治家、战略家、文学家，汉族团练武装湘军的创建者和统帅，与左宗棠、李鸿章、张之洞一起并称为"晚清中兴四大名臣"，被誉为"晚清第一名臣"。曾国藩自幼勤奋好学，道光十八年（公元1838年）中进士，入翰林院；后累迁至内阁学士、礼部侍郎等职。在太平天国运动期间，他组建湘军，最终攻灭太平天国，后奉命赴北方镇压捻军起义。因军功，曾国藩于同治五年（公元1866年）被赐予"一等毅勇侯"封号，是清代文官获此封爵第一人。同治六年（公元1867年），拜大学士，次年出任直隶总督。同治九年（公元1870年），奉命调查并处理"天津教案"，因清议指责，曾国藩被调离直隶总督，回两江总督原任。同治十一年（公元1872年）病逝。曾国藩一生创办湘军，镇压太平天国运动，主持洋务运动，对清王朝乃至中国近代的政治、军事、文化、经济等方面都产生了深远的影响。

家庭教育品读

《曾国藩家书》是曾国藩写给家人的书信，其时间跨度涵盖了曾国藩在清道光三十年至同治十年前后达30年的翰苑和从武生涯。据统计，现存家书数量约为1400至1500封。这些家书所涉及的内容极其广泛，小到人际关系、家庭琐事，大到进德修业、经邦纬国之道，是曾国藩一生主要活动和治政、治家、治学之道的生动反映。其内容大致可划分为治家类、修身类、劝学类、理财类、济急类、交友类、用人类、行军类、旅行类、杂务类等十大类。曾国藩家书在治学方面有着丰富而深刻的见解，涵盖治学态度、治学方法、治学理念等多个方面，这里选取的是曾国藩家书中关于治学方法的一部分内容，是曾国藩关于读书学习方法的经验介绍和对子侄后辈读书学习的劝导。

在第一封家书中，曾国藩以深切的关怀和殷切的期望，向两位弟弟传达了关于养生与为学的重要理念。他从家中有人入学，弟弟夫妇生病这件事引出了家族后辈家中后辈体皆虚弱、读书不甚长进的问题，提出了养生六事与为学四字的教诲。在养生方面，他强调了饭后千步、睡前洗脚、胸无恼怒、静坐有常时、习射有常时以及黎明吃白饭等六个习惯。好的身体是学习的本钱，尤其是在过去的科举考试中，读书是十分辛苦的事情。因此，曾国藩特别叮嘱家中子侄要尝试实行养生六事，打熬身体。接下来，他重点提到了该如何学习。他认为为学要做到速、熟、恒、思四字，即看生书求速、温旧书求熟、习字有恒以及作文苦思四个方面。这四个方面的要求既是曾国藩对子侄们学习方法的指导，也是对他们学习态度的鞭策。曾国藩的这一学习方法也告诉我们，学习不仅要注重知识的积累，更要注重能力的培养和品格的塑造。这是当代家庭教育中应该学习的智慧。

在第二封家书中，曾国藩主要对儿子进行了学习指导，指出在读书方面，要做到看、读、写、作，并分别对四者进行了阐述，强调了其重要性。看，就是指广泛阅读各类书籍，以拓宽视野和增长知识；读，则是要深入研读经典著作，通过高声朗诵和低声吟诵来领略其雄伟气概和深远韵味；写，需要坚持练习，不可间断，既要写得好，又要求写得快；作，是锻炼思维和表达能力的重要途径，也是展示个人才华和学识的窗口，要早早形成风格，尝试写作各种文体，并勇于展现自己的作品。曾国藩的这封家书不仅是一封对儿子学习方法指导的家书，也是一封蕴含丰富教育智慧的教诲信。它告诉我们，读书学习是人生的重要组成部分，也是通往成功和幸福的必经之路。只有不断学习和实践，才能不断提升自己的素养和能力，实现自己的人生价值。

曾国藩家书在治学方面丰富而深刻的见解，不仅体现了他个人的治学态度和方法，也为后人提供了宝贵的借鉴和启示。在当代家庭教育中，家长们应该效法古人，学习曾国藩的家教经验和治学智慧，引导孩子更好地读书学习，成就更美好的未来。

《致孝威、孝宽》

清·左宗棠

原　文

孝威、孝宽知之：

我于二十八日开船，是夜泊三汊矶，廿九日泊湘阴县城外，三十日即过湖抵岳州。南风甚正，舟行顺速，可毋念也。我此次北行，非其素志。尔等虽小，当亦略知一二。

世局如何，家事如何，均不必为尔等言之。惟刻难忘者，尔等近年读书无甚进境，气质毫未变化；恐日复一日，将求为寻常子弟不可得，空负我一片期望之心耳。夜间思及，辄不成眠。今复为尔等言之。尔等能领受与否，则我不能强之，然固不能已于言也。

读书要目到、口到、心到。尔读书不看清字画偏旁，不辨明句读，不记清头尾，是目不到也。喉、舌、唇、牙、齿五音，并不清晰伶俐，朦胧含糊，听不明白，或多几字，或少几字，只图混过，就是口不到也。经传精义奥旨，初学固不能通，至于大略粗解，原易明白。稍肯用心体会，一字求一字下落，一句求一句道理，一事求一事原委；虚字审其神气，实字测其义理，自然渐有所悟。一时思索不得，即请先生解说，一时尚未融释，即将上下文或别章别部义理相近者反复推寻，务期了然于心，了然于口，始可放手。总要将此心运在字里行间，时复思绎，乃为心到。

今尔读书，总是混过日子，身在案前，耳目不知用到何处。心中胡思乱想，全无收敛归著之时。悠悠忽忽，日复一日，好似读书是答应人家功夫，是欺哄人家，掩饰人家耳目的勾当。昨日所不知不能者，今日仍是不知不能；去年所不知不能者，今年仍是不知不能。孝威今年十五，孝宽今年十四，转眼就长大成人矣。从前所知所能者，究竟能比乡村子弟之佳者否？试自忖之。

　　读书做人，先要立志。想古来圣贤豪杰是我者般年纪时，是何气象？是何学问？是何才干？我现在那一件可以比他？想父母命我读书，延师训课，是何志愿？是何意思？我那一件可以对父母？看同时一辈人，父母常背后夸赞者，是何好样？斥詈者，是何坏样？好样要学，坏样断不可学，心中要想个明白，立定主意，念念要学好，事事要学好，自己坏样一概猛省猛改，断不许少有回护，不可因循苟且。务期与古时圣贤豪杰少小时志气一般，方可慰父母之心，免被他人耻笑。

　　志患不立，尤患不坚。偶然听一段好话，听一件好事，亦知歆动羡慕，当时亦说我要与他一样。不过几日几时，此念就不知如何销歇去了。此是尔志不坚，还由不能立志之故。如果一心向上，何有事业不能做成？

　　陶桓公有云："大禹惜寸阴，吾辈当惜分阴。"古人用心之勤如此。韩文公云："业精于勤而荒于嬉。"凡事皆然，不仅读书，而读书更要勤苦，何也？百工技艺、医学、农学均是一件事，道理尚易通晓；至吾儒读书，天地民物莫非己任，宇宙古今事理均须融澈于心。然后施为有本。人生读书之日最是难得。尔等有成与否就在此数年上见分晓。若仍从前悠忽过日，再数年依然故我，还能冒读书名色充读书人否？思之，思之！

　　孝威气质轻浮，心思不能沉下，年逾成童而童心未化，视听言动，无非一种轻扬浮躁之气。屡经谕责，毫不知改。孝宽气质昏惰，外蠢内傲，又贪嬉戏，毫无一点好处。开卷便昏昏欲睡，全不提醒振作。一至偷闲玩耍，便觉分外精神。年已十四而诗文不知何物，字画又丑劣不堪。见人好处，不知自愧，真不知将来作何等人物！我在家时常训督，未见悛改。我今出门，想起尔等顽钝不成材料光景，心中片刻不能放下。尔等如有人心，想尔父此段苦心，亦知自愧自恨，求痛改前非以慰我否？

　　亲朋中子弟佳者颇少，我不在家，尔等在塾读书，不必应酬交接。外受傅训，入奉母仪，可也。读书用功，最要专一无间断。今年以我北行之故，亲朋子侄来家送我，先生又以送考耽误功课，闻二月初三、四始能上馆。所谓一年之计在于春者又去月余矣！若夏秋有科考，则忙忙碌碌又过一年，如何是好？

　　今特谕尔：自二月初一日起，将每日功课，按月各写一小本寄京一次，便我查阅。如先生是日未在馆，亦即注明，使我知之。屋前街道，屋后菜园，不准擅出行走。如奉母命出外，亦须速出速归。"出必告，反必面。"断不可任意往来。同学之友如果诚实发愤，无妄言妄动，固宜为同类。倘或不然，则同斋割席，勿与亲昵为要。家中书籍，勿轻易借人，恐有损失。如必须借看者，每借去则粘一条于书架，注明某日某人借去某书，以便随时向取。

译　文

告知孝威、孝宽：

我于二十八日启程乘船，当晚停泊在三汊矶，二十九日停泊在湘阴县城外，三十日就顺利过湖抵达岳州。南风正盛，船行得非常顺利，你们不用担心。

我这次北上，并非我的本意。你们虽然年纪小，但也应该略知一二。世局如何，家事如何，这些都不必对你们说。只是我始终难以忘怀的是，你们近年来读书没有太大的进步，气质也丝毫没有改变。我担心日复一日，你们可能连成为寻常子弟都做不到，那将辜负我对你们的期望。每当夜晚想到这些，我就睡不着。现在再次对你们说这些，你们能否领会，我不能强求，但我却不能不说。

读书要目到、口到、心到。你们读书时，如果不看清字的偏旁部首，不辨明句读，不记清头尾，那就是目不到。如果喉、舌、唇、牙、齿五音不清晰伶俐，读得朦胧含糊，让人听不明白，或者多几个字，或者少几个字，只图混过去，那就是口不到。经传中的精义奥旨，初学者固然不能全通，但大致的粗解还是容易明白的。只要你们稍微用心体会，一字求一字的理解，一句求一句的道理，一事求一事的原委；对于虚字要审视其神气，对于实字要推测其义理，自然会渐渐有所领悟。如果一时思索不得，就请教先生解说；如果一时还不能融会贯通，就将上下文或别章别部中义理相近的内容反复推寻，务必要做到心里明白，口里也能说清楚，然后才可以放手。总之，要将心思运用在字里行间，时常思考绎理，这才是心到。

现在你们读书，总是混日子，身体坐在书桌前，但耳目却不知用到哪里去了。心中胡思乱想，全无收敛归著的时候。悠悠忽忽，一天又一天，好像读书只是为了应付别人，欺哄别人，掩饰别人的耳目而已。昨天不知道、不能做的事情，今天仍然不知道、不能做；去年不知道、不能做的事情，今年还是不知道、不能做。孝威今年十五岁，孝宽今年十四岁，转眼间你们就要长大成人了。你们以前所知道、所能做的事情，究竟能比得上乡里优秀的子弟吗？自己好好想一想吧。

读书做人，必须先要立志。想一想古来的圣贤豪杰在我们这个年纪时，他们的气象如何？学问如何？才干又怎样？我现在有哪一件可以和他们相比？想一想父母让我读书，请老师教授课业，他们所期望的是什么？意思是什么？我哪一件可以对得起父母？看一看同一辈的人中，父母经常在背后夸赞的，都是些什么样的好人，斥责的，又是些什么样的坏人。好的要学，坏的绝对不能学。你们心中要想个明白，立定主意，每一丝念头都要学好，每一件事都要学好。自己不好的地方一概要赶紧反省，赶快改掉，决不允许有一点回护，也不可以和以前一样苟且活着。你们一定要有和古时圣贤豪杰少年时的志气一样的豪情壮志，这样才能慰藉父母的心，从而免被他人耻笑。人就怕不立志，尤其是怕志向不坚定。偶然间听到一段好话，听到一件好事，也知道羡慕心动，当时也说我要和他一样。但不过几天过去，这种念头就不知为什么消失了。这是你们志向不坚，以及没有立志的缘故。如果一心向上，有什么事业不能做成呢？

陶桓公（陶侃）曾说："大禹珍惜每一寸光阴，我们也应当珍惜每一分光阴。"古人用心之勤勉到了这种地步。韩文公（韩愈）也说："学业因勤勉而精进，因嬉乐而荒废。"所有的事情都是这样，不仅仅限于读书，但读书尤其需要勤苦，为什么呢？百业技艺、医学、农学等都只是一件具体的事情，其中的道理还比较容易理解；至于我们读书人，天地万物都视为自己的责任，宇宙古今的道理都要融会贯通于心。这样之后行事才有根基。人生中能够专心读书的时光最是难得。你们将来能否有所成就，就在这几年里见分晓。如果还是像以前那样悠忽度日，再过几年还是老样子，还能顶着读书人的名义充当读书人吗？好好想想吧！

孝威气质轻浮，心思不能沉静下来，年纪已经过了童年但童心未泯，视听言行无不透露出一种轻浮急躁的气息。我曾多次教导责备，你却毫不知悔改。孝宽气质昏庸懒惰，外表愚笨内心傲慢，又贪玩，没有一点好处。一打开书本就昏昏欲睡，完全不提醒自己要振作起来。一旦有机会偷懒玩耍，就觉得特别精神。你已经十四岁了但对诗文却一无所知，字画又丑陋不堪。看到别人的优点，还不知道惭愧，真不知道你将来会成为什么样的人！我在家的时候常常训斥督促，也没见你们有什么改变。我现在出门在外，想起你们顽钝不成器的样子，心中是片刻都不能放下。你们如果有心的话，想到我这段苦心，也应该感到惭愧和悔恨，能否痛改前非来安慰我呢？

亲戚朋友中的子弟中优秀的很少，我不在家的时候，你们在学堂读书也，不必去应酬交际。在外面接受老师的教导，在家里侍奉母亲，就可以了。读书用功，最重要的是专一且不间断。今年因为我北上的缘故，亲朋子侄来家送我，先生又因为送考耽误了功课，听说二月初三、四才能开始上课。所谓一年之计在于春，又已经过去一个多月了！如果夏秋有科举考试，那么忙忙碌碌又过一年，怎么办呢？

现在我在这里专门告诉你们：从二月初一起，你们将每天做的功课，按月各写一个小本寄到京城来一次，以方便我检查。如果先生哪一天不在学堂，也要注明，让我知道。屋前的街道，屋后的菜园，你们都不准擅自出去行走。如果奉母亲之命外出，你们也必须速去速回。"出门要告知，回来要当面禀报。"你们万万不可随意往来。你们同学中如果有诚实发愤、没有妄言妄动的人，这样的人应该结为同伴。如果不是这样，那就要和同屋的人断绝关系，不要与他们亲密往来。家里的书籍，不要轻易借给别人，以免有所损失。如果必须借给别人看，那么每次借出以后，都要在书架上贴一条标签，注明某日某人借走了哪本书，以便随时取回。

作者简介

左宗棠（公元1812—公元1885年），字季高，一字朴存，号湘上农人，湖南湘阴（今属湖南省岳阳市）人，晚清著名政治家、军事家，同时也是洋务运动的代表人物之一，与曾国藩、李鸿章、张之洞一起并称为"晚清中兴四大名臣"。左宗棠自幼聪颖，但在科举道路上屡试不第，以举人身份入仕，由湖南巡抚骆秉章幕僚而起，在镇压太平天国运动中崛起，后历任浙江巡抚、闽浙总督、陕甘总督、钦差大臣督办新疆军务等职，官至东阁大学士、军机大臣，封二等恪靖侯。左宗棠一生经历了许多重大历史事件，他最为人称道的事迹是抬棺出征，率军收复新疆。光绪十一年（公元1885年），左宗棠在福州病故，享年七十四岁。

家庭教育品读

左宗棠一生写了不少家书，包括给夫人、仲兄、儿女和侄儿们的，这些家书涉及家庭琐事、子女教育、国家大事等多个方面。对于儿女，他在家书中多是传授读书、做人、处世的道理。这封家书是左宗棠写给他的两个儿子左孝威和左孝宽的家书，主要围绕他们的学习、立志、勤奋以及日常行为规范进行了教导和劝勉。

在学习态度和读书方法上，左宗棠强调了读书要"目到、口到、心到"，即要仔细观察字词、清晰朗读、深入思考。这是对学习态度的基本要求，也是提高学习效果的关键。他批评了儿子们读书时心不在焉、混日子的现象，并提醒他们转眼间就要长大成人，应该趁着年轻抓紧时间读书。

在读书的目标上，他提到了读书要立志和坚定志向的问题。他告诉孩子们在读书问题上要不断对自己发问，问问自己能不能和古时圣贤豪杰年轻的时候比，读书到底是为了什么？等等。通过这些，他鼓励儿子们要立志成为圣贤豪杰，以古人为榜样，不断追求进步。同时，他也表示，不但要立志读书，还要坚定志向，不能因一时的困难或诱惑而放弃读书学习。

在勤学问题上，左宗棠提到了勤奋与惜时的问题。左宗棠首先引用了陶侃和韩愈的话，强调了勤奋和珍惜时间的重要性。然后，他提醒儿子们，人生能够专心读书的时光最是难得，要珍惜现在的时光，勤奋努力学习，不要让这段时光白白浪费。为此，他还特意批评了两个儿子不勤学苦读，浪费青春的行为，并给他们立下了严厉的要求如每天功课寄到京城、不准擅自行走玩耍、不要和不学无术之人打交道等。

在整篇家书中，左宗棠流露出了对儿子们的深深忧虑和殷切期望。他担心儿子们顽钝不成材料，希望他们能够痛改前非，成为有用之才，也希望他们能够理解和珍惜自己的这片苦心。

总之，左宗棠在这封家书中通过具体的要求和生动的例子，对儿子们的学习进行了全面的教导和劝勉。这些教导对于今天的家庭教育依然具有启示作用。在当代家庭教育中，家长们应该引导孩子珍惜时光，立志勤奋学习，坚持不懈；在学习过程中，要注重学习方法的科学性，提高学习效率。作为家长，不能只对孩子的学习提出要求，也要注重培养孩子的日常行为规范和道德品质，让孩子们形成良好的学习习惯，自觉主动学习。

《致儿子书》

清·张之洞

原 文

吾儿知悉：

汝出门去国，已半月余矣。为父未尝一日忘汝。父母爱子，无微不至，其言恨不一日不离汝，然必令汝出门者，盖欲汝用功上进，为后日国家干城之器、有用之才耳。方今国事扰攘，外寇纷来，边境累失，腹地亦危。振兴之道，第一即在治国。治国之道不一，而练兵实为首端。汝自幼即好弄，在书房中，一遇先生外出，即跳掷嬉笑，无所不为。今幸科举早废，否则汝亦终以一秀才老其身，决不能折桂探杏，为金马玉堂中人物也。故学校肇开，即送汝入校。当时诸前辈犹多不以然，然余固深知汝之性情，知决非科甲中人，故排万难以送汝入校。果也，除体操外，绝无寸进。余少年登科，自负清流，而汝若此，真令余愤愧欲死。然世事多艰，习武亦佳，因送汝东渡，入日本士官学校肄业，不与汝之性情相违。汝今既入此，应努力上进，尽得其奥。勿惮劳，勿恃贵，勇猛刚毅，务必养成一军人资格。汝之前途，正亦未有限量，国家正在用武之秋，汝只患不能自立，勿患人之己知。志之！志之！勿忘！勿忘！

抑余又有诫汝者，汝随余在两湖，固总督大人之贵介子也，无人不恭待汝。今则去国万里矣，汝平日所挟以傲人者，将不复可挟，万一不幸肇祸，反足贻堂上以忧。汝此后当自视为贫民、为贱卒，苦身戮力，以从事于所学，不特得学问上之益，而可借是磨练身心，即后日得余之庇，毕业而后，得一官一职，亦可深知在下者之苦，而不致予智自雄。余五旬外之人也，服官一品，名满天下，然犹兢兢也，常自恐惧，不敢放恣。汝随余久，当必亲炙之，勿自以为贵介子弟，而漫不经心，此则非余之所望于尔也，汝其慎之。寒暖更宜自己留意，尤戒有狎邪赌博等行为，即幸不被人知悉，亦耗费精神，抛荒学业。万一被发觉，甚或为日本官吏拘捕，则余之面目，将何所在？汝固不足惜，而余则何如？更宜力除，至嘱！至嘱！余身体甚佳，家中大小，亦均平安，不必系念。汝尽心求学，勿妄外骛。汝苟竿头日上，余亦心广体胖矣。

译文

我的儿子要知道：

你离家出国已经半个多月了，为父我没有一天不在想念你。父母对子女的爱，是无微不至的，恨不得一天都不离开你。但之所以让你出门远行，是因为希望你能勤奋学习，不断进步，将来成为国家的栋梁之材，对社会有用的人。现在国家局势动荡，外敌频繁入侵，边境连连失守，内地也面临威胁。振兴国家的首要任务，就是治理好国家。而治理国家的方法有很多，其中练兵是最为首要的。你从小就喜欢玩耍，在书房里，一旦老师外出，你就蹦蹦跳跳，嬉笑打闹，无所顾忌。幸好科举制度早已废除，否则你可能终生都只是个秀才，无法取得更高的成就，成为朝廷中的显赫人物。因此，当学校开始招生时，我就送你入学。当时很多前辈都不赞同我的做法，但我深知你的性情，知道你绝不是个适合科举考试的人，所以排除万难送你入学。然而，除了体操外，你在其他方面几乎没有进步。我年轻时科举登第，自视清流，而你却如此表现，真让我又是愤怒又是羞愧。不过，如今世事艰难，学习军事也是不错的选择，于是我就送你东渡日本留学，进入日本士官学校学习，这与你的性情并不相违背。你既然已经入学，就应该努力上进，深入掌握其中的奥秘。你不要害怕辛苦，不要仗着自己出身贵族就有所懈怠，要勇猛刚毅，努力培养自己成为一名合格的军人。你的前途无量，国家正值用人之际，你只需要担心自己能不能自立，不要担心别人不了解你。记住！记住！不要忘记！不要忘记！

另外，我还有些话要告诫你，你跟着我在两湖地区时，作为总督大人的贵公子，无人不对你恭敬有加。但现在你离家万里，平日里你所依仗的那些骄傲资本，将不再有用。万一不幸惹出祸端，反而会给家中带来忧愁。你今后应该把自己看作贫民、看作卑微的士兵，刻苦努力，专心于学业。这样不仅能在学问上有所收获，还能借此磨炼身心。即使日后得到我的庇护，毕业后获得一官半职，也能深知底层人民的辛苦，而不会妄自尊大。我已经五十多岁了，官至一品，名满天下，但仍然小心翼翼，常常感到恐惧，不敢放纵自己。你跟了我这么久，应该亲眼见过我的态度，不要以为自己出身贵族就漫不经心。这不是我对你的期望，你一定要谨慎行事。你要自己注意身体，尤其要戒掉邪淫、赌博等不良行为。即使侥幸不被人发现，也会耗费精神，荒废学业。万一被发现的话，甚至被日本官吏拘捕，那么我的脸面往哪里搁啊？你固然不值得可惜，但我又该怎么办呢？这些恶习一定要努力戒除，切记！切记！我身体很好，家里大小也都平安，你不必挂念。你专心求学，不要分心。如果你能不断进步，我也会感到心旷神怡。

作者简介

张之洞（公元1837年—公元1909年），字孝达，号香涛，又号香严，晚年自号抱冰老人，直隶南皮（今属河北省南皮县）人，故时人多以"张香帅""张南皮"相称。晚清著名政治家、教育家、思想家，也是洋务运动的代表人物之一，与曾国藩、李鸿章、左宗棠并称"晚清中兴四大名臣"。同治二年（公元1863年），张之洞中进士，踏入仕途。后历任翰林院编修、教习、侍读、侍讲学士及内阁学士等职。他早年是清流派重要成员，后转变为洋务派重要代表，开始步步高升，历任山西巡抚、两广总督、湖广总督等，在湖北大力兴办洋务，创办汉阳铁厂、湖北枪炮厂等近代化企业。光绪三十三年（公元1907年）调到京城，任军机大臣，充体仁阁大学士，且兼管学部。次年清政府决定将全国铁路收归国有，受任督办粤汉铁路大臣，旋兼督办鄂境川汉铁路大臣。光绪帝和慈禧太后死后，以顾命重臣晋太子太保。宣统元年（公元1909年）病故，谥号文襄。张之洞尤为重视教育，积极创办新式学堂，并主持制定了《奏定学堂章程》（癸卯学制），这是中国第一个正式颁布的近代学制。张之洞是晚清政坛尤其是晚清十年的重要人物，对中国近代社会发展做出了重要贡献。

家庭教育品读

张之洞一生重视教育，在对儿子的教育中却颇感棘手。《致儿子书》是张之洞对儿子的学业进行敦促的一封家书。面对留学国外学习军事的儿子，张之洞进行了谆谆教诲。

张之洞强调了学习的重要性。他认为，儿子出门求学，是为了将来能够成为国家的栋梁之材。尤其是国家正处于动荡时期,更应该需要有用的人才来振兴,因此他鼓励儿子努力上进,勇猛刚毅,让自己成为一名合格的军人,为国家的未来贡献自己的力量。在这里,张之洞通过对儿子过去不爱学习的情况进行了批评,并指出自己根据儿子的平时表现安排孩子出国学习军事,应该符合孩子的兴趣,借此告诫即便科举无望,也能够通过其他途径成才,报效国家。但前提是要儿子自己励志学习。其中蕴含着丰富的家庭教育智慧。一是使命感和责任感。学习的目的是成才,为了报效国家。家长们应该引导孩子自觉树立"为中华之崛起"而读书的使命感和责任感,鼓励他们立大志,做大事,从而激励他们努力提高自己,全面发展自身。二是因材施教。每个孩子都有自己独特的兴趣和天赋,家长应当细心观察,从而为孩子规划好学习的内容和方法,从而激发孩子的学习热情。

张之洞还注重培养儿子的谦逊谨慎和刻苦学习精神。他告诫儿子,在外留学,不要仗着自己出身贵族就有所怠慢,要把自己看作贫民、看作卑微的士兵,刻苦努力,专心于学业。他提醒儿子要戒掉邪淫、赌博等不良行为,保持身心的纯洁和健康。这些观点,在当前社会留学风行的时代更具现实意义。在当代家庭教育中,父母应该引导孩子们树立正确的价值观,形成正确的道德观念和行为习惯,培养谦逊谨慎和刻苦学习的品质,为未来的成长和成功打下坚实的基础。

《致儿子书》不仅是一篇充满父爱的家书,也是一篇具有深远意义的家庭劝学文章。在当今社会,我们仍然可以从中汲取营养,为孩子的成长和教育提供有益的借鉴和指导。

第三部分

家书家训品读·生活态度篇

《诫子俭葬书》

三国·沐并

原 文

告云、仪等：

夫礼者，生民之始教，而百世之中庸也。故力行者则为君子，不务者终为小人，然非圣人莫能履其从容也。是以富贵者有骄奢之过，而贫贱者讥于固陋，于是养生送死，苟窃非礼。由斯观之，阳虎玙璠，甚于暴骨，桓魋石椁，不如速朽。此言儒学拨乱反正、鸣鼓矫俗之大义也，未是夫穷理尽性、陶冶变化之实论也。若能原始要终，以天地为一区，万物为刍狗，该览玄通，求形景之宗，同祸福之素，一死生之命，吾有慕于道矣。

夫道之为物，惟恍惟惚，寿为欺魄，夭为鬼没，身沦有无，与神消息，含悦阴阳，甘梦太极。奚以棺椁为牢，衣裳为缠？尸系地下，长幽桎梏，岂不哀哉！昔庄周阔达，无所适莫；又杨王孙裸体，贵不久容耳。至夫末世，缘生怨死之徒，乃有含珠鳞柙，玉床象衽，杀人以徇；圹穴之内，锢以纻絮，藉以蜃炭，千载僵燥，讬类神仙。于是大教陵迟，竞于厚葬，谓庄子为放荡，以王孙为戮尸，岂复识古有衣薪之鬼，而野有狐狸之啮乎哉？

吾以材质滓浊，污于清流。昔忝国恩，历试宰守，所在无效，代匠伤指，狼跋首尾，无以雪耻。如不可求，从吾所好。今年过耳顺，奄忽无常，苟得获没，即以吾身袭于王孙矣。上冀以赎市朝之逋罪，下以亲道化之灵祖。顾尔幼昏，未知臧否，若将逐俗，抑废吾志，私称从令，未必为孝；而犯魏颗听治之贤，尔为弃父之命，谁或矜之！使死而有知，吾将尸视。

译 文

告知云、仪等人：

礼，是教化百姓的起始，也是历代传承的中庸之道。因此，那些努力践行礼仪的人便能够成为君子，那些不重视礼仪的人最终将沦为小人，但是，若不是圣人，便无人能真正做到从容不迫地遵循礼仪。然而，只有圣人才能真正从容不迫地践行礼仪。因此，富贵之人往往因骄奢淫逸而犯错，贫贱之人则常因固执浅薄而受人讥讽。于是，在养生送死之事上，人们往往苟且偷安，违背了礼仪。从这个角度来看，阳虎死后佩戴美玉，与其如此奢华还不如暴尸荒野；桓魋所用的石椁，与其如此坚固还不如让尸体迅速腐朽。这正是儒学所倡导的拨乱反正、鸣鼓矫俗的大义所在。而深入探究事物的本原，穷尽事物的道理，陶冶性情，变化气质，这才是实实在在的学问。如果能够追溯本源，探求终结，将天地视为一个小区域，将万物看作刍狗一般没有分别，全面理解其中的玄妙之理，探求形体的本原面貌，等同看待祸福的根源，将生死视为同一命运，那么我就对"道"有所仰慕了。

道这个东西，既恍惚又难以捉摸，长寿与短命都不过是欺骗魂魄的幻象，身体沉沦于有无之间，与神灵一同消逝，阴阳和谐，甘愿沉醉于太极的梦境之中。为何要将棺椁作为坚固的牢笼，将衣裳作为束缚的缠绕呢？尸体被埋葬在地下，长久地处于幽暗的桎梏之中，这难道不是一件很悲哀的事情吗？从前庄周胸怀豁达，无所偏倚；又有杨王孙裸体下葬，认为身体不值得长久留存。然而到了末世，因缘际会而生、怨恨而死的人，却用含珠的鳞柙、玉床象衽来装饰自己的坟墓，甚至杀人以殉葬。在墓穴之内，用细密的丝织品和絮状物紧紧包裹尸体，用蛤壳和木炭作为垫料，希望尸体能够千年不朽，仿佛寄托了成为神仙的愿望。这样一来，大道被荒废，人们竞相追求厚葬，认为庄子的行为放荡不羁，杨王孙的做法是对尸体的侮辱，他们难道还会记得古代有穿着薪柴的鬼魂在野外游荡，野外有狐狸吃剩的尸骨吗？

我因为天资低劣、心志污浊，而玷污了清流之名。过去有幸蒙受国家恩典，历任宰守之职，但所到之处都未能有所建树，代替别人去做自己难以胜任的事情狼狈不堪、首尾难顾，无法洗雪自己的耻辱。如果无法再有所作为，那就让我追随自己的爱好吧。如今我已年过六十，生命无常，如果侥幸能够善终，我就打算像杨王孙那样裸体下葬了。这样做的话，对上，希望可以赎回我在朝廷上未尽的罪责，对下可以亲近大道、感化灵祖。考虑到你们现在年幼无知，不懂得分辨是非，如果你们打算追随世俗的做法，而违背我的意愿的话，那么即使你们表面上顺从我的命令，也未必是真正的孝顺；而如果你们像魏颗那样违背父亲的遗命去听从别人的意见，那么又有谁会来同情、怜悯你们呢？假使死后有知，我将在九泉之下看着你们是否执行我的遗命。

作者简介

沐并，生卒年不详，字德信，三国魏河间（今属河北省献县）人。沐并早年孤苦无依，但有志气。袁绍主掌河北时，开始入仕为官，其为人公正果敢，不畏强权。曹魏黄初年间，沐并任成皋令，后历任三府长史、济阴太守、议郎等职。齐王嘉平中，病逝。沐并与常林、吉茂、时苗等人并列为"清介传"中的人物，成为后世传颂的佳话。

家庭教育品读

沐并六十多岁时，有感自身将死不远，提前留下遗言，要求儿子薄葬自己。《诫子俭葬书》就是他写给儿子的遗言。这是一篇反映当时节葬观念的重要文献，也是沐并对于死亡的一些看法，对后世具有重要影响。

沐并开篇强调了礼教对于民众教化的重要性，认为能够身体力行礼教的人才能成为君子。然而，他也指出，非圣人莫能履其从容，也就是说，普通人很难完全做到礼教的所有要求。因此，社会上出现了一些不好现象："是以富贵者有骄奢之过，而贫贱者讥于固陋。"他指出，富贵之人往往因骄奢而违背礼教，而贫贱之人则因害怕被人讥讽为浅薄无知而敷衍了事。这种偏见导致了人们在生老病死等事务上的一些非礼行为。因此，他提出了要节葬的想法，对儿子进行告诫。

沐并主张要破除葬礼烦琐形式而回归最简单最原始的葬仪。他认为："阳虎玙璠，甚于暴骨；桓魋石椁，不如速朽。"在他看来，过分奢华的陪葬品反而不如让尸体自然腐烂。他引用庄周和杨王孙的例子来说明自己对生死豁达的态度，并希望自己的儿子能够遵循他的遗愿进行节葬。

在家诫中，沐并严厉告诫儿子："顾尔幼昏，未知臧否，若将逐俗，抑废吾志，私称从令，未必为孝；而犯魏颗听治之贤，尔为弃父之命，谁或矜之！"他担心儿子年幼无知，随俗而葬，违背自己的意愿。他强调，如果不按他的遗愿行事，就是不孝之举。在他临终之前，再次对家人强调了俭葬的问题，据史书记载，"至嘉平中，病甚。临困，又敕豫掘埳。戒气绝，令二人举尸即埳，绝哭泣之声，止妇女之送，禁吊祭之宾，无设抟治粟米之奠。又戒后亡者不得入藏，不得封树。妻子皆遵之"。

　　沐并的《诫子俭葬书》不仅体现了他个人的节葬观念，也是他对于生活中生死、礼仪、孝道等问题的深刻思考。这些观念，对于今天的生活教育也有着很多启示，尤其是在生死观问题上，前人关于生死的一些看法，可以让我们更加从容地面对生死而无所畏惧。因此，在当代家庭教育中，家长们应该引导孩子树立正确的生死观，坦然面对死亡，如此方能临危不惧，培养孩子的大无畏精神。

《与从弟君苗君胄书》

三国·应璩

原 文

间者北游，喜欢无量，登芒济河，旷若发蒙，风伯扫途，雨师洒道。按辔清路，周望山野，亦既至止，酌彼春酒。接武茅茨，凉过大夏，扶寸肴修，味逾方丈。逍遥陂塘之上，吟咏菀柳之下。结春芳以崇佩，折若华以翳日。弋下高云之鸟，饵出深渊之鱼，蒲且赞善，便嬛称妙，何其乐哉！虽仲尼忘味于虞韶，楚人流遁于京台，无以过也。班嗣之书，信不虚矣。

来还京都，块然独处。营宅滨洛，困于嚣尘，思乐汶上，发于寤寐。昔伊尹辍耕，郅恽投竿，思致君于有虞，济蒸人于涂炭。而吾方欲秉耒耜于山阳，沉钩缗于丹水，知其不如古人远矣。然山父不贪天地之乐，曾参不慕晋、楚之富，亦其志也。

前者邑人念弟无已，欲州郡崇礼，官师授邑，诚美意也。历观前后，来入军府，至有皓首，犹未遇也，徒有饥寒骏奔之劳。俟河之清，人寿几何？且宦无金、张之援，游无子孟之资，而图富贵之荣，望殊异之宠，是陇西之游，越人之射耳。幸赖先君之灵，免负担之勤，追踪丈人，畜鸡种黍，潜精坟籍，立身扬名，斯为可矣。无或游言，以增邑邑。郊牧之田，宜以为意。广开土宇，吾将老焉。刘、杜二生，想数往来，朱明之期，已复至矣。相见在近，故不复为书，慎夏自爱。

译 文

不久前我去北边游玩了一趟，心中有无限喜悦。登上芒山，渡过黄河，心胸豁然开朗，就像揭去了蒙蔽视听的布幔。风神为我清扫道路，雨神为我

169

洗涤尘埃。我按住马缰，沿着清澈的道路前行，环顾四周的山野，心中是无比畅快。到达目的地以后，我品尝到了春天的美酒。我走在茅草屋旁边，感觉到凉爽胜过豪华的宫殿。我吃着简单的菜肴，感觉味道却胜过丰盛的酒席。我在池塘边悠闲地漫步，在柳树下吟诵诗篇。我采集春天的花朵结成佩饰，折下若木的嫩枝遮蔽阳光。我射下高空中的飞鸟，钓出深渊中的鱼儿，就像蒲且那样擅长射箭，便嬛那样善于垂钓，真是太畅快了！即便是仲尼听到虞舜的韶乐而忘记肉味，楚人因隐逸而流连于京台，也无法超过我此刻的快乐。班嗣所写的书信说隐居钓鱼的乐趣，果然没有夸张。

然而回到京都后，我却独自一人，形单影只。我在洛河之滨建造住宅，却被俗世的喧嚣困扰。我思念在汶水上隐居的快乐时光，甚至在梦中都念念不忘。从前伊尹放弃耕作，郅恽丢下钓竿，他们都想辅佐君王成为像虞舜那样的圣明君主，拯救百姓于水深火热之中。而我却打算在山阳种地，在丹水垂钓，我知道自己远不如古人有志向。但山父不贪图天地的乐趣，曾参不羡慕晋、楚的富贵，这也是他们的志向啊。

之前乡里人念及弟弟，想请求州郡以崇高的礼仪对待他，并让他担任官职，赐予封地，这确实是好意。但纵观前后历史，进入军府的人，有的甚至到了白发苍苍的年纪，还没有得到提拔，只有奔波劳碌、饥寒交迫之苦。等待黄河变清要千年，人的寿命又能有多长呢？况且做官没有金、张两家那样的人脉帮助，游宦没有霍光那样的重臣凭藉，却想图谋富贵的荣耀，期望得到特殊的宠幸，这就像是陇西人学游泳、越人学射箭一样不切实际。幸亏依赖先父的福荫，使我免去了劳作的辛苦。我愿追随古人的足迹，养鸡种黍，潜心研究典籍，立身处世，扬名于世，这也就足够了。不要再说那些不切实际的话，以免增加心中的郁闷。郊外的田地，你应该多加留意。扩大土地，我将在那里安度晚年。刘、杜两位朋友，想必会经常往来。盛夏的时节，又已经要到来了。我们很快就会相见，所以就不再多写了。希望你夏天注意保重身体。

作者简介

应璩（公元190年—公元252年），字休琏，汝南南顿（今属河南省项城市）人，三国时期魏国文学家。他是著名文学家应玚之弟，出身于书香门第，家族中多人有文学成就。应璩博学好作文，善于书写奏章，弱冠之年便为曹丕所欣赏。文帝、明帝时，他历任散骑常侍等官职。曹芳即位后，他迁任侍中、大将军长史。当时大将军曹爽擅权，举措失当，应璩曾作《百一诗》讽劝，其言论切中时弊，广为流传。应璩的诗文风格质朴直率，与曹丕相似，善用古朴语言和俗语。他还有养生诗《三叟歌》流传于世。应璩一生以文章显名，其诗文成就为后世所赞誉。

家庭教育品读

《与从弟君苗君胄书》是应璩写给两位从弟应君苗、应君胄的一封家书。在大将军曹爽专政期间，应璩因不惧强权，作诗百首进行嘲讽，最终遭到贬官。这一经历让他顿生退隐之心，而这封书信正是他告退之前写给两位兄弟的家书。这封书信展现了应璩的生活态度和情感世界。

在家书开篇，应璩诉说了北游的愉悦经历，用生动的笔触描绘了自然美景和游玩的乐趣。他登上芒山，渡过黄河，心情为之一爽；在乡间漫步，品尝乡土气息浓厚的春酒和村肴；在池塘边散步，柳树下吟诗；弋射飞鸟，饵钓游鱼，乐在其中。这些描写不仅展现了自然美景的魅力，也反映了应璩对隐逸生活的向往。

然而，笔锋一转，应璩写到了回到京都洛阳后的孤独困顿生活。他困于嚣尘之中，渴望回归故里。同时，他举出伊尹、郅恽、许由、曾参等人的故事进行辩解，说明自己之所以反其道而行之，是因为才能、品德远不及彼。

在这封家书中，应璩通过对比春游之乐与京都生活的孤独困顿，表达了自己对隐逸生活的向往和对仕途的厌倦，同时也表现出了安贫乐道、回归平淡的生活态度。

《与从弟君苗君胄书》虽是一封表达个人情感和心态的家书，但也对后世具有很大启发。其安贫乐道、回归平淡的生活态度，正是处在当今这个快节奏时代所需要的生活哲学。在现下，快节奏生活成为常态，人们为了生活的追求，无不忙忙碌碌，失去了生活的乐趣。回望古人，无数先贤都曾困顿于名利追求而彷徨迷茫，最终选择了"归去来兮"，在田园中悠然自得地生活。因此，在当代家庭教育中，家长们应该引导孩子树立正确的生活态度，以身作则，热爱生活，让整个家庭充满生活的乐趣，为孩子心灵的成长打下坚实的基础。

《诫子崧书》

南北朝·徐勉

原 文

吾家世清廉，故常居贫素。至于产业之事，所未尝言，非直不经营而已。薄躬遭逢，遂至今日，尊官厚禄，可谓备之。每念叨窃若斯，岂由才致？仰藉先代风范，及以福庆，故臻此耳。古人所谓："以清白遗子孙，不亦厚乎？"又云："遗子黄金满籝，不如一经。"详求此言，信非徒语。吾虽不敏，实有本志，庶得遵奉斯义，不敢坠失。所以显贵以来，将三十载，门人故旧，亟荐便宜，或使创辟田园，或劝兴立邸店，又欲舳舻运致，亦令货殖聚敛。若此众事，皆距而不纳，非谓拔葵去织，且欲省息纷纭。

中年聊于东田间营小园者，非在播艺，以要利入，正欲穿池种树，少寄情赏。又以郊际闲旷，终可为宅，傥获悬车致事，实欲歌哭于斯，慧日、十住等。既应营婚，又须住止，吾清明门宅，无相容处。所以尔者，亦复有以。前割西边施宣武寺，既失西厢，不复方幅，意亦谓此逆旅舍尔，何事须华。常恨时人谓是我宅。古往今来，豪富继踵，高门甲第，连闼洞房，宛其死矣，定是谁室？但不能不为培塿之山，聚石移果，杂以花卉，以娱休沐，用托性灵。随便架立，不在广大，惟功德处，小以为好，所以内中逼促，无复房宇。

近营东边儿孙二宅，乃藉十住南还之资，其中所须，犹为不少。既牵挽不至，又不可中途而辍，郊间之园，遂不办保。货与韦黯，乃获百金。成就两宅，已消其半。寻园价所得，何以至此？由吾经始历年，粗已成立。桃李茂密，桐竹成阴，膛陌交通，渠甽相属。华楼回榭，颇有临眺之美；孤峰丛薄，不无纠纷之兴。渎中并饶菰蒋，湖里殊富芰莲。虽云人外，城阙密迩。韦生欲之，亦雅有情趣。追述此事，非有吝心，盖是笔势所至耳。忆谢灵运山家诗云："中为天地物，今成鄙夫有。"吾此园有之二十载矣，今为天地物，物之与我，相校几何哉？此吾所余，今以分汝。

营小田舍，亲累既多，理亦须此。且释氏之教，以财物谓之外命，儒典亦称，何以聚人？曰财。况汝曹常情，安得忘此？闻汝所买姑孰田地，甚为舄卤，弥复何安？所以如此，非物竞故也。虽事异寝丘，聊可仿佛。孔子曰："居家理治，可移于官。"既已营之，宜使成立。进退两亡，更贻耻笑。若有所收获，汝可自分赡，内外大小，宜令得所，非吾所知，又复应沾之诸女尔。汝既居长，故有此及。凡为人长，殊复不易，当使中外谐缉，人无间言，先物后己，然后可贵。老生云："后其身而身先。"若能尔者，更招巨利。汝当自勖，见贤思齐，不宜忽略，以弃日也。非徒弃日，乃是弃身，身名美恶，岂不大哉！可不慎欤？

今之所敕，略言此意。正谓为家以来，不事资产，既立墅舍，以乖旧业，陈其始末，无愧怀抱。兼吾年时朽暮，心力稍殚，牵课奉公，略不克举，其中余暇，裁可自休。或复冬日之阳，夏日之阴，良辰美景，文案间隙，负杖躢屦，逍遥陋馆，临池观鱼，披林听鸟，浊酒一杯，弹琴一曲，求数刻之暂乐，庶居常以待终，不宜复劳家间细务。汝交关既定，此书又行，凡所资须，付给如别。自兹以后，吾不复言及田事，汝亦勿复与吾言之。假使尧水汤旱，吾岂知如何？若其满庾盈箱，尔之幸遇。如斯之事，并无俟令吾知也。《记》云："夫孝者，善继人之志，善述人之事。"今且望汝全吾此志，则无所恨矣。

译　文

我家世代清廉，因此常常生活清贫朴素。至于产业财产方面的事，不仅仅是不去经营，更是从来没有谈论过。通过微薄的努力和机遇，我得以达到今天的位置，高官厚禄可以说都具备了。每当想到自己能够获得这些，难道仅仅是因为自己的才能吗？其实，这都是依靠先辈的榜样和福分，以及上天的恩赐，才能达到现在的境地。古人曾说："把清白的名声留给子孙，不是最丰厚的遗产吗？"又说："留给子孙满筐的黄金，不如传授他们一些经验。"仔细地品味这些话，确实不是空话。我虽然不才，但也有这样的志向，希望能够遵循并奉行这些道理，不敢有所偏废。因此，自从显贵以来，将近三十年的时间，门人故旧常常向我推荐各种有利可图的事，有人建议我开创田园，有人劝我兴建客栈，还有人想让我用船运货，做买卖聚敛财富。对于这些事情，我都一一拒绝了，没有接受，这并非是因为我要像古人那样拔掉自家种的葵菜、扔掉自家织的布表示清廉，只是想平息那些杂乱的琐事。

中年时，我在城东建了一个小园，并不是为了播种收获来获取利益，原本只是想挖个池塘，种些树木，稍微寄托一下情感，享受一下观赏的乐趣。又因为城郊空旷，最终可以作为住宅，如果将来有幸辞官归隐，我真的很想在这里欢度余生，参悟佛理。既要筹备婚事，又要居住休息，我们清白的门第，无法与之相容。之所以这样，也是有原因的。之前我把西边的地方割舍给了宣武寺，失去了西厢房，园子就不再方正了。我本来也只把这个地方当作临时的旅舍，没必要太过华丽。我常常遗憾世人把这个地方当作是我的宅邸。古往今来，豪富之人接连不断，那些高大的门第，相连的房屋，等他们死后，又成了谁的住所呢？但我也不能不稍微整治一下这个地方，于是堆石山、移果木、种上各种花卉，用来在闲暇时休闲享乐，寄托性情。我只是随便搭建了一些建筑，并不追求广大，只觉得在功德之处，小一点反而更好，因此园内空间逼仄，没有多余的房屋。

最近我在东边为儿孙建了两处住宅，这是借助宣武寺给的资金，但其中所需仍然不少。既然已经开始弄了，就不能半途而废。于是城郊的园子，就保不住了。我把它卖给了韦黯，获得了百金。用这些钱建成两处住宅后，钱已经花去了一半。回想起我当初建园子时所花费的，怎么能值这么多呢？只是因为我多年来陆续经营，园子已基本建成。现在园里桃李茂密，桐竹成荫，田间小路纵横交错，水渠相连。华楼高台，颇有可供远眺的美景；孤峰丛林，也不乏引人入胜的情趣。园中的湖泊里长满了水草，水中荷花遍布。虽然这里像是远离人烟的地方，但实际上离城池很近。韦生想要买下这个地方，也是非常具有雅趣。我追述这件事，并不是心存吝啬，只是笔势所至罢了。我想起谢灵运的山家诗所说："本是天地间的事物，如今却成了鄙夫所有。"我这个园子已经有二十年了，现在又成了天地间的物。物与我相比，又相差多少呢？这是我剩下的东西，现在分给你。

经营小田舍，亲属既多，按理也需要这样。况且佛教把财物称为外命，儒家经典也有这样的说法，用什么聚集人群？那就是要有财物。何况你们这些人常情难免，怎么能忘记这一点呢？我听说你买的姑孰的田地，非常贫瘠，怎么能安心呢？我之所以这样做，并不是因为要和别人争夺财物。虽然这件事和孔子所说的寝丘之地不同，但也可以勉强相似。孔子说："在家能把家治理好，就可以把经验用到做官上了。"既然已经经营了，就应该让它成功。如果进退两难，反而会招来耻笑。如果有所收获，你可以自己分配来供养家人，让内外大小都得到适当的安排，有些我不知道的，还应该给家里的女子也要有所安排。你既然是长子，所以我才和你说这些。凡是做长子的，都很不容易，应该让内外和谐，没有人说闲话，先考虑别人再考虑自己，这样才能得到尊重。老子说："把自己放在后面，反而能得到大家的推崇。"如果你能做到这一点，就会招来更大的利益。你应该自己努力，看到贤能的人就要想着向他看齐，不要忽视这些，以免虚度光阴。不仅仅是虚度光阴，而是虚度人生，人生的名声好坏，难道不重要吗？怎么能不谨慎呢？

现在我所要鞭策你的，大概就是这些。我是说自从当家以来，我不经营资产，现在建立别墅，违背了旧业，我陈述了这些事的始末，无愧于自己的心怀。另外，我现在年老力衰，心力稍微有些用尽，对于公务，几乎不能胜任，公务之余的闲暇时间，才能够休息。或者在冬天的阳光下，夏天的树荫里，在良辰美景之中，在处理文案的间隙，扶着拐杖踏着鞋子，在简陋的馆舍里逍遥自在，临池观鱼，披林听鸟，喝一杯浊酒，弹一曲琴，寻求片刻的欢乐，希望在平常的生活中度过余生，不应该再操劳家中的琐碎事务。你交接的事情已经确定，这封信也写好了，凡是所需要的资财，都另外付给你。从此以后，我不再谈论田产的事，你也不要再和我说起这些事。假如遇到像尧时的大水、汤时的大旱那样的灾害，我怎么知道该怎么办呢？如果你的粮仓装满，箱子盈满，那是你的幸运。像这样的事，都不必让我知道。古书上说："孝顺的人，善于继承先人的志向，善于继续先人的事业。"现在我只希望你能够实现我的这个志向，那么我就没有什么遗憾了。

作者简介

徐勉（公元466年—公元535年），字修仁，东海郯（今属山东省郯城县）人，南朝时期梁国大臣、文学家。他是东晋太尉参军徐长宗之孙，南齐南昌相徐融之子。徐勉自少孤贫，但节操清廉，笃志好学。初入国子学，便展现出非凡的才华，国子祭酒王俭每每称赞徐勉有宰辅之量。天监二年（公元503年），徐勉被梁武帝任命为给事黄门侍郎、尚书吏部郎，参掌大选。后历任中书侍郎、尚书左丞、太子詹事、吏部尚书等重要职务。徐勉晚年因患足疾，申请归家。大同元年（公元535）卒，诏赠右光禄大夫、开府仪同三司，谥简肃公。徐勉不仅是一位杰出的政治家，还是一位才华横溢的文学家。他善属文，勤于著述，虽当机务，下笔不休。其著作包括《流别起居注》《选品》《太庙祝文》《会林》等，但多已佚失。

家庭教育品读

《诫子崧书》是徐勉写给他长子徐崧的一篇家书,告诫儿子要追求俭朴生活,清白传家。

徐勉自己为官清白,生活俭朴,也把这种生活态度和高尚品质传承给子孙后代。别人劝他给后代置办些家产时,他却回答说:"人遗子孙以财,我遗之以清白。子孙才也,则自致辐辏;如其不才,终为他有。""唯以清白遗子孙",这是徐勉的传家之道,也是《诫子崧书》通篇的主旨。

在《诫子崧书》中,徐勉首先回顾了家族先辈们"清白"的传统家风,他们从未涉及购置产业等世俗事务,世代过着俭朴的生活。随后,他谦虚地表达了自己获得高官厚禄并非全凭个人才华与德行,而是源于先辈们清白自守的榜样,自己不过是承袭了这份福荫。如今,他也要将这份福荫传承给自己的儿子,他说:"以清白遗子孙,不亦厚乎!"认为将清白留给子孙后代,这是最为丰厚的礼物。这体现了徐勉对家族清白家风的重视和传承。徐勉通过书信教导儿子,要继承先辈勤俭节约的风范,不追求物质生活,不以财富留世,而以清白传家。这种家庭教育理念,对于培养后代勤俭、廉洁的生活作风具有很大启发。

在《诫子崧书》中,徐勉反复强调清白家风的可贵,并以身作则践行清白自守的品格。他通过自己为官清白,不事产业的例子,以及建园子这件看似违背自己清廉自守品格的事情,向儿子陈述了何以清廉自守的道理,传递了清廉传家的良好家风。他希望儿子能够继承先辈廉洁勤俭的风范,不以财富为重而以清白为贵。他在诫书中最后引用"夫孝者,善继人之志,善述人之事"的古言,告诫儿子传承先人遗志的重要性,这是孝道的体现,也是为人修德的根本,寄希望儿子能够继承自己的志向,做到生活俭朴、清白传家。

当今社会,因家风不正导致的腐败案件层出不穷,凸显了家庭教育中清白传家的重要性。徐勉"唯以清白遗子孙"的清白家风,对于当代家庭教育具有重要启发意义。为父母者,应当以身作则,俭朴生活,为子女树立良好的榜样。在家庭教育中,家长应严格约束子女,从小培养孩子的俭朴生活意识,让清白家风在家庭中代代相传。

《戒子拾遗》（节选）

唐·李恕

原 文

汝辈后生，始从卑仕，禄俸所获，仅以代耕，宜减省家人，谨身节用，阖门昼掩，镇安关钥，家童敛迹，无出府廷。使马如羊，不以入厩，使金如粟，不以入怀。夫如是，则骢马埋轮，且安高枕，岂多言之可畏，何众口之能伤哉？杨震为涿郡太守，子孙皆蔬食步行，曰："使人称为清白吏子孙。"诚哉斯言，誓铭肌骨。部内交关，诚非所愿，傥缘切要，不遑远市，衣食之外，无辄交通，必须依价钱归物主，分明付领，书取文钞，虽云细务，易涉流言，勿招抑逼之词，以获侵渔之谤。若能远希先觉，遥杜未萌，清介皎然，吾无忧矣。

周生烈云："食禄坐观，贼也。"老子云："债少易偿，职寡易守。"汝等欲仕周行，深期自卜，审己量分，或保微班，冒宠贪荣，方贻后遣。但能绩著鸣弦，功彰露冕，足隆门阀，不坠箕裘，岂要荣贵方为宦达？

纳采行媒，咸求雅对，河鲂宋子，勿坠清规。或嫁女从夫，有资贤婿，如为男求妇，必在甲门。无隳百代之规，以适一时之欲。

告休暇景，公务余闲，学以润身，必资宏益。谯周云："圣人学之于天，君子学之于圣。"又云："进者犹行也，朝发而异宿矣；益者其犹取菜乎，勤则顷筐盈矣。"家中经史不能周足，但能阅市，恒有贱书，假如数万青蚨，才当一马之值，堪得数千黄卷，便为百代之宝。凡人皆知市骏马，悦轻肥，而莫肯市书，见近识小。《淮南子》云："家有三史无痴子。"可不勉欤！

译 文

你们这些年轻人，刚刚从低微的官职做起，所得的俸禄，仅能代替务农的收入，应该减少家中的人员，谨慎自身，节约用度，白天关好大门，安稳地锁好门户，家中的仆人收敛行为，不要出府邸。像使唤羊一样使唤马，不要让马匹进入马厩；把金钱看作粮食一样，不要将它揣入怀中。

如果能够这样，那么即使骏马埋没了车轮，也能安然高枕，哪里会害怕他人多言，又怎会被众人的议论所伤呢？杨震担任涿郡太守时，他的子孙都吃素食，步行出行，他说："让人称赞我是清白官吏的子孙。"这话真诚啊，誓要铭记于心。

官府内部的往来，确实不是我所愿意的，倘若因为紧急要事，不得不到市场采购，除了衣食之外，不要随便有其他交往，必须按照价钱归还物主，清楚地交付，写下收据凭证。虽然这些是小事，但容易引发流言，不要招致逼迫的言辞，也避免招来侵占的诽谤。如果能够远远地效法先贤，提前杜绝未萌生的事情，清廉正直，那么我就没有什么忧虑了。

周生烈说："享受俸禄却坐视不作为，是可耻的。"老子说："债务少了容易偿还，职责轻了容易守好。"你们想要在仕途上有所作为，应该深思熟虑，自我衡量才能，或者保有小的官职。如果冒昧地去追求宠幸和荣华，反而会招致后来的责难。只要能够在岗位上取得显著的成绩，功劳彰显，那么足以使家门兴盛，不辜负祖先的基业，哪里需要荣华富贵才算仕途通达呢？

订婚娶妻，都要寻求合适的对象，如同河鲂、宋子的故事一样，不要失去了清白的规矩。或者嫁女儿从夫，有才华的贤婿；如果为儿子娶妻，必须在优秀的家庭中选择。不要毁坏百代传承的规矩，来满足一时的欲望。

利用闲暇时间，公务之余，用学习来滋养自身，必定会有巨大的收获。谯周说："圣人向天学习，君子向圣人学习。"又说："前进就像行走一样，早上出发晚上就已到达不同的地方；增长知识就像采菜一样，勤劳的话，不一会儿篮子就装满了。"家中的经史书籍可能不够齐全，但可以去书市阅读，经常有便宜的书籍。假如花费数万铜钱，只相当于一匹马的价值，就可以得到数千卷书籍，便是千秋万代的宝藏。一般人都知道购买骏马，喜欢轻便肥壮的，却不愿意买书，这是目光短浅、见识浅薄。《淮南子》上说："家中有《诗》《书》《礼》三部经典的，不会有愚钝的子孙。"怎么能不努力呢！

作者简介

李恕，唐代人，事迹不明，据南宋《戒子通录》记载，李恕为唐中宗时县令。

家庭教育品读

　　《戒子拾遗》原本为四卷，但后来久无传本。其内容主要涉及男子习业为官之道、女子闺阃妇德之教、治家全族之规等。书中详细规划了家族男子的学习内容，从六岁开始识字，到七岁读《论语》《孝经》，八岁诵《尔雅》《离骚》，十岁出就师傅，居宿于外，十一岁专习两经等。同时，李恕也强调了对女子的教育，认为女子应多读书、守礼仪、勤劳作、睦亲邻。等等。此处节录的这段内容，主要阐释了他的生活哲学。

　　首先，李恕强调了年轻人在初入职场时应当谨慎理财，崇尚节俭。李恕指出，年轻人刚开始从事低微的官职，所得俸禄仅能替代务农的收入，因此应当减少家庭开支，谨慎行事，节约用度。这与当代家庭教育中培养孩子的财商和理性消费观念相契合。如今，许多年轻人刚踏入社会，容易被物质诱惑所吸引，过度消费，甚至陷入债务困境。在当代家庭教育中，家长应当引导孩子们树立正确的金钱观，学会合理规划财务，避免奢侈浪费。

　　其次，李恕强调了廉洁自律，保持道德操守的重要性。他提到在公务交往中，应当谨慎处理财物交易，必须按照价钱归还物主，清楚地交付，书写收据凭证。他告诫子弟要避免引发流言蜚语，不要招致侵占的诽谤。这与现代社会对公务人员和职场人士的职业道德要求高度一致。在信息透明度日益提高的今天，个人的一言一行都可能受到公众的关注和监督。在当代家庭教育中，家长应当培养孩子的诚信意识和职业操守，让他们明白廉洁自律不仅是对他人的尊重，更是对自身名誉的保护。

　　再次，李恕劝诫年轻人应当量力而行，不要盲目追求高位和荣华富贵。他引用老子的名言"债少易偿，职寡易守"，提醒子弟要审视自己的能力，或保有小的官职，避免因为贪图名利而招致祸患。这与现代教育中强调的自我认知和职业规划理念相吻合。在当代家庭教育中，家长应当帮助孩子正确评估自己的兴趣和能力，制订合理的职业发展目标，避免盲目跟风和攀比心理。

　　此外，李恕在婚姻观方面也提出了重要的见解。他强调婚姻应当"咸求雅对"，遵循家族的清白规矩，不应为了满足一时的欲望而违背传统。这在现代社会依然具有现实意义。在全球化和多元文化背景下，家长应当引导子女树立正确的婚姻观和家庭观，尊重传统价值，重视家庭责任，避免过度个人主义导致的家庭问题。

李恕还强调了利用闲暇时间进行学习的重要性。他引用谯周的话，鼓励子弟通过勤奋学习来充实自己，获得巨大的收获。他指出，购买书籍是一项长期的投资，比起追求物质享受，学习和知识才是"百代之宝"。这与现代教育提倡的终身学习理念高度契合。随着知识经济时代的到来，学习已经成为个人持续发展的必要条件。在当代家庭教育中，家长应当激发孩子们的学习兴趣，培养他们的自主学习能力和求知欲望，让他们认识到知识的力量和价值。

　　最后，李恕批评了人们重视物质享受而轻视读书学习的现象，指出这是目光短浅的表现。他引用《淮南子》中的话，"家有三史无痴子"，强调了读书对于家庭和子孙后代的重要性。这提醒我们，教育不仅是个人的事情，也是关系到家庭和社会未来发展的关键。在当代家庭教育中，家长应当倡导读书风气，为孩子营造良好的学习环境，鼓励孩子热爱读书学习。

　　虽然《戒子拾遗》的完整版本已失传，但南宋刘清之编纂的《戒子通录》中收录的十八篇训诫之辞，为我们了解李恕的教育思想提供了宝贵的资料。这些训诫之辞不仅体现了李恕对家族成员的严格要求，也反映了他对当时社会风气的深刻洞察和批判。当代家庭教育应当从中汲取智慧，培养具有健全人格和社会责任感的新时代人才。只有这样，才能促进个人的全面发展，推动社会的进步和繁荣。

《遗令诫子孙》

唐·姚崇

原　文

古人云："富贵者，人之怨也。贵则神忌其满，人恶其上；富则鬼瞰其室，虏利其财。"自开辟以来，书籍所载，德薄任重，而能寿考无咎者，未之有也。故范蠡、疏广之辈，知止足之分，前史多之。况吾才不逮古人，而久窃荣宠，位逾高而益惧，恩弥厚而增忧。往在中书，遘疾虚惫，虽终匪懈，而诸务多阙，荐贤自代，屡有诚祈，人欲天从，竟蒙哀允。优游园沼，放浪形骸，人生一代，斯亦足矣！田巴云："百年之期，未有能至。"王逸少云："俯仰之间，已为陈迹。"诚哉此言！

比见诸达官身亡以后，子孙既失覆荫，多至贫寒。斗尺之间，参商是竞，岂惟自玷，乃更辱先，无论曲直，俱受嗤毁。庄田水碾，既众有之，递相推倚，或致荒废。陆贾、石苞，皆古之贤达也，所以预为定分，将以绝其后事。吾静思之，深所叹服。

昔孔子至圣，母墓毁而不修。梁鸿至贤，父亡席卷而葬。昔杨震、赵咨、卢植、张奂皆当代英达，通识今古，咸有遗言，属以薄葬，或濯衣时服，或单帛幅巾。知真魂去身，贵于速朽。子孙皆遵成命，迄今以为美谈。

凡厚葬之家，例非明哲。或溺于流俗，不察幽明，咸以奢厚为忠孝，以俭薄为悭惜，致令亡者致戮尸暴骸之酷，存者陷不忠不孝之诮。可为痛哉！可为痛哉！死者无知，自同粪土，何烦厚葬，使丧素业？若也有知，神不在柩，复何用违君父之令，破衣食之资？

吾身亡后，可殓以常服，四时之衣，各一副而已。吾性甚不爱冠衣，必不得将入棺墓，紫衣玉带，足便于身，念尔等勿复违之。且神道恶奢，冥途尚质，若违吾处分，使吾受戮于地下，于汝心安乎？念而思之。

今之佛经，罗什所译，姚兴执本，与什对翻。姚兴造浮屠于永贵里，倾竭府库，广事庄严，而兴命不得延，国亦随灭。又齐跨山东，周据关右。周则多除佛法而修缮兵戎，齐则广置僧徒而依凭佛力。及至交战，齐氏灭亡。国既不存，寺复何有？修福之报，何其蔑如！梁武帝以万乘为奴，胡太后以六宫入道，岂特身戮名辱，皆以亡国破家。近日孝和皇帝发使赎生，倾国造寺。太平公主、武三思、悖逆庶人、张夫人等皆度人造寺，竞术弥街，咸不免受戮破家，为天下所笑。

经云："求长命，得长命；求富贵，得富贵。"刀刃段段坏，火坑变成池。比来缘精进得富贵长命者为谁？生前易知，尚觉无应；身后难究，谁见有征？且五帝之时，父不葬子、兄不哭弟，言其致仁寿，无夭横也。三王之代，国祚延长，人用休息，其人臣则彭祖、老聃之类，皆享遐龄。当此之时，未有佛教，岂抄经铸像之力、设斋施物之功耶？《宋书·西域传》，有名僧为《白黑论》，理证明白，足解沉疑，宜观而行之。

且佛者觉也，在乎方寸。假有万象之广，不出五蕴之中，但平等慈悲，行善不行恶，则佛道备矣。何必溺于小说，惑于凡僧，仍将喻品，用为实录，抄经写像，破业倾家，乃至施身亦无所吝，可谓大惑也。亦有缘亡人造像，名为追福。方便之教，虽则多端，功德须自发心，旁助宁应获报？递相欺诳，浸成风俗，损耗生人，无益亡者。假有通才达识，亦为时俗所拘。如来普慈，意存利物，损众生之不足，厚豪僧之有余，必不然矣。且死者是常，古来不免。所造经像，何所施为？夫释迦之本法，为苍生之大弊。汝等各宜警策，正法在心，勿效儿女子曹，终身不悟也。吾亡后，必不得为此弊法。若未能全依正道，须顺俗情，从初七至终七，任设七僧斋。若随斋须布施，宜以吾缘身衣物充。不得辄用余财，为无益之枉事；亦不得妄出私物，徇追福之虚谈。

道士者，本以玄牝为宗，初无趋竞之教，而无识者慕僧家之有利，约佛教而为业，敬寻老君之说，亦无过斋之文，抑同僧例，失之弥远。汝等勿拘鄙俗，辄屈于家。汝等身没之后，亦教子孙，依吾此法云。

译　文

古人说过："富贵的人，容易招致人们的怨恨。地位高了，神灵会忌讳他的满盈，人们会厌恶他的高高在上；财富多了，鬼神会窥视他的家宅，强盗会觊觎他的钱财。"自从开天辟地以来，书籍中记载的德行浅薄却身居高位而能长寿无灾的人，就从来没有过。所以，像范蠡、疏广这样的人，他们懂得知足常乐的道理，前代史书对他们多有赞誉。何况我的才能比不上古人，却长久地窃取了荣华富贵，地位越高就越感到恐惧，恩宠越厚就越增加忧虑。以前在中书省任职时，我遇到了疾病，身体虚弱，虽然始终没有懈怠职责，但很多事情还是处理得不够完善。因此，我多次诚恳地祈求推荐贤能之士来代替我，最终得到了皇上的允许。现在我可以悠闲地在园林中游玩，放纵自己的形体，享受人生，这也就足够了！田巴说："百年的期限，没有人能真正达到。"王羲之也说："俯仰之间，一切都成了过去。"这些话真是说得太对了！

最近，我看到一些达官贵人死后，他们的子孙失去了庇护，大多变得贫寒。为了争夺一点点财产，甚至兄弟之间反目成仇，这不仅玷污了自己，也辱没了祖先，无论谁对谁错，都受到了人们的嘲笑和诋毁。庄园、田地、水碓等财产的经营，既然大家都有份，就不应该相互推诿，否则可能会导致荒废。陆贾、石苞都是古代的贤达之士，所以他们预先为子孙定好财产分配，以避免后事纷争。我静下心来思考这些，深感叹息。

从前孔子这位大圣人，他母亲的坟墓被毁也没有去修缮。梁鸿这位至贤之人，父亲去世时也只是用席子卷起来就埋葬了。杨震、赵咨、卢植、张奂等人都是当代的英才，他们通晓古今，却都留有遗言，要求薄葬。有的用平时穿的衣服殓葬，有的只用单幅的丝织品做头巾，知道灵魂离开躯体后，贵在速朽。他们的子孙都遵循了他们的遗命，至今这些事迹还被传为美谈。

那些讲究厚葬的家庭，大多不是明智之人。他们有的沉溺于流俗之中，不明察幽明之理，都认为奢侈厚葬是忠孝之举，而节俭薄葬则是吝啬之行。结果导致亡者受到戮尸暴骸的残酷对待，生者则陷入不忠不孝的恶名之中。这是多么令人痛心的事情啊！死者已经无知无觉，和粪土一样，何必还要麻烦地去厚葬他们，从而损害家业呢？如果死者泉下有知，而他们的神灵却不在棺材里，又何必违背君父的遗命，破费衣食之资来厚葬呢？

我死后，只要用平时穿的衣服殓葬就可以了，四季的衣服各准备一套就足够了。我向来不喜欢冠衣之类的东西，所以千万不要把这些东西放入棺材里。用我紫衣玉带的官服就可以了，你们一定要记住不要违背我的遗愿。而且神道厌恶奢侈，冥界崇尚质朴，如果你们违背了我的遗命，让我在地下受到惩罚，你们难道心里会安心吗？请你们好好想想吧！

现在的佛经是罗什翻译的，姚兴拿着原本与罗什一起对译的。姚兴在永贵里建造了佛塔，倾尽了府库的财物来庄严装饰，但他的寿命并没有因此延长，国家也随之灭亡了。再看北齐占据了山东地区，北周占据了关右地区。北周大多废除佛法而修缮兵威，北齐则广置僧徒而依凭佛力。等到两国交战时，北齐灭亡了。国家都不存在了，寺庙又在哪里呢？修福的报应又在哪里呢？梁武帝身为万乘之尊却沦为奴仆，胡太后让六宫之人入道修行，结果不仅自己身败名裂，还导致了国家的灭亡。近来孝和皇帝派遣使者赎买生灵，倾国之力建造寺庙。太平公主、武三思、悖逆庶人张夫人等人都度人造寺，寺庙遍布街头巷尾，但最终都免不了身败名裂、家破人亡的下场，被天下人所嘲笑。

  佛经上说："求长命就能得到长命，求富贵就能得到富贵。"但现实却是刀兵不断、战火连绵，火坑变成了水池。近来因为精进修行而得到富贵长命的人又有谁呢？生前的事情还容易知道，尚且觉得没有应验；身后的事情就更难追究了，谁又能看到有什么征兆呢？而且在五帝的时代，父亲不埋葬儿子、兄长不哭弟弟，因为他们都达到了仁寿的境界，没有夭折和横祸。在三王的时代，国家福运长久，人民得以休养生息，那时的人臣如彭祖、老聃等人都享受了高寿。在那个时代并没有佛教的存在，难道是抄经铸像、设斋施物的功劳吗？《宋书·西域传》中著名的僧人写了一篇《白黑论》，道理阐述得十分清楚明白，足以解除人们的疑惑，你们应该好好阅读并遵行其中的教导。

  而且佛教所说的"佛"就是觉悟的意思，它存在于每个人的心中。即使有万千种形象，也不出五蕴的范畴。只要做到平等慈悲、行善不行恶，那么佛道就已经完备了。何必沉溺于那些小道消息和凡夫俗僧的迷惑之中呢？还有那些将佛教中的比喻和品级当作实录来对待的人，他们抄经写像、破业倾家甚至施舍自己的身体也毫不吝惜，这真是太令人迷惑了。也有些人因为亲人去世而造像追福，但佛教中的方便之法虽然多端，功德却必须发自内心，旁人的帮助又怎么能获得报应呢？这种互相欺骗的行为已经渐渐成为一种风俗，它不仅损耗了生者的财物，对亡者也没有任何益处。即使有通才达识的人，也往往被这种时俗所束缚。如来佛祖是普度众生、利益万物的，他怎么会损害众生的利益来增厚豪僧的财富呢？这显然是不可能的。而且死亡是人生的常态，自古以来就无人能免。那么所造的经像又能起到什么作用呢？佛教的某些做法实际上是苍生的一大弊端。你们都应该警醒自己，把正法牢记在心，不要像那些愚昧无知的人一样终身不醒悟。我死后你们千万不要被这种弊端所迷惑。如果不能完全遵循正道的话，那就顺应世俗的情理吧。从初七到终七这段时间里，可以请七位僧人设斋诵经。如果需要布施的话就用我身边的衣物来充当吧。千万不要随便动用其他的财物来做这些无益的事情，也不要妄自拿出私人的财物去追求那些虚妄的福报。

道士们本来是以玄妙的道家思想为宗旨的，他们并没有教导人们去追逐名利。但是一些没有见识的人却羡慕僧人们能够获得的利益，于是模仿佛教的做法来作为自己的职业。如果他们认真研读老君的学说的话，就会发现其中并没有关于设斋诵经的文辞。如果他们像僧人那样去做的话就离道家的宗旨越来越远了。你们千万不要被这种鄙俗的做法所束缚而屈从于家里的安排。你们死后，也要教导子孙按照我的这个方法去做。

作者简介

姚崇（公元650年—公元721年），本名元崇，字元之，陕州硖石（今属河南省三门峡市）人。姚崇自幼受父亲影响，胸怀大志，步入仕途后，以其出众的才干和正直的品格，历任武则天、唐中宗、唐睿宗和唐玄宗四朝重臣，并三度拜相。在武则天朝，姚崇因处理军国事务得当而受到赏识，逐渐升至宰相位。他敢于直言，反对滥用刑罚，保全了众多无辜者的性命。唐中宗复位后，姚崇虽受排挤，但依旧保持忠诚与正直。唐玄宗亲政后，姚崇更是提出了一系列改革措施，包括精简刑法、整顿吏治、减轻苛税等，为开元盛世的开创奠定了坚实基础。他被誉为"救时宰相"，与房玄龄、杜如晦、宋璟并称唐代四大贤相。

家庭教育品读

《遗令诫子孙》是姚崇给子孙后代留下的遗嘱，要求他们薄葬自己。虽是对子孙后代的深情嘱托，也是对后世的一种警示和教育，对我们今天树立正确的生活态度具有重要借鉴意义。

一是要知足常乐。姚崇通过古人的例子，告诫子孙后代要懂得知足常乐的道理。在追求富贵和地位的过程中，要保持清醒的头脑，不要沉溺于物质享受和名利之中。知足常乐不仅是一种生活态度，更是一种人生智慧，它能帮助我们避免许多不必要的烦恼和纷争。在当代家庭教育中，家长们应该教育子女树立这种知足常乐的生活态度，懂得克制自己的欲望，从而避免很多不必要的烦恼。

二是薄葬节俭。姚崇尤其强调了要对自己薄葬，以及节俭薄葬的重要性。他认为厚葬不仅浪费资源，还可能给子孙带来不必要的负担和麻烦。因此，他倡导节俭办丧事，将更多的精力放在生前的孝道和善行上。这种观念对于当代家庭教育中培养孩子的孝道和节俭意识具有重要意义。

　　三是独立思考。姚崇对于当时丧葬仪式中请佛立像等迷信和盲目跟风现象进行了批判，他认为没有所谓的福报之说，因此他提醒子孙要理性看待这些葬仪中的迷信现象，不要盲目跟风或沉溺于其中。他这种培养子孙后代的独立思考能力和理性精神的做法，对当代家庭教育具有很大启发。作为家长，我们应该注重从日常生活中的具体事务中引导孩子独立思考，理性分析，不要盲目跟风，从而培养孩子的独立生活能力。

　　总之，姚崇的《遗令诫子孙》蕴含了丰富的家庭生活教育智慧，对于我们今天的家庭生活教育仍然具有重要的借鉴意义。

《狂言示诸侄》
唐·白居易

原 文

世欺不识字，我忝攻文笔。
世欺不得官，我忝居班秩。
人老多病苦，我今幸无疾。
人老多忧累，我今婚嫁毕。
心安不移转，身泰无牵率。
所以十年来，形神闲且逸。
况当垂老岁，所要无多物。
一裘暖过冬，一饭饱终日。
勿言舍宅小，不过寝一室。
何用鞍马多，不能骑两匹。
如我优幸身，人中十有七。
如我知足心，人中百无一。
傍观愚也见，当己贤多失。
不敢论他人，狂言示诸侄。

译 文

世人常抱怨不识字，我却有幸专攻文章辞笔。世人常抱怨未能得官，我却有幸位列官班之中。人老了多受病痛之苦，我如今幸好没有疾病缠身。人老了多有忧虑牵累，我如今儿女婚嫁都已完毕。内心安定不轻易动摇，身体康泰无俗事牵绊。因此，这十年来，我的身心都得以闲适安逸。更何况，到了这垂暮之年，所需之物其实并不多。一件皮衣就足以温暖过冬，一顿饭就能让我整日饱腹。不要说住宅狭小，毕竟睡觉只需一间房。何须许多鞍马，一个人又不能同时骑两匹马。像我这样优渥幸运的人，世上十个人里也难有七八。像我这样知足常乐的心，世上百个人里也找不出一个。从旁观看，愚笨之人也能看出些道理，但轮到自己身上，贤能之人也多有失误。我不敢随意评论他人，只是将这些狂放之言告诉诸位侄子。

作者简介

白居易（公元772年—公元846年），字乐天，号香山居士，又号醉吟先生，祖籍山西太原（今属山西省太原市），生于河南新郑（今属河南省郑州市）。他是唐代著名的现实主义诗人，与李白、杜甫并称为"唐代三大诗人"。白居易的诗歌题材广泛，语言平易通俗，有"诗魔"和"诗王"之称。他与元稹共同倡导新乐府运动，世称"元白"，与刘禹锡并称"刘白"。其代表作《琵琶行》《长恨歌》等经典作品流传广泛，对后世产生了深远的影响。他的诗歌主张和诗歌创作，以其对通俗性、写实性的突出强调和全力表现，在中国诗史上占有重要的地位。

家庭教育品读

从生活态度的角度来看，白居易的《狂言示诸侄》展现了一种超脱世俗、知足常乐的生活哲学，对当代家庭教育具有重要的启示。在这首诗中，白居易以自嘲而又自信的口吻，对比了世人的普遍追求与自己的内心满足，传递出一种淡泊名利、珍惜当下、知足常乐的生活态度。

诗的开篇，白居易便以"世欺不识字，我忝攻文笔"自谦而又自豪地表达了自己对文学的热爱和追求，不随波逐流，坚持自我。接着，"世欺不得官，我忝居班秩"则进一步体现了他对官职的淡然态度，不以外界的评价来衡量自己的价值。

随着年龄的增长，人们往往会被病痛和忧虑所困扰，但白居易却以"人老多病苦，我今幸无疾"和"人老多忧累，我今婚嫁毕"来表达自己身体的健康和家庭的和谐，这种对生活的感恩和知足，让人感受到他内心的平和与满足。

"心安不移转，身泰无牵率"更是直接道出了他内心的坚定和身体的自在，这种不为外物所动的生活态度，是他能够保持"形神且闲逸"的关键。

在物质需求上，白居易更是以"一裘暖过冬，一饭饱终日"来阐述自己的俭朴生活，不追求奢华，只满足基本需求，这种知足常乐的心态，让人感受到他对生活的深刻理解和珍惜。

最后，白居易以"如我优幸身，人中十有七。如我知足心，人中百无一"来总结自己的幸运和知足，同时提醒诸侄，这种生活态度并不常见，值得学习和珍惜。整首诗以"不敢论他人，狂言示诸侄"作结，既表现了白居易的谦逊，也表达了他对后辈的期望和教诲。

《狂言示诸侄》不仅是一首自嘲而又自信的诗，更是一首传递知足常乐、珍惜当下生活态度的诗。它告诉我们，无论外界如何变化，只要我们保持内心的坚定和知足，就能在生活中找到真正的幸福和满足。

《柳氏叙训》

唐·柳玭

原 文

先祖河东节度使公绰，在公卿间最名有家法。中门东有小斋，自非朝谒之日，每平旦辄出小斋，诸子皆束带晨省于中门之北。公绰决私事，接宾客，与弟公权及群从弟再会食，自旦至暮，不离小斋。烛至，则命子弟一人执经史，躬读一过讫，乃讲议居官治家之法，或论文听琴，至人定钟，然后归寝，诸子复昏定于中门之北。凡二十余年，未尝一日变易。其遇饥岁，则诸子皆蔬食，曰："昔吾兄弟侍先君为丹州刺史，以学业未成，不听食肉，吾不敢忘也"。祖母韩夫人，相国休之曾孙，相国滉之孙，仆射贞公皋之长女。家法严肃俭约，为搢绅家楷范。归我家三年，无少长，未尝见启齿。贞公在省为仆射，先公于襄阳加端揆，常衣绢素，不用绫罗锦绣。贞公亲仁里有宅，每归觐，不乘金碧舆，只乘竹兜子，二青衣步屣以随，贞公叹乃御下之俭也。常命粉苦参、黄连、熊胆，和为丸，赐先公及诸叔，每永夜习学含之，以资勤苦。

先公居外藩，先公每入境，郡邑未尝知。既至，每出入，常于戟门外下马，呼幕宾为丈，皆许纳拜，未尝笑语款洽。牛相国辟为武昌从事，动遵礼法。奇章公叹曰："非积习名教，不及此。"

先公以礼律身，居家无事，亦端坐拱手。出内斋，未尝不束带。三为大镇，厩无良马，衣不薰香。公退必读书，手不释卷。家法：在官不奏祥瑞，不度僧道，不贷赃。吏法：凡理藩府，急于济贫恤孤，有水旱必先期假贷，廪粟军食必精丰，逋租必贳免，馆传必增饰，宴宾犒军必华盛，而交代之际，仓储帑藏，必盈溢于始至。境内有孤贫衣缨家女及笄者皆为选婿，出俸金为资装嫁之。

叔祖少保公权，字诚悬。玭兄弟尝从诸季父送别东郊，仆马在门，会阴晦，多雨具。少保因言："我少时家贫，当房严训。年十六，当房往鲍陂人家致祭处分，先往撰文。时甚雪，只得一驴，女家人清净，随后得一破褥子，披至鲍陂，为庄客所哀，为燔薪，得附火为文，写上板子。当房朝下到庄呈祝版，此时免科责便满望，岂暇知寒？今日虽散退，还得尔许官。尔等作得祭文者有几人，皆乘马有油衣，吾为尔等忧。"太保晓声律而不好乐，常云："闻乐令人骄惰。"

先妣韦夫人外王父相国文公贯之，奕世以贞谅峻鲠称。先夫人事君舅君姑凡十一年，晨省于鸡鸣，昏定于初夕，未尝阙。梁国夫人有疾，先夫人一月不下堂，早夜奉养，疾愈始归院。文公及第，登谏科，判入高等，授长安尉，秩满困穷，穴地燔薪，啖豆糜以御冬。

孝公房舅谓余弟兄曰："尔家虽非鼎甲，然中外名德冠冕之盛，亦可谓华腴右族。"玭自闻此言，刻骨畏惧。夫门地高，可畏不可恃。可畏者，立身行己，一事有坠先训，则罪大于他人。虽生可以苟取爵位，死亦不可见祖先于地下。不可恃者，门高则自骄，族盛则为人窥嫉，实艺懿行，人未必信，纤瑕微累，十手争指矣。所以承地胄者，修己不得不恳，为学不得不坚。

夫士君子生于世，己无能而望他人用之，己无善而望他人爱之，亦犹农夫卤莽种之，而怨大泽之不润，虽欲弗馁，其可得乎！余幼时，每闻先公仆射与太保房叔祖讲论家法，莫不言立己以孝悌为基，以恭默为本，以畏怯为务，以勤俭为法，以交结为末事，以气焰为凶人，肥家以忍顺，保交以简敬，百行备矣。体之未臧，三缄密虑，言之或失，广记如不及，求名如傥来，去吝与骄，庶几寡过。莅官则洁己省事，而后可以言守法，守法而后可以言养人，直不近祸，廉不沽名，廪禄虽微，不可易黎氓之膏血；榎楚虽用，不可恣褊狭之胸襟。忧与祸不偕，洁与富不并。

余又比见名家子孙，其祖先正直当官，耿介特立，不畏强御者。及其衰也，则但有暗劣，莫知所宗。此际几微，非贤不达。

夫坏名灾己，辱先丧家，其失有尤大者五，宜深记之：一是自求安逸，靡甘淡泊，苟便于己，不恤人言；二是不知儒术，不闲古道，懵前经而不耻，论当世而解顺，自无学业，恶人有学；三是胜己者厌之，佞己者悦之，唯乐戏谈，莫思古道，闻人之善嫉之，闻人之恶扬之，浸渍颇僻，销刓德义，簪裾徒在，厮养何殊；四是崇好慢游，耽嗜曲蘖，以衔杯为高致，以勤事为俗人，习之易荒，觉已难悔；五是急于名宦，昵近权要，一资半级，虽或得之，众怒群猜，鲜有存者。兹五不瘳，甚于痤疽，痤疽则砭石可瘳，五失则神医莫理。前朝炯戒，方册具存；近世覆车，闻见相接。

夫中人已下，修词力学者，则躁进患失，思展其用；审命知退者，则业荒文芜，一不足操。唯智者研其虑，博其闻，坚其习，精其业，用之则行，舍之则藏。苟异于斯，孰为君子！

余自幼奉严训，实自悬克，不敢以资冒明进。分为州邑冗吏，未尝以一言求伸于公卿间。今优游清切，乃逾心期，至于披阅坟史，研味秘奥，犹惜寸阴，不知老之将至。噫！君臣父子之道，礼乐刑政之规，在于儒术，是乃本源。夫以忧虞疾疢有限之年，自少及衰，从旦至暮，孜孜于本教之事，尚不得一二，矧以他事挠之耶？

《语》曰："不有博弈者乎，为之犹贤乎已。"此一章，意义全在已字。已者，饱食终日，无所用心之人也。如是者，心智昏懒，兼不及于博弈。夫子以博弈为喻者，乃深切于戒劝，明言博弈为鄙事，非许儒学，不务经术，但博弈耳。吴宫之论，可为格言。近者又有叶子戏，或闻其名本起妇女，既鄙于握槊，乃赌钱之流，手执青蚨，坐销白日，进德修业，其若是乎！

夫世族之源长庆远，与命位之丰约否泰，不假征蓍龟，不假征星数，处心行事而已。今昭国里崔山南昆弟子孙之盛，乡族罕比。山南曾祖母长孙夫人，年高无齿，祖母唐夫人事姑孝，每旦栉纵笄，拜于阶下，即升堂乳其姑。长孙夫人不粒食数年而康宁，一日疾病，长幼咸萃，宣言无以报新妇恩、愿新妇有子有孙，皆得如新妇孝敬，则崔之门安得不昌大乎？

今东都仁和里裴尚书宽，子孙众盛，实为名阀。天后时，宰相魏元同选尚书之先为长婿，未成婚而魏陷罗织狱，一家徙于岭表。来俊臣辈既死，始沾恩还北。魏之长女已逾笄，及湖外，其家议北裴必不复求婚，沦落贫窭，无以为衣食资，诣老比邱尼，祈披缁居其寺，女亦甘愿下发有日矣。有客尼自外至，闻其议曰："一见魏氏女，可乎？"见之，曰："此女俗福丰厚，必有令匹，子孙将遍天下，宜事北归。"言讫而去，遂不敢议。及荆门，则裴自京洛赍资聘，俟魏氏之北反，已数月矣。今势利之徒，奉权幸如不及，舍信誓如反掌，则裴之蕃衍，乃天之报施也。郑司徒言于河南文公云：裴某作刺史，儿女皆饭饼饵。人言其为吏清白，与周给亲爱，不可不信矣。

余季妹适弘农杨堪。在蒋相国幕，清刻自持。属吏有馈献，皆不纳。尝言："不唯自清，抑亦内助焉。"余旧府高公先侍郎兄弟三人，俱居清列，非速客不二羹胾，夕食龁葡匏而已，皆保重名于世。

永宁王相国方居相位，掌利权。窦氏女归，请曰："玉工货钗奇巧，须七十万钱。"王曰："七十万，我一月俸金尔，岂于女惜？但一股钗七十万，此妖物也，必与祸相随。"女不复敢言。数月，女自婚姻会归，告王曰："前时钗为冯外郎妻首饰矣。"乃冯球也。王叹曰："冯为郎吏，妻之首饰有七十万钱，其可久乎？其善终乎？"冯为贾相门人，最密，贾为东户，又取为属郎。贾有苍头，颇张威福，冯于贾忠，将发之未能。贾入相，冯一日遇苍头于门，召而最之曰："户部中谤词不一，苟不悛，必告相国。"奴泣，拜谢而去。未浃旬，冯晨与贾未兴时，方命设火内斋，日冠当出。俄有二青衣，赍银罂出曰："相公恐员外寒，命奉地黄酒三杯。"冯悦，尽举之。青衣入，冯出告其仆御曰："渴且咽。"粗能言其事，食顷而终。贾为冯兴叹出涕，竟不知其由。又明年，王、贾皆遘祸。噫！王以珍玩奇货为物之妖，信知言矣，而徒知物之妖，而不知恩权隆赫之妖甚于物邪！冯以卑位贪宝货，已不能正其家，尽忠所事而不能保其身，斯亦不足言矣。贾之臧获，害门客于墙庑之间，而不知欲始终富贵，其可得乎？此虽一事，作戒数端。

又李相国泌居相位，请征阳道州为谏议大夫。阳既至，亦甚御恩。未几，李薨于相位，其子蘩居丧，与阳并居。阳将献疏斥裴延龄之恶，嗜酒目昏，以恩故子弟待蘩，召之写疏。蘩强记，绝笔诵于口，录以呈延龄，递奏之云："城将此疏行于朝数日矣。"道州疏入，德宗已得延龄稿，震怒，俄斥道州，竟不反。蘩后为谯郡守，虐诛巨盗，不以法。舒相元舆布衣时，以文贽蘩。蘩曰："自此有一舒家。"衔之。及为御史，鞫谯狱，入蘩罪，不可解，数年舒亦及祸。今世人各盛言宿业报应之说，曾不思视履考祥之事，不其惑欤！

余又见名门右族，莫不由祖考忠孝勤俭以成立之，莫不由子孙顽率奢傲以覆坠之。成立之难如升天，覆坠之易如燎毛，言之痛心，尔宜刻骨。

又余家世，本以学识礼法称于士林间，比见诸家于吉凶礼制有疑文者，多取正焉。丧乱以来，门祚衰落，清风素范，有不绝如线之虑。当礼乐崩坏之际，荷祖先名教之训，弟兄两人，年将中寿，基构之重，属于后生，纂续则贫贱为荣，隳坠则富贵可耻。令所纪旧事，十忘三四，昼览而夜思，栖心讲求，触类滋长。夫行道之人，德行文学为根株，正直刚毅为柯叶。有根无叶，或可俟时，有叶无根，膏雨所不能活也。苟憭斯理，欲绍家声，则今之流传，反成灾害。谛听熟念，以保令名。至于孝慈友悌，忠信笃行，乃食之醯酱，不可一日无也，岂必言哉？比史官皆有序传，以纪宗门，余初及行在，尚守左史，故敢以序训为目。

译 文

我的先祖河东节度使柳公绰,在公卿之中以家教严明而著称。家中中门东侧有个小书房,除非是朝见皇帝的日子,每天早晨他都会到小书房去,孩子们也都穿戴整齐,在中门北侧晨省。柳公绰在那里处理私人事务,接待宾客,与弟弟柳公权及众堂弟一起吃饭,从早到晚,都不离开小书房。到了晚上点灯的时候,就让一个家中子弟拿着经书或史书,他自己亲自诵读一遍,然后讲解为官治家的方法,或者讨论文章,听人弹琴,直到夜深人静时才回房休息,孩子们又在中门北侧进行昏定。这样的生活,持续了二十多年,没有一天改变。遇到饥荒年份,孩子们都吃素食,他说:"从前我们兄弟侍奉先父做丹州刺史时,因为学业未完成,不让吃肉,我从来不敢忘记。"祖母韩夫人,是相国韩休的曾孙女,相国韩滉的孙女,仆射贞公韩皋的长女。家教严明,生活俭朴,是士大夫家庭的楷模。嫁到我们家三年,无论老少,从未见她开口说过闲话。贞公在尚书省里做仆射时,祖父在襄阳被加封为宰相,但常常穿着绢素做的衣服,不用绫罗锦绣。贞公在亲仁里有宅邸,每次回去探望,都不乘坐金碧辉煌的马车,只乘竹轿,两个青衣随从步行跟随,贞公赞叹他治家之俭朴。他常常命人将苦参、黄连、熊胆打成粉和成丸子,赐给先父及各位叔父,每当长夜学习时就含着,以助勤苦。

祖父在外做官时,每次进入管辖地,郡县往往都不知道。到了之后,每次出入,常在戟门外就下马,称呼幕僚为丈,允许他们行礼拜见,但从未与他们谈笑风生。牛相国征召他为武昌从事,他行动都遵循礼法。奇章公赞叹说:"如果不是长期受名教的熏陶,是做不到这样的。"

祖父以礼法约束自身,在家无事时,也端坐拱手。走出内室,必定穿戴整齐。他三次担任大镇节度使,马厩里没有好马,衣服也不熏香。退朝后必定读书,手不释卷。家教规定:在官不奏报祥瑞之事,不剃度僧道,不借贱款。为官法则:治理藩府时,急于救济贫困,抚恤孤儿,有水旱灾害必定提前借贷给他们,仓库中的军粮必定精良且充足,拖欠的租税必定免除,驿站必定修缮装饰,宴请宾客犒劳军队必定丰盛,而在交接职务时,仓库中的钱粮必定比刚上任时还要多。境内有孤贫但出身士族家庭的女子到了及笄之年,他都会为她们选婿,并拿出自己的俸金作为嫁妆。

叔祖柳公权,字诚悬。我们兄弟曾经跟随几位叔父在东郊送别,仆人和马匹都在门外等着,正逢阴天,带了很多雨具。叔祖柳公权因此说道:"我年轻时家里很穷,受到家族严格的教导。十六岁那年,家族让我去鲍陂的一户人家主持祭祀并安排后事,我先去撰写祭文。当时下着大雪,只有一头驴可以骑,那家人很清贫,随后才找到一个破褥子给我披上,到了鲍陂,被庄客所怜惜,他们为我烧火取暖,我才得以在火边写文,写在木板上。家族的人早上到庄上呈上祭文,那时候能免于责罚就已经很满足了,哪里还顾得上寒冷?如今我虽然退隐了,但还能得到这么多的官职。你们中有几个人能写祭文?都骑着马,穿着油衣,我为你们感到担忧。"叔祖柳公权通晓音律但不喜欢音乐,常说:"听音乐会让人骄傲懒惰。"

先母韦夫人的外祖父是相国文公贯之,他家世代以忠贞、诚实、严峻、耿直著称。先母侍奉公婆满一年后,每天早晨鸡鸣时就去问候,傍晚初夜时又去请安,从未间断过。梁国夫人有病时,先母一个月不下堂屋,早晚侍奉,直到病愈后才回到自己的院子。文公考中进士后,又登上谏科,判决案件进入高等,被授予长安尉的官职,任期满后生活困顿,就在地上挖洞烧柴取暖,吃豆粥来抵御寒冬。

孝公房的舅舅曾对我们兄弟说:"你们家虽然不是科举考试中的魁首,但无论是在朝还是在野,名声与德行之盛,都可以说是华贵显赫的家族。"我自从听到这句话以后,就刻骨铭心地感到畏惧。因为门第高贵,既让人敬畏又不能倚仗。让人敬畏的是,为人处世,一旦有违背先祖教诲的行为,那么罪过就会比别人更大。即使活着时能够苟且取得爵位,死后也无法在地下面对祖先。不能倚仗的是,门第高贵容易使人自骄,家族兴盛则容易遭人嫉妒。即使有真才实学和美好品行,别人也未必相信;而一旦有细微的瑕疵,就会遭到众人的指责。因此,作为继承高贵门第的后代,不得不恳切地修养自身,不得不坚定地求学问道。

世间的士君子,如果自己无能却希望得到他人的重用,自己无善却希望得到他人的喜爱,这就像农夫粗疏地耕种却抱怨大泽不滋润田地一样,即使不想挨饿,又怎么可能呢?我小时候,每当听到先公仆射与太保房的叔祖谈论家法时,他们无不强调以孝顺父母、敬爱兄长为基础,以恭敬沉默为根本,以畏惧怯懦为要务,以勤俭节约为法则,把结交朋友看作末节之事,把气焰嚣张看作凶恶之人。他们教导我们要用忍耐顺从来使家庭富裕,用简约恭敬来保持交情,这样各种品行就都完备了。如果自身修养还不够完善,就要三缄其口、周密考虑;说话如果有所失误,就要广泛记取好像还来不及一样;追求名声要像意外得来一样淡然处之;要去除吝啬与骄傲,这样才能尽量少犯错误。

为官时要清廉自守、减少事务，然后才能谈论守法的事；守法之后才能谈论养育百姓的事。正直而不接近灾祸，廉洁而不沽名钓誉。俸禄虽然微薄，但不可轻易掠取百姓的血汗钱；刑罚虽然要用，但不可放纵自己狭隘的胸襟。忧患与灾祸不会同行，清廉与富贵不会并存。

我又常常看到一些名门世家的子孙，他们的祖先为官正直、耿直特立、不畏强权。然而到了他们这一代衰败时，就只有昏庸无能、不知所终了。这种细微的变化，不是贤明之人是不能察觉的。

败坏名声、招致灾祸、羞辱祖先、丧失家业的行为中，有五种失误尤其严重，应当深刻记住：一是只求自己安逸，不甘于淡泊生活，只顾自己方便，不顾他人议论；二是不懂儒学、不熟悉古道，对前人的经典懵懂无知却不以为耻，谈论当世之事时只知顺从时势，自己没有学业却嫉妒他人有学问；三是厌恶比自己强的人，喜欢谄媚自己的人，只喜欢戏谑谈笑，不思古道，听到别人的善行就嫉妒，听到别人的恶行就宣扬，逐渐被偏颇邪僻所浸染，消磨了德行义理，虽然身着士人衣冠，却与奴仆养子无异；四是崇尚喜好漫游，沉溺于嗜酒成性之中，以饮酒为高雅情趣，以勤勉做事为庸俗行为，这种习惯容易荒废正业，一旦察觉却难以悔改；五是急于追求名声官位，亲近权贵要人，虽然或许能得到一些资历和职位的提升，但却会招致众人的愤怒和猜疑，很少有人能够长久保持下去。这五种不当行为比毒瘤还要严重。毒瘤还可以通过石针治疗来治愈；但这五种失误却是神医也无法治理的。前朝的明确教训在史书中都有记载，近代的失败例子也是耳闻目睹的。

对于中等才能以下的人，如果他们致力于修辞和学问，往往会急于求成，患得患失，一心想着如何施展自己的才能；而那些能够审视命运，懂得退让的人，却又可能荒废学业，文采黯淡，缺乏一技之长。只有智者才会深思熟虑，广博见闻，坚持学习，精通业务，用时则施展才华，不用时则隐居藏身。如果与这种态度相悖，那又怎能称得上君子呢？

我从小接受严格的家训，自我要求严格，从来不敢凭借家世背景去贸然追求名利。即使被分配到州县做冗员小吏，也从未在公卿之间说过一句求情的话。如今我生活得清闲自在，这远远超出了我的预期，至于阅读古代典籍，研究深奥的学问，我仍然珍惜每一寸光阴，却不知不觉中发现衰老已经悄悄来临。唉！君臣父子之道，礼乐刑政之规，都源于儒学，这才是根本所在。在有限的年华里，从少年到衰老，从早晨到夜晚，我们孜孜不倦地追求这些根本的教义，却仍然难以完全掌握，又怎能被其他事情所干扰呢？

《论语》中说:"不是有下棋的人吗?下棋总比什么都不做强。"这一章的关键在于"已"字。这里的"已",指的是那些整天吃饱饭却无所事事的人。这样的人心智昏庸懒惰,甚至比不上下棋的人。孔子用下棋来比喻,是为了深切地劝诫人们,明确指出下棋是鄙俗之事。他并不是在赞许儒学之外的东西,也不是说可以不务正业,只专注于下棋。吴宫中的讨论,可以作为我们行为的准则。近来又出现了叶子戏这种游戏,听说它的名字起源于妇女,比握槊还要鄙俗,属于赌钱之类的游戏。人们手握着钱币,白白地消磨时光,这样又怎能进德修业呢?

一个世族能够源远流长,长久兴盛,以及一个人的命运地位是丰盈还是贫瘠,是顺利还是困顿,这些都不需要通过占卜或观察星象来预测,关键在于个人的心态和行为。现在昭国里的崔山南家族子孙繁衍昌盛,乡族中很少有人能比得上。崔山南的曾祖母长孙夫人年事已高却没有牙齿,他的祖母唐夫人侍奉婆婆非常孝顺,每天早晨都梳头整理发饰,在阶下拜见婆婆,然后升堂为婆婆喂奶。长孙夫人多年没有吃过粮食却仍然健康安宁。有一天她生病了,全家老少都聚集在一起,她宣称自己无法报答新妇的恩情,希望新妇的子子孙孙都能像新妇一样孝顺恭敬,这样崔家的门户又怎能不昌盛呢?

当今东都仁和里的裴宽尚书,子孙众多且兴旺,实在是名门望族。在天后武则天时期,宰相魏元同选中了裴尚书的先辈作为长婿,但尚未成婚,魏元同就陷入了罗织的冤狱,全家被流放到了岭南地区。后来来俊臣等人死后,魏家才得到恩赦返回北方。魏元同的长女当时已经成年,到了湖外,家里人议论说北方的裴家肯定不会再求婚了,女儿沦落到了贫穷困苦的地步,没有衣食来源,于是她就去拜访了一位老比丘尼,请求剃发出家,在寺庙里居住。女儿也心甘情愿地剪掉了头发,准备开始新的生活。这时,有一位客居的尼姑从外面回来,听说了这件事后说:"我可以见一见这位魏家的女儿吗?"见到后,她说:"这位女儿世俗的福分很丰厚,一定会有好的匹配,子孙将会遍布天下,应该回到北方去。"说完就走了,于是魏家人就不敢再议论出家的事了。等到他们到了荆门,裴家已经从京城洛阳带着聘礼来等候了,已经等了好几个月了。现在那些势利眼的人,奉承权贵就像追赶不上似的,背弃信誓就像翻手掌一样容易,而裴家的繁衍兴旺,则是上天对他们的报应和奖赏啊。郑司徒曾对河南文公说:"裴某做刺史的时候,儿女们都只是吃简单的饭食和饼饵。人们都说他为官清廉,对亲人和朋友都周到照顾,这是不可不信的。"

我的小妹妹嫁给了弘农的杨堪。杨堪在蒋相国的幕府中任职,他清廉刻苦，自我严格约束。下属官吏有送礼的，他从来都不接受。他曾经说："不仅要自己清廉，还要帮助家人保持清廉。"我以前所在府中的高公先侍郎兄弟三人，都身居清要之职，他们不是招待客人的话一般不会准备两种以上的肉菜，晚饭也只是吃些葡萄和葫芦而已。他们都非常注重名声，在世上享有很高的声誉。

永宁王相国正当位居宰相之位，手中掌握着巨大的利益和权力。有一天，他的女儿窦氏回来，请求他说："有个玉工卖的一支钗非常奇巧，需要七十万钱。"王相国说："七十万钱，只是我一个月的俸金而已，我怎么会舍不得给你呢？但是，一支钗就要七十万钱，这是妖物啊，一定会带来灾祸的。"女儿听了之后，不敢再说什么。过了几个月，女儿从婆家回来，告诉王相国说："之前那支钗已经成为冯外郎妻子的首饰了。"冯外郎就是冯球。王相国叹息道："冯球作为郎官，他的妻子的首饰就要七十万钱，这样怎么能长久呢？他能有好结果吗？"冯球是贾相国的门人，关系非常密切。贾相国住在东边，又让冯球做了自己的属郎。贾相国有个奴仆，颇为嚣张跋扈。冯球对贾相国很忠诚，想要揭发这个奴仆，但一直没有机会。后来贾相国入朝为相，有一天冯球在门口遇到了这个奴仆，便召来他责备道："户部里对你的怨言很多，如果你不悔改，我一定要告诉相国。"奴仆哭着拜谢离去。不到十天，有一天早晨，冯球和贾相国还没起床时，正命人点火准备早餐，太阳也快要出来了。突然有两个穿青衣的仆人，拿着银瓶出来说："相公担心员外您冷，命我们送来三杯地黄酒。"冯球很高兴，一口气都喝光了。青衣仆人进去后，冯球出来告诉他的仆人和侍从说："我口渴而且喉咙不舒服。"他勉强说出了事情经过，不一会儿就去世了。贾相国为冯球的死感叹流泪，竟然不知道他死的原因。又过了一年，王相国和贾相国都遭遇了灾祸。唉！王相国把珍宝奇货看作是物的妖孽，他的确说得对。但是，他只知道物的妖孽，却不知道恩宠权力隆盛显赫的妖孽比物还要厉害啊！冯球以卑微的地位贪图财宝货物，已经不能端正自己的家庭了；他尽忠于所侍奉的人却不能保全自己的性命，这也不值得一提了。贾相国的奴仆在门墙之间陷害门客，而他却不知道想要始终富贵是不可能的。这虽然只是一件事，但却可以作为多个方面的警示。

又李泌身居宰相之位时，请求征召阳道州为谏议大夫。阳道州到任后，也深受皇上的恩宠。不久，李泌在相位上去世，他的儿子李繁在为父亲守丧期间，与阳道州住在一起。阳道州打算上疏揭发裴延龄的罪恶，由于嗜酒过度导致眼睛昏花，因此他像对待恩人的子弟一样对待李繁，召他来为自己写奏疏。李繁记忆力强，看过一遍就能背诵，他抄录下来后呈送给裴延龄，裴延龄再递交给皇上，并说："阳道州已经将此疏在朝廷中传播好几天了。"阳道州的奏疏呈上去后，德宗已经得到了裴延龄的稿子，非常生气，不久就贬斥了阳道州，最终也没有让他返回朝廷。李繁后来担任谯郡太守，对大的盗贼用酷刑处死，不依照法律。舒元舆还是平民的时候，曾拿着自己的文章拜见李繁。李繁说："从此开始，世上又有了一个舒家。"舒元舆对此怀恨在心。等到他担任御史后，审查谯郡的案件时，就加入李繁的罪名，无法开脱，过了几年舒元舆也遭到了灾祸。现在世上的人们都大肆宣扬宿命论和报应的说法，却从不思考审视自己的行为和考察吉祥之兆，这难道不是很迷惑吗！

我又看见那些名门望族，没有不是由于祖宗的忠孝勤俭而创立家业的，也没有不是由于子孙的顽劣奢侈傲慢而毁灭家业的。创立家业之难就像升天一样困难，而毁灭家业却像烧毁毛发一样容易，说起来真是让人痛心，你们应该深刻铭记在心。

再说我们家的家世，本来凭借学识和礼法在士林中享有盛名，近来各家在吉凶礼制上有疑难问题，大多来向我们请教。自从战乱以来，家门衰落，清白的家风和一向的规范，有像细线一样断绝的忧虑。正值礼乐制度崩溃之际，我们肩负着祖先名教的训诫，弟兄两人，年龄将近中年，重建家业的重任，落在年轻人的肩上。如果能继承家业，那么即使贫贱也是荣耀的；如果毁败家业，那么即使富贵也是可耻的。现在所记载的旧事，已经忘记了三四成，白天看晚上想，用心研究探求，由此及彼，不断增长知识。行道之人，德行和文学是根基，正直和刚毅是枝干和叶子。有根无叶，或许可以等待时机再生长，有叶无根，再大的雨水也无法使它存活。如果不懂得这个道理，想要继承家业，那么现在流传的家风，反而会成为灾害。因此要仔细倾听，认真思考，以保持美好的名声。至于孝顺慈爱，友爱兄弟，忠诚守信，切实践行，这些都是生活中必不可少的，就像食物中的盐和醋一样，哪一天都不能缺少，哪里还用得着多说呢？以前史官都有序传，用来记录宗族，我刚到行在的时候，还担任左史，所以敢用序训作为题目。

作者简介

见前文《诫子弟书》处。

家庭教育品读

柳玭的《柳氏叙训》主要记载唐代柳家事迹，以及柳家门风、门规、家训等。书中多述柳氏门风及柳氏先人所持立身行事，以诫其子弟。柳玭从其祖父辈身上总结出一些优秀的道德品质和好的立身处世方法，为子孙后代树立了可以师法学习的榜样。作为传统家训代表作，《柳氏叙训》对后世产生了深远的影响，不仅为古代家庭教育提供了宝贵的指导思想，也为当代家庭教育带来了诸多启示，从中我们可以汲取很多家庭教育智慧，培养孩子积极的生活态度。

《柳氏叙训》的核心内容可以概括为"四立五弃"，即立身行事的四个基本原则和五种必须摒弃的恶习。所谓"四立"，即立身以孝悌为基、以恭默为本、以畏怯为务、以勤俭为法。所谓"五弃"，即自求安逸，靡甘淡泊；不知儒术，不悦古道；胜己者厌之，佞己者悦之；崇好慢游，耽嗜曲蘖；急于名宦，昵近权要。这对当代家庭教育的启发有两点：

一是在当代家庭教育中，家长们应该注重对孩子的品德与人格培养。当前，随着社会竞争的加剧，家长可能过于注重孩子的知识积累和技能训练，而忽视了品德与人格的培养。然而，一个人的品德和人格是其成功的基石，只有具备高尚的品德和健全的人格，才能在未来的生活和工作中立于不败之地。因此，当代家庭教育应更加注重孩子的品德教育，引导孩子树立正确的价值观，培养孝顺、友爱、诚信等美德。

二是在当代家庭教育中，家长们应该注重培养孩子的良好生活作风，警惕不良习气。柳氏叙训中提到的五种必须摒弃的恶习，如追求安逸、不知学问、厌恶比自己强的人、嗜好游玩和酗酒成性、急于求取功名富贵和趋炎附势，都是现代社会中普遍存在的问题。这些习气不仅会影响个人的品格和声誉，还会对家族的繁荣和社会的稳定造成负面影响。因此，柳玭提醒子孙后代要时刻保持警惕，努力克服这些不良习气。因此，家长们应该教育孩子要时刻保持清醒的头脑，远离不良诱惑，保持积极向上的生活态度。

柳玭的《柳氏叙训》在中国古代家庭教育史上也占据着重要地位。柳氏家训中所蕴含的优秀传统文化基因，至今仍然为当代家庭教育提供了宝贵的启示和精神财富。

《戒从子诗》

五代北宋·范质

原 文

去年初释褐，一命到蓬丘。青袍春草色，白纻弃如仇。
适会龙飞庆，王泽天下流。尔得六品阶，无乃太为优。
凡登进士第，四选升校雠。历官十五考，叙阶与尔俦。
如何志未满，意欲凌云游。若言品位卑，寄书来我求。
省之再三叹，不觉泪盈眸。吾家本寒素，门地寡公侯。
先子有令德，乐道尚优游。生逢世多僻，委顺信沉浮。
仕宦不喜达，吏隐同庄周。积善有余庆，清白为贻谋。
伊余奉家训，孜孜务进修。夙夜事勤肃，言行思悔尤。
出门择交友，防慎畏薰莸。省躬常惧怙，恐掇庭闱羞。
童年志于学，不惰为箕裘。二十中甲科，赪尾化为虬。
三十入翰苑，步武向瀛洲。四十登宰辅，貂冠侍冕旒。
备位行一纪，将何助帝猷。即非救旱雨，岂是济川舟。
天子未遐弃，日益素餐忧。黄河润千里，草木皆浸渍。
吾宗凡九人，继踵升官次。门内无白丁，森森朱绿紫。
鹓行洎内职，亚尹州从事。府掾监省官，高低皆清美。
悉由侥幸升，不因资考至。朝廷悬爵秩，命之曰公器。
才者禄及身，功者赏于世。非才及非功，安得专厚利。
寒衣内府帛，饥食太仓米。不蚕复不穑，未尝勤四体。
虽然一家荣，岂塞众人议。颛颛十目窥，龈龈千人指。
借问尔与吾，如何不自愧。戒尔学立身，莫若先孝悌。
怡怡奉亲长，不敢生骄易。战战复兢兢，造次必于是。

201

戒尔学干禄，莫若勤道艺。尝闻诸格言，学而优则仕。
不患人不知，惟患学不至。戒尔远耻辱，恭则近乎礼。
自卑而尊人，先彼而后己。相鼠与茅鸱，宜鉴诗人刺。
戒尔勿旷放，旷放非端士。周孔垂名教，齐梁尚清议。
南朝称八达，千载秽青史。戒尔勿嗜酒，狂药非佳味。
能移谨厚性，化为凶险类。古今倾败者，历历皆可记。
戒尔勿多言，多言者众忌。苟不慎枢机，灾危从此始。
是非毁誉间，适足为身累。举世重交游，拟结金兰契。
忿怨容易生，风波当时起。所以君子心，汪汪淡如水。
举世好承奉，昂昂增意气。不知承奉者，以尔为玩戏。
所以古人疾，蘧篨与戚施。举世重任侠，俗呼为气义。
为人赴急难，往往陷刑死。所以马援书，殷勤戒诸子。
举世贱清素，奉身好华侈。肥马衣轻裘，扬扬过闾里。
虽得市童怜，还为识者鄙。我本羁旅臣，遭逢尧舜理。
位重才不充，戚戚怀忧畏。深渊与薄冰，蹈之唯恐坠。
尔曹当悯我，勿使增罪戾。闭门敛踪迹，缩首避名势。
名势不久居，毕竟何足恃。物盛必有衰，有隆还有替。
速成不坚牢，亟走多颠踬。灼灼园中花，早发还先萎。
迟迟涧畔松，郁郁含晚翠。赋命有疾徐，青云难力致。
寄语谢诸郎，躁进徒为耳。

译　文

去年你刚刚脱下平民衣裳，一举及第，官职列于朝廷之中。

身着青色官袍，如同春日嫩草，却将那白色细绢，弃之如仇敌般不屑一顾。

恰逢皇上登基庆典，皇恩浩荡，如泽被天下。

你得以授予六品官阶，这待遇是否太过优厚？

通常来说，进士及第后，需经过四次选拔才能升为校书郎。

历经十五次考绩，方能晋升到与你相同的官阶。

为何你的志向还未满足，竟想要凌云高游，追求更高的地位？

如果你嫌弃品位太低，那就写信给我，让我来为你谋求。

我反复思量，不禁叹息连连，泪水盈满了眼眶。

我们家本就清寒朴素，门第中少有公侯显贵。
先父拥有美好的德行，乐道安贫，自在悠游。
生逢乱世，多灾多难，我只能顺应天命，任由命运浮沉。
做官不求显达，如同庄周般吏隐于世。
积善之家必有余庆，我留给你们的遗训是清白为人，不谋私利。
我遵从家训，孜孜不倦地追求学问和修养。
日夜勤勉肃穆，言行举止都深思熟虑，唯恐有过失。
出门交友十分谨慎，害怕与不良之人为伍，玷污了自己的名声。
我时常自省，唯恐给父母带来羞辱。
自幼立志于学，从不懈怠于继承家业。
二十岁便中得进士，如同赤尾鱼化身为虬龙。
三十三岁进入翰林院，步伐坚定地迈向瀛洲仙境般的仕途。
四十一岁便登上宰辅之位，身着貂冠，侍奉于皇帝冕旒之下。
在职一纪，十二年间，我究竟为帝王分忧了多少？
我既不是解救旱灾的及时雨，也不是济世救民的渡舟。
天子尚未嫌弃我，但我却日益为尸位素餐而忧虑。
黄河之水滋润千里，草木皆受其恩泽。
我家族中共有九人，相继升官晋爵。
家中无人是白丁，个个身着朱紫官服，显赫一时。
有人位列鹓行之内职，有人为州府的从事官。
府中掾吏、监省官员，无论高低都清贵美好。
他们全凭侥幸升迁，并非因资历和考绩所致。
朝廷设立爵位俸禄，称之为公器。
有才能者得享俸禄，有功绩者受赏于世。
若无才又无功，怎能独占厚利？
身着内府所赐的寒衣，口食太仓之米。
不养蚕，不耕田，四肢从未勤劳过。
虽然一家荣耀，但怎能堵住众人的议论？
众多眼睛盯着我们，千人指指点点，议论纷纷。
试问你我，怎能不感到羞愧？
我要告诫你，学习立身之道，莫过于先孝敬父母，友爱兄弟。
和乐融融地侍奉亲长，不敢有丝毫骄横和轻慢。
时时刻刻都要战战兢兢，小心翼翼，无论何时都要坚守孝道。

我要告诫你，学习求官之道，莫过于勤奋学习道义和技艺。
常言道："学而优则仕。"不怕别人不了解你，只怕你自己学识不到家。
我要告诫你，远离耻辱之道在于恭敬，恭敬就接近礼仪了。
自卑而尊人，先考虑别人再考虑自己。
应借鉴《诗经》中"相鼠"和"茅鸱"的讽刺，时刻警醒自己。
我要告诫你，不要旷达放纵，旷达放纵不是端正之士所为。
周公、孔子垂范名教，齐梁时代尚重清议。
南朝所称的"八达"，千载之后仍被秽污青史。
我要告诫你，不要嗜好饮酒，狂药并非佳味。
它能改变谨慎厚道的本性，使人变得凶险。
古今因酒倾败者，历历可数，不可不慎。
我要告诫你，不要多言多语，多言者易招众忌。
如果不慎言辞，灾祸就会从此开始。
是非毁誉之间，只会给自己带来累赘。
世人重视交游，拟结金兰之契。
但忿怨容易生起，风波也会随之而起。
所以君子之心，应如汪汪淡水般清澈平静。
世人喜好承奉他人，昂昂然意气风发。
却不知承奉者往往只是将你当作玩物。
所以古人厌恶那些谄媚逢迎、行为不端之人。
世人重任侠之气，俗称之为气义。
为人赴急难时往往陷入刑死之地。
所以马援在书中殷勤地告诫子孙，要对此事深以为戒。
世人常常轻视清贫朴素，追求奢华享乐。
骑着肥马，穿着轻裘，趾高气扬地走过乡里。
虽然能赢得市井孩童的喜爱，但终究会被有识之士所鄙视。
我本是漂泊异乡的臣子，有幸遭遇尧舜般的明君治理天下。
身居高位而才能不足，心中常常充满忧虑和恐惧。
如同行走在深渊之畔，踩踏在薄冰之上，唯恐一不小心就会坠落。
你们应当体谅我的苦心，不要让我再增添罪孽和过失。
应当闭门谢客，收敛行迹，缩首缩尾，远离名利权势。
名利权势不能长久，终究有什么值得依赖？
事物盛极必衰，有隆起就有替代。

速成的东西往往不坚固，急于求成则容易跌倒。

园中花朵虽然鲜艳，但早开早萎；

涧边松树虽然生长缓慢，却郁郁葱葱，保持晚年的翠绿。

人生赋命有快有慢，青云直上并非靠力量就能达到。

作者简介

范质（公元911年—公元964年），字文素，大名宗城（今属河北省邢台市）人，郑州防御判官守遇之子。五代后周时期至北宋初年宰相。范质少时聪慧，苦学强记，九岁能作文，十三岁研究《尚书》，教授门徒。二十三岁范质举进士，为忠武军节度推官，继迁封丘令。后晋时，以文章深得宰相桑维翰器重，奏为监察御史。天福四年（公元939年），维翰出为相州节度使，范质为从事。开运元年（公元944年），维翰再相，范质为主客员外郎，后为翰林学士。后汉初，加中书舍人、户部侍郎。乾元年（公元948年）八月，枢密使郭威征叛，使者以质对。次年十一月，郭威起兵入京师，遇范质于民间，并奏请以为兵部侍郎、枢密副使。后周建，为中书侍郎、同平章事、集贤殿大学士，兼参知枢密院事。宋太祖时，范质拜司徒，兼侍中、门下侍郎、同中书门下平章事。乾德二年（公元964年）九月，范质卒，时年五十四岁。范质以律条烦冗，轻重无据，吏得因缘为奸，对当时的律法加以修订，写出了《刑统》，共30卷，这也是中国最早的韵文律书，还著有《五代通录》等。

家庭教育品读

在古代文学作品中，许多诗词文章都蕴含着丰富的家庭教育思想。范质的这首诗《戒从子诗》通过对自身经历的回顾和对后辈的谆谆教诲，深刻地体现了家庭教育的核心理念和价值观，其中蕴含着丰富的家庭教育智慧和启示。

一是重视家族传统，传承家风家训。诗中多次提到家族的寒素背景和先辈的美德。范质说："吾家本寒素，门地寡公侯。先子有令德，乐道尚优游。"他强调了家族的朴素传统和父亲的高尚品德，乐于道义，崇尚闲适的生活方式。通过强调家族的寒素背景和先辈的美德，范质希望后辈能够继承这种朴素、乐道的精神，不被名利所惑，保持内心的清明和平和。这体现了对家族传统和家风家训的重视。家风是一个家庭的精神内核，是子孙后代做人做事的行为准则。在当代家庭教育中，家长们应该以良好的家风传承后辈，言传身教，为子孙后代树立良好家风。

二是以身作则，树立榜样。范质在诗中详细描述了自己的成长经历和仕途历程："二十中甲科，赪尾化为虬。三十入翰苑，步武向瀛洲。四十登宰辅，貂冠侍冕旒。"他通过自身的努力，从二十岁考中进士，到三十岁进入翰林院，再到四十岁成为宰辅，展示了个人奋斗的典范。范质通过自身的经历，向后辈展示了勤奋学习、努力进取的重要性。他强调了个人的奋斗和自我提升，鼓励后辈通过自身的努力来实现人生价值。父母是孩子的第一任老师，在当代家庭教育中，以身作则的力量远胜于言语教导。

三是强调谦逊谨慎，反对骄奢放纵。诗中多次警示后辈要谦逊谨慎，避免骄奢放纵的行为。他说："戒尔学立身，莫若先孝弟。怡怡奉亲长，不敢生骄易。战战复兢兢，造次必于是。"他强调孝顺父母、恭敬长辈的重要性，告诫后辈不要产生骄傲轻慢的心态。此外，他还告诫后辈不要放纵："戒尔勿旷放，旷放非端士。"强调放纵不羁不是正人君子的行为。在当代家庭教育中，培养孩子的谦逊品格和自律能力，帮助他们建立正确的道德观和价值观，是至关重要的。

四是注重学识修养，勤奋学习。范质深知学识的重要性，他在诗中提道："戒尔学干禄，莫若勤道艺。尝闻诸格言，学而优则仕。不患人不知，惟患学不至。"他告诫后辈，与其急于求取功名，不如先勤奋学习，提高自身的学识和修养。范质强调了"学而优则仕"，只有学问达到一定高度，才能承担更大的责任。在当代家庭教育中，父母应当鼓励子女重视学习，培养他们的求知欲和好奇心。通过知识的积累和才能的提升，才能在社会上立足，实现人生理想。

五是慎言慎行，避免祸患。在诗中，范质多次强调谨慎言行的重要性："戒尔勿多言，多言者众忌。苟不慎枢机，灾危从此始。"他指出，多言多语容易引起他人的忌恨，不谨慎言行可能导致灾祸。在家庭教育中，教导孩子慎言慎行，培养他们的言语修养和社交能力，是必不可少的。孩子需要学会在不同的场合，如何恰当地表达自己，避免因言语不当而引起不必要的麻烦。

六是选择良友，远离不良风气。范质指出："举世重交游，拟结金兰契。忿怨容易生，风波当时起。所以君子心，汪汪淡如水。"他告诫后辈，在交友时要谨慎，避免因友情而产生怨恨和纠纷。引导孩子建立健康的人际关系,远离不良风气,是家庭教育的重要内容。良好的朋友关系可以促进孩子的成长,而不良的交友则可能带来负面影响。在当代家庭教育中,父母应当指导孩子如何选择朋友,培养他们的社交判断力。

七是抵制浮夸之风,追求内在修养。诗中,范质批评了社会上追求浮夸奢侈的风气:"举世贱清素,奉身好华侈。肥马衣轻裘,扬扬过闾里。虽得市童怜,还为识者鄙。"他指出,表面的风光并不能赢得真正的尊重,有识之士会鄙视这种行为。在当代家庭教育中,家长应当引导孩子追求内在的修养和品德,而非外在的浮华。培养孩子的审美观和价值观,让他们懂得真正的美来自内心的丰富和高尚的品德。

八是注重道德教育,树立正确价值观。整首诗贯穿着对道德修养的强调。范质多次提到孝悌、谦逊、恭敬、慎行等传统美德,告诫后辈要以此为立身之本。在当代家庭教育中,道德教育是核心内容。父母应当通过自身的言行和家庭氛围,培养孩子的道德品质,树立正确的价值观。让孩子明辨是非,懂得做人做事的基本原则,成为有道德、有担当的人。

范质的这首诗,既是对后辈的谆谆教诲,也是对自身经历的深刻反思。通过对诗歌的解读,我们可以看到家庭教育在个人成长和品德形成中的重要作用。家庭教育不仅仅是知识的传授,更是价值观、道德观的培养。通过传承家风家训,以身作则,重视学识修养,培养孩子的谦逊品格和责任意识,我们才能帮助孩子建立健全的人格,为他们的未来奠定坚实的基础。

在当今社会,家庭教育面临着新的挑战和机遇。我们应当从古人的智慧中汲取营养,结合现代教育理念,创造良好的家庭教育环境,培养出德才兼备的下一代。

《告诸子及弟侄》(节选)

北宋·范仲淹

原 文

青春何苦多病,岂不以摄生为意耶?门才起立,宗族未受赐,有文学称,亦未为国家用,岂肯循常人之情,轻其身汩其志哉!

贤弟请宽心将息,虽清贫,但身安为重。家间苦淡,士之常也,省去冗口可矣。请多著工夫看道书,见寿而康者,问其所以,则有所得矣。

译 文

青春时期为何多病,难道不是因为没有注重养生吗?你刚刚踏入仕途,家族还未曾因为你的成就而受益,你有着文学上的名声,却还没有被国家所用,又怎会愿意顺从常人的情感,轻视自己的身体,埋没自己的志向呢!

贤弟请放宽心,安心调养,虽然生活清贫,但身体健康才是最重要的。家中生活清苦,这是读书人的常态,减少不必要的开支也就过去了。请多花些时间阅读道家书籍,见到那些长寿且健康的人,就向他们请教保养的方法,这样你一定会有所收获的。

作者简介

范仲淹(公元989年—公元1052年),字希文,祖籍邠州(今属陕西省彬州市),后移居苏州吴县(今属江苏省苏州市),北宋时期杰出的政治家、文学家、军事家。他自幼丧父,家境贫寒,却刻苦读书,终成进士。范仲淹历任多职,因秉公直言而屡遭贬斥。他不仅在政治上有所建树,如推行"庆历新政",还在军事上采取"屯田久守"策略巩固西北边防。文学上,他的《岳阳楼记》等作品流传千古,其"先天下之忧而忧,后天下之乐而乐"的思想影响深远。范仲淹一生政绩卓著,文学成就突出,被后世尊称为"范文正公"。

家庭教育品读

范仲淹的《告诸子及弟侄》是一封充满教育智慧的诫书,由后人辑录而成,是范仲淹对子弟们勤俭持家、刻苦学习、清廉为官等的教导。此处节录部分内容主要涉及生活态度和生活方式的劝诫,从中我们可以汲取丰富的教育理念,对当代家庭教育具有重要借鉴意义。

范仲淹在信中首先提出了青春期健康的重要性:"青春何多病,岂不以摄生为意耶?"这句话强调了健康的基础性作用,指出青少年由于可能忽视健康养生而导致多病。健康是学习和生活的前提,没有好的身体,任何追求和理想都难以实现。因此,在当代家庭教育中,家长应重视孩子的身体健康,教导他们如何进行合理膳食、适度运动及充足休息,养成早睡早起、定时定量饮食的良好习惯。

然后,范仲淹提到了要追求远大志向。他说:"岂肯循常人之情,轻其身汨其志哉!"它告诉我们,即使面临困难和挑战,也不应轻易放弃自己的理想和追求,而是要勇敢地坚持自己的道路,不因世俗的诱惑或困难而迷失方向。在当代家庭教育中,家长们应该告诫子女立志存高远,在追求高远志向的过程中,要不为外物所动,始终坚持不懈,坚定理想信念。

范仲淹还提到了淡泊名利、安贫乐道的生活态度。他指出:"贤弟请宽心将息,虽清贫,但身安为重。家间苦淡,士之常也,省去冗口可矣。请多著工夫看道书,见寿而康者,问其所以,则有所得矣。"在这里,他强调了内心的平静与身体的安康比物质财富更为重要,要追求俭朴的生活。在物欲横流的社会中,保持一颗淡泊名利的心,不必过分追求物质享受,追求精神上的富足,注重身心的和谐与健康,这是真正的生活智慧。在当代家庭教育中,家长们应该教育引导孩子在追求物质生活的同时,注重精神的富足,通过阅读书籍,来寻求智慧和人生的真谛,从中获得启发,提升自己的精神境界。

可以说,范仲淹在《告诸子及弟侄》倡导了一种以健康为基础,以志向为引领,淡泊名利,追求精神富足和智慧的生活态度与生活方式。它提醒我们,在快节奏的现代生活中,不应忽视对身心的关照,而应追求一种内外和谐、平衡发展的生活方式。

《训俭示康》

北宋·司马光

原　文

　　吾本寒家，世以清白相承。吾性不喜华靡，自为乳儿，长者加以金银华美之服，辄羞赧弃去之。二十忝科名，闻喜宴独不戴花，同年曰："君赐不可违也。"乃簪一花。平生衣取蔽寒，食取充腹，亦不敢服垢弊以矫俗干名，但顺吾性而已。众人皆以奢靡为荣，吾心独以俭素为美。人皆嗤吾固陋，吾不以为病。应之曰："孔子称与其不逊也，宁固。"又曰："以约失之者，鲜矣。"又曰："士志于道而耻恶衣恶食者，未足与议也。"古人以俭为美德，今人乃以俭相诟病。嘻，异哉！

　　近岁风俗尤为侈靡，走卒类士服，农夫蹑丝履。吾记天圣中，先公为郡牧判官，客至未尝不置酒，或三行五行，多不过七行。酒酤于市，果止于梨栗枣柿之类，肴止于脯醢菜羹，器用瓷漆。当时士大夫家皆然，人不相非也。会数而礼勤，物薄而情厚。近日士大夫家，酒非内法，果肴非远方珍异，食非多品，器皿非满案，不敢会宾友，常数月营聚，然后敢发书，苟或不然，人争非之，以为鄙吝，故不随俗靡者盖鲜矣。嗟乎，风俗颓敝如是，居位者虽不能禁，忍助之乎？

　　又闻昔李文靖公为相，治居第于封丘门内，厅事前仅容旋马，或言其太隘，公笑曰："居第当传子孙，此为宰相听事诚隘，为太祝奉礼听事已宽矣。"参政鲁公为谏官，真宗遣使急召之，得于酒家，既入，问其所来，以实对。上曰："卿为清望官，奈何饮于酒肆？"对曰："臣家贫，客至无器皿肴果，故就酒家觞之。"上以无隐，益重之。张文节为相，自奉养如为河阳掌书记时。所亲或规之曰："公今受俸不少，而自奉若此。"公虽自信清约，外人颇有公孙布被之讥，公宜少从众。公叹曰："吾今日之俸，虽举家锦衣玉食，何患不能？顾人之常情，由俭入奢易，由奢入俭难。吾今日之俸，岂能常有？身岂能常存？一旦异于今日，家人习奢已久，不能顿俭，必致失所。岂若吾居位去位，身存身亡，常如一日乎？"呜呼，大贤之深谋远虑，岂庸人所及哉。

御孙曰："俭，德之共也。侈，恶之大也。"共，同也。言有德者皆由俭来也。夫俭则寡欲，君子寡欲，则不役于物，可以直道而行。小人寡欲，则能谨身节用，远罪丰家。故曰："俭，德之共也。"侈则多欲，君子多欲则贪慕富贵，枉道速祸。小人多欲，则多求妄用，败家丧身。是以居官必贿，居乡必盗。故曰："侈，恶之大也。"

昔正考父饘粥以糊口，孟僖子知其后必有达人。季文子相三君，妾不衣帛，马不食粟，君子以为忠。管仲镂簋朱纮，山节藻棁，孔子鄙其小器。公叔文子享卫灵公，史䲡知其及祸。及戌，果以富得罪出亡，何曾日食万钱，至孙以骄溢倾家。石崇以奢靡夸人，卒以此死东市。近世寇莱公豪侈冠一时，然以功业大，人莫之非，子孙习其家风，今多穷困。其余以俭立名，以侈自败者多矣，不可遍数。聊举数人以训汝，汝非徒身当服行，当以训汝子孙，使知前辈之风俗云。

译 文

我们家族本来出身于贫寒的家庭，家中世代都以清廉自守相承。我生性不喜欢奢华浪费，从小时候开始，长辈给我加上金银装饰的华丽衣服，我总是感到羞耻并把它们丢掉。二十岁时，我有幸在科举考试中及第，在闻喜宴上，唯独只有我不戴花。同年中举的人说："这是君王赐予的，不能违背。"于是我这才在头上插了一朵花。我平生穿衣只求能蔽体防寒，吃饭只求能填饱肚子，但也不特意穿用脏破的衣服，以此来故作清高博取名声，只是顺着我的本性行事罢了。众人都以奢侈浪费为荣，我心里却独自以节俭朴素为美。人们都嘲笑我固执浅薄，我却不认为这是什么缺陷。我回应他们说："孔子说过，与其不谦逊，宁可固陋。又说，因为节俭而犯过失的，是很少的。还说，有志于探求真理却以穿得不好吃得不好为耻的，是不值得与他探讨的。"古人把节俭作为美德，现在的人却因节俭而相讥议。唉，真是奇怪啊！

近年来，社会风气尤为推崇奢侈浪费，差役们也模仿士人的服饰，农夫也穿着丝织的鞋子。我记得在天圣年间，我父亲担任郡守的判官，客人来了

211

未尝不置酒招待，但酒也不过三行五行，最多不超过七行。而且，酒是从市场上买的，水果仅限于梨、栗、枣、柿之类，菜肴也仅限于肉干、肉酱、菜汤，器皿都是瓷器和漆器。当时士大夫家里都是这样，人们并不会互相非议。宴会虽然次数多但礼仪周到，东西虽然简单但情意深厚。近年来，士大夫家中的酒如果不是自家酿造的，水果菜肴如果不是远方的珍品，食物如果不是多种多样的，器皿如果不是摆满桌子的，都不敢招待宾客。因此，很多人常常需要花几个月的时间来准备，然后才敢发请帖。如果做不到这样，人们就会争相非议他，认为他鄙陋吝啬。这样一来，不随波逐流于奢侈之风的人很少了。唉，风气败坏到这种地步，身居高位的人虽然不能禁止，难道能忍心助长这种风气吗？

　　我又听说，从前李文靖公（李沆）担任宰相的时候，在封丘门内建造住宅，厅堂前仅仅能够转得下一匹马。有人说它太狭窄了，李文靖公笑着说："住宅应当传给子孙，这里作为宰相的厅堂确实是狭窄了些，但作为太祝、奉礼的厅堂已经够宽敞了。"参政鲁公担任谏官的时候，真宗皇帝派人紧急召见他，在酒馆里找到了他。进入皇宫后，皇帝问他是从哪里来的，他据实回答。皇帝说："你是有德望的官员，怎么能在酒馆里喝酒呢？"他回答说："臣家里贫穷，客人来了没有器皿和菜肴水果，所以就到酒馆里请客。"皇帝因为他为人诚实无欺，更加敬重他。张文节担任宰相的时候，生活得和担任河阳掌书记时一样。亲近的人有人就规劝他说："您现在领取的俸禄不少，但生活却如此节俭。您虽然自信清廉节俭，但外面的人颇有讥评，说您像公孙弘一样盖着布被，您应该稍微随从一下世俗。"张文节叹息说："我今天的俸禄，即使全家都穿锦衣玉食，又何必担忧做不到呢？但按照人之常情来看，由节俭进入奢侈很容易，由奢侈进入节俭却很难。我今天的俸禄，哪能一直保持呢？我难道能够一直活着？一旦有一天与现在不同，家人却已经习惯于奢侈的生活很久了，不能立刻节俭下来，一定会导致家里失去所依靠的。哪里比得上我无论在位还是离职，无论活着还是死去，家里的生活每天都一样好呢？"唉，大贤的深谋远虑，哪里是庸人所能达到的呢？

　　御孙说过："节俭是善行中的大德，奢侈是邪恶中的大恶。"共，就是相同的意思，说有德的人都是从节俭做起的。因为节俭，所以就很少有私欲。君子很少有私欲，就不会被外物所役使，可以很正直地做事情；小人很少有私欲，就能谨慎处世、节省用度、远离罪过，使家道丰裕。所以说，节俭是善行中的大德。奢侈就会增加欲望。君子增加欲望就会贪图富贵，不走正道而招来祸患；小人增加欲望就会多求妄用、败家丧身。因此，做官的人如果奢侈，就必然贪赃受贿；在乡间当老百姓的如果奢侈，就必然会盗窃别人的财物。所以说，奢侈是邪恶中的大恶。

从前，正考父用稀粥来糊口，孟僖子就预测他的后代必定有显达的人。季文子辅佐了三位国君，妾不穿丝绸衣服，马不吃粮食，有德行的人都认为他是忠臣。管仲镂刻簋草形的图案在帽带上，红色的帽带，山岳形的斗拱，藻草形的梁柱，孔子鄙视他器量狭小。公叔文子在卫国灵公那里享受俸禄，史鳅就推算他将要遭到灾祸，等到他守卫边境时，果然因为富有而获罪出逃。后来到了晋国，他的子孙曾有段时间一天就耗费一万钱，到了孙子那一代就因为骄奢淫逸而倾家荡产。石崇用奢侈豪华的生活向人炫耀，最终因此而在东市被杀。近世的寇莱公（寇准）豪华奢侈冠绝一时，但因为他的功业大，人们没有非议他。然而他的子孙习染了他的家风，现在多数处于穷困之中。其他因为节俭而立下名声，因为奢侈而自招失败的事例还多得很，不能一一列举。姑且举这几个人来教导你，你不但应当亲身力行，还应当用来教导你的子孙，使他们了解前辈们的风尚习俗。

作者简介

司马光（公元1019年—公元1086年），字君实，号迂叟，陕州夏县涑水乡（今属山西省夏县）人，世称涑水先生，北宋杰出政治家、史学家、文学家。司马光自幼聪明好学，七岁便能背诵《左氏春秋》，并能讲述其大意，展现出过人的才智。二十岁时，他考中进士甲科，步入仕途，历任谏议大夫、翰林学士、御史中丞等职。在宋神宗时期，他因反对王安石变法，离开朝廷十五年，其间主持编纂了编年体通史巨著《资治通鉴》。这部史书共294卷，三百多万字，记事上起周威烈王二十三年（公元前403年），截至后周世宗显德六年（公元959年），对后世影响深远。司马光去世后，获赠太师、温国公，谥号"文正"，配享宋哲宗庙廷，图形昭勋阁；从祀于孔庙，称"先儒司马子"，又从祀历代帝王庙。他的著作和事迹被后人广为传颂。

家庭教育品读

司马光在家庭教育中以《温公家范》而闻名，这部家训之作充分反映了封建社会家庭道德关系和家庭伦理，呈现了儒家修、齐、治、平的德修理念，充分体现了司马光的家庭教育观念。《训俭示康》是司马光写给司马康的一封家书,也是司马光对于勤俭生活对儿子的一次专门训诫,极富教育意义,尤其是强调了节俭的重要性,并通过对历史人物和事例的引用,阐述了节俭与奢侈对个人和家庭的影响。

家书开篇司马光就表明家族以清白传家的家风和自己不喜奢华的价值观念。然后批评了当时社会崇尚奢华的不良风气,如李文靖公、鲁公、张文节等人的例子,来进一步指出节俭的好处,提醒儿子要警惕不良风气的侵蚀,节俭自持。这告诉我们,在家庭教育中,父母应成为孩子的榜样,通过自己的言行来影响和引导孩子。在当代家庭教育中,家长们应该首先把节俭这种行为表现在日常的方方面面,言传身教,让孩子们学会节俭和自律,同时引导他们崇尚节俭,不慕奢华,从而形成健康、积极的生活态度。

在家书中,司马光引用春秋时期大夫御孙的话"俭,德之共也。侈,恶之大也"和六个古代和当代的正反例子,进一步揭示了节俭兴人兴家,奢侈坏人坏家的道理,揭示了节俭对于个人品德修养、家庭兴衰乃至国家安危的重要作用。因此,在家庭教育中,家长应该注重培养孩子的节俭意识,让他们懂得珍惜资源、合理消费,避免浪费和奢侈。同时,引导孩子正确认识和处理物质享受与精神追求的关系,避免他们被物欲所迷惑和诱惑。

《训俭示康》是一篇富有教育意义的家训,不仅强调了节俭的重要性,还提供了具体的家庭教育方法和思路。我们应从中汲取智慧,引导孩子健康成长、全面发展。

《放翁家训》(节选)

南宋·陆游

原　文

　　天下之事,常成于困约而败于奢靡。游童子时,先君谆谆为言,太傅出入朝廷四十余年,终身未尝为越产,家人有少变其旧者,辄不怿。其夫人棺才漆四会,婚姻不求大家显人。晚归鲁墟,旧庐一椽不可加也。楚公少时尤苦贫,革带敝,以绳续绝处。秦国夫人尝作新襦,积钱累月乃能就,一日覆羹污之,至泣涕不食。太尉与边夫人方寓宦舟,见妇至,喜甚,辄置酒,银器色黑如铁,果醢数种、酒三行而已。姑嫁石氏,归宁,食有笼饼,亟起辞谢曰:昏耄,不省是谁生日也。左右或匿笑,楚公叹曰:"吾家故时数日乃啜羹,岁时或生日乃食笼饼,若曹岂知耶?"是时楚公见贵显,顾以啜羹食饼为泰,愀然叹息如此。

　　游生晚,所闻已略,然少于游者又将不闻,而旧俗方以大坏,厌藜藿,慕膏粱,往往更以上世之事为讳。使不闻此风,放而不还,且有陷于危辱之地,沦于市井、降于皂隶者矣。复思如往时,父子兄弟相从居于鲁墟,葬于九里,安乐耕桑之业,终身无愧悔,可得耶?呜呼,仕而至公卿,命也,退而为农,亦命也。若夫挠节以求贵,市道以营利,吾家之所深耻,子孙戒之,尚无坠厥初。

　　············

　　吾见平时丧家,百费方兴,而愚俗又侈于道场斋施之事,彼初不知佛为何人,佛法为何事,但欲夸邻里为美观尔。以佛经考之,一四句偈功德不可称量,若必以侈为贵,乃是不以佛言为信。吾死之后,汝等必不能都不从俗,遇当斋日,但请一二有行业僧,诵《金刚》《法华》数卷,或《华严》一卷,不啻足矣。如此为事,非独称家之力,乃是深信佛言,利益岂不多乎！又悲哀哭踊，是为居丧之制；清净严一，方尽奉佛之礼。每见丧家张设器具，吹击螺鼓，家人往往设灵位，辍哭泣而观之，僧徒炫技，几类俳优，吾常深疾其非礼。汝辈方哀慕中，必不忍行吾所疾也。且侈费得福，则贪吏富商兼并之家，死皆升天，清节贤士无所得财，悉当沦坠，佛法天理，岂容如是！此是吾告汝等第一事也。此而不听，他可知矣。

…………

厚葬于存殁无益，古今达人言之已详。余家既贫甚，自无此虑，不待形言。至于棺椁，亦当随力。四明、临安倭船到时，用三十千可得一佳棺。念欲办此一事，窘于衣衾，亦未能及，终当具之。万一仓卒，此即吾治命也。汝等第能谨守，勿为人言所摇。木入土中，好恶何别耶？近世出葬，或作香亭、魂亭、寓人、寓马之类，一切当屏去。僧徒引导，尤非敬佛之意。广召乡邻，又无益死者，徒为重费，皆不须为也。

古者植木冢上，以识其处耳。吾家自先太傅以上，冢上松木多不过数十。太尉初葬宝峰，比上世差为茂郁，然亦止数亩耳。左丞归葬之后，积以岁月，林樾浸盛，遂至连山弥谷。不幸孙曾遂有剪伐贸易之弊，坐视则不可，禁止则争讼纷然，为门户之辱，其害更甚于厚葬。吾死后，墓木毋过数十，或可不陷后人于不孝之地。戒之戒之。

石人、石虎之类，皆当罢之。欲识墓处，立一二石柱可也。守墓以僧，非旧也。太傅尝为乡邦，其力非不可置庵赡僧，然终不为，岂俭其亲哉？盖虑之审耳。坟墓无穷，家资厚薄不常，方当盛时，虽可办，贫则必废。又南方不族墓，世世各葬，若葬，必置庵赡僧，数世之后，何以给之？吾墓但当如先世置一庵客，岁量给少米，拜扫日给之酒食及少钱，此乃久远事也。

…………

人与万物同受一气，生天地间，但有中正偏驳之异尔，理不应相害。圣人所谓："数罟不入洿池，弋不射宿。"岂若今人畏因果报应哉？上古教民食禽兽，不惟去民害，亦是五谷未如今之多，故以补粒食所不及耳。若穷口腹之欲，每食必丹刀几，残余之物，犹足饱数人。方盛暑时，未及下箸，多已臭腐，吾甚伤之。今欲除羊彘鸡鹅之类，人畜以食者（牛耕犬警，皆资其用，虽均为畜，亦不可食），姑以供庖。其余川泳云飞之物，一切禁断，庶几少安吾心。凡饮食，但当取饱，若稍令精洁，以奉宾燕，犹之可也。彼多为珍异夸眩世俗者，此童心儿态，切不可为其所移。戒之戒之。

世之贪夫，溪壑无厌，固不足责。至若常人之情，见他人服玩，不能不动，亦是一病。大抵人情慕其所无，厌其所有，但念此物若我有之，竟亦何用？使人歆艳，于我何补？如是思之，贪求自息。若夫天性淡然，或学问已到者，固无待此也。

译 文

　　天下的事情，常常在困苦节俭中成功，而在浪费奢侈中失败。在我年幼的时候，先父就恳切地教导我，高祖（陆轸）在朝廷中出入四十多年，一辈子都没有为自己增添过产业，家里有人稍微改变了一点旧有的生活方式，他就会不高兴。高祖母去世后，所用的棺材只刷了四道漆，儿女婚嫁也不寻求大户人家或显赫之人。晚年他回到鲁墟老家，老宅一根椽子都没有增加。我的祖父（陆佃）年轻的时候家里尤其贫苦，皮带破旧了，就用绳子接续断裂的地方。我祖母曾经想做一件新的短袄，积攒了好几个月的钱才做成，结果一天不小心把羹汤洒在上面弄脏了，以至于她痛哭流涕，连饭都不吃。我的曾祖（陆珪）和曾祖母当时正住在官船上，看到儿媳到来，非常高兴，于是设宴款待，但所用的银器颜色黑得像铁一样，果品和肉食也只有几种，酒过三巡就结束了。我姑祖母嫁给石家后，回娘家省亲，吃饭时看到有笼饼，就急忙起身道谢并说："我老了，不记得是谁的生日了。"旁边的人有的偷笑，祖父感叹道："我们家以前好几天才喝一次羹汤，过年过节或者生日的时候才能吃到笼饼，你们怎么知道呢？"当时祖父已经显贵，但回想起以前的艰苦生活，仍然感慨万分。

　　我出生得晚，所听到的已经很少了，但比我小的人又将听不到这些。而且旧的好风俗正在大肆败坏，人们开始厌恶粗茶淡饭，羡慕起美味佳肴，往往把上辈人的事迹当作忌讳。如果听不到这种家风，放纵而不回头，就有可能陷入危险屈辱的境地，沦落为市井小民，甚至降为奴仆。再想想以前，家族中父子兄弟都一起住在鲁墟，葬在几里之内，安乐地从事种桑养蚕事业，终身没有愧疚和后悔，现在还能得到吗？唉，做官做到公卿是命运，退隐务农也是命运。至于那些屈节以求富贵，用市井手段来谋取利益的人，是我们家所深深耻辱的，希望我的子孙们要以此为戒，不要丢掉我们最初的家风。

....
　　我看到平时那些办丧事的人家，各种费用层出不穷，而那些愚昧的习俗又特别奢侈于道场斋僧布施这些事情。他们根本就不知道佛是谁，佛法到底是怎么回事，只是想要炫耀给邻里看，图个外表光鲜。如果按照佛经来考察，仅仅四句偈语的功德都是无法衡量的，如果一定要以奢侈为贵，那就是不相信佛的话。我死之后,你们肯定不能完全摆脱世俗的影响,但遇到应该斋僧的日子,只需要请一两个有德行的僧人,诵读几卷《金刚经》《法华经》,或者一卷《华严经》,这就足够了。这样做,不仅符合我们家的实际情况,更是对佛言的深信不疑,得到的利益岂不是更多吗!另外,悲哀地哭泣踊跳,这是居丧的礼仪;而清净庄严,才是对佛的恭敬之礼。我常常看到办丧事的人家张设各种器具,吹打螺鼓,家人往往设立灵位后,就停止哭泣去观看这些活动。僧人们炫耀技艺,就像戏子一样,我对此深恶痛绝,认为这完全不合礼仪。你们到时候正处于哀悼怀念之中,肯定不忍心做我所痛恨的事情。再说,如果单靠奢侈浪费就能得到福报的话,那些贪婪的官吏、富有的商人以及兼并之家,死后岂不是都能升天。而那些清廉有节操的贤士,因为没有什么钱财,岂不是就都得沦落到不好的境地了。佛法和天理,怎么能容忍这样的事情发生呢!这是我告诉你们的第一件重要的事情。如果你们连这个都不听,那其他的事情也就可想而知了。

....

厚葬对于死者或生者都没有好处,这一点古今的明智之士已经说得很详细了。我们家本来就很贫穷,自然不会有这样的担忧,也就不需要再多说什么了。至于棺材,也应当根据我们的经济能力来选择。听说四明、临安有倭船到来时,用三十千钱就可以买到一口好棺材。我本来想置办这样一口棺材,但因为衣食不足,一直没有能够实现,不过最终我还是会准备好的。万一我突然去世,这就是我的遗愿了。你们只要能谨守这个遗愿,不要被别人的言论所动摇就好。棺材埋入土中后,好的坏的又有什么区别呢?

近来世人出葬时,常常制作香亭、魂亭、寓人、寓马等物,这些都应当全部摒弃。让僧人来引导丧仪,也并不是真正的敬佛之意。广泛召集乡邻来参加葬礼,对死者并没有什么好处,只会白白增加费用,这些你们都不需要去做。

古代人们只是在坟上种树,以此来标记坟墓的位置罢了。我们家从我高祖以上,坟上的松树大多不过数十棵。我曾祖初葬于宝峰时,与上辈相比树木已经较为茂盛了,但也只有几亩地而已。我祖父归葬后,随着时间的推移,树木逐渐繁茂起来,最终连成了山谷。不幸的是,后来子孙们就开始砍伐树木进行买卖了。如果坐视不管当然不行,但禁止的话又会引发纷争和诉讼,给家族带来耻辱。这种危害甚至比厚葬还要严重。因此,我死后坟上的树木不要超过数十棵,这样或许可以避免后人陷入不孝的境地。一定要谨记啊!

像石人、石虎这样的东西也都应该去掉。如果想要标记坟墓的位置，立一两根石柱就可以了。请僧人守墓并不是我们家族的传统。我高祖曾经为乡里做过很多事情，他的能力并不是不能置办庵堂来赡养僧人，但他始终没有这样做。难道是因为他对亲人吝啬吗？当然不是！他只是考虑得很周到罢了。因为坟墓是永恒的，而家庭的经济状况却是时好时坏的。在家族兴盛的时候或许可以置办得起守墓的僧人，但一旦贫穷了就必然无法维持了。再者说南方并没有合族而葬的习俗，每代人都各自安葬。如果每葬一个人都要置办庵堂来赡养僧人，那么几代之后，谁又能承担得起这个费用呢？我的坟墓只需要像先辈们那样，设置一个庵堂并雇佣一个人来看守，每年给他一些少量的米作为生活所需，到了扫墓的时候再给他一些酒食和少量的钱财就可以了。这才是长久之计啊！

....

人与万物都是共同承受了天地间的同一种气而生存的，只是存在中正、偏驳的差异罢了，按理说不应该相互伤害。圣人所说的"不使用密孔的网捕鱼，不射杀归巢的鸟"，哪里是像现在的人一样因为害怕因果报应呢？上古时候教导人们吃禽兽，不仅仅是为了除去对人们的危害，也是因为那时候的五谷没有现在这么多，所以用禽兽的肉来补充粮食的不足。如果只是为了满足口腹之欲，每顿饭都追求珍馐美味，那些吃剩下的食物，还足够让好几个人吃饱。特别是在盛夏时节，食物还没来得及放下，大多就已经腐烂发臭了，我对这种行为感到非常痛心。现在我想除去那些为了食用而饲养的羊、猪、鸡、鹅等家畜和家禽（牛用来耕地，狗用来看家护院，都是因为它们有实际的用处，所以虽然它们也都是家畜，但却不可以吃），姑且用它们来供给厨房，至于其他像河里游的、天上飞的生物，都应该一律禁止捕杀，这样或许能让我的内心稍微得到一些安慰。日常的饮食，只需要吃饱就好，如果稍微让食物更精致一些，用来招待宾客，那还是可以接受的。但那些为了炫耀而追求珍奇异味的人，这种心态就像是小孩子一样，千万不能被他们所影响。一定要谨记啊！

世上的贪婪之人，他们的欲望就像溪壑一样永远无法满足，这当然不值得责备。但即便是普通人的情感，看到别人的服饰玩物，也难免会心动，这也是一种毛病。大概是因为人们总是羡慕自己没有的东西，而厌恶自己已经拥有的东西。但只要想一想，这个东西如果我有了，到底有什么用处呢？能让别人羡慕我，对我又有什么好处呢？这样思考之后，贪求自然就会平息。当然，如果天性淡泊或者学问已经到家的人，自然就不需要这样的思考了。

作者简介

陆游（公元 1125 年—公元 1210 年），字务观，号放翁，南宋杰出的文学家、史学家、爱国诗人。陆游出身名门望族，自幼便受到良好的家庭教育，才华横溢，早年便以诗文闻名。然而，他的仕途并不顺畅，因坚持抗金主张，多次遭到朝廷主和派的排挤与打击。尽管如此，陆游始终不改其志，坚持自己的政治理想，他的爱国情怀也深深体现在他的诗作之中。陆游的文学创作极为丰富，尤以诗歌著称。其中，《示儿》《游山西村》《钗头凤》等作品，广为流传，深受后人喜爱。除了诗歌创作外，陆游还著有《南唐书》《老学庵笔记》等史学作品，为后世研究南宋历史提供了宝贵资料。陆游一生跨越了南宋的高宗、孝宗、光宗、宁宗四朝，见证了时代的变迁与国家的兴衰。

家庭教育品读

《放翁家训》是陆游撰写的一部家庭教育读物，原名《绪训》。这部家训从陆游家族的历史背景出发，结合他自身的切身体验，对子孙的求学、修养、为人、处世、生活、经济等方面提出了全面的告诫。此处节选内容主要涉及生活方面的内容，告诫子孙要提倡勤劳节俭，反对奢侈浪费。

在家训中文中，陆游反复强调了勤俭持家的重要性，认为"天下之事，常成于困约，而败于奢靡"。他先是追述了陆氏家族的历史，强调子孙要继承祖先清白俭约、注重节操的家风。陆家虽是世家显族，但陆游所忧虑的正是子弟容易因此而奢侈堕落。他深知，一个家族的长久兴盛，离不开勤俭持家的美德。这也启示我们，在当代家庭教育中，家长要注意培养孩子勤俭节约的习惯，让他们明白物质生活的满足并不是幸福的全部，精神世界的富足才是真正的幸福。

陆游以自己的身后事为例，讲了勤俭持家的具体道理。他特别提到，自己死后丧事要简洁办理，不得铺张浪费。他说："吾死后墓木毋过数十"，"石人石虎之类，皆当罢之"，"立一二石柱，可也"。他对当时厚葬的习俗进行了批评，认为厚葬无论是对死者还是对活着的人，都没有好处可言。陆游关于俭葬的一些看法，既有两汉魏晋之风，又与前朝姚崇的很多观点非常契合，尤其是在丧葬仪式中的福报问题上，都认为佛教超度并不能带来福报，而白白浪费钱财。陆游更是指出，所谓超度仪式，大多是为了排场、面子，从而铺张浪费，而没有任何实际价值。借此，他强调要注重的是内在的精神世界而非外在的物质形式。在当今社会，很多生活中的仪式完全成为摆阔气、讲排场、要面子的地方，给家庭和亲戚朋友都造成了很大的负担。因此，我们更应从中汲取智慧，在家庭教育中培养孩子正确的名利观和价值观，让他们明白名利并不是生活的全部，内心的平静和满足才是真正的幸福。

当今时代，物质充盈，但勤俭节约的美德并没有过时。我们应该从日常生活做起，从点滴小事做起，自觉养成勤俭节约的良好生活习惯。在当代家庭教育中，家长也应该加强对子女的生活教育，引导他们勤俭生活，淡泊名利，抵制诱惑，不尚虚华，让他们成为勤俭节约的践行者和传播者。

《庞氏家训·禁奢靡》

明·庞尚鹏

原文

一、子孙各要布衣疏食,惟祭祀宾客之会,方许饮酒食肉,暂穿新衣。幸免饥寒足矣,敢以恶衣恶食为耻乎?他如手持背负之劳,力能自举,不必倩人供使令之役。幸不为人役足矣,敢役人乎?尺帛、半钱,不敢浪用,庶几不至于饥寒。

一、亲戚每年馈问,多不过二次。每次用银,多不过一钱。彼此相期,皆以俭约为贵。过此者,拒勿受。其余庆吊,循俗举行,不在此限。

一、待客品物,本有常规。如亲友常往来,即一鱼一菜亦可相留。司马温公曰:"先公为郡牧判官,客至未尝不置酒,或三行,或五行,不过七行。酒沽于市,果止梨栗枣柿,肴止脯醢菜羹,器用磁漆。当时士大夫皆然,会数而礼勤,物薄而情厚。"今后客至,肴不必求备,酒不必强劝。淡薄能久,宾主相欢,但求适情而已。本房人众,客至欲遍请,恐力不能及,听临时轮流请陪,以省繁费。各不得视彼此为厚薄,致相猜嫌。

一、亲友往来,拜帖、礼帖、请帖、谢帖俱单柬,不用封筒。

一、造酒,先计每年合用若干,计用银若干,量存一二盈余,以备他费,各登簿查考。若饮酒,不许沉醉。非惟乱性,抑亦伤生。世多死于酒,可鉴也。

译文

一、子孙们都应该穿着布衣,吃着粗茶淡饭。只有在祭祀和招待宾客的时候,才允许喝酒吃肉,暂时穿上新衣服。能够免于饥寒就已经很幸运了,怎么敢以穿破衣吃粗食为耻呢？至于那些需要手持或背负的劳作，只要自己力所能及，就不必花钱雇用别人来帮忙。自己能够免于被人奴役就已经很幸运了，怎么还敢去奴役别人呢？对于一尺布、半文钱，都要精打细算，不能随便浪费，这样才能不至于以后陷入饥寒交迫的境地。

二、亲戚之间每年的馈赠问候，最多不要超过两次。每次送礼，银钱最多不要超过一钱。大家相互约定，都要以节俭为贵。如果超过这个标准，就要拒绝接受。其他的庆祝和吊唁活动，就按照习俗进行，不在这个限制之内。

三、招待客人的物品，本来就有一定的规矩。比如亲朋好友经常往来，即使只有一鱼一菜也可以招待他们。司马温公（司马光）曾经说过："我父亲担任郡守的判官，客人来了未尝不置酒招待，但酒也不过三行五行，最多不超过七行。而且，酒是从市场上买的，水果仅限于梨、栗、枣、柿之类，菜肴也仅限于肉干、肉酱、菜汤，器皿都是瓷器和漆器。当时士大夫家里都是这样，宴会虽然次数多但礼仪周到，东西虽然简单但情意深厚。"今后有客人来访，菜肴不必追求丰盛，酒也不必勉强劝饮。淡薄才能够长久地保持交往，宾主双方都能感到欢乐的，只是求个情投意合罢了。如果本家人多，客人来访想要全都邀请，恐怕力所不及，因此可以临时轮流邀请陪同，以节省费用。大家不得因此而产生厚薄之分，导致相互猜忌。

四、亲朋好友之间的往来，拜帖、礼帖、请帖、谢帖等都应该使用单柬，不需要用封筒。

五、酿酒时，要先计算每年需要多少酒，需要多少银钱，并留出一些盈余以备其他费用。这些都要登记在簿子上以便查考。如果喝酒，就不许沉醉。因为沉醉不仅会扰乱心性，还会伤害身体。世上有很多人都是死于酒醉，这是可以引以为戒的。

作者简介

庞尚鹏（公元 1524 年—公元 1581 年），字少南，广东南海县（今属广东省佛山市）人，明代中后期的大臣和经济改革家，以推行一条鞭法和清理整顿两淮盐业而闻名。明嘉靖三十二年（公元 1553 年），庞尚鹏中进士，步入仕途，历任江西乐平知县、浙江巡按御史、右佥都御史等职，为官清廉，不畏权势，深受百姓爱戴。隆庆四年（公元 1570 年）罢官后回到家乡，次年完成《庞氏家训》的撰写。此外，他还著有《百可亭摘稿》《奏议》《殷鉴录》等作品，为后世留下了宝贵的精神财富。

家庭教育品读

《庞氏家训》与《颜氏家训》等齐名，是中国古代著名家训之一。《庞氏家训》共一卷，包括"务本业""考岁用""遵礼度""禁奢靡""严约束""崇厚德""慎典守""端好尚"8章内容，共67条；最后用三字和四字歌谣的形式编写了"训蒙歌"和"女诫"。家训全文6000余字，内容极为丰富，涵盖士农工商各业、冠婚丧祭诸礼、日常生活及待人接物等方方面面。"禁奢靡"这段家训主要强调了节俭生活的重要性，对于当代家庭教育仍然具有深远的指导意义。

首先，庞尚鹏在家训中明确规定了子孙们的饮食穿着和日常开销，要求他们珍惜资源，不浪费钱财。节俭是中华民族的传统美德，也是家庭教育中不可或缺的一部分。在当代家庭教育中，家长应该注重培养孩子的这种节俭精神，让他们学会珍惜来之不易的生活。

然后，庞尚鹏从待人接物等方面依次强调了勤俭持家的一些训诫，如亲戚之间的馈赠问候和亲朋好友之间的往来都应该以节俭和真诚为主，不应该过分追求物质上的奢华和虚荣。酿酒时，应该注重以需定量，不要铺张浪费，不要酗酒，等等。他的这些主张是勤俭持家的忠言。对于当代家庭教育来说，这些理念虽然不完全适用，但也很有借鉴意义。很多品质和要求都是孩子们成长过程中必不可少的。家长们应该借鉴这段家训的教育理念和方法，为孩子们创造一个良好的家庭教育环境，帮助他们成长为有品德、有学识、有担当的人。

《药言》(节选)

明·姚舜牧

原　文

　　世称清白之家,匪苟焉而可承者,谓其行己唯事乎布素,教家克尚乎简约,而交游一本乎道义。凡声色货利,非礼之干,稍有玷于家声者,戒勿趋之。凡孝友廉节当为之事,大有关于家教者,竞即从之。而长幼尊卑聚会时,又互相规诲,各求无忝于贤者之后,是为真清白耳。

　　凡势焰薰灼,有时而尽,争如守道务本者,可常享其荣盛哉?一团茅草之诗,三咏之,煞有深味也。

　　谚云:"一日之计在于寅,一年之计在于春,一生之计在于勤。"起家的人,未有不始于勤,而后渐流于荒惰,可惜也。《书》曰:"慎乃俭德,惟怀永图。"起家的人,未有不成于俭,而后渐废于侈靡,可惜也。

　　居家切要在"勤俭"二字。既勤且俭矣,尤在忍之一字。偶以言语之伤,非横之及,不胜一朝之忿,构怨结仇,致倾家室。可惜勤俭之苦积,一朝轻废也。而况及其身并及其先人哉,宜切戒之!

　　唯清修可胜富贵,虽富贵不可不清修。

　　家处穷约时,当念"守分"二字;家处富盛时,当念"惜福"二字。

　　人当贫困时,最宜植立自守衡门之节。若卑谄于豪势之人,不独自坏门风,且徒取人厌,其实无济于贫乏也。

　　人须俭约自持,不可恃产浪费。到败坏时干求人,许多不雅,尚有未必得者。即得,亦须勉偿以完信行。否则,不齿于士类矣。尚慎诸!

　　无端不可轻行借贷。借债要还的,一毫赖不得。若家或颇过得,人有急来贷,宁稍借之,切不可轻为借贷,后来反伤亲情也。若作保作中,即关己行,尤切记不可。

凡家稍充裕，宜由亲及疏，量力以济其贫乏。此是莫大阴骘事。不然，徒积而取怨，其祸且不小矣。语云："积聚不散，必遭水火、盗贼。"此言大可自警。

凡燕会期于成礼，切不可搬演戏剧。诲盗启淫，皆由于此，慎防之守之。

丧事有吾儒家礼在，切不可用浮屠。

冠婚丧祭四事，家礼载之甚详，然大要在称家有无，中于礼而已。非其礼为之，则得罪于名教；不量其力为之，则自破其家产。是不可不深念者。

译　文

世人称赞那些清白的家庭，并不是随便哪家都能承受这样的美誉的。这样的家庭，他们的行为举止总是保持着朴素，始终教育子女要崇尚节俭，与朋友交往则重视道义。对于声色犬马、钱财利益等那些不合礼法的东西，以及稍有可能玷污家风的事情，他们都会告诫子孙后代不要去追求。而对于孝顺父母、友爱兄弟、廉洁自律、节俭持家等应当做的事情，而且对家教至关重要的事情，他们都会争抢着去做。在家庭聚会时，无论长幼尊卑，家人之间都会相互规劝教诲，力求不辱没先祖的贤名，这样的家庭才称得上真正的清白之家。

那些倚仗权势、气焰嚣张的人，他们的势力终究会有尽头。与其如此，不如坚守道义、务求根本，这样才能一直享受荣华富贵。那首"一团茅草"的诗，反复吟诵，其中的深意令人回味无穷。

谚语说："一天的计划要在早晨就做好，一年的计划要在春天就规划好，一生的计划则在于勤奋不懈。"那些能够起家的人，没有一个不是从勤奋开始的，但后来都渐渐变得荒废懒惰，这真是太可惜了。书上说：要谨慎地保持节俭的美德，只有心怀长远的打算才行。那些能够起家的人，无一不是从节俭开始的，但后来却渐渐变得奢侈浪费，这同样令人惋惜。

居家生活的关键在于"勤俭"两个字。既要勤奋又要节俭，但更重要的是要忍耐。如果因为一时的言语冲突或突如其来的横祸，就忍不住一时的愤怒，结下怨仇，甚至导致家庭破裂，那真是太可惜了。要知道，勤俭积累的财富可能会在一朝之间毁于一旦。更糟糕的是，这不仅会影响到自己，还会连累到先人的名声。因此，一定要切记忍耐！

只有清修才能胜过富贵，因此，即使富贵了也不能放弃清修。

当家庭处于贫困时，应该牢记"守分"两个字；当家庭富裕时，则应该牢记"惜福"两个字。

人在贫困的时候，最应该坚守自己的节操。如果卑微地去讨好那些有权势的人，不仅会因此败坏自己的家风，还会让人产生厌恶，实际上反而对解决贫困没有任何帮助。

人应该节俭自律，不能依仗财产多就去浪费。等到财产败坏时再去求人帮助，那样不仅不够雅观，而且也未必能得到帮助。即使得到了帮助，也必须努力偿还以保全自己的信誉。否则，就会被士人所看不起。这一点要特别警惕！

不要轻易地去借贷。借债是要还的，一点也赖不掉。如果家庭还算宽裕，有人借贷时，可以量力而行稍微帮助一下就可以了，但切不可轻易借贷，否则后来以后可能会因此伤害到亲戚之间的感情。至于做保人或中间人，这更关系到自己的品行，要切记不可轻易涉足。

如果家庭稍微充裕一些，应该根据亲疏关系，量力而行地去帮助那些贫困的人。这是一件积阴德的大事。否则，只是徒然积累财富而招致怨恨，其祸害可不小。俗话说："积聚财富而不散布，必然会遭到水火、盗贼的灾祸。"这句话非常值得我们警醒。

宴会的目的在于完成礼仪，切不可搬演戏剧。因为戏剧容易教唆人盗窃、诱惑人淫乱，所以一定要谨慎防范。

丧事有我们儒家的礼仪在，切不可使用佛教的仪式。

冠礼、婚礼、丧礼、祭礼这四件事，家礼中记载得非常详细。但最重要的是要根据家庭的实际情况来行事，既要符合礼仪又要量力而行。如果做了不符合礼仪的事情，就会得罪于名教；如果不量力而行，就会破产。这是不能不深思熟虑的事情。

作者简介

姚舜牧（公元1543年—公元1622年），字虞佐，号承庵，浙江乌程（今属浙江省湖州市）人。万历元年（公元1573）中举人入仕，历官新兴、广昌二县知县，爱民如子，深受百姓爱戴。著有《药言》《乐陶吟草》三卷及《五经四书疑问》《孝经疑问》等。

家庭教育品读

《药言》，又名《计家训》《家训警俗编》等，共128条，为姚舜牧训示后人所作。其中内容，既有他平日所受的"父训教诲"，也有"所闻于故老"

"所得于会晤者"的内容,而更多的则来自他对于社会的深刻洞察和生活里累积的人生经验。《药言》主要内容包括治家、教子、处世等各个方面。这里节选内容大多是涉及生活态度问题,是姚舜牧对于子孙节俭生活的训诫。

首先,姚舜牧强调了清白家风的重要性。他认为一个家庭要想被称为清白之家,就必须在行为举止上保持朴素、节俭和道义。对于任何有损家声的行为,如追求声色货利等,都应坚决避免。同时,对于孝友廉节等应当做的事,要积极参与,以维护家教。家庭成员间还应互相规诲,以无愧于贤者之后。这些观点实际都是清白传家的良言善策,也是优秀家风的传承,对于当代家庭教育具有很大启发。

其次,姚舜牧告诫子孙后代要勤俭持家。他指出,起家的人都是从勤俭开始的,但往往后来流于荒惰和侈靡,这是非常可惜的。因此,他告诉子孙后代,要时刻保持勤俭的作风,以维持家业的兴盛。至于如何勤俭持家,姚舜牧提出了很多,比如保持清修、守分惜福、俭约自持、量力济贫、量力守礼等等,涉及生活的诸多方面,是对子孙后代的谆谆教导。

勤俭是中华民族的传统美德,也是家庭教育中不可或缺的一部分。姚舜牧的《药言》告诉我们,无论家庭贫富,都要坚持勤俭持家的原则。在面对困难和挑战时,要学会忍耐和坚持;在追求物质财富的同时,也要注重精神世界的修养;在贫困时要坚守节操,在富裕时要珍惜福分。这些品质的培养有助于孩子们形成健全的人格和正确的价值观。这样的家庭教育有助于引导孩子树立良好的生活态度,让他们学会在未来的生活中更好地应对各种挑战和困难。因此,在当代家庭教育中,家长们应该教育引导孩子勤俭持家、量力而行,帮助他们更好应对生活的明天。

《了凡四训·积善之方》（节选）

明·袁黄

原　文

随缘济众，其类至繁，约言其纲，大约有十：第一与人为善，第二爱敬存心，第三成人之美，第四劝人为善，第五救人危急，第六兴建大利，第七舍财作福，第八护持正法，第九敬重尊长，第十爱惜物命。

何谓与人为善？昔舜在雷泽，见渔者皆争取深潭厚泽，而老弱则渔于急流浅滩之中，恻然哀之，往而渔焉。见争者皆匿其过而不谈，见有让者，则揄扬而取法之。期年，皆以深潭厚泽相让矣。夫以舜之明哲，岂不能出一言教众人哉？乃不以言教，而以身转之，此良工苦心也。吾辈处末世，勿以己之长而盖人，勿以己之善而形人，勿以己之多能而困人。收敛才智，若无若虚，见人过失，且涵容而掩覆之，一则令其可改，一则令其有所顾忌而不敢纵。见人有微长可取，小善可录，翻然舍己而从之，且为艳称而广述之。凡日用间，发一言，行一事，全不为自己起念，全是为物立则，此大人天下为公之度也。

何谓爱敬存心？君子与小人，就形迹观，常易相混，惟一点存心处，则善恶悬绝，判然如黑白之相反。故曰："君子所以异于人者，以其存心也。"君子所存之心，只是爱人敬人之心。盖人有亲疏贵贱，有智愚贤不肖，万品不齐，皆吾同胞，皆吾一体，孰非当敬爱者？爱敬众人，即是爱敬圣贤；能通众人之志，即是能通圣贤之志。何者？圣贤之志，本欲斯世斯人各得其所，吾合爱合敬而安一世之人，即是为圣贤而安之也。

何谓成人之美？玉之在石，抵掷则瓦砾，追琢则圭璋。故凡见人行一善事，或其人志可取而资可进，皆须诱掖而成就之。或为之奖借，或为之维持，或为白其诬而分其谤，务使之成立而后已。大抵人各恶其非类，乡人之善者少，不善者多，善人在俗，亦难自立。且豪杰铮铮，不甚修形迹，多易指摘。故善事常易败，而善人常得谤。惟仁人长者匡直而辅翼之，其功德最宏。

何谓劝人为善？生为人类，孰无良心？世路役役，最易没溺。凡与人相处，当方便提撕，开其迷惑。譬犹长夜大梦，而令之一觉，譬犹久陷烦恼，而拔之清凉，为惠最溥。韩愈云："一时劝人以口，百世劝人以书。"较之与人为善，虽有形迹，然对症发药，时有奇效，不可废也。失言失人，当反吾智。

何谓救人危急？患难颠沛，人所时有，偶一遇之，当如恫瘝之在身，速为解救。或以一言伸其屈抑，或以多方济其颠连。崔子曰："惠不在大，赴人之急可也。"盖仁人之言哉。

何谓兴建大利？小而一乡之内，大而一邑之中，凡有利益，最宜兴建。或开渠导水，或筑堤防患，或修桥路以便行旅，或施茶饭以济饥渴，随缘劝导，协力兴修，勿避嫌疑，勿辞劳怨。

何谓舍财作福？释门万行，以布施为先。所谓布施者，只是舍之一字耳。达者内舍六根，外舍六尘，一切所有，无不舍者。苟未能然，先从财上布施。世人以衣食为命，故财为最重。吾从而舍之，内以破吾之悭，外以济人之急。始而勉强，终则泰然，最可以荡涤私情，祛除执吝。

何谓护持正法？法者，万世生灵之眼目也。不有正法，何以参赞天地，何以裁成万物，何以脱尘离缚，何以经世出世？故凡见圣贤庙貌，经书典籍，皆当敬重而修饬之。至于举扬正法，上报佛恩，尤当勉励。

何谓敬重尊长？家之父兄，国之君长，与凡年高、德高、位高、识高者，皆当加意奉事。在家而奉侍父母。使深爱婉容，柔声下气，习以成性，便是和气格天之本。出而事君，行一事，毋谓君不知而自恣也；刑一人，毋谓君不见而作威也。事君如天，古人格论，此等处最关阴德。试看忠孝之家，子孙未有不绵远而昌盛者，切须慎之。

何谓爱惜物命？凡人之所以为人者，惟此恻隐以曰之心而已。求仁者求此，积德者积此。《周礼》："孟春之月，牺牲毋用牝。"孟子谓君子远庖厨，所以全吾恻隐之心也。故前辈有四不食之戒，谓闻杀不食，见杀不食，自养者不食，专为我杀者不食，学者未能断肉，且当从此戒之，渐渐增进，慈心愈长。不特杀生当戒，蠢动含灵，皆为物命，求丝煮茧，锄地杀虫，念衣食之由来，皆杀彼以自活。故暴殄之孽，当与杀生等。至于手所误伤，足所误践者，不知其几，皆当委曲防之。古诗云："爱鼠常留饭，怜蛾不点灯。"何其仁也！

善行无穷，不能殚述。由此十事而推广之，则万德可备矣。

译　文

随缘帮助众人，这类事情种类繁多，简要来说，大约有十条原则：第一是与人为善，第二是心怀爱敬，第三是成人之美，第四是劝人向善，第五是救人于危急，第六是兴建对大众有利的事业，第七是舍财行善，第八是护持正法，第九是敬重尊长，第十是爱惜生命。

什么是与人为善呢？从前舜在雷泽，看见打鱼的人都争着在深潭厚泽中捕鱼，而年老体弱的人则只能在急流浅滩中捕鱼，舜深感同情，于是他也去捕鱼。看见争抢的人，舜就隐藏他们的过错而不说；看见有谦让的人，舜就表扬他们，并拿他们作为榜样。一年之后，大家都互相谦让，把深潭厚泽让给别人捕鱼。像舜这样明智圣哲的人，难道不能说一句话来教导众人吗？但他并不以言语来教导，而是用自己的行为来感化众人，这真是用心良苦啊。我们生活在后世，不要用自己的长处去掩盖别人的长处，不要用自己的善行去衬托别人的不足，不要用自己的才能去困扰别人。应该收敛自己的才智，保持谦逊的态度，看见别人的过失，要包容并替他们遮掩，一来可以让他们有机会改正，二来可以让他们有所顾忌而不敢放纵。看见别人有微小的长处可以学习，有小的善行可以记录，就应该立刻放下自己的成见去跟随学习，并且大力称赞并广泛传播他的善行。总之，无论说什么话，做什么事，完全不为自己考虑，而是为世人树立榜样，这是伟大的人天下为公的胸怀。

什么是心存爱敬呢？君子与小人，从外表上看，常常容易混淆，但唯一不同的是他们的存心。君子与小人在善恶上截然相反，就像黑白一样分明。所以说，君子之所以不同于普通人，是因为他们的存心不同。君子所存之心，只是爱人敬人之心。因为人虽然有亲疏贵贱，有智愚贤不肖，万千品类各不相同，但都是我们的同胞，都是与我们同为一体的，谁不应该被敬爱呢？敬爱众人，就是敬爱圣贤；能够理解众人的心意，就是能够理解圣贤的心意。因为圣贤的心愿，本来就是希望这个世界上的每一个人都能各得其所，我们如果能够敬爱每一个人，使一世之人都得到安乐，那么就是为圣贤实现了他们的心愿。

什么是成人之美呢？玉石藏在石头中，如果随意丢弃，它就只是一块瓦砾；但如果经过雕琢，它就可以成为贵重的美玉宝石。所以，每当我们看到别人做了一件善事，或者发现某个人的志向值得赞扬、资质可以进步，都应该诱导并帮助他实现成功。有时需要奖励鼓励他，有时需要支持维护他，有时需要为他辩白冤屈、分担诽谤，务必要使他能够成功才罢休。大概人们总是厌恶与自己不同的人，而乡间善人少、不善的人多，善人在世俗中往往难以自立。况且那些才智出众、性格刚直的人往往不太注重修饰自己的言行，因此更容易被人挑剔。所以善事常常容易失败，而善人也常常遭受诽谤。只有那些仁爱宽厚的人才会去纠正并辅佐他们，这样的功德是最为宏大的。

什么是劝人为善呢？生而为人，谁还没有良心呢？但在纷繁复杂的世界中，良心最容易被迷惑。因此，当我们与他人相处时，应该适时地提醒他们，帮助他们摆脱迷惑。这就像在长夜大梦中唤醒他们，就像在长久的烦恼中给予他们清凉一样，这样的恩惠是最为广博的恩惠。韩愈曾说："用口来劝人，只能影响一时；用书来劝人，却能影响百世。"相比之下，虽然与人为善有时会有明显的行为表现，但就像对症下药一样，有时会产生奇效，因此也是不可废弃的。如果在劝人为善的过程中说错了话或得罪了人，就应该反省自己的智慧是否足够。

什么是救人危急呢？人们在生活中难免会遇到患难和颠沛流离的时候，一旦遇到这种情况，我们应该像感受到自己身上的病痛一样，迅速地去解救他们。有时可能只需要一句话就能为他们伸张正义，有时则需要通过多种方式来帮助他们渡过难关。崔子曾说："恩惠不在于大小，关键在于能否在别人急需的时候给予帮助。"这真是仁者的言论啊。

什么是兴建大利呢？无论是在一个小乡村里，还是在一个大城市中，只要有对大众有利的事情，都应该积极地去兴建。比如开凿渠道引水，修筑堤坝防洪，修建桥梁和道路以方便行人，或者施舍茶饭来救济饥渴的人。我们应该随缘劝导，齐心协力地兴修这些公益事业，不要回避邀名嫌疑，也不要推辞劳苦和怨恨。

什么是舍财作福呢？在佛教的万种修行中，布施是放在首位的。而布施的核心就是"舍"这个字。通达的人能够内舍六根（眼、耳、鼻、舌、身、意），外舍六尘（色、声、香、味、触、法），对于一切所有，都能舍得。如果我们还不能达到这种境界，那就先从财物上开始布施。世人以衣食为生命，所以财物对他们来说是最重要的。我们舍去财物，既可以破除自己的吝啬之心，又可以救济别人的急需。开始时可能会有些勉强，但久而久之就会变得泰然处之，这样做最能荡涤私情，祛除执着和吝啬。

什么是护持正法呢？法是万世生灵的指路明灯。如果没有正法，我们如何能够参赞天地、裁成万物、脱离尘世束缚、实现经世出世呢？因此，我们应该敬重并修缮圣贤的庙宇、经书典籍等。至于举扬正法、上报佛恩，更是我们应该勉励自己去做的。

什么是敬重尊长呢？无论是家中的父兄，还是国家的君长，以及所有年高德劭、位高权重、见识广博的人，我们都应该加倍地侍奉他们。在家中侍奉父母时，要深爱他们，用温婉的容颜和柔和的声音对待他们，使这种习惯成为我们的本性，这就是和气格天的根本。在外侍奉君王时，做一件事不要因为君王不知道就放纵自己；惩罚一个人也不要因为君王看不见就作威作福。侍奉君王就像侍奉上天一样重要，这是古人的人格论断，也是最能积累阴德的地方。试看那些忠孝之家，他们的子孙没有不绵延久远且昌盛的，所以我们一定要谨慎地对待这件事。

什么是爱惜物命呢？人之所以为人，就在于我们有这颗恻隐之心。追求仁德的人就是在追求这颗心，积累德行的人也是在积累这颗心。《周礼》中规定，在孟春之月，祭祀时不能用母畜作为牺牲。孟子说君子应该远离厨房，这是为了保全我们的恻隐之心。因此，前辈们有"四不食"的戒律：听到杀生的声音不吃，看见杀生的情景不吃，自己养的不吃，专门为我杀的也不吃。后来跟着学的人们如果不能完全断肉，也应该先从这些戒律开始做起，渐渐地增进自己的慈心。不仅仅是要戒杀生，所有有灵性的生物都应该被爱惜。我们想想衣食的由来，都是杀害其他生命来养活自己。所以浪费粮食的罪恶和杀生是相等的。至于那些无意中伤害到的生命，比如手误伤、脚误踩等，更是不知道有多少，我们都应该小心地防备着它们。古诗中说："爱鼠常留饭，怜蛾不点灯。"这是多么仁慈啊！

善行是无穷无尽的，无法一一尽述。如果我们能从这十件事开始做起并推广开去，那么万种德行就都可以具备了。

作者简介

袁黄（公元 1533 年—公元 1606 年），初名表，后改名黄，字庆远，又字坤仪、仪甫，初号学海，后改了凡，世称"了凡先生"，浙江嘉兴（今属浙江省嘉兴市）人，明代著名思想家。袁黄青少年时聪颖敏悟，曾受教于云谷禅师，对天文、术数、水利、军政、医药等无不研究。明万历十四年（公元 1586 年）中进士，曾任宝坻知县、兵部职方司主事，在收复平壤的战役中立有谋划之功。后袁黄因故罢归家居，闭户著书。他一生著述颇丰，主要有《了凡四训》《皇都水利》《宝坻劝农书》等22部著作。

家庭教育品读

　　《了凡四训》是袁黄的代表作，他教诫袁氏后人及世人认识命运的真相，明辨善恶的标准，改过迁善，行善积德，被称为"中国第一善书"，流传甚广，影响深远。此处节选的《积善之方》就是袁黄关于积善行德，乐施好善生活方式的阐述和诫勉。在《积善之方》中，袁黄开篇即引用《易经》中的"积善之家，必有余庆；积不善之家，必有余殃"来阐明积善的重要性。并列举了大量古今案例来论证积善的重要性，并提出了行善的十种具体方法和八种区分标准。

　　袁黄认为，积德行善、乐施好善的方法有很多，但基本涵盖十条原则之内，即与人为善、爱敬存心、成人之美、劝人为善、救人危急、兴建大利、舍财作福、护持正法、敬重尊长、爱惜物命等。他还指出，善行有真有假、有端有曲、有阴有阳、有是有非等区别，强调行善需明辨是非，真心实意。

　　袁黄的《了凡四训》具有重要的家庭教育价值，尤其是关于安身立命、改过自谦、积善行德的观点。他的整个训诫，主要围绕"善德"展开，尤其是《积善之方》篇更是直接告诉了人们积德行善、乐施好善的具体方法，具有很大启发意义。在当代家庭教育中，家长应该告诫子女积善行德的重要性，在平时的日常生活中，应该时刻谨记积善行德、乐施好善，以实际行动对子女进行身教，引导在日常生活中践行这十条积德行善的原则。

　　总之，积德行善是家庭教育的核心内容之一。袁黄的《了凡四训》关于积善行德的一些观点和十条积善之方，无论是时代如何变迁都是适用的，通过践行这些原则，我们不仅可以提升自己的道德修养和人格魅力，还可以为家庭和社会的和谐与发展贡献自己的力量。让我们从自身做起，从现在做起，用实际行动去诠释和传承这些美德吧！

《朱柏庐先生劝言》（节选）

明末清初·朱柏庐

原 文

勤 俭

勤与俭，治生之道也。不勤则寡入，不俭则妄费。寡入而妄费，则财匮。财匮则苟取。愚者为寡廉鲜耻之事，黠者入行险侥幸之途。生平行止，于此而丧，祖宗家声，于此而坠，生理绝矣。又况一家之中，有妻有子，不能以勤俭表率，而使相趋于贪惰，则自绝其生理，而又绝妻子之生理矣。

勤之为道，第一要深思远计。事宜早为，物宜早办者，必须预先经理。若待临时，仓忙失措，鲜不耗费。第二要晏眠早起。侵晨而起，夜分而卧，则一日而复得半日之功。若早眠晏起，则一日仅得半日之功。无论天道必酬勤而罚惰，即人事赢诎，亦已悬殊。第三要耐烦吃苦，一处不周密，一处便有损失耗坏。事须亲自为者，必亲自为之。须一日为者，必一日为之。人皆以身习劳苦为自戕其生，而不知是乃所以求生也。

俭之为道，第一要平心忍气。一朝之忿，不自度量，与人口角斗力，构讼经官，事过之后，不惟破家，或且辱身。第二要量力举事。土木之功，婚嫁之事，宾客酒席之费，切不可好高求胜。一时兴会，所费不支，后来补苴，或行称贷，偿则无力，逋则丧德。第三要节衣缩食。绮罗之美，不过供人之叹羡而已。若暖其躯体，布素与绮罗何异？肥甘之美，不过口舌间片刻之适而已。若自喉而下，藜藿肥甘何异？人皆以薄于自奉而不爱其生，而不知是乃所以养生也。

故家子弟，不勤不俭，约有二病：一则纨绔成习，素所不谙；一则自负高雅，无心琐屑。乃至游闲放荡，博弈酗饮，以有用之精神，而肆行无忌，以已竭之金钱，而益喜浪掷。此又不待苟取之为害，而已自绝其生理矣。孔子曰："谨身节用，以养父母。"可知孝弟之道，礼义之事，惟治生者能之。奈何不惟勤俭之为尚也！

....

积 德

积德之事，人皆谓惟富贵然后其力可为。抑知富贵者，积德之报，必待富贵而后积德，则富贵何日可得？积德之事何日可为？惟于不富不贵之时，能力行善，此其事为尤难，其功为尤倍也。盖德亦是天性中所备，无事外求。积德亦随在可为，不必有待。假如人见蚁子入水、飞虫投网，便可救之。又如人见乞人哀叫，辄与之钱，或与之残羹剩饭。此救之、与之之心，不待人教之也。即此便是德，即此日渐做去便是积。今人于钱财田产，即去经营日积，而于自己所完备之德，不思积之，又大败之，不可解也。

今亦须论积之之序，首从亲戚始，宗族邻党中有贫乏孤苦者，量力周给。尝见人广行施与，而不肯以一丝一粟，援手穷亲，亦倒行而逆施矣。次及于交与。与凡穷厄之人，朋友有通财之义，固不必言。其穷厄之人虽与我素无往来，要知本吾一体，生则赈给，死则埋骨，惟力是视，以全我恻隐之心。次及于物类。今人多少放生，究竟末务。有不须费财者，如任奔走、效口舌、解人厄、急人病、周旋人患难，不过劳己之力，更何容吝？又有不费财并不劳力者，如隐人之过、成人之善。又如启蛰不杀，方长不折，步步是德，步步可积。但存一积德之心，则无往而不积矣。不存一积德之心，则无往而为德矣。要知吾辈今日，不富不贵，无力无财，可以行大善事、积大阴德，正赖此恻隐之心。就日用常行之中，所见所闻之事，日积月累，成就一个好人。不求知于世，亦不责报于天。若又不为，是真当面错过也。不富不贵，时不肯为，吾又未知即富即贵之果肯为否也。

译 文

勤 俭

勤奋与节俭，是谋生立业的正确方法。不勤奋就会减少收入，不节俭就会随意浪费。收入减少又随意浪费，那么财富就会匮乏。财富匮乏了，就可能会做出苟且之事来获取利益。愚蠢的人会做出寡廉鲜耻的事情，狡猾的人则会走上冒险侥幸的道路。一个人一生的品行，就这样丧失了；祖宗的家风声誉，也就这样堕落了，谋生的道路也就断绝了。更何况在一个家庭中，有妻子有孩子，如果不能以勤俭作为表率，反而使他们都趋向于贪婪和懒惰，那就是自己断绝了谋生的道路，同时也断绝了妻子孩子的谋生之路。

勤劳的原则，首先要深思熟虑、长远规划。事情应该早日准备，物品应该提前置办，这些都必须预先安排妥当。如果等到临时需要时才匆忙准备，很少有不耗费大量时间和精力的。其次要晚睡早起。清晨就起床，半夜才睡觉，这样一天就能多出半天的时间来做事。如果早睡晚起，那么一天就只能做半天的事情。且不说天道一定会奖赏勤劳而惩罚懒惰，仅从人、事上的成败得失来看，差异也是很大的。再次要耐心吃苦，一处不细心周到，一处就会有损失和耗损。需要自己亲自做的事情，一定要亲自去做；需要一天完成的事情，一定要一天之内完成。人们都以为亲身劳作辛苦是自我伤害，却不知道这其实是求生的方法。

节俭的原则，首先要心平气和、忍耐克制。一时的愤怒，不自我控制，与人发生口角争斗，甚至闹到官府去打官司，事情过后，不仅会破家荡产，甚至可能侮辱自身。其次要量力而行，土木工程的建造、婚嫁的操办、宾客酒席的费用，切不可追求豪华好胜。一时兴起，花费超出承受范围，后来就需要修补或者借贷来弥补，偿还时无力承担，拖欠则会丧失德行。再次要节衣缩食，华丽的丝织品虽然美丽，但只是供人赞叹羡慕而已。如果只是为了温暖身体，粗布和丝织品又有什么区别呢？美味的食物也只是口舌间片刻的享受而已，如果从喉咙咽下去，粗茶淡饭和美味食物又有什么区别呢？人们都以为对自己吝啬就是不爱惜生命，却不知道这其实是养生的方法。

因此，出身于富贵之家的子弟，如果不勤劳也不节俭，大约会有两种弊病：一种是习惯于奢华生活，从来不懂得勤劳节俭；第二种是自视高雅，不屑于关注琐碎细节。于是他们游荡闲逛，放纵不羁，沉迷于赌博和酗酒，将本应用于正途的精力和已经耗尽的金钱，无所顾忌地挥霍浪费。这样的人甚至不需要等到因不择手段谋取利益而受害，就已经自己断送了谋生之道。孔子曾说："谨慎修身，节俭用度，以此来奉养父母。"由此可知，孝敬父母、友爱兄弟、遵守礼义等道理，只有能够谋生立业的人才能够做到。怎么能够不崇尚勤俭呢！

··········

积　德

关于积德，人们都认为只有富贵之后才有能力去做积德的事。殊不知富贵是积德的报应，如果一定要等到富贵之后才去积德，那么富贵何时才能得到？积德的事情何时才能去做？只有在不富贵的时候，能够努力行善，这样的事情才更加难能可贵，功德也尤为加倍。因为德行是人性中本就具备的，无需向外寻求。积德也是随时随地可以做的，不必等待时机。比如，人们看到蚂蚁落入水中、飞虫被困在蜘蛛网上，就会自然而然地想要去救助它们。又如，人们看到乞丐哀叫，就会不假思索地给他们一些钱财或残羹剩饭。这种救助和给予的心态，是不需要别人教导的。这就是德行，坚持下去就是积德。现在的人对于钱财和田产，总是想着如何去经营和积累，但对于自己本应具备的德行，却不去积累，反而大肆败坏，这真是令人费解。

现在我们也应该讨论一下积德的顺序，首先，应该从亲戚开始，对于宗族邻里中贫乏孤苦的人，应该根据自己的能力去周济他们。我曾见过有人广行施舍，却不肯给穷困的亲戚一丝一毫的帮助，这真是颠倒错乱、违背常理的行为。其次，应该帮助朋友和所有穷困危难的人。朋友之间有互通财物的道义，这固然不必多说。对于那些虽然与我们素无往来但处于穷困危难中的人，我们也应该知道他们与我们同为一体，活着的时候就赈济他们，死了的时候就帮助他们安葬，只看自己的能力大小，以尽我们的恻隐之心。再次，应该关注动物等生灵。现在的人虽然多少会放生，但这终究是末节小事。有些积德的行为并不需要花费钱财，比如奔走效劳、口头劝说、解救人的困厄、急救人的病痛、周旋于人的患难之中，这些只需要花费自己的力气，又有什么舍不得的呢？还有些积德的行为，既不需要花费钱财，也不需要花费力气，比如隐瞒别人的过错，成全别人的善行。又如惊蛰之后不杀生，正在生长的植物不折断，这些行为都是德行，都可以积累。只要存有一颗积德的心，那么无论走到哪里都能够积德；如果不存积德的心，那么无论走到哪里都无法行善积德。要知道我们这些人现在虽然不富不贵、没有权力和财富，但可以行大善事、积大阴德，这正依赖于我们的恻隐之心。在日常生活中，对于所见所闻的事情，我们应该日积月累地去行善积德，最终成为一个好人。不求世人知晓我们的善行，也不求上天给予我们回报。如果连这都不去做，那真是当面错过了积德的机会。如果在不富不贵的时候不肯积德，那么我又不知道即使将来富贵了是否真的肯去积德呢？

作者简介

朱柏庐（公元 1627—公元 1698 年），名用纯，字致一，号柏庐，江苏昆山县（今属江苏省苏州市）人，明末清初著名理学家、教育家。他一生未入仕途，以教书为业，与杨无咎、徐枋并称"吴中三高士"。朱柏庐早年致力于读书，曾考取秀才，但明亡后隐居乡里，潜心治学，以程、朱理学为本，提倡知行并进，躬行实践。朱用纯的代表作是《治家格言》（又称《朱子家训》）是他根据自己一生的研究，以儒家"修身""齐家"的核心思想为宗旨，广采儒家的为人处世经验、方法编撰而成。全文仅五百余字，却以警句、箴言的形式讲述了许多为人处世、修身治家的道理，被尊为"治家之经"，流传甚广，影响深远。此外，有《朱柏庐先生劝言》行于世。

家庭教育品读

《朱柏庐先生劝言》，是朱柏庐治家经验的详细呈现，共分为"孝弟""勤俭""读书"和"积德"四篇，此处选取其关于生活态度论述的"勤俭""积德"两篇。这两篇劝言深刻阐述了勤俭和积德在人生中的重要性，对于当代家庭教育有着深远的意义。

朱柏庐始终十分注重勤俭，他在《治家格言》中所讲的"一粥一饭，当思来之不易；半丝半缕，恒念物力维艰"，已经成为无数人勤俭持家的座右铭，对后世产生了十分深刻的影响。而在《劝言》"勤俭"篇中，他着重讲了勤劳和节俭的原则。他首先指出，勤俭乃是治生之本，是生活必备之道。并用对比的方式呈现了勤俭和不勤俭的影响，告诫后人要勤俭持家。然后，他具体讲了应该如何勤俭。勤劳需要深思远计、晏眠早起、耐烦吃苦，节俭需要平心忍气、量力举事、节衣缩食。最后，他以富家子弟不勤俭的危害举例，对子孙后代进行诫勉。整个"勤俭"篇具有丰富的治家智慧，也是家庭勤俭教育的重要示范。在当代家庭教育中，家长们应该教育孩子认识到勤奋和节俭是谋生的基石，并引导孩子参与家务劳动，培养他们的劳动习惯和节俭意识，让他们明白"一分耕耘一分收获"的道理。

积德行善也是治家之道，在当时家训中常常会出现，如前述《了凡四训》，被称为"中国第一善书"，就是主要围绕积善行德展开。朱柏庐的《劝言》"积德"篇与之有异曲同工之妙。在这篇劝言中，朱柏庐澄清了一个误区，那就是富贵行善，强调了积德行善不依赖于富贵，而是每个人在任何情况下都能且应去做的事情。他在开篇即指出，人们往往认为只有富贵之人才有能力积德，但实际上，富贵是积德行善的报应，而非积德行善的前提。若等待富贵后再积德行善，那么富贵和积德行善都将无从谈起。同时，他通过一些日常生活的小例子，点明了积善行德乃是天性，无需刻意选择条件。在整篇劝言中，他还讲了积德行善的顺序问题，要先从身边的人开始；积德行善的方式问题，不仅仅是物质的帮助，还可以是精神的支持和道德的引导；积德行善的心态，只要身存善念，在日常生活中就可以随手为之，等等。这些积德行善的实践方法，放到今天依然并不过时。在当代家庭教育中，我们应该引导鼓励孩子们在日常生活中心存善念，注重积德行善，从小事做起，从身边做起，把自己培养成为一个有高尚道德品质的人。

《家训》

明末清初·王命岳

原　文

　　吾家自朴庵公种德四世，至可兰公以二子贵始封。吾高祖次山公，为可兰公四子，二兄成进士，雅以寒素自持，言行端方，二兄惮焉，学问渊邃，苏紫溪、张净峰、陈紫峰俱出其门。曾祖望山公，文章如其父，行则温温乎浑金璞玉也。吾祖宏所公，性端行直，而能周急，公正不阿，有王彦方之风，晚益贫。吾父澹觉公故善病，仰食于祖，而孝友因心，忠恕存念，有独知之德，常为人揶揄。然衣食恒不给，忆隆冬葛袴未易也。吾母事父病，三年不贴席。父病已而风痰间作，作辄捶母，几死者数。然闻吾祖行声，虽痰气大作，亦复屏息，母得不死，日刺女红，佐祖治家计。

　　迨余年二十，担家务，祖年七十矣。余拮据得米，其蔬菜柴火，皆母十指中出。每夜操作至鸡鸣，约一日得钱十余文，可三分，十余岁以为常。家约十人，晨午用米二升五合，晚用一升五合，大困时略减，日用六升或五升。然每餐溲米下锅，必手撮一把他藏之，适大匮，供吾祖一二餐。以故家虽奇贫，而祖未尝废箸，然母瘁甚矣。吾十九岁入泮，二十岁有友以午饭邀余伴读，晨昏则自家吃饭，又无束脩。其明年，此友再邀余教子，初约云：每月米三斗、蔬菜银三钱，无束脩。子弟则自教，只藉看文章，不敢禁先生出入。馆虽凉薄，余私自计算，我应二社，一月可六日在外，至过从知友，或东家留客相陪，月亦可数次。计一月之内，止二十日自爨耳。每日用米七合五勺，二十日可用米一斗五升，余一斗五升，可供吾家二日半之粮；其三文钱之金，可得钱一百二十文，吾每日买柴一文，三日共菜脯一文，计二十日可用二十七文而足，存九十三文可买米一斗五升，足家中二日半之粮。计算已定，欣然就馆。而友人忽变前说，欲饭余。余固请，辄欲弃予，悒悒就之。教读之余，并日夜佣书，日可得七八分，籴米供亲，而社中友亦有哀王孙而进食者。偶闻是餐匮，东家进饭，余以他事遣去，苍头急将饭与肉裹巾中，少选，携至家奉亲；如东家陪饭不能携，则余故推病竟自不食，不忍独餧吾父母也。

余廿三岁丧父，父服阕而廿七岁廪于庠。廿八岁丧母，又丧祖，二服阕而三十一岁举于乡。呜呼痛哉！吾家积德数世，至吾而发，又使吾祖吾父吾母独当奇穷，至吾而当其亨。每膺享受，悼念先事，血泪如雨。是以食不粱肉，充饥而止；衣不文卡彩，蔽体而止。一则恐享受过丰，忘亲为不孝；一则念小小功名，乃经数世淡泊酝酿得来，福泽之难得如此，若过分享受，则凋零必速。然余方居官，如朝见应接之衣、宴会往来之食，亦不能尽简，子孙若未居官，必不可以我为法，更当简淡也。汝曹但训能如我心，常念宏所公之老年食贫、澹觉公之清淡穷困、吾母之勤苦艰难，皆以是终其身，为世间罕有，时时警省，时时恻怛，自然不忍享受，撙节爱养也。

天之与人福泽，有如钟者，有如卮者，但知爱惜，则一卮之福，用之而不尽，若恣意狼藉，则盈钟之福，一覆立竭。故节慎之人多寿，暴殄之人多妖，理固然也。况乎君子造命，自求多福。一念戒慎，天继以禄，一念放侈，神夺其福，此中尤有转移乎？吾母尝教我曰："当于有时思无时，莫待无时思有时。"三复慈训，实惟世宝。往往人至穷迫，始自悔曰："使我当日稍知节省，何至如此？"然而无及矣！吾世世子孙，当朝夕详玩吾言，保百世守家勿替也。

译　文

我家从朴庵公开始积累德行，已经过了四代。到了可兰公这一代，因为他的两个儿子显贵，家族开始受到封赏。我的高祖次山公是可兰公的第四个儿子，他的两个哥哥都成了进士，但次山公却一直以清寒朴素自持，言行举止端庄方正，这让他两个哥哥都感到敬畏。他的学问非常深厚，苏紫溪、张净峰、陈紫峰等人都是他的门生。我的曾祖望山公，他的文章写得像他父亲一样好，而他的行为则温和如浑金璞玉。我的曾祖望山公，他的文章写得像他父亲一样好，而他的品行则温和如浑金璞玉。我的祖父宏所公，性格端正，行为直率，而且乐于助人，特别是在别人急需的时候。他公正不阿，有王彦方那样的风范，但晚年却变得越来越贫穷。我的父亲澹觉公，他身体一直不太好，依靠祖父生活。但他非常孝顺，对朋友也极其友善，内心充满了忠恕之道，有着独特的德行。然而，这样的他却常常被人嘲笑。那时，家里的吃的穿的经常不够用，我记得有一年在寒冷的冬天，我们连葛布裤子都难以更换。我的母亲，在父亲生病期间，三年都没有好好睡过一觉。父亲病愈后，却时常因为风痰发作而打母亲，有好几次母亲都差点被打死。然而，当听到祖父的脚步声或说话声时，即使痰气大作，也会立刻安静下来，这样母亲才得以幸免。母亲每天刺绣做针线活，帮助祖父管理家务。

当我年近二十的时候，我开始承担起家庭的重担，而那时祖父已经七十岁高龄了。我辛苦劳作才得到一些米，而蔬菜和柴火则全靠母亲用双手操持。她每天晚上都要劳作到鸡鸣时分，大约一天能挣到十几文钱，这些钱我们要分成三份来用，这样的生活持续了十多年。当时，家里大约有十口人，早饭和午饭需要用米二升五合，晚饭则需要一升五合。在特别困难的时候，我们会稍微减少一些用量，每天大约用米六升或者五升。然而，每次煮饭的时候，母亲都会悄悄地从米中抓出一把藏起来，以备不时之需，供祖父吃一两餐。因此，尽管家里极其贫穷，但祖父从未缺过饭食，而母亲却因此极度劳累。

我十九岁的时候考入了学校，二十岁时，有朋友邀请我去他家吃午饭并伴读，早晚则在家里吃饭，而且不需要支付学费。第二年，这位朋友再次邀请我去教他的儿子，当初约定每个月给我三斗米、三钱银子的蔬菜费，而且不需要支付学费。学生由他自己教，我只是帮忙看看文章，他也不会限制我的出入。虽然这个教书的待遇很微薄，但我自己私下里算了一下，如果我答应教两个学生，那么一个月可以有六天在外面，再加上去朋友家或者东家留客相陪的时候，一个月也可以有几次不在家里吃饭。这样一来，一个月之内，我只需要自己做饭二十天。每天用米七合五勺，二十天就需要一斗五升的米，那么剩下的一斗五升米就可以供我家里两天半的粮食了。而那三钱银子，可以换得一百二十文钱，我每天买柴需要一文钱，三天买菜和腌菜需要一文钱，这样二十天就需要二十七文钱足够了，剩下的九十三文钱又可以买一斗五升的米，足够家里两天半的粮食。打定主意后，我欣然接受了这份教书的工作。然而，朋友却突然改变了之前的约定，想要提供饭菜给我。我坚决请求按照原来的约定执行，但朋友却想要放弃我。我感到很郁闷，但还是接受了。在教书之余，我还日夜为人抄写书籍，每天可以挣到七八分钱，用来买米供养亲人。而且社中的朋友也有同情我而送饭给我的。有时候听说家里缺粮，东家就会送饭来。我就会找借口支开仆人，急忙把饭和肉包在头巾里。过了一会儿，我就带着这些食物回家给父母吃。如果东家陪我吃饭而不能带回家时，我就会故意推说生病而自己不吃，因为我不忍心让父母独自挨饿。

在我二十三岁的时候，父亲去世了。为父亲守孝期满后，我二十七岁时成为享受官府廪膳的廪生。二十八岁时，母亲和祖父又相继离世。为他们两位守孝结束后，我三十一岁时在乡试中举。唉，真是悲痛啊！我们家积累了数世的德行，到我这一代才开始发迹，却又让我的祖父、父亲和母亲独自承受了极度的贫困。直到我这里，家境才有所好转。每当我享受到一些福分时，就会深切地怀念起过去的种种，泪水如雨般落下。因此，我在饮食上从不追求精美，只是为了充饥而已；在穿着上也不追求华丽，只是为了遮体而已。这样做的原因有两个：一是担心享受过于丰盛，会忘记亲人的艰辛，从而成为不孝之人；二是念及这小小的功名，是经过数代人的淡泊与酝酿才得来的，福泽如此难得，如果过分享受，那么衰败的速度也一定会很快。然而，我现在身有官职，像朝见时的应酬衣物、宴会往来的饮食等，也不能全部从简。如果子孙后代没有身居官职，就一定不能以我为榜样，更应该简朴淡泊。你们只要能够像我心中所想的那样去做，时常怀念祖父宏所公老年时的贫困、父亲澹觉公清淡穷困的生活以及我母亲的勤苦艰难，他们都是这样度过了一生，这在世间是罕见的。你们要时时警醒自己，时时感到悲痛，这样自然就会不忍心过度享受，而是会节制自己的欲望，爱惜并保养自己的福分。

上天赐予人的福泽，有的像钟一样大量，有的像卮一样少量。但只要懂得爱惜，那么即使是卮这样少量的福泽，也能用之不尽；如果肆意挥霍，那么即使是钟这样大量的福泽，也会一倾而尽。因此，节俭谨慎的人大多长寿，而暴饮暴食、挥霍无度的人则多遭不幸。这是理所当然的道理。更何况君子能够自己创造命运，自己寻求更多的福分。只要有一个念头是戒慎的，上天就会继续赐予他福禄；如果有一个念头是放纵奢侈的，神灵就会夺走他的福分。其中还有着可以转移变化的道理呢！我母亲曾经教导我说："应当在有的时候想到没有的时候，不要等到没有的时候才想到有的时候。"我多次回味母亲的慈爱教诲，这实在是世间的宝贵财富。往往有人在穷困窘迫的时候，才开始后悔说："如果我当初稍微知道节省一些，何至于落到如此地步呢？"然而，到那个时候已经来不及了！我们家的世世代代子孙，都应当朝夕详细玩味我的这番话，以确保我们的家族能够世代相守、永不衰败。

作者简介

王命岳（公元 1610 年—公元 1668 年），字伯咨，号耻古，福建晋江人，明末清初官员、学者。他自幼聪颖好学，虽家境贫寒，但凭借不懈努力，于明崇祯十二年（公元1639年）中举人，清顺治十二年（公元1655年）考中进士，随后改庶吉士，并历任工科、户科、兵科给事中，最终升至刑科都给事中。王命岳素以天下为己任，关注民生疾苦，刚直敢言，对军国大事多有建言献策被采纳施行，成为一代名臣。著有《耻躬堂文集》20卷，以及《周易杂卦牖中天》《读诗牖中天》等作品，内容涉及政治、军事、文学等多个领域，具有较高的史料和学术价值。

家庭教育品读

王命岳的家训是王命岳的勤俭传家之道，他教导子孙要勤俭节约、珍惜福泽、不忘先人苦难，以此来告诫后代要勤俭持家。

在家训中，王命岳先是回顾了自己家族的历史，指出了自己家族的贫困过往。他详细描述了母亲如何在祖父病重时日夜操劳，自己如何在二十岁时承担起家庭重任，每日辛勤劳动以维持生计。这种贫困却坚韧的生活经历，成为他家训中的重要内容。因为经历过这段贫苦的日子，所以，王命岳始终保持着勤俭的生活作风，他虽然功成名就，家境变好，但依然"食不粱肉，充饥而止；衣不文彩，蔽体而止"。他通过自己的亲身经历，教育子孙要珍惜每一粒粮食、每一件衣物，不可奢侈浪费，同时要生活俭朴淡泊，学会节制自己的欲望，不要奢靡浪费，贪图享受。

王命岳的这篇家训，以自身经历娓娓道来，却陈述了一个勤俭的大道理。就像他引用母亲的话所说：当于有时思无时，莫待无时思有时。勤俭持家的目的是将来打算，人生有旦夕祸福，未来不可预测，因此要有忧患意识，为未来计，从现在就要做到勤俭节约。

他的这些主张，不仅是对子孙的警示，也是很好的家庭教育范本。在当代家庭教育中，家长们应该汲取其中的智慧，以身作则，言传身教，为孩子树立勤俭节约的典范，教育引导他们要生活俭朴，勤俭持家，同时不可因一时富贵就骄奢淫逸，要时刻保持忧患意识，为未来做长远打算。

王命岳的家训不仅是对个人生活作风的严格要求，也是对家庭教育的深刻反思和传承。其中所蕴含的对生活哲理的深刻洞察和对幸福生活的理性追求，具有深远的现实意义和教育价值。

《训诸子书》

清·纪晓岚

原 文

余家托赖祖宗积德，始能子孙累代居官，惟我禄秩最高。自问学业未进，天爵未修，竟得位居宗伯，只恐累代积福，至余发泄尽矣！所以居下位时，放浪形骸，不修边幅，官阶日益进，心忧日益深。古语不云乎："跻愈高者陷愈深。"居恒用是兢兢，自奉日守节俭，非宴客不食海味，非祭祀不许杀生。余年过知命，位列尚书，禄寿亦云厚矣，不必再事戒杀修善，盖为子孙留些余地耳。

尝见世禄之家，其盛焉，位高势重，生杀予夺，率意妄行，固一世之雄也；及其衰焉，其子若孙，始则狂赌滥嫖，终则卧草乞丐，乃父之尊荣安在哉？此非余故作危言以耸听，吾昔年所购之钱氏旧宅，今已改作吾宗祠者，近闻钱氏子已流为叫化，其父不是曾为显宦者乎？

尔辈睹之，宜作为前车之鉴。勿持傲谩，勿尚奢华，遇贫苦者宜赒恤之，并宜服劳。吾特购粮田百亩，雇工种植，欲使尔等随时学稼，将来得为安分农民，便是余之肖子。纪氏之鬼，永不馁矣！尔等勿谓春耕夏苗，胼手胝足，乃属贱丈夫之事；可知农居四民之首，士为四民之末，农夫披星戴月，竭全力以养天下之人，世无农夫，人皆饿死，乌可贱视之乎？戒之！戒之！

译 文

我们家依靠祖宗积累的德行，才能让子孙后代世代做官，而我更是其中官位最高的。我自问学业没有精进，品德修养也不够，竟然能够身居高位，只怕这历代积累的福气，到我这里就要用尽了！因此，当我在低位时，虽然行为放纵，不拘小节，但随着官位的不断提升，我心中的忧虑也日益加深。古语不是说吗：爬得越高，摔得越重。我时常因此感到战战兢兢，所以日常生活中我一直坚守节俭，不是宴请客人的话就不会去吃海味，不是祭祀的话就不允许杀生出现。我现在已经年过半百了，位列尚书之位，不管是俸禄，还是寿命也都算丰厚了，也不必再去刻意戒杀修善，这其实是为了给子孙后代留一些福泽。

我曾经见过那些世代享有俸禄的家庭，在他们兴盛的时候，地位高贵，权势显赫，可以随意决定他人的生死和赏罚，行为放纵，肆无忌惮，确实称得上是一时豪杰。然而，当这些家庭衰败下来以后，他们的子孙后代开始时狂赌滥嫖，最终沦落到躺在草席上乞讨的地步，他们父辈的尊荣和地位又在哪里呢？这并不是我故意说些危言耸听的话来吓唬你们，我以前所购买的钱氏旧宅，现在已经改作了我们家族的宗祠，而最近我听说钱家的子孙已经沦落为乞丐，他们的父辈难道不是曾经身居高位、显赫一时的官员吗？

你们看到这些例子，应该把它们当作前车之鉴。不要持有傲慢的态度，不要崇尚奢华的生活，遇到贫苦的人应该给予救济和帮助，且愿意为他们服务。我特地购买了百亩粮田，雇佣人来种植，目的就是让你们随时能够学习耕种，将来能够做个安分守己的农民，这样就是我的好子孙了。我们纪家的后代，就永远不会挨饿了！你们不要以为春耕夏种，手脚磨出老茧，是卑贱之人才会做的事情；要知道农民在四民（士、农、工、商）中位居首位，而士人则位居末位。农夫披星戴月，用全部的力量来养活天下的人，如果没有农夫，人们都会饿死，怎么可以轻视他们呢？一定要谨记！一定要谨记！

作者简介

纪晓岚（公元 1724 年—公元 1805 年），名昀，字晓岚，一字春帆，晚号石云，道号观弈道人，直隶河间府献县（今属河北省沧州市）人，清代官员，著名学者、文学家。纪晓岚年少时聪颖好学，有"神童"之称，于乾隆十九年（公元 1754 年）考中进士，因文采出众，常侍奉在乾隆帝左右。他曾任《四库全书》总纂官，主持完成了这部旷世巨著的编纂工作，对中国古籍的整理与保存做出了巨大贡献。纪晓岚一生学宗汉儒，博览群书，工于诗歌及骈文，长于考证训诂，其著作《阅微草堂笔记》在中国文言小说发展史上具有重要地位。此外，他还著有《纪文达公遗集》三十二卷，另有诸多学术著作，涉及文学、音韵学、考据学、谱牒学等多个领域。纪晓岚为官清廉，历雍正、乾隆、嘉庆三朝，深受皇帝器重，官至礼部尚书、协办大学士。清嘉庆十年（公元 1805 年），纪晓岚因病逝世，享年八十二岁，谥号文达。

家庭教育品读

《训诸子书》是纪晓岚家书中的一篇，其主要内容是嘱咐儿子们要积德修身、戒奢尚俭，其蕴含生活态度，对于我们今天的家庭教育依然具有深远的意义。

家书开篇，纪晓岚便强调了祖宗积德的重要性，这是家族兴旺的根基。他指出，自己个人的成功与家族的荣耀并非偶然，而是世代积累的结果。

接下来，纪晓岚便引入了节俭生活问题。他说自己在官位日益提升的同时，心中的忧虑也在日益加深。担心地位越高，陷得也越深，不能为后代积福积德。因此，他保持节俭生活，非宴客不食海味，非祭祀不许杀生。这是他的个人生活追求，也告诫子孙后代要保持节俭。

在谈到生活如何自处时，纪晓岚通过对比世禄之家兴衰的例子，警示子孙不要持傲慢态度，不要崇尚奢华生活。他以钱氏旧宅的变迁和钱氏子孙的沦落，作为前车之鉴，提醒子孙要引以为戒。

最后，他也通过士农工商四民排序告诉儿子们应该学习农耕，将来成为安分的农民。这是传统耕读传家思想的体现，也是纪晓岚对于子孙后代的期望和嘱托。

《训诸子书》对于生活的态度，在今天物欲横流的社会中意义非凡。其中蕴含的关于积德修身、戒奢尚俭的道理，至今仍然十分有用。它告诉我们，要积德修身、戒奢尚俭，这样才能让家族兴旺发达，让社会更加和谐美好。在当代家庭教育中，家长们要时刻告诫子女以节俭为荣，以奢侈为耻，引导他们树立正确的生活态度，形成优良的生活习惯。

《答甘林侄》

清·龚未斋

原文

接来字,颇以贫为忧。士穷见节义,古人有三旬九食者,贫亦何害?

余成童时,学为诗,有"丈夫当自主,不受世人怜"之句。及二十年而孤,家益贫,衣食于奔走,但不乞怜人,而人亦无有怜之者。淮阴为中人之雄,其受漂母一饭,报以千金,至今传为盛事。然丈夫义不受怜,千古一怜字,吾为吾侄惜也。

余惟以碌碌终身、不能自立为愧。吾侄当求其所以自立者,贫不足为忧,且断不可忧焉!

译文

我接到你的来信,你说自己很是因为贫穷而感到忧虑。但是,士人在困境中更能显现出节操和义气,古人中就有三十天只吃九顿饭的例子,贫穷又有什么妨碍呢?

我还小的时候,那时学习写诗,其中有"大丈夫应当自立自强,不接受世人的怜悯"这样的句子。到了我二十岁的时候,父亲去世,我的家境更加贫寒,为了衣食我不得不四处奔波,但是我从不乞求别人的怜悯,而别人也没有怜悯我的。淮阴侯韩信是英雄中的豪杰,他曾接受漂母的一顿饭,后来以千金相报,这件事至今还被传为美谈。然而,大丈夫按道义是不接受怜悯的,千百年来,"怜"这个字,我是为侄子你感到惋惜啊。

我只因为自己平庸无能、不能自立自强而感到羞愧。侄子你应当寻求自立自强的方法,贫穷不值得忧虑,而且绝对不能去忧虑它!

作者简介

龚未斋（公元 1738 年—公元 1811 年），字萼，号雪鸿，山阴（今属浙江省绍兴市）人。清代文学家。出身于幕僚家庭，虽科举屡试不第，但终身以幕僚为业，尤以绍兴师爷的身份闻名于世。他善诗文，尤善书札，著作中仅《雪鸿轩尺牍》流传至今，该书被誉为"清代三大尺牍"之一，文辞雅丽，用典贴切，对后世书信写作影响深远。

家庭教育品读

在《答甘林侄》这封家书中，龚未斋以深情而坚定的笔触，向侄子传达了自立自强、不为贫困所困的人生智慧。这不仅是对侄子的殷切期望，也是对当代家庭教育的深刻启示。

龚未斋首先以古人的节义为榜样，告诉我们贫困并不可怕，可怕的是失去节义和自尊。在困境中，我们更应该坚守自己的原则和尊严，用实际行动去证明自己的价值。接着，他回顾了自己的成长经历，用亲身经历告诉我们，即使生活再艰难，也不能乞求别人的怜悯，要靠自己的努力去改变命运。

同时，他还提到了淮阴侯韩信的故事，以此来强调自立自强的重要性。韩信虽然曾接受过漂母的帮助，但他并没有因此而失去自尊和自立的精神。相反，他用自己的行动回报了漂母的恩情，也赢得了世人的尊敬。

最后，龚未斋再次强调自立自强的重要性，并鼓励侄子寻求自立的方法。这不仅是对侄子的期望，也是对我们每一个人的鞭策。

这封家书虽然简短，但其中蕴含的人生智慧却是深远的。它告诉我们，只有自立自强，才能真正掌握自己的命运，不被贫困所困，不被困难所倒。在当代家庭教育中，家长应该鼓励引导孩子们向那些自立自强的人学习，以他们为榜样，不断激励自己前进，同时告诉他们无论身处何种境地，都应该保持自尊和自立的精神，用自己的努力去创造属于自己的未来。

《谕纪泽、纪鸿》（节选）

清·曾国藩

原 文

余生平略涉先儒之书，见圣贤教人修身，千言万语，而要以不忮不求为重。忮者，嫉贤害能，妒功争宠，所谓"怠者不能修，忌者畏人修"之类也。求者，贪利贪名，怀土怀惠，所谓"未得患得，既得患失"之类也。忮不常见，每发露于名业相侔、势位相埒之人。求不常见，每发露于货财相接，仕进相妨之际，将欲造福，先去忮心，所谓人能充无欲害人之心，而仁不可胜用也。将欲立品，先去求心，所谓人能充无穿窬之心，而义不可胜用也。忮不去，满怀皆是荆棘。求不去，满腔日即卑污。余于此二者常加克治，恨尚未能扫除净尽，尔等欲心地干净，宜于此二者痛下工夫，并愿子孙世世戒之。附作《忮求诗》二首录右。

....

附《忮求诗》二首：

不 忮

善莫大如恕，德莫凶于妒。妒者妾妇行，琐琐奚比数。己拙忌人能，己塞忌人遇。己若无事功，忌人得成务。己若无援党，忌人得多助。势位苟相敌，畏逼又相恶。己无好闻望，忌人文名著。己无贤子孙，忌人后嗣裕。争名日夜奔，争利东西骛。但期一身荣，不惜他人污。闻灾或欣幸，闻祸或悦豫。问渠何以然，不自知其故。尔室神来格，高明鬼所顾。天道常好还，嫉人还自误。幽明丛诟忌，乖气相回互。重者灭汝躬，轻亦减汝祚。我今告后生，悚然大觉寤。终身让人道，曾不失寸步。终身祝人善，曾不损尺布。消除嫉妒心，普天零甘露。家家获吉祥，我亦无恐怖。右不忮。

不　求

知足天地宽，贪得宇宙隘。岂无过人姿，多欲为患害。在约每思丰，居困常求泰。富求千乘车，贵求万钉带。未得求速偿，既得求勿坏。芬馨比椒兰，磐固方泰岱。求荣不知厌，志亢神愈怢。岁燠有时寒，日明有时晦。时来多善缘，远去生灾怪，诸福不可期，百殃纷来会。片言动招尤，举足便有碍。戚戚抱殷忧，精爽日凋瘵。矫首望八荒，乾坤一何大！安荣无遽欣，患难无遽憨。君看十人中，八九无倚赖。人穷多过我，我穷犹如耐。而况处夷涂，奕事生嗟忾。于世少所求，俯仰有余快。俟命堪终古，曾不愿乎外。右不求。

译　文

我平生略微涉猎了先儒的书籍，看到圣贤教导人们修身养性，千言万语之中，都强调以不嫉妒、不贪求为重中之重。嫉妒，就是嫉贤妒能，争功抢宠，就像那些懒惰的人自己不能修身，却嫉妒别人修身一样。贪求，则是贪图名利，怀念故土和恩惠，就像那种没有得到时担心得不到，得到了之后又担心失去的心态。嫉妒之心不常见，但每当在名声事业相当、地位权势相近的人之间，就容易显露出来。贪求之心也不常见，但每当在财物交接、利益冲突的时候，就容易暴露出来。如果想要造福他人，首先要去除嫉妒之心，这就是人们常说的，如果能充满不想害人的心，那么仁爱之心就会无穷无尽。如果想要树立品德，首先要去除贪求之心，这就是人们常说的，如果能充满不想嫉妒他人的心，那么道义就会无穷无尽。如果不去除嫉妒之心，那么心中就会充满荆棘。如果不去除贪求之心，那么内心就会日渐卑污。我对于这两者常常加以克制，但遗憾的是还没有能够完全扫除干净。你们如果想要心地干净，就应该在这两者上痛下功夫，并希望子孙后代都能永远引以为戒。下面附上我作的《忮求诗》两首，录于右侧。

附《忮求诗》二首：

不　忮

没有比宽恕更大的善行，没有比嫉妒更凶的恶德。嫉妒是妾妇的行为，琐碎渺小不值一提。自己笨拙就嫉妒别人的才能，自己困顿就嫉妒别人的际遇。自己如果没有功劳，就嫉妒别人完成事务。自己如果没有援助，就嫉妒别人得到帮助。如果地位权势相当，就会既畏惧又厌恶对方。自己没有好名声，就嫉妒别人名声显赫。自己没有贤良的子孙，就嫉妒别人后代兴旺。为了争夺名声日夜奔波，为了争夺利益四处呼号。只希望自己一身荣耀，不惜让他人受到污损。听到别人遭灾或许会感到欣喜，听到别人遭祸或许会感到愉悦。问他为什么会这样，他自己也不知道原因。你的家室神明会来眷顾，高明之鬼也会来照顾。天道常常是好坏相报的，嫉妒别人反而会害了自己。明暗之中丛集着怒骂和嫉妒，乖戾之气会相互回应。重的会毁灭你的生命，轻的也会减少你的福寿。我现在告诉后生们，希望你们能幡然醒悟。一生都让人一步，绝不会失去半步。一生都祝福别人的善行，绝不会损失一丝一毫。消除嫉妒之心，普天之下都会降下甘露。家家户户都会获得吉祥，我也就没有什么恐怖的了。（这是关于不嫉妒的诗。）

不　求

知足就会觉得天地宽广，贪得无厌则会觉得宇宙狭隘。难道没有超过别人的资质吗？只是多欲成为祸患。在贫困时常常思念丰足，在困顿时常常寻求安泰。富裕了就想要求千乘车马，显贵了就想要求万钉宝带。没有得到时要求迅速得到，得到了之后又要求不要失去。芬芳馥郁比得上椒兰，稳固如同泰山一样。追求荣耀却不懂得回头，志气高昂精神却越加衰败。一年之中有热也有寒，一天之中有明也有暗。时运来时多善缘，时运远去则生灾怪。各种福气不可期待，各种灾祸却纷至沓来。一句话动不动就招来怨恨，一举足便会有障碍。忧心忡忡地抱着深深的忧虑，精神气爽的日子却日渐凋敝。抬头远望八方荒远之地，乾坤是多么广大啊！安乐荣耀时不要急于欣喜，患难时不要急于悲伤。你看人生中的十八个阶段中，有八九个都是没有依靠的。人们穷困时多过我，我穷困时还能忍耐。更何况处在平坦的道路上，又有什么事情值得嗟叹呢？对于世上的事情少些所求，俯仰之间就会有余快。听天由命可以度过一生，从不愿意去强求什么身外之物。（这是关于不贪求的诗。）

❧ 作者简介 ❧

见前文《曾国藩家书》（其二）（节选）处。

❧ 家庭教育品读 ❧

曾国藩写给他儿子曾纪泽、曾纪鸿的这封家书，蕴含了深刻的教育意义。信中的核心观点是"不忮不求"，这是曾国藩对子女生活态度的重要教诲。

"不忮不求"中，"忮"指的是嫉妒，"求"指的是贪求。曾国藩认为，嫉妒和贪求是两种极其有害的心态，它们会严重扭曲一个人的心灵，使其无法正确地看待自己和他人，也无法正确地处理生活中的得与失。嫉妒之心会使人满怀荆棘，无法容忍他人的优点和成功，而贪求之心则会使人满腔卑污，永远无法满足，从而陷入无尽的痛苦和焦虑之中。

　　为了去除这两种有害的心态，曾国藩提出了具体的建议。他认为，要造福他人，首先要去除嫉妒之心，充满不想害人的心，这样仁爱之心就会无穷无尽。同样，要树立品德，首先要去除贪求之心，充满不想嫉妒他人的心，这样道义就会无穷无尽。这些建议不仅有助于个人修身养性，更有助于培养子女健康的生活态度和正确的价值观。

　　信中的《忮求诗》进一步阐述了这一观点。诗中通过对比嫉妒和宽恕、贪求和知足的不同结果，生动地展示了"不忮不求"生活态度的积极意义。嫉妒和贪求只会带来痛苦和灾难，而宽恕和知足则能带来吉祥和安乐。这不仅是对他儿子们的教诲，也是对所有人的警醒。

　　从家庭教育的角度来看，曾国藩的这封家书无疑是一份宝贵的财富。他通过自己的经验和智慧，为儿子指明了正确的生活方向，教导他们如何以健康的心态面对生活中的挑战和诱惑。这种家庭教育观念不仅有助于子女的成长和发展，更有助于培养他们成为具有高尚品德和正确价值观的人。

《致敏弟》

清·胡林翼

原 文

　　吾弟来书，颇以家居不能快乐为恨。兄意快乐诚为人生要事，然亦须自己求之。非他人所能勉强而致者也。安乐之境，至为无定，同一处境，而彼此之苦乐不同，其所感者异也。若族伯希凡者，衣罗绮，醉肥鲜，宜乎乐矣，然常终日戚戚，询其故，则身体太弱，且多病，不能游玩如意也。若许丈伯渊者，年高德劭，位尊金多，宜乎乐矣，然常终日郁郁，询其故，则生子不育，嗣续犹虚也。又若龙皋丞者，三代同堂，妻贤子顺，宜乎乐矣，而亦愀然常忽忽若有所失，询其故，则年荒世乱，坐食甚艰难也。又有马丈湘汉者，家计未必富裕，子女之担负尤匪轻，宜乎不乐矣，然试至其家，则熙熙皞皞，若登春台。

　　是可知人苟常存知足之戒，自无不快之怀。否则人之所欲无穷，而物之可以足我欲者有尽。万恶之辨战乎中，去取之择交乎前，则可乐者常少，而可悲者常多，此亦不移之理也。

　　吾弟父母俱存，兄弟无故，此乐已非易得。读书之余，栽花庭前，养鱼池内，又足以涵养心灵。偶逢春秋佳日，则约二三知己，散步郊原，以游目而骋怀。虽遭时不造，中原时闻杀伐之声，而益阳僻处一隅，既无贼寇之警心，复鲜土匪之内扰，兄意若吾弟者，正神仙中人，此境殆非福薄者所能获，胡为而犹牢愁抑郁，忧心如焚耶！真令人大惑而不解者矣。

　　或谓吾弟近颇思做官，未得官位，故神志浮越，兄以为又过矣。今之时世，非太平盛世可比。寇乱如毛，财用匮乏，身当其境者辄感痛苦，洁己而退者，则有翰章、湘左、益生诸兄，彼岂薄富贵而敝屣尊荣哉？诚知时局之不易应付，与其跋前疐后，动辄得咎，不如深藏不市，在山泉清也。吾弟之学业较翰章如何？吾弟之干才较益生如何？吾弟之奥援又较湘左如何？倘竟贸然出仕，兄实甚为担忧。吾弟如果有意宦途，则趁此闲暇，先将历代吏治得失预为研究，又将近日政俗状况细加考察，世变愈急，需材愈殷，脱颖而出亦非难事。若无其实而尸其位，即不为清议所指摘，亦当内疚夫神明。吾弟其深思之，勿徒戚戚于心，有损身体也。兄爱吾弟，辄贡其愚直，望勿罪，鉴察为幸。保弟闻曾患恙，近日想已痊愈矣。

译　文

　　我收到弟弟你的来信，信中颇为不能在家中过得快乐而感到遗憾。哥哥我认为，快乐确实是人生中的一件大事，但也需要自己去追求，不是他人能勉强给予的。安乐的环境是非常不确定的，同一处境下，每个人的苦乐感受都不同。比如族伯希凡，他穿着华丽，吃着美食，按理说应该很快乐，但他却整天忧愁不已，询问他原因，原来是身体太弱，并且多病，不能如愿地去游玩。又如许丈伯渊，他年高德劭，地位尊贵，钱财众多，按理说应该很快乐，但他也常常郁郁寡欢，询问他原因，原来是儿子养不活，后继无人。再比如龙皋丞，他三代同堂，妻子贤惠，子女孝顺，按理说应该很快乐，但他也常常忧心忡忡，像有所失，询问他原因，原来是年荒世乱，坐吃山空，生活艰难。还有马丈湘汉，他家境并不富裕，子女的负担也很重，按理说应该不快乐的，但你去他家看看，却是一片和乐融融的景象。

　　由此可知，人如果能常常保持知足的心态，自然就不会有不快乐的情绪。否则，人的欲望是无穷的，而能满足我们欲望的东西却是有限的。如果心中充满了对各种欲望的挣扎和取舍的选择，那么快乐的时候就会很少，而可悲的时候就会很多，这是不变的道理。

　　弟弟你父母健在，兄弟和睦，这种快乐已经是不容易得到的了。读书之余，在庭院里栽花，在池塘里养鱼，这些都可以涵养心灵。偶尔遇到春秋佳节，就约上两三个知己好友，到郊外散步，让眼睛饱览美景，让心怀得到舒展。虽然现在时局不好，中原时常传来战乱的声音，但益阳地处偏僻，既没有贼寇的威胁让人忧心，也很少有土匪的内部扰乱，哥哥我认为，像弟弟你这样的生活，简直就是神仙般的日子，这种境界恐怕不是福薄的人能够得到的，为什么你还要牢骚满腹、忧心忡忡呢？这真是让人疑惑不解啊！

　　有人说我弟弟最近很想做官，但因为没有得到官位，所以心神不定，哥哥我认为这种说法又过分了。现在的时世，可比不上太平盛世那会儿了。寇乱如麻，财用匮乏，身处其中的人常常感到痛苦。寇乱频繁，财用匮乏，身处其境的人常常感到痛苦。那些洁身自好、退隐不仕的人，比如翰章、湘左、益生等兄长，他们难道是看不起富贵、轻视尊荣吗？不是的，他们只是深知时局的不易应付，与其在官场中跋前疐后、动辄得咎，不如深藏不仕、保持清高。弟弟你的学业比翰章如何？你的才干比益生如何？你的靠山又比湘左如何？如果你贸然出仕，哥哥我实在是很担忧。如果你有意于仕途，那么趁现在闲暇的时候，先预先研究一下历代吏治的得失，再仔细考察一下近日的政治风俗状况。世变越急，对人才的需求就越殷切，脱颖而出也并不是难事。但如果你没有真才实学而只是占据职位，那么即使不被清议所指摘，也应当在神明面前感到内疚。弟弟你要深思啊，不要只是忧心忡忡地损害身体。哥哥我爱你，所以直言不讳地贡献我的愚见，希望你不要怪罪我，能够听从并采纳我的建议。听说保弟曾经生病，现在想必已经痊愈了吧。

作者简介

胡林翼（公元1812年—公元1861年），字贶生，号润芝，湖南益阳（今属湖南省益阳市）人，晚清名臣和湘军重要首领之一，与曾国藩并称"曾胡"。道光十六年（公元1836年）考中进士，后历任贵州安顺、镇远、黎平知府及贵东道。咸丰四年（公元1854年），迁四川按察使，次年调湖北按察使，升湖北布政使、署巡抚。抚鄂期间，他整饬吏治，引荐人才，协调各方关系，支持曾国藩，并推荐左宗棠、李鸿章等。咸丰十一年（公元1861年），胡林翼在武昌病逝，朝廷追赠其为总督，赐谥号"文忠"。有《胡文忠公遗集》留存于世。

家庭教育品读

胡林翼的这封家书不仅是对弟弟的深情关怀和劝告，也是一堂深刻的家庭教育课。它教会我们如何面对生活中的快乐与忧愁，如何理解并接受人生的不确定性，以及如何在复杂的社会环境中做出明智的选择。

首先，胡林翼在家书中强调了快乐是人生的要事，但快乐并非来自外界的给予，而是需要自己去追求和创造。这告诉我们，在当代家庭教育中，家长应该教导孩子积极面对生活中的困难和挑战，善于主动去寻找和创造快乐。

其次，胡林翼在家书中通过几个具体的例子，让我们看到了不同的人在同一处境下可能会有完全不同的感受。这提醒我们，在当代家庭教育中，家长要注意引导孩子尊重每个人的独特感受和需求，不以自己的标准去评判他人。同时，教导他们要学会调整自己的心态和期望，以适应不断变化的环境和情境。

最后，胡林翼在家书提到了知足的重要性。知足常乐，这是一个古老而深刻的道理。家书提醒我们，要珍惜现有的生活和条件，不要盲目追求更多的物质和名利，以免陷入无尽的烦恼和痛苦之中。在当今社会中，人们面临着各种各样的诱惑和选择，很容易陷入欲望的泥潭。因此，在当代家庭教育中，家长要注意引导和教育孩子自觉克制各种欲望，知足常乐。

总之，这封家书是一堂生动的家庭教育课，它教会我们如何积极面对生活中的困难和挑战、如何知足常乐等等。这些道理适用于我们每一个人。

第四部分

家书家训品读·人际交往篇

《诫兄子严敦书》

东汉·马援

原 文

吾欲汝曹闻人过失，如闻父母之名，耳可得闻，口不可得言也。好议论人长短，妄是非正法，此吾所大恶也，宁死，不愿闻子孙有此行也。汝曹知吾恶之甚矣，所以复言者，施衿结缡，申父母之戒，欲使汝曹不忘之耳！

龙伯高敦厚周慎，口无择言，谦约节俭，廉公有威。吾爱之、重之，愿汝曹效之。杜季良豪侠好义，忧人之忧，乐人之乐，清浊无所失，父丧致客，数郡毕至。吾爱之、重之，不愿汝曹效也。效伯高不得，犹为谨敕之士，所谓"刻鹄不成尚类鹜"者也。效季良不得，陷为天下轻薄子，所谓"画虎不成反类狗"者也。讫今季良尚未可知，郡将下车辄切齿，州郡以为言，吾常为寒心，是以不愿子孙效也。

译 文

我希望你们听到别人的过失，就像听到父母的名字一样，耳朵可以听到，但嘴上不可以说出来。喜欢议论别人的长短，胡乱评判别人的好坏，这是我非常厌恶的，我宁可死，也不愿听到子孙有这种行为。你们知道我非常厌恶这种行为，我之所以再次强调，就像女儿在出嫁前，父母一再告诫她一样，是希望你们不要忘记！

龙伯高这个人敦厚诚实谨慎周到，不说败坏别人的话，说话谨慎，谦恭节俭，又廉洁公正有威严。我爱戴他、敬重他，希望你们向他学习。杜季良这个人豪侠好义，忧他人之忧，乐他人之乐，无论好人坏人他都有所交往，他的父亲去世时，前来吊唁的客人，有几个郡的人都来了。我爱戴他、敬重他，但不希望你们向他学习。因为学习龙伯高不成功，还可以成为谨慎谦虚的人，正所谓"雕刻天鹅不成，还可以像一只鸭子"；学习杜季良不成功，就堕落成为天下的轻薄子弟，正所谓"画虎不成，反而像只狗"了。到现在还不能确定杜季良的结局，但郡里的将领们一到任就咬牙切齿地恨他，州郡长官也因他而蒙受耻辱，我常为他感到担忧，这就是我不希望你们向他学习的原因。

作者简介

马援（公元前14年—公元49年），字文渊，扶风茂陵（今属陕西省杨凌市）人。东汉初年著名军事家，东汉开国功臣之一。马援出身官宦世家，早年因私纵重囚而亡命北地，后归顺光武帝刘秀，为东汉统一天下立下赫赫战功。他南征北战，平定羌乱，官至伏波将军，封新息侯。马援一生忠勤国事，老当益壮，马革裹尸的气概为后世所崇敬。唐德宗时位列武成王庙六十四将之一，宋徽宗时加封为忠显佑顺王。

家庭教育品读

马援的侄儿马严、马敦，都喜欢讥讽议论别人，而且结交轻浮侠义之士。马援在交趾时，写信回来告诫，就是这封《诫兄子严敦书》。其内容深刻，情感真挚，蕴含着丰富的教育思想和人生哲理，对当代家庭教育具有重要的启示意义。

首先，马援强调了谨言慎行的重要性。他告诫子侄们，不要随意评论他人的过失，应该像听到父母的名字一样，耳朵可以听到，但嘴巴不能说出来。这种对他人隐私和名誉的尊重，体现了高尚的道德修养。在当今社会，网络媒体发达，信息传播迅速，言论自由与责任并存。过度的批评和议论，尤其是未经证实的谣言，不仅可能伤害他人，还可能引发社会矛盾，不利于和谐社会的建设。因此，培养谨慎的言行和良好的道德意识，对于个人的成长和社会的稳定都具有重要意义。

其次，马援强调了要选择正确的学习榜样，并深入分析了效法不同榜样可能带来的后果。他将龙伯高和杜季良作为两个对比鲜明的例子。龙伯高为人敦厚，言语谨慎，谦虚节俭，廉洁公正，深受马援的喜爱和推崇。他希望子侄们效法龙伯高，即使不能完全做到，仍然会成为谨慎严谨的士人，所谓

"刻鹄不成尚类鹜"。而杜季良虽然豪侠好义，乐于助人，但因行为过于张扬，可能引起地方官员的反感，甚至被视为轻薄子弟，所谓"画虎不成反类狗"。马援担心子侄们效法杜季良，可能会走上歧途，因此不希望他们效仿。这与当代家庭教育中强调的树立正确人生观、价值观和世界观相契合。在当代家庭教育中，家长应当引导孩子们明辨是非，正确选择发展方向，避免因盲目效仿而误入歧途。

再次，马援以长辈的身份，对子侄们进行了谆谆教诲，体现了家庭教育在个人成长中的基础作用。他不仅指出了子侄们的不足，还提供了具体的改进方向。这种关怀和指导，有助于子侄们明确自身的不足，积极改正。在当代社会，家庭教育依然是家庭教育的重要组成部分，父母应当以身作则，积极引导子女树立正确的价值观。

最后，马援的教诲体现了家国情怀和责任意识。作为一位名将，他不仅关注国家大事，也关心家族的道德传承。这种对家族、对后代的责任感，值得当代家庭教育学习和弘扬。在建设社会主义现代化强国的历史进程中，培养具有家国情怀和社会责任感的公民，是当代家庭教育的重要目标。

综合而言，这封家书通过对谨言慎行、选择榜样、家庭教育等方面的阐述，为当代家庭教育提供了宝贵的思想资源。我们应当从中汲取智慧，结合时代特点，创新家庭教育方式方法，以培养出更多有理想、有道德、有文化、有纪律的"四有"新人。

《诫兄子书》

东汉·张奂

原文

汝曹薄祐，早失贤父，财单艺尽。今适喘息，闻仲祉轻傲耆老，侮狎同年，极口恣意。当崇长幼，以礼自持。

闻敦煌有人来，同声相道，皆称叔时宽仁，闻之喜而且悲，喜叔时得美称，悲汝得恶论。

经言："孔子于乡党，恂恂如也。"恂恂者，恭谦之貌也。经难知，且自以汝资父为师，汝父宁轻乡里邪？年少多失，改之为贵。蘧伯玉年五十，见四十九年非，但能改之。不可不思吾言，不自克责，反云："张甲谤我，李乙怨我，我无是过。"尔亦已矣！

译文

你们福气浅薄，很早就失去了贤良的父亲，现在家境贫寒，学问也还未学成。现在刚刚能够松一口气，我却听说仲祉对长辈轻慢无礼，对同辈人侮辱戏弄，说话放肆，随心所欲。你们应当尊长爱幼，用礼节来约束自己。

我听说有敦煌来的人，异口同声地称赞叔时宽厚仁慈，听到这些我感到既高兴又悲伤，高兴的是叔时得到了好评，悲伤的是你们却得到了恶评。

书上说："孔子在乡里，态度温和恭顺。"温和恭顺，就是恭敬谦逊的样子。经典难以理解，暂且以你们的父亲为榜样，你们的父亲难道会轻慢乡里人吗？年轻人容易犯错，可贵的是能够改正。蘧伯玉到了五十岁，还知道前四十九年的错误，并且能够改正。你们不能不思考我的话，不自我反省责备，反而说："张甲诽谤我，李乙怨恨我，我没有这些过错。"如果你们这样,那也就到头了,不会再有进步了!

作者简介

张奂(公元 104 年—公元 181 年),字然明,敦煌渊泉(今属甘肃省瓜州县)人,后移籍弘农郡(今属河南省三门峡市),是书法家"草圣"张芝的父亲,东汉时期名将,凉州三明之一,被誉为东汉第一儒将。张奂历任安定都尉、武威太守、度辽将军、护匈奴中郎将等职,功勋卓著。他多次赢得对外战争,招抚外族,促进边境和平。著作有《尚书记难》等。

家庭教育品读

张奂听说侄子仲祉轻慢老年人,欺侮同龄人,恣意妄为,就写了这封《诫兄子书》,告诫子侄不要凭借自己的官职欺辱乡里邻居,盛气凌人。这是一封充满智慧与深情的家庭教育信函,对侄子们如何待人接物进行了劝诫。

首先他主张要以礼待人,不可轻慢。张奂直接指出仲祉对待老人和同龄人的不当行为,强调"当崇长幼,以礼自持"的做人基本准则。然后,他通过提及叔时的"宽仁"美名与仲祉的"恶论"形成鲜明对比,让侄子们认识到自己待人接物中存在的不足,并鼓励他向榜样学习。

张奂还引用经典,增强说服力。他引用了《论语》中孔子"于乡党,恂恂如也"的典故,以及《淮南子》中蘧伯玉"年五十而知四十九年非"的故事,来教导侄子们要谦恭待人、勇于改过。他认为,在人际交往中,不要总是把处理不好人际关系归咎于别人,而是要从自身找原因。他说,"不可不思吾言,不自克责,反云:'张甲谤我,李乙怨我,我无是过'",告诫侄子们不要推卸责任,要勇于承认并改正自己的错误。这种自省精神是成长道路上不可或缺的品质。

张奂的这封家书不仅体现了深厚的亲情关怀,更蕴含了丰富的人际交往智慧,值得我们在当代家庭教育中学习和借鉴。在当代家庭教育中,家长们应该教导孩子人际交往中的一些原则,如以礼待人、谦逊宽容、善于自省等等,引导他们正确处理人际关系,避免造成人际关系的紧张。

《戒弟纬》

三国·刘廙

原文

夫交友之美，在于得贤，不可不详。而世之交者，不审择人，务合党众，违先圣交友之义，此非厚己辅仁之谓也。吾观魏讽不修德行，而专以鸠合为务，华而不实，此直揽世沽名者也。卿其慎之，勿复与通！

译文

交友的美好之处在于能够结交到贤良的人，这是不能不仔细考量的。然而，世上的人在交友时，往往不仔细选择对象，只图结党营私、拉拢人数，这违背了先圣关于交友的教诲，并不是使自己得益和帮助仁德之人的做法。我观察魏讽这个人，他不修养德行，却专门以拉拢集结人为能事，华而不实，这简直是招摇于世、沽名钓誉之徒。你一定要谨慎对待此事，不要再与他来往。

作者简介

刘廙（公元180年—公元221年），字恭嗣，南阳安众（今属河南省南阳市）人，西汉长沙定王刘发之子安众康侯刘丹之后，三国时期名士、学者。刘廙初从荆州牧刘表，后投奔曹操，任黄门侍郎，深受器重。曹丕继位后，擢为侍中，赐爵关内侯。刘廙为政主张先刑后礼，精通天文历数之术，与司马徽、丁仪等人齐名。在政治上，刘廙主张"以武平乱，以德治世"，强调"明君必须良佐而后致治，非良佐能独治也，必须善法有以用之"的政治思想，又对现实政治中的积弊表现出多方面的悲观情绪，著有《政论》等作品。黄初二年（公元221年），刘廙去世，享年四十二岁。

家庭教育品读

  刘廙的《戒弟纬》是刘廙对与弟弟交友的诫勉。刘廙的弟弟刘伟（字纬）与魏讽交往深厚，但刘廙认为魏讽不是可交之人，因此写了这个诫书来告诫弟弟。但弟弟没有听从告诫，果然，建安二十四年（公元219年），魏讽谋反失败被杀，刘廙的弟弟刘伟因与此事有牵连而被诛杀。

  交友，作为人生中的一大要务，不仅关乎个人的情感生活，更与个人的道德修养、人生发展紧密相连。在中国传统文化中，交友被视为一种重要的道德实践，是修身齐家治国平天下的基础。刘廙的《戒弟纬》蕴含的交友观、道德观、人生观等内容，对于当代家庭教育具有深远的借鉴意义和价值。

  一是得贤为美的交友观。《戒弟纬》中提到："夫交友之美，在于得贤，不可不详。"这句话深刻揭示了交友的本质和目的。得贤为美的交友观，意味着在交友过程时应该注重对方的品德和才能，而不是仅仅看重其外在条件或物质利益。在现代社会中，人们往往因为工作、学习等原因而结交各种朋友。然而，在交友过程中，我们不难发现，有些人虽然表面热情，但内心却充满了算计和私利；有些人则虽然条件一般，但为人真诚、乐于助人。因此，在当代家庭教育中，家长应该告诫孩子审慎选择朋友，学会辨别真假友谊，避免被表面的热情所迷惑。同时，还应该积极寻求与那些具有高尚品德和卓越才能的人交往，从他们身上汲取正能量，不断提升自己的道德修养和综合素质。

  二是厚己辅仁的处世观。《戒弟纬》中指出："而世之交者，不审择人，务合党众，违先圣交友之义，此非厚己辅仁之谓也。"这句话批判了那种只图结党营私、拉拢人数的交友行为，强调了厚己辅仁的道德观。厚己辅仁意味着在交友过程中，我们不仅要关注自己的利益和发展，还要关心对方的需求和成长。我们应该以真诚、善良的心态去对待朋友，帮助他们克服困难、实现梦想。同时，我们还应该反对那种只图私利、不顾他人的交友行为，避免陷入不良的人际关系中。在当代家庭教育中，家长应该注重引导孩子树立正确的道德观和价值观，以诚信、友善为基础建立健康的人际关系。

  三是不慕虚荣的名利观。《戒弟纬》中提到："吾观魏讽不修德行，而专以鸠合为务，华而不实，此直揽世沽名者也。"这句话警示我们要警惕那些华而不实、沽名钓誉的人。在现代社会中，有些人为了追求名利和地位，不惜采取各种手段来结交权贵和名流。他们往往只注重表面的交往和应酬，而忽视了真正的友谊和感情。这种行为不仅违背了交友的初衷和本质，还容易让人陷入虚荣和名利的泥潭中无法自拔。因此，在当代家庭教育中，家长应该引导教育孩子要树立正确的人生观和名利观，不被虚荣和名利所迷惑，同时警惕那些华而不实、沽名钓誉的人，保持清醒的头脑和独立的思考能力。

从家庭教育的角度来看，交友之道不仅关乎个人的情感生活和道德修养，更与社会的和谐稳定和国家的繁荣发展紧密相连。因此，在当代家庭教育中，家长需要引导孩子树立正确的交友观、处世观和名利观，帮助他们培养健康的人际关系和社会责任感。只有这样，他们才能在人生的道路上不断前行、不断成长。

《诫子侄文》(节选)

三国·王昶

原 文

若夫山林之士,夷、叔之伦,甘长饥于首阳,安赴火于绵山,虽可以激贪励俗,然圣人不可为,吾亦不愿也。今汝先人世有冠冕,惟仁义为名,守慎为称,孝悌于闺门,务学于师友。

吾与时人从事,虽出处不同,然各有所取。颍川郭伯益,好尚通达,敏而有知。其为人弘旷不足,轻贵有余;得其人重之如山,不得其人忽之如草。吾以所知亲之昵之,不愿儿子为之。北海徐伟长,不治名高,不求苟得,淡然自守,惟道是务。其有所是非,则托古人以见其意,当时无所褒贬。吾敬之重之,愿儿子师之。东平刘公干,博学有高才,诚节有大意,然性行不均,少所拘忌,得失足以相补。吾爱之、重之,不愿儿子慕之。乐安任昭先,淳粹履道,内敏外恕,推逊恭让,处不避污,怯而义勇,在朝忘身。吾友之、善之,愿儿子遵之。

若引而伸之,触类而长之,汝其庶几举一隅耳。及其用财先九族,其施舍务周急,其出入存故老,其论议贵无贬,其进仕尚忠节,其取人务实道,其处世戒骄淫,其贫贱慎无戚,其进退念合宜,其行事加九思,如此而已。吾复何忧哉?

译 文

至于那些隐居山林的人士,像伯夷、叔齐这样的人,他们甘于在首阳山长期忍受饥饿,也安然地在绵山赴火而死,这样的行为虽然可以激励那些贪婪的人并改良社会风气,但圣人是不会这样做的,我也不愿意这样做。现在你的先祖世代都有显赫的地位，以仁义为名，以守慎为称颂，在家门之内讲究孝悌，对师友则致力于学习。

我与当世之人交往，虽然大家的仕途经历各不相同，但各自都有值得学习的地方。颍川的郭伯益，喜好通达之事，聪明且有智慧。他为人弘大旷达但有所不足，轻视权贵而显得有余；对于他看重的人，他会像山一样敬重，对于他看不起的人，则像草一样忽视。我因为了解他而亲近他，但我不希望我的儿子效仿他。北海的徐伟长，不追求名声高远，不求苟且得到什么，淡泊自守，只专注于道义。他对于是非的判断，常常借助古人来表达自己的意见，在当时并不直接褒贬他人。我敬重他，希望我的儿子能拜他为师。东平的刘公干，博学多才，忠诚节操中有宏大的志向，然而他的性格行为不够均衡，少有拘束和顾忌，但他的优点足以弥补这些缺点。我爱重他，但不希望我的儿子仰慕他。乐安的任昭先，纯粹地践行道义，内心敏锐而外表宽容，推崇谦逊恭让，身处困境也不躲避污秽，胆怯中却蕴含着义勇，在朝廷中忘却自身安危。我与他友好并称赞他，希望我的儿子能遵从他的为人处世之道。

如果能把这些道理引申开来，推广到同类的事物上去，那么你们或许就能掌握其中的一部分了。至于说到使用钱财，总是要先顾及自己的亲族；在施舍时，要务求帮助那些急需的人；在与人交往中，要尊重故旧老友；在议论他人时，总是以不贬损别人为贵；在仕途上，要崇尚忠孝气节；在选拔人才时，应注重选拔有真才实学的人；在处世时，要时刻告诫自己不要骄傲奢侈；在贫贱时，要小心谨慎不要忧愁；在做官或退隐时，要考虑是否合宜；在行事时，要三思而后行，反复考量。如果能做到这些，我还有什么可忧虑的呢？

作者简介

王昶（？－公元259年），字文舒，太原郡晋阳县（今属山西省太原市）人，三国时期曹魏将领，东汉代郡太守王泽之子。出身太原王氏，少有名气，进入曹丕幕府，授太子文学。曹丕即位后，拜散骑侍郎，迁兖州刺史，撰写《治论》《兵书》，为朝廷提供施政参考。魏明帝曹叡即位后，升任扬烈将军，封关内侯。齐王曹芳即位，迁徐州刺史，拜征南将军。太傅司马懿掌权后，深得器重，奏请伐吴，在江陵取得重大胜利，升任征南大将军、开府仪同三司，晋爵京陵侯。正元二年（公元255年），引兵抵拒毌丘俭有功，迁骠骑将军，后迁司空。甘露四年（公元259年）去世，谥号为穆。

家庭教育品读

  这是王昶写给其子侄的信，劝诫他们要注意人际交往，为人处事应当谦虚、诚实。这篇诫书蕴含了丰富的教育理念和方法，对后世的家庭教育实践有着深远的启示。

  一是家庭教育的重要性。首先，王昶在这段话中强调了家庭教育对子女成长的重要性。他指出，自己的先祖世代以仁义为名，守慎为称，注重孝悌和师友之道。这种家庭教育传统为王昶及其后代树立了正确的价值观和人生观，成为他们成长道路上的重要指引。孝悌是中华民族的传统美德，也是家庭教育的重要内容。王昶特意强调了在家门之内讲究孝悌，这意味着子女应该尊敬长辈，关爱兄弟姐妹，形成和谐的家庭氛围。这种家庭教育有助于培养子女的责任感和同情心，使他们成为有爱心、有担当的人。此外，王昶还提到对师友的致力学习，这体现了对知识和友谊的重视。在当代家庭教育中，家长应该鼓励孩子积极求学，尊重师长，结交良师益友。通过与师友的交流和互动，孩子们可以拓宽视野，增长见识，提升自我修养。

  二是榜样教育的力量。王昶在话中列举了四位当世之人——郭伯益、徐伟长、刘公干和任昭先，作为子女学习的榜样。这种榜样教育的方法对于子女的成长具有重要影响。王昶对郭伯益的评价是"好尚通达，敏而有知"，但同时也指出他"弘旷不足，轻贵有余"。这种评价既肯定了郭伯益的聪明才智和通达事理，又提醒子女不要盲目模仿他的不足之处。这告诉我们，在当代家庭教育中，家长们应该引导子女学会辨别是非，取长补短，而不是盲目崇拜或全盘接受。徐伟长"不治名高，不求苟得，淡然自守，惟道是务"。王昶对他的敬重体现了对淡泊名利、坚守道义品质的推崇。这种品质对于子女的成长至关重要，可以帮助他们树立正确的价值观和人生观，抵御世俗的诱惑和干扰。刘公干"博学有高才，诚节有大意"，但"性行不均，少所拘忌"。王昶对他的爱重与不希望子女慕之并存，反映了在教育中对子女个性发展的尊重与引导。对于像刘公干这样才华横溢但性格不羁的人，家长应该鼓励子女学习他们的优点，同时提醒他们注意自我约束和平衡发展。任昭先"淳粹履道，内敏外恕，推逊恭让，处不避洿，怯而义勇，在朝忘身"。王昶对他的友善与希望子女遵之的态度，体现了对忠诚勇敢、谦逊宽容品质的赞赏。这种品质对于培养子女的社会责任感和集体荣誉感具有重要意义。

三是道德教育的核心地位。在王昶的话中，道德教育被置于核心地位。他强调子女应该"守慎为称""务学于师友""施舍务周急""处世戒骄淫"等，这些都是道德教育的重要内容。守慎是道德教育的重要组成部分，意味着子女应该谨慎行事，避免冲动和鲁莽。在当代家庭教育中，家长应该引导子女学会思考和分析问题，培养他们的判断力和决策能力，使他们能够在面对复杂情况时做出明智的选择。尊师重道、结交益友是道德教育的关键环节。通过向师长学习和与益友交流，子女可以汲取智慧和经验，提升自己的道德修养和知识水平。在当代家庭教育中，家长应该鼓励子女积极参与学校和社会活动，拓宽人际交往圈子，结交志同道合的朋友。乐善好施、助人为乐是道德教育的重要内容。王昶强调子女在施舍时要务求帮助那些急需的人，这体现了对弱势群体的关爱和同情。在当代家庭教育中，家长应该培养子女的同情心和责任感，使他们能够关注社会弱势群体，积极参与公益活动和社会服务。骄傲自满、淫逸放纵是道德教育的反面教材。王昶提醒子女在处世时要戒备骄傲和淫逸，这有助于培养他们的谦逊品质和自律精神。在当代家庭教育中，家长应该引导子女正确看待自己的成绩和优点，不要骄傲自满；同时，也要教育他们珍惜时间和资源，不要沉迷于享乐和放纵。

王昶的《诫子侄文》被后人广泛传颂，成为家庭教育的重要参考。同时，他的子侄们也牢记他的教诲，在各自的领域取得了卓越的成就，如王昶之子王浑位至三公，不仅在平定孙吴的过程中功勋卓著，而且镇守江东，民心归附；其侄王沈既是西晋开国创业的重要功臣，又是才识渊博的著名史学家。

《诫子侄文》是王昶留给后人的一份宝贵精神财富，当代家庭教育应该从中汲取丰富的智慧。

《与子俨等疏》

魏晋·陶渊明

原 文

告俨、俟、份、佚、佟：

天地赋命，生必有死，自古贤圣，谁能独免。子夏有言曰："死生有命，富贵在天。"四友之人，亲受音旨。发斯谈者，将非穷达不可妄求，寿夭永无外请故耶？

吾年过五十，少而穷苦，每以家弊，东西游走。性刚才拙，与物多忤，自量为己，必贻俗患，俛俛辞世，使汝等幼而饥寒。余尝感孺仲贤妻之言，败絮自拥，何惭儿子，此既一事矣。但恨邻靡二仲，室无莱妇，抱兹苦心，良独内愧。少学琴书，偶爱闲静，开卷有得，便欣然忘食。见树木交荫，时鸟变声，亦复欢然有喜。常言五六月中，北窗下卧，遇凉风暂至，自谓是羲皇上人。意浅识罕，谓斯言可保。日月遂往，机巧好疏，缅求在昔，眇然如何！

疾患以来，渐就衰损，亲旧不遗，每以药石见救，自恐大分将有限也。汝辈稚小家贫，每役柴水之劳，何时可免？念之在心，若何可言。然汝等虽曰同生，当思四海皆兄弟之义。鲍叔、管仲，分财无猜；归生、伍举，班荆道旧，遂能以败为成，因丧立功。他人尚尔，况同父之人哉！颍川韩元长，汉末名士，身处卿佐，八十而终，兄弟同居，至于没齿。济北范稚春，晋时操行人也，七世同财，家人无怨色。《诗》曰："高山仰止，景行行止。"虽不能尔，至心尚之。汝其慎哉，吾复何言。

译 文

告诉你们，俨、俟、份、佚、佟这几个孩子：

天地赋予我们生命，有生就必然有死，自古以来，即使是贤能圣明的人，谁又能独自逃脱这一规律呢？子夏曾经说过："死生是命中注定的，富贵则是由天决定的。"我的四位好友，都曾亲耳听过这番话。我之所以这么说，难道不是因为无论困顿，还是显达，都不能妄自祈求，无论寿命长短，都不是外力所能改变的吗？

我现在已经年过五十，年少时经历了很多苦难，常常因为家境贫寒而四处奔波。我性格刚直，才能愚钝，与很多事情都不相容，我自认为，如果只顾自己，必定会给你们留下祸患，所以我选择隐居辞世，这使得你们在年幼时就遭受了饥寒之苦。我曾经被孺仲贤妻的话所感动，她自己用破棉絮裹身，却毫不为儿子感到羞愧。这是一件值得我铭记的事。只是遗憾邻居中没有像羊松龄、求仲那样的贤人，家里也没有像老莱子妻那样贤惠的妻子，我怀揣着这样的苦心，内心深感愧疚。我年轻时学习琴棋书画，偶然间爱上了这份闲静，每当翻开书卷有所收获时，就会高兴得忘记吃饭。看到树木枝叶交错成荫，听到时令鸟儿的叫声变化，我也会感到十分欢喜。我常常说，在五六月的时候，躺在北窗下，遇到凉风暂时吹来，就觉得自己仿佛是上古时代葛天氏的臣民那样自由和快乐。我见识浅薄，以为这样的话就可以保住这份快乐。然而时光流逝，我对于机巧之事越来越疏远，回想起过去，那种感觉是多么遥远啊！

自从患病以来，我的身体逐渐衰弱，亲朋好友们没有遗忘我，常常用药物来救我，但我自己恐怕大限将至了。你们年纪尚小，家境贫寒，常常要承担砍柴挑水的辛劳，什么时候才能免除这些苦楚呢？我心中常常挂念着这件事，却难以言说。虽然你们是同父所生，但应该想到"四海之内皆兄弟"的道义。像鲍叔牙和管仲那样，分钱时不会猜疑；像归生和伍举那样，久别重逢后能够共叙旧情，他们最终都能把失败转化为成功，在丧气的事情中立下功劳。他人都能做到这样，何况是同父所生的兄弟呢！颍川的韩元长是汉末的名士，他身居高位，八十岁才去世，兄弟一直同住，直到去世。济北的范稚春是晋代有德行的人，他家七代同堂，共同拥有财产，家人之间没有怨恨的神色。《诗经》上说："仰望高山，效仿它的崇高德行；效仿贤者的行为，以此作为自己的行动准则。"虽然我们不能做到他们那样，但应该真心向往并努力践行。你们要谨慎行事啊，我还有什么话可说呢？

作者简介

陶渊明（约公元 365 年—公元 427 年），字元亮，号五柳先生，私谥靖节，世称靖节先生。魏晋时期伟大的诗人、文学家，中国第一位田园诗人，被誉为"古今隐逸诗人之宗"。陶渊明曾任江州祭酒、建威参军、镇军参军、彭泽县令等职,最后一次出仕为彭泽县令,八十多天便弃职而去,从此归隐田园。他的田园诗数量最多,成就最高,代表作有《饮酒》《桃花源记》《归去来兮辞》《五柳先生传》等,作品感情真挚,朴素自然,对后世文学产生了深远影响。

家庭教育品读

陶渊明的《与子俨等疏》既是一封饱含深情与哲理的家书,也是一封关于家庭中人际关系处理的警示之书,对当代家庭教育及人际关系处理都具有很多启示。

文章开篇,陶渊明首先以"天地赋命,生必有死"这一哲理,教导子女正视生命的有限性,引用子夏之言"死生有命,富贵在天",强调命运的不可强求,无论是穷达还是寿夭,都是自然法则,不可妄求。这一观点,旨在培养子女豁达的人生态度,学会在顺境与逆境中都能保持平和的心态。

随后,陶渊明以自己的经历为例,讲述了年轻时的穷苦与游历,强调"性刚才拙,与物多忤",却坚持自我,不为世俗所累。他提到"败絮自拥,何惭儿子",以此教导子女,即使物质条件匮乏,也应保持尊严与自尊,不以贫困为耻,而是要通过自己的努力改善生活,同时珍惜眼前人,感恩每一次帮助。

接下来,陶渊明着重告诫儿子们,要处理好家庭关系,尤其是兄弟之间的关系。陶渊明特别强调了兄弟情谊的重要性,用鲍叔牙与管仲、归生与伍举的典故,说明真正的友情与亲情能够超越物质,共同面对困难,转败为胜。他提到颍川韩元长与济北范稚春家族的和睦共处,作为榜样,教导子女要珍惜家族间的情感联系。"虽曰同生,当思四海皆兄弟之义",陶渊明鼓励子女学习鲍叔牙与管仲、归生与伍举之间的深厚情谊,即使在困难面前也能相互扶持,共克时艰。这教导我们在当代家庭教育中,不仅要培养孩子们的亲情意识,还要教会他们如何与外界和谐相处,广结善缘,形成良好的人际关系。

陶渊明的《与子俨等疏》不仅是一封家书,更是一部蕴含深邃家庭教育理念的宝典。它教会我们,在家庭的小天地里,要学会坚持正道、手足情深,以先贤为榜样,传承家庭和睦美德、兄友弟恭的良好美德,共同构建和谐美好的家庭氛围。家庭,作为人生旅途中最坚实的后盾,其人际关系的处理,值得我们每个人用心去学习、去经营。

《颜氏家训·慕贤第七》（节选）
南北朝·颜之推

原 文

古人云："千载一圣，犹旦暮也；五百年一贤，犹比髆也。"言圣贤之难得，疏阔如此。傥遭不世明达君子，安可不攀附景仰之乎？吾生于乱世，长于戎马，流离播越，闻见已多，所值名贤，未尝不心醉魂迷向慕之也。人在年少，神情未定，所与款狎，熏渍陶染，言笑举动，无心于学，潜移暗化，自然似之，何况操履艺能，较明易习者也？是以与善人居，如入芝兰之室，久而自芳也；与恶人居，如入鲍鱼之肆，久而自臭也。墨子悲于染丝，是之谓矣，君子必慎交游焉。孔子曰："无友不如己者。"颜、闵之徒，何可世得，但优于我，便足贵之。

世人多蔽，贵耳贱目，重遥轻近。少长周旋，如有贤哲，每相狎侮，不加礼敬。他乡异县，微藉风声，延颈企踵，甚于饥渴。校其长短，核其精粗，或彼不能如此矣。所以鲁人谓孔子为"东家丘"。昔虞国宫之奇，少长于君，君狎之，不纳其谏，以至亡国，不可不留心也。

用其言，弃其身，古人所耻。凡有一言一行，取于人者，皆显称之，不可窃人之美，以为己力，虽轻虽贱者，必归功焉。窃人之财，刑辟之所处；窃人之美，鬼神之所责。

译 文

古人曾说："一千年才出现一位圣人，这已经是像朝朝暮暮那样频繁了；五百年才出现一位贤人，这就像肩碰肩那样常见了。"这是说圣贤之人出现得如此稀少而难得。假若遇上世间难遇的明理通达之士，怎能不攀附并景仰他们呢！我出生在乱世，成长于兵马交战的年代，颠沛流离，所见所闻已经很多，所遇到的知名贤士，无不令我心神向往、痴迷不已。人在年少的时候，性情尚未稳定，所结交的朋友，所受的熏陶感染，一言一笑、一举一动，即使没有刻意去学习，也会在潜移默化中受到影响，自然而然地与之相似，更何况是操守德行、技艺才能这些较为明显且容易学习的东西呢？因此，和品德高尚的人居住在一起，就像进入满是芝兰香草的屋子，时间久了，自己也会变得芬芳起来；和品行恶劣的人居住在一起，就像进入卖鲍鱼的店铺，时间久了，自己也会变得腥臭起来。墨子为白丝被染上颜色而感叹，就是这个道理，君子在交友方面一定要谨慎啊。孔子说："不要和不如自己的人交朋友。"像颜回、闵子骞那样的人，哪里能够常常遇到呢？但只要某人在某方面比我强，就值得我尊重他。

世人大多有偏见，往往重视传闻而轻视亲眼所见，对远方的事物充满好奇而对近处的事物则不屑一顾。在与从小到大的熟人相处时，即使其中有贤能智慧的人，也常常因为太过熟悉而被轻视、不礼貌地对待。然而，对于来自他乡异县的人，只要稍有风声传来，就会伸长脖子、踮起脚尖去关注，其渴望程度甚至超过了对饥渴的渴望。在比较人的长短、衡量事物的精粗时，人们往往会发现，那些被轻视的近处之人，其实并不比远方之人差。所以，鲁国的人才会把孔子称为"东家丘"。从前虞国的宫之奇，从小与国君一起长大，国君因为与他太熟悉而轻视他，不采纳他的忠告，最终导致了国家的灭亡。这是我们不能不留心的事。

采用了别人的建议，却抛弃了提建议的人，这是古人所认为可耻的。凡是从别人那里学到的一言一行，都应该公开地称赞对方，不能窃取别人的优点，作为自己的成就。即使对方地位卑微、身份低贱，也应该把功劳归还给对方。偷窃别人的财物，会受到法律的制裁；窃取别人的优点和成就，则会受到鬼神的谴责。

作者简介

见前文《颜氏家训·名实第十》处。

家庭教育品读

颜之推的《颜氏家训》共二十篇，《慕贤第七》专篇虽是论述对待人才的态度,但也多涉及处理人际关系的一些原则。此处节选部分主要谈及如何交友和处理人际关系,对当代家庭教育实践具有重要的指导意义。

《颜氏家训》"慕贤篇"中指出:"傥遭不世明达君子,安可不攀附景仰之乎?"这句话告诉我们,在遇到品行良好、学识渊博的人时,我们应该主动和他交往,从他身上学习优秀的品质。在当代家庭教育中,父母就是孩子的第一任老师和榜样。如果父母能够以身作则,展现出高尚的品德和卓越的才能,孩子自然会心生敬仰,愿意跟随父母的脚步去学习、去成长。因此,作为父母,家长们应该不断提升自己的素养和能力,成为孩子心中的"明达君子"。

"慕贤篇"中指出,要注重人的生活环境对个人成长的影响,强调要注重交友问题。如家训中指出,"人在年少,神情未定,所与款狎,熏渍陶染"。这句话揭示了年少时期成长环境的重要性。在孩子的成长过程中,他们最容易受到周围环境的影响。因此,在当代家庭教育中,家长需要特别注意孩子的交友问题,引导他们与善良、正直的人为伍,避免受到不良习气的熏陶。同时,家长还需要通过言传身教的方式,将正确的价值观和道德观念传递给孩子,让他们在潜移默化中形成健全的人格和品德。

"慕贤篇"进一步强调了交友问题的重要性。颜之推认为:"与善人居,如入芝兰之室,久而自芳也;与恶人居,如入鲍鱼之肆,久而自臭也。"在当代家庭教育中,家长需要引导孩子学会选择朋友,让他们明白与什么样的人为伍,就会受到什么样的影响。同时,家长需要关注孩子的社交圈,及时纠正他们不良的交友倾向,确保他们能够在一个健康、积极的环境中成长。

正因为交友问题重要,颜之推"慕贤篇"中特意强调交友要谨慎,"墨子悲于染丝,是之谓矣,君子必慎交游焉"。这句话提醒我们,要谨慎选择孩子的交友对象。在当代家庭教育中,家长需要引导孩子学会辨别是非、善恶,让他们明白什么是真正的友谊和友情。

颜之推在"慕贤篇"中也批评了社会中出现的关于人际关系处理的错误表现,即"世人多蔽,贵耳贱目,重遥轻近,少长周旋,如有贤哲,每相狎侮,不加礼敬"。这揭示了人们普遍存在对别人的傲慢与偏见。在当代家庭教育中,家长需要警惕自己是否也存在这样的问题。同时,家长也要尊重孩子的个性和差异。每个孩子都是独一无二的个体,他们有自己的想法和感受。作为家长,我们需要尊重孩子的个性和差异,不要强行将自己的意愿和期望强加给他们。在言传身教中,教育引导孩子们正确处理人际关系,摆脱傲慢与偏见,以礼待人,平等对人。

颜之推还引用了"鲁人谓孔子为'东家丘'"的例子，进一步揭示人际交往中的傲慢与偏见。这也提醒我们，在评价他人时要保持客观和公正。在当代家庭教育中，家长也需要以客观、公正的态度来评价孩子。不要因为自己的主观意愿和偏见而歪曲事实、误导孩子。同时，家长还需要教育引导孩子如何正确看待和评价别人，以及正确看待他人的评价和批评，培养他们的自我认知和人际交往能力。

总之，家庭教育是一个复杂而漫长的过程。作为家长，我们需要时刻保持清醒的头脑和客观的态度，以圣贤之人为榜样，引导孩子走向正确的人生道路。同时，我们还需要不断提升自己的素养和能力，成为孩子心中的"明达君子"。只有这样，我们才能为孩子的未来奠定坚实的基础，让他们在一个健康、积极的环境中茁壮成长。

《诫子孙》

北宋·邵雍

原 文

上品之人，不教而善；中品之人，教而后善；下品之人，教亦不善。不教而善，非圣而何？教而后善，非贤而何？教亦不善，非愚而何？是知善也者，吉之谓也；不善也者，凶之谓也。吉也者，目不观非礼之色，耳不听非礼之声，口不道非礼之言，足不践非礼之地。人非善不交，物非义不取。亲贤如就芝兰，避恶如就蛇蝎。或曰不谓吉人，则吾不信也。凶也者，语言诡谲，动止阴险，好利饰非，贪淫乐祸。疾良善如仇隙，犯刑宪如饮食，或曰不谓之凶人，则吾不信也。传有之曰："吉人为善，惟日不足；凶人为不善，亦惟日不足。"汝等欲为古人乎？欲为凶人乎？

译 文

上品的人，不需要教导就能行善；中品的人，需要教导之后才能行善；下品的人，即使教导了也不会行善。不需要教导就能行善，这不是圣人又是什么呢？教导之后才能行善，这不是贤人又是什么呢？即使教导了也不会行善，这不是愚蠢之人又是什么呢？由此可知，善就是吉祥的象征；不善则是凶险的预兆。吉祥的人，眼睛不看非礼的色彩，耳朵不听非礼的声音，嘴巴不说非礼的话语，脚步不踏非礼的地方。他们只与善良的人交往，只取合乎道义的东西，亲近贤德之人就像靠近芝兰一样，躲避恶人像躲避蛇蝎一样，如果有人说这样的人不是吉祥之人，我是不会相信的。凶险的人，言语狡诈，行为阴险，喜好利益并掩饰过错，贪婪淫荡并乐于祸患。他们把憎恨善良的人当作仇敌，触犯法律就像日常饮食一样随意，如果有人说这样的人不是凶险之人，我也是不会相信的。《尚书》上有句话说："吉祥的人做好事，总觉得时间不够用；凶险的人做坏事，也觉得时间不够用。"你们是想成为圣贤之人呢，还是想成为凶险之人呢？

作者简介

邵雍（公元 1011 年—公元 1077 年），字尧夫，谥号康节，生于范阳（今属河北省涿州市），后迁河南。北宋哲学家、易学家，与周敦颐、张载、程颢、程颐并称"北宋五子"。邵雍少时刻苦自学，博览群书，曾游历四方，悟得"道"的真谛。他师从李之才学《河图》《洛书》与伏羲八卦，学有大成，著有《皇极经世》《观物内外篇》《先天图》《渔樵问对》《伊川击壤集》等。邵雍一生不求功名，过着隐逸的生活，其思想对后世产生了深远影响。

家庭教育品读

邵雍的这篇《诫子孙》既是一篇劝人向善之文，也是一篇蕴含丰富家庭教育智慧的训诫。

首先，它强调了人的本性虽有差异，但通过教育可以引导人们向善。上品之人天生善良，但中品之人通过教育也能达到善的境界。这告诉我们，在当代家庭教育中，家长应扮演好引导者的角色，通过言传身教，培养孩子的善良品质和道德观念。即使孩子天生并非上品，但通过持续的教育和引导，他们也能成为有道德、有责任感的人。

其次，诫书通过对比吉祥之人与凶险之人的行为和心态，揭示了品德对个人命运的影响。吉祥之人言行举止皆符合礼义，与善为伍，远离邪恶；而凶险之人则言语狡诈，行为阴险，最终可能走向犯罪的深渊。这提醒我们，在当代家庭教育中，家长应重视培养孩子的礼仪规范和道德判断力，要分清朋友的好坏，与品德高尚的人交朋友。

最后，诫书引用古语强调时间的珍贵性，无论是吉祥之人还是凶险之人，都在不断地做事，但结果却截然不同。这启示我们，在当代家庭教育中，家长应教导孩子珍惜时间，将时间用于有意义的事情上，如学习、成长和行善。同时，也要让他们明白，时间不会为任何人停留，只有不断努力、不断进步，才能在未来的人生道路上取得更多的成就和幸福。

这篇诫书关于人际交往的智慧，尤其是"人非善不交"的人际交往观念，至今仍然具有重要的借鉴意义。

《家训》（节选）

宋·江端友

原 文

与人交游，宜择端雅之士。若杂交，终必有悔，且久而与之俱化，终身欲为善士，不可得矣。谈议勿深及他人是非，相与意了，知其为是为非而已。棋弈雅戏，犹曰无妨，毋及妇人，嬉笑无节，败人志意，此最不可也。既不自重，必为有识所轻，人而为人，所轻无不自取之也，汝等志之。

译 文

在与人交往的过程中，应该选择那些品行端正、举止优雅的人做朋友。如果胡乱交友，最终必然会后悔，而且长时间与这样的人相处，自己也会逐渐被他们同化，想要一辈子都做个正人君子，就不可能了。在交谈议论时，不要深入探讨别人的是非对错，大家心里明白，知道什么是对什么是错就足够了。下棋等优雅的娱乐活动，还可以说是无伤大雅，但是不要涉及妇人，如果嬉戏玩笑没有节制，就会败坏人的意志，这是最不应该的。一个人如果不自重，就必定会被有见识的人轻视，而作为一个人，被轻视往往都是自己造成的，你们一定要记住这些话。

作者简介

江端友，生卒年不详，字子我，号七里先生，陈留平丘（今属河南省封丘县）人。南宋初期的诗人，以诗著名，有《七里先生自然斋集》7卷传世。江端友曾任诸王宫教授、兵部员外郎、太常少卿等职，后因上书辩宣仁诬谤遭黜，寓居桐庐。他的诗作多关注现实，风格平率直易，其中《牛酥行》等诗揭露官场腐败，具有讽刺意味。

家庭教育品读

江端友的这段家训蕴含了丰富的人际交往智慧，对当代家庭教育中培养孩子的人际交往能力依然具有启示意义。

首先，家训中强调了交友的重要性以及选择朋友的标准。它告诉我们，在与人交往时，应该选择那些品行端正、举止优雅的人做朋友。家庭教育是教育的第一课堂，关系到孩子的人格的塑造和品德的培养。因此，在家庭教育中需要教导孩子学会如何与人相处，如何建立良好的人际关系。这段家训启发我们，在当代家庭教育中，家长应该引导孩子正确选择朋友，教会他们识别哪些人是值得交往的，哪些人应该保持距离。通过与品行端正、举止优雅的人交往，孩子可以受到积极的影响，形成良好的品德和行为习惯。

其次，江端友在家训中提到了胡乱交友的危害。指出，如果胡乱交友，最终必然会后悔，而且长时间与不好的人相处，自己也会逐渐被他们同化。这提醒我们，在当代家庭教育中，家长应该明白，孩子在成长过程中，很容易受到周围环境的影响，如果他们选择了不良的朋友，就可能会受到消极的影响，甚至走上歧途。因此，家长们应该密切关注孩子的交友情况，及时发现并纠正他们的不良交友倾向，帮助他们建立正确的价值观和人生观。

此外，在家训中，江端友还强调了自重和尊重他人的重要性。它告诉我们，一个人如果不自重，就必定会被有见识的人轻视。在当代家庭教育中，家长应该培养孩子的自尊心和自信心，让他们懂得尊重自己，也懂得尊重他人。只有自尊自爱的人，才能赢得他人的尊重和信任。同时家长还应该教会孩子如何正确处理人际关系，如何在与人交往中保持适当的距离和分寸，避免因为过于亲密或疏远而引发不必要的矛盾和冲突。

最后，江端友在家训中还提到了嬉笑无节、败人意志的危害。它告诉我们，如果嬉戏玩笑没有节制，就会败坏人的意志。在当代家庭教育中，家长应该培养孩子的自律意识和自我管理能力，让他们懂得如何合理安排自己的时间和生活。如果孩子沉迷于嬉戏玩乐，就会荒废学业，甚至影响未来的发展和人生道路。因此，家长应该引导孩子树立正确的价值观和人生观，让他们懂得珍惜时间和机会，努力追求自己的梦想和目标。

《省心杂言》(节选)

宋·李邦献

原 文

简言择交,可以无悔吝,可以免忧辱。
无瑕之玉,可以为国器,孝悌之子,可以为家瑞。
为政之要,曰公与勤。成家之道,曰俭与清。
闻善言则拜,告有过则喜,非圣贤不能。
宝货用之有尽,忠孝享之无穷。
和以处众,宽以接下,恕以待人,君子人也。
坐密室如通衢,驭寸心如六马,可以免过。
谀言巧,佞言甘,忠言直,信言寡。
多言则背道,多欲则伤生。
语人之短不曰直,济人之恶不曰义。
好胜者必争,贪荣者必辱。
知足则乐,务贪则忧。
好名则立异,立异则身危,故圣人以名为戒。
内睦者家道昌,外睦者人事济。
不匿人短,不周人急,非仁义人也。
心不清,则无以见道。志不确,则无以立功。
结怨于人,谓之种祸。舍善不为,谓之自贼。
诺轻者信必寡,面誉者背必非。
孝于亲则子孝,钦于人则众钦。

译 文

简要地说，选择朋友要慎重，这样可以避免后悔和怨恨，也可以免除忧患和耻辱。

没有瑕疵的玉石可以成为国宝，孝顺家长、敬爱兄长的子女可以成为家庭的吉祥。

治理国家的关键，是公正与勤勉。建立家庭的方法，是节俭与清廉。

听到善言就恭敬礼拜，别人指出过错就高兴接受，这不是圣贤之人是做不到的。

金银财宝使用会耗尽，忠孝的美德却能享用无穷。

以和睦相处众人，以宽厚接纳下属，以宽恕对待别人，这才是君子。

坐在密室里像处在四通八达的大路上一样谨慎，驾驭方寸之心像驾驭六匹马一样艰难，这样才能避免过错。

谗言巧妙动听，谄媚的话甘甜入耳，忠诚的话直言不讳，真实的话很少听到。

多说话就会背离正道，多欲望就会伤害生命。

谈论别人的短处不能说，这是正直，助长别人的恶行不能说，这是道义。

好胜的人一定会与人争斗，贪图荣耀的人必定会遭受羞辱。

知足的人就会感到快乐，而一味贪求的人则会陷入忧愁。

追求名声的人就会标新立异，而标新立异就会使自己处于危险之中，所以圣人把名声当作警戒。

家庭内部和睦，家道就会昌盛；与外人和睦相处，事情就能成功。

不揭露别人的短处，不在别人急需时周济他，这样的人不能算得上仁义之人。

如果心灵不纯净，就无法领悟真理。如果意志不坚定，就无法建立功勋。

与人结怨，就是种下祸根。放弃做善事，就是自我伤害。

轻易许诺的人信用必定很少，当面称赞你的人背后往往会诋毁你。

对父母孝顺，子女就会孝顺你；对他人恭敬，众人就会恭敬你。

作者简介

李邦献,生卒年不详,字士举,怀州(今属河南省沁阳市)人,宰相李邦彦之弟。他一生从政近四十年,历任直秘阁、荆湖南路转运判官、两浙西路转运判官等职务,孝宗乾道年间还担任过夔州路和兴元路的提点刑狱,最终官至直敷文阁。李邦献在宋代以修身养性、廉洁自律而闻名遐迩,年六十告老还乡,八十余岁时辞世。他的诗文作品也流传后世,如《仁寿堂古梅》和《菩萨蛮·腊梅》等,展现了他的文学才华。

家庭教育品读

《省心杂言》是李邦献所著的一部重要著作,旨在教导世人修身立事、治家教子。该书通过反躬自省的方式,探讨个人道德修养和处世哲学,强调正心诚意的重要性。其内容涵盖了齐家、处世、治国、平天下等多个方面,通过简洁明了的语言,阐述了孝悌、忠信、仁义等儒家核心价值观。书中还包含了许多关于个人修养、家庭和睦、治国理政等方面的智慧,对于后人具有深远的启示意义。此处节选的部分内容,主要涵盖如何处理人际关系的内容,对当代家庭教育具有重要借鉴意义。

一是慎重择友,培养良好的人际关系。李邦献在开篇就讲到,"简言择交,可以无悔吝,可以免忧辱"。在当代家庭教育中,家长应教导孩子慎重选择朋友。良好的朋友可以互相促进,共同成长,而不良的朋友可能带来负面的影响。现代社会中,社交网络发达,孩子容易受到各类信息的影响。因此,家长应引导孩子建立健康的人际关系网,培养他们的社交能力和辨别是非的能力。

二是兄弟和睦,传承家庭美德。家庭关系也是人际关系的一个重要方面。李邦献指出,"孝悌之子可以为家瑞"。孝顺家长,友爱兄弟姐妹,是中华民族的传统美德,也是家庭和睦的基础。在当代家庭教育中,家长应以身作则,尊敬长辈,关爱子女,营造一个充满爱和温暖的家庭环境。通过言传身教,让孩子懂得家庭和睦的重要性,培养他们的感恩之心和责任感。

三是和睦待人,宽容处世。李邦献指出,"用和睦来处世,对下属宽容以待,宽恕自己来对待他人,这样的人才是君子"。和睦、宽容、宽恕是处理人际关系的重要原则。在当代家庭教育中,家长应教导孩子待人友善,懂得包容和理解他人。家长要教育孩子,在面对冲突和矛盾时,应该学会站在他人的角度思考,减少对立,增进合作。这样的品德有助于孩子在社会中获得良好的人缘和机会。

四是警惕谗言,珍视诚信。李邦献认为,"谗言巧妙,阿谀奉承的话甜美,忠言直率,诚信之言却很少。"在当代家庭教育中,家长应教育孩子在日常人际交往中,提高辨别是非的能力,不被甜言蜜语所迷惑。面对他人的谗言和阿谀奉承,要保持清醒的头脑,不随波逐流。诚信是立身之本,是赢得他人信任的关键。家长要强调诚信的重要性,鼓励孩子们说真话,做实事。

五是不揭他人短,不助他人恶。李邦献指出,"说他人的短处不叫直率,助长他人的恶行不叫义举。"在当代家庭教育中,家长应教育孩子尊重他人,不随意评判或揭露他人的缺点。直率并不意味着可以伤害他人。同时,不要因为一时的热心而助长他人的不良行为,帮助他人应以正确的方式进行,真正促进他们的进步和改善。

六是不要争强好胜。李邦献告诫我们,好胜心和贪欲是人际交往中的两大障碍。好胜心强的人容易与人产生冲突,而贪图荣耀则往往让人失去自我,遭受羞辱。在当代家庭教育中,家长应教育孩子学会知足常乐,不要一味贪求,这样才能在人际交往中保持平和的心态。

七是注重以和为贵。李邦献认为,家庭和睦与人际关系和谐是成功的基石。家庭内部和睦,家道才能昌盛;与外人和睦相处,事情才能成功。这启发我们,在当代家庭教育中,家长应该注重引导孩子以和为贵,宽容待人,与他人和谐相处,注重和谐与团结,这样才能共同创造美好的未来。

八是提倡孝顺和尊敬。李邦献提醒我们,孝顺和恭敬是赢得他人尊重的关键。对父母孝顺,子女就会孝顺你;对他人恭敬,众人就会恭敬你。这启发我们,在当代家庭教育中,家长应该注重引导孩子在人际交往时应该尊重他人,这样才能赢得他人的尊重和信任。

综上所述,李邦献《省心杂言》这段节录为我们提供了宝贵的人际关系经验,教导我们如何在日常生活中处理人际关系、追求成功与幸福。通过将这些古老的智慧融入当代家庭教育,家长们可以帮助孩子建立坚实的品格基础,培养他们成为有道德、有智慧、有担当的社会公民。家庭是孩子的第一所学校,家长的责任不仅是抚养,更是教育。家长们应该借鉴先贤的智慧,承担起家庭教育的重任,为孩子的未来铺就光明的道路。

《袁氏世范·处己》（节选）

南宋·袁采

原文

富贵乃命分偶然，岂宜以此骄傲乡曲。若本自贫窭，身致富厚，本自寒素，身致通显，此虽人之所谓贤，亦不可以此取尤于乡曲。若因父祖之遗资而坐享肥浓，因父祖之保任而驯致通显，此何以异于常人？其间有欲以此骄傲乡曲，不亦羞而可怜哉？

世有无知之人，不能一概礼待乡曲，而因人之富贵贫贱设为高下等级。见有资财有官职者，则礼恭而心敬。资财愈多，官职愈高，则恭敬又加焉。至视贫者贱者，则礼傲而心慢，曾不少顾恤。殊不知彼之富贵，非我之荣，彼之贫贱，非我之辱，何用高下分别如此！长厚有识君子必不然也。

操履与升沉自是两途，不可谓操履之正，自宜荣贵，操履不正，自宜困厄。若如此，则孔、颜应为宰辅，而古今宰辅达官不复小人矣。盖操履自是吾人当行之事，不可以此责效于外物。责效不效，则操履必怠，而所守或变，遂为小人之归矣。今世间多有愚蠢而飨富厚、智慧而居贫寒者，皆自有一定之分，不可致诘。若知此理，安而处之，岂不省事？

……………

应高年飨富贵之人，必须少壮之时尝尽艰难，受尽辛苦，不曾有自少壮飨富贵安逸至老者。早年登科及早年受奏补之人，必于中年龃龉不如意，却于暮年方得荣达。或仕宦无龃龉，必其生事窘薄，忧饥寒，虑婚嫁。若早年宦达，不历艰难辛苦，及承父祖生事之厚，更无不如意者，多不获高寿。造物乘除之理类多如此。其间亦有始终享富贵者，乃是有大福之人，亦千万人中间有之，非可常也。今人往往机心巧谋，皆欲不受辛苦，即飨富贵至终身，盖不知此理。而又非理计较，欲其子孙自少小安然飨大富贵，尤其蔽惑也，终于人力不能胜天。

　　............

　　人生世间，自有知识以来，即有忧患不如意事。小儿叫号，皆其意有不平。自幼至少，至壮，至老，如意之事常少，不如意之事常多。虽大富贵之人，天下之所仰羡以为神仙，而其不如意处各自有之，与贫贱人无异，特所忧虑之事异尔。故谓之缺陷世界，以人生世间无足心满意者。能达此理而顺受之，则可少安。

　　凡人谋事，虽日用至微者，亦须龃龉而难成，或几成而败，既败而复成。然后，其成也永久平宁，无复后患。若偶然易成，后必有不如意者。造物微机不可测度如此，静思之，则见此理，可以宽怀。

　　人之德性出于天资者，各有所偏。君子知其有所偏，故以其所习为而补之，则为全德之人。常人不自知其偏，以其所偏而直情径行，故多失。《书》言九德，所谓宽、柔、愿、乱、扰、直、简、刚、强者，天资也；所谓栗、立、恭、敬、毅、温、廉、塞、义者，习为也。此圣贤之所以为圣贤也。后世有以性急而佩韦、性缓而佩弦者，亦近此类。虽然，己之所谓偏者，苦不自觉，须询之他人乃知。

　　人之性行，虽有所短，必有所长。与人交游，若常见其短，而不见其长，则时日不可同处；若常念其长，而不顾其短，虽终身与之交游可也。

　　处己接物，而常怀慢心、伪心、妒心、疑心者，皆自取轻辱于人，盛德君子所不为也。慢心之人，自不如人，而好轻薄人。见敌己以下之人，及有求于我者，面前既不加礼，背后又窃讥笑。若能回省其身，则愧汗浃背矣。伪心之人，言语委曲，若甚相厚，而中心乃大不然。一时之间，人所信慕，用之再三，则踪迹露见，为人所唾去矣。妒心之人，常欲我之高出于人，故闻有称道人之美者，则忿然不平，以为不然；闻人有不如人者，则欣然笑快，此何加损于人，只厚怨耳。疑心之人，人之出言未尝有心，而反复思绎曰："此讥我何事？此笑我何事？"则与人缔怨，常萌于此。贤者闻人讥笑，若不闻焉，此岂不省事？

　　言忠信，行笃敬，乃圣人教人取重于乡曲之术。盖财物交加，不损人而益己，患难之际，不妨人而利己，所谓忠也。有所许诺，纤毫必偿，有所期约，时刻不易，所谓信也。处事近厚，处心诚实，所谓笃也。礼貌卑下，言辞谦恭，所谓敬也。若能行此，非惟取重于乡曲，则亦无人而不自得。然敬之一事，于己无损，世人颇能行之，而矫饰假伪，其中心则轻薄，是能敬而不能笃者，君子指为谀佞，乡人久亦不归重也。

289

忠、信、笃、敬，先存其在己者，然后望其在人者。如在己者未尽，而以责人，人亦以此责我矣。今世之人能自省其忠、信、笃、敬者盖寡，能责人以忠、信、笃、敬者皆然也。虽然，在我者既尽，在人者亦不必深责。今有人能尽其在我者，固善矣，乃欲责人之似己，一或不满吾意，则疾之已甚，亦非有容德者，祇益贻怨于人耳。

....

人能忍事，易以习熟，终至于人以非理相加，不可忍者，亦处之如常。不能忍事，亦易以习熟，终至于睚眦之怨，深不足较者，亦至交詈争讼，期于取胜而后已，不知其所失甚多。人能有定见，不为客气所使，则身心岂不大安宁？

....

圣贤犹不能无过，况人非圣贤，安得每事尽善？人有过失，非其父兄，孰肯诲责。非其契爱，孰肯谏谕。泛然相识，不过背后窃议之耳。君子惟恐有过，密访人之有言，求谢而思改。小人闻人之有言，则好为强辩，至绝往来，或起争讼者有矣。

....

勉人为善，谏人为恶，固是美事。先须自省：若我之平昔自不能为人，岂惟人不见听，亦反为人所薄。且如己之立朝可称，乃可诲人以立朝之方；己之临政有效，乃可诲人以临政之术；己之才学为人所尊，乃可诲人以进修之要；己之性行为人所重，乃可诲人以操履之详；己能身致富厚，乃可诲人以治家之法；己能处父母之侧而谐和无间，乃可诲人以至孝之行。苟惟不然，岂不反为所笑？

....

亲戚故旧，因言语而失欢者，未必其言语之伤人，多是颜色辞气暴厉，能激人之怒。且如谏人之短，语虽切直，而能温颜下气，纵不见听，亦未必怒。若平常言语，无伤人处，而词色俱厉，纵不见怒，亦须怀疑。古人谓"怒于室者色于市"，方其有怒，与他人言，必不卑逊。他人不知所自，安得不怪？故盛怒之际，与人言话尤当自警。前辈有言："诫酒后语，忌食时嗔，忍难忍事，顺自强人。"常能持此，最得便宜。

....

衣服举止异众，不可游于市，必为小人所侮。

居于乡曲，舆马衣服不可鲜华。盖乡曲亲故，居贫者多，在我者揭然异众，贫者羞涩，必不敢相近，我亦何安之有？此说不可与口尚乳臭者言。

……………

饮食，人之所欲，而不可无也。非理求之，则为饕为馋。男女，人之所欲，而不可无也。非理狎之，则为奸为淫。财物，人之所欲，而不可无也。非理得之，则为盗为贼。人惟纵欲，则争端起而狱讼兴。圣王虑其如此，故制为礼以节人之饮食男女，制为义以限人之取与。君子于是三者，虽知可欲，而不敢轻形于言，况敢妄萌于心。小人反是。

圣人云："不见可欲，使心不乱。"此最省事之要术。盖人见美食而必咽，见美色而必凝视，见钱财而必起欲得之心。苟非有定力者，皆不免此。惟能杜其端源，见之而不顾，则无妄想；无妄想，则无过举矣。

……………

居乡及在旅，不可轻受人之恩。方吾未达之时，受人之恩，常在吾怀。每见其人，常怀敬畏。而其人亦以有恩在我，常有德色。及我荣达之后，遍报则有所不及，不报，则为亏义。故虽一饭一缣，亦不可轻受。前辈见人仕宦而广求知己。戒之曰："受恩多，则难以立朝。"宜详味此。

今人受人恩惠，多不记省。而有所惠于人，虽微物，亦历历在心。古人言："施人勿念，受施勿忘。"诚为难事。

……………

圣人言"以直报怨"，最是中道，可以通行。大抵以怨报怨，固不足道。而士大夫欲邀长厚之名者，或因宿仇，纵奸邪而不治，皆矫饰不近人情。圣人之所谓直者，其人贤，不以仇而废之。其人不肖，不以仇而庇之。是非去取，各当其实。以此报怨，必不至递相酬复无已时也。

译 文

富贵并非命中注定，只是偶然，怎么能因此就在乡里骄傲自满呢？如果本来贫穷，后来变得富裕；本来出身贫寒，后来显贵，这虽然是人们所说的贤能，但也不应该因此就在乡里炫耀。如果因为祖先留下的财产而坐享其成，因为祖先的庇护而轻易获得显贵，这与常人又有什么不同？其中有些人还想因此骄傲自满于乡里，这不是很可耻、很好笑吗？世上有无知的人，不能一视同仁地对待乡里人，而是根据人的富贵贫贱来设定高下等级。看到有钱有官的人，就态度恭敬、内心敬重。钱财越多，官职越高，恭敬之心就越重。而对于贫穷、低贱的人，就态度傲慢、内心轻视，一点也不顾念体恤。他们殊不知别人的富贵不是自己的荣耀，别人的贫贱也不是自己的耻辱，何必如此高低分明地对待呢？有见识的君子，一定不会这样做。

人的操守品行与仕途的升降沉浮，本是两回事。不能说操守正直的人就应该荣华富贵，操守不正的人就应该困顿窘迫。如果真是这样，那么孔子、颜回就应该成为宰相，而古今的宰相高官，就都不会是小人了。其实，操守品行是我们自己应当做好的事情，不能以此要求外界给予回报。否则，如果要求回报而得不到，操守就会懈怠，所坚守品行的或许就会改变，最终沦为小人。现在世上有很多愚蠢的人却享有富贵，有智慧的人却身处贫寒，这都是有一定的命运安排，无法追究。如果明白这个道理，安心接受，岂不是省事很多？

············

高龄且享有富贵的人，必定在年轻时经历过艰难困苦。没有从年轻时就一直享受富贵安逸到老的人。早年科举及第，或者早年得到官职的人，到了中年一定会遇到不如意的事情，直到晚年才获得荣达。或者做官时没有遇到阻碍，但生活中一定窘迫困顿，要为生计、婚嫁忧虑。如果早年仕途通达，没有经历过艰难困苦，又继承了丰厚的家业，一生都没有不如意的事情，这样的人大多不会长寿。天道的平衡法则，大多如此。当然也有始终享有富贵的人，这是有大福气的人，但在千万人中才有那么一个，并不是常态。现在的人往往心机巧妙，都想不经历辛苦就直接享受富贵到老。他们不知道这个道理，又非理性地计较，想让子孙从小安然享受大富贵，这更是蒙蔽和迷惑。最终，人的力量是不能胜过天的。

············

人生在世，自从有知识以来，就有忧患和不如意的事情。小孩哭闹，都是因为他们的意愿没有得到满足。从幼儿到少年，再到壮年、老年，如意的事情总是很少，不如意的事情却常常很多。即使是大富贵的人，被天下人仰慕羡慕，以为他们像神仙一样，但他们也有不如意的地方，与贫贱的人没有什么区别，只是所忧虑的事情不同罢了，所以这个世界被称为有缺陷的世界。因为人生在世，没有心满意足的时候，如果能明白这个道理并顺从接受，就可以稍微安心一些。人们谋划事情，即使是日常最微小的事情，也难免会遇到困难而难以成功，或者快要成功时却失败，失败后又成功，这样最终的成功才会永久平稳，没有后顾之忧。如果事情偶然容易成功，后来一定会有不如意的地方。天道的微妙机理，无法测度。这样静心思考，就能明白这个道理，从而放宽心怀。

人的德性，天生就各有所偏。君子知道自己的偏颇之处，所以用所学所修来弥补，从而成为全德之人。常人不知道自己的偏颇之处，顺着自己的偏颇之处直接行事，所以多有过失。《尚书》中说到九德，即宽、柔、愿、乱、扰、直、简、刚、强，这是天生德性；而栗、立、恭、敬、毅、温、廉、塞、义，这些都是可以通过学习而达到的。这就是圣贤之所以成为圣贤的原因。后世有人因为性急而佩带柔软皮子以提醒自己不要性急，因为性缓而佩带绷紧的弓弦以提醒自己不要性缓，也是类似的道理。虽然如此，但自己所认为的偏颇之处，往往自己察觉不到，需要询问别人才能知道。

  人的性格行为，虽然有所短处，但必定也有所长处。与人交往，如果总是看到别人的短处而看不到长处，那么就无法长久相处。如果常常念及别人的长处而不顾及短处，那么即使终身交往也是可以的。对待自己和接触事物时，如果常常怀有傲慢心、虚伪心、嫉妒心、猜疑心，那么就会自取轻辱于人，这是厚德君子所不会做的。怀有傲慢心的人，自己不如别人，却喜欢轻视别人。看到与自己相当或不如自己的人，以及有求于自己的人，当面不加礼遇，背后又偷偷讥笑。如果能回头反省自己，就会惭愧得汗流浃背。怀有虚伪心的人，言语委婉曲折，好像对人很厚道，但内心却大不然。一时间，人们会相信并仰慕他，但多次之后，他的真实面目就会暴露，被人唾弃。怀有嫉妒心的人，常常希望自己比别人高出一头，所以听到有人称赞别人的美德，就会愤然不平，认为不是这样；听到别人有不如人的地方，就会欣然欢笑，感到痛快。这对别人有什么损害呢？只会增加怨恨罢了。怀有猜疑心的人，别人说话本没有用心，但他却反复思量："这是在讥讽我什么？这是在嘲笑我什么？"与人结怨，常常就是从这里开始的。贤明的人听到别人的讥笑，就像没听到一样，这岂不是更省事？

  说话忠厚诚信，行为笃实恭敬，是圣人教导人们如何在乡里取得尊重的方法。财物交往时，不损害别人而使自己受益；遇到患难时，不妨碍别人而使自己得利，这就是忠厚。有所许诺，即使再小也必定完成；有所期约，无论过多久也不改变，这就是诚信。处事敦厚，内心诚实，这就是笃实。礼貌谦卑，言辞恭顺，这就是恭敬。如果能做到这些，不仅能在乡里取得尊重，而且无论到哪里都能自得其乐。然而恭敬这件事，对自己没有损害，世人大多能做到。但如果只是表面恭敬而内心轻薄，这就是能恭敬而不能笃实的人，君子会指责他的行为是为谄媚，乡里人久而久之也不会尊重他。忠信笃敬，先要立于自身，然后才能期望别人也这样做。如果自己都没有做到而要求别人，别人也会以同样的要求来对待自己。现在的人，能自省自己是否忠信笃敬的很少，但能要求别人忠信笃敬的却很多。虽然如此，但在自己立身方面已经尽力，对别人也就不必深究。现在有人能尽自己的努力立身，固然是好的。但如果要求别人也像自己一样，一旦有一点不满意，就极度痛恨他，这也不是有容人之德的人，只会增加别人对自己的怨恨。

············

人一旦能忍让事情，就容易形成习惯，最终即使别人无理对待自己，也能像平常一样处理。一旦不能忍让事情，也容易形成习惯，最终即使是很小的怨恨，本不值得计较，也会发展到互相谩骂争讼，一定要取胜才罢休，却不知道这样会失去很多。人如果能有坚定的见解，不被外物所驱使，那么身心怎么会不安宁呢？

············

圣贤尚且不能没有过错，何况人不是圣贤，怎么能每件事都尽善尽美？人有过错，如果不是他的父亲兄弟，谁又肯去教导责备他呢？如果不是他的挚友，谁又肯去劝谏告诫他呢？泛泛之交，只不过在背后偷偷议论罢了。君子唯恐自己有过错，暗中打听别人的议论，向他们道歉并思考如何改正。小人听到别人的议论，就喜欢强行辩解，甚至与人断绝往来，或者引发争讼。

············

勉励别人做善事，劝谏别人改正恶行，这固然是一件美事，但先要进行自我反省。如果自己平时就不能为人表率，那么别人怎么会听从你的劝告，这反而会被人轻视。比如说，自己在朝廷中的表现可以称道，那样才可以教诲别人立于朝堂的方法；自己在处理政事上有所成效，那样才可以教诲别人处理政事的技巧；自己的才学被人尊重，那样才可以教诲别人进修的要领；自己的品行被人重视，那样才可以教诲别人如何坚守操守；自己能致富显贵，那样才可以教诲别人治家的方法；自己能侍奉父母，家庭和谐无间，那样才可以教诲别人尽孝的行为。如果不是这样却去教导别人，岂不是反而被人嘲笑？

············

亲戚朋友之间，因为言语而失和的，未必是言语本身伤人，大多是说话时的脸色和语气太过暴厉，容易激怒别人。比如劝谏别人的短处，话语虽然直接，但如果能和颜悦色、态度谦卑，即使对方不听从，也未必会发怒。反之，即便平常言语没有伤人的地方，但脸色和语气都很严厉，即使对方不发怒，也会心生疑虑。古人说："在家里发怒的人，在外面也会显露出来。"当他发怒时，与别人说话，一定不会谦逊。别人不知道他发怒的原因，怎么会不怪罪呢？所以在盛怒之际，与人说话，尤其应当自省。前辈有句话说：

"告诫自己酒后不要多言，吃饭时不要生气。要忍让难以忍受的事情，顺从强求自己的人。"常常能持守这些原则，就会得到很多好处。

....

行为举止与众不同的人，不要在市井中游荡，否则一定会被小人侮辱。住在乡里，车马衣服不要过于华丽。因为乡里的亲戚朋友中贫穷的人很多，如果自己独自与众不同，贫穷的人会因为羞怯而不敢接近我，那我又怎能感到安心呢？这些话不能对那些乳臭未干的人说。

....

饮食是人们的欲望，不可或缺。但如果不合理地追求饮食，就会成为贪吃和馋嘴。男女之情也是人们的欲望，同样不可或缺。但如果不合理地亲近，就会成为奸淫和放荡。财物也是人们的欲望，必不可少。但如果不合理地获取，就会成为偷盗和赃物。人们如果放纵欲望，就会引发争端和诉讼。圣明的君王考虑到这一点，所以制定了礼仪来节制人们的饮食和男女之情，制定了道义来限制人们的获取与给予。君子对于这三者，即使知道它们是渴望的事物，也不敢轻易在言语中表现出来，更不敢在心中妄自萌生。小人则与此相反。圣人说："不看到渴望的事物，就能使心不乱。"这是最省事的要诀。因为人看到美食就想吃，看到美色就必定凝视，看到钱财就必定产生想要得到的心思。如果没有一定的定力，这些都是免不了的。只有杜绝其源头，看到后却不理会，才能没有妄想。没有妄想，也就不会有过分的举动了。

....

居住在乡里或出门在外时，不能轻易接受别人的恩惠。当我还未显达的时候，接受别人的恩惠，会一直记在心里。每次见到那个人，都会心怀敬畏。而那个人也因为对我有恩，常常表现出恩赐的神色。等到我荣耀显达之后，想要报答却可能有所不及，不报答则又显得亏欠道义。所以即使是一顿饭、一匹绢，也不能轻易接受。前辈们看到有人做官后广泛寻求知己，就告诫他们说："接受的恩惠多，就难以在朝廷中立足。"应该仔细体味这句话。现在的人接受别人的恩惠，大多不记在心里。而给予别人恩惠，即使是微薄的东西，也历历在目。古人说："施恩于人不要记在心里，受恩于人不要忘记。"这确实是很难做到的事情。

....

圣人说，"以正直之道对待仇怨"，这是最符合中庸之道的，可以通行无阻。大概是以怨报怨，本来就不值得提倡。而那些士大夫想要博取宽厚长者的名声，有时会因为积怨甚久而放纵奸邪之人不予惩治，这都是造作掩饰、不近人情的做法。圣人所说的"直"，是指如果对方是贤人，就不因为仇恨而废弃他；如果对方是不肖之人，就不因为仇恨而庇护他。是非取舍，都应当符合实际情况。用这样的方式来对待怨恨，就一定不会导致无休止的报复循环。

作者简介

袁采（？—公元1195年），字君载，衢州信安（今属浙江省常山县）人，南宋时期的著名官员和学者，以廉明刚直著称于世。宋孝宗隆兴元年（公元1163年），袁采考中进士，步入仕途。他历任乐清县令、政和县令、婺源县令等职务，为官刚正，能体察民间疾苦。后官至监登闻鼓院，掌管军民上书鸣冤等事宜。袁采的著述中，以治家格言之作《袁氏世范》最受世人推崇。《四库全书提要》评价其书："其书于立身处世之道，反复详尽，所以砥砺末俗者极为笃挚。虽家塾训蒙之书，意求通俗，词句不免于鄙浅，然大要明白切要，使览者易知易从，固不失为《颜氏家训》之亚也。"

家庭教育品读

《袁氏世范》是袁采在乐清任职时所写家训，分为"睦亲""处己""治家"三个部分，原本题名为《训俗》，后由府判刘镇为其作序后，更名为《世范》。其内容丰富，思想深邃，对于立身处世的道理进行了反复详尽的阐述，对砥砺品行、提升道德具有极为重要的意义。尤其是"处己"篇，集中体现了袁采对于个人修养、处世之道以及人际交往方面的深刻见解，对当代家庭教育有很多启发。

一是强调个人修养与自我反省。在"处己"篇中，袁采反复强调个人修养的重要性，认为修身是齐家治国平天下的基础。他提出，人与人交往应当贵忠信敬笃，"忠"即不损人而益己，"信"即言出必行，"笃"即处事厚道、处心诚实，"敬"即礼貌卑下、言辞谦恭。这些品德不仅是个人立身之本，也是处理人际关系的重要准则。袁采还强调自我反省的重要性，认为只有先自省，才能正己正人。这种自我反省的精神，对于培养家庭成员的自律意识和道德自觉具有重要意义。

二是倡导平等待人与友善相处。袁采认为，在家庭和社会生活中，应当平等待人，友善相处。他批评了那些因人的富贵贫贱而设高下等级的做法，认为这种做法有违道德。他主张对所有人一视同仁，礼待如一，不因他人的富贵贫贱而改变自己的态度。这种平等待人的观念，对于培养家庭成员的平等意识和尊重他人的品质具有重要意义。

三是主张宽容谦让和谨言慎行。袁采指出，与人交游时，应常念其长而不顾其短；与人交流时，我们应谨慎言行，避免使用过激的言辞和态度，以免激怒他人，引发冲突；要常怀忍让之心，面对任何事情都要学会忍让，而不是一件小事就斤斤计较；不能轻易接受别人的恩惠，但也应滴水之恩，没齿难忘；等等。这就启发我们，在与人相处时，要尊重他人的差异和多样性，学会包容和理解他人；在日常生活中，应时刻保持感恩之心，对帮助过自己的人表示感激和回报。

四是提倡勤俭持家和克制欲望。袁采指出，人的欲望是无穷的，对于自己喜欢的东西，没有人是能够无动于衷的，但圣人可以"不见可欲，使心不乱"，克制自己的欲望；在平时生活中，应当量力而行，不要铺张浪费，杜绝奢靡的生活。这些道理都是当今家庭教育中需要汲取的智慧，只有教育孩子能够克制自己的欲望，才能更好培养孩子的节俭习惯，避免孩子骄奢淫逸，走上歧路。

五是注重家庭教育的引导与示范。袁采在《处己》篇中提到，人的德性各有所偏，君子会以其所习为而补之，成为全德之人。因此，在当代家庭教育中，家长应关注孩子的品德发展，对子女进行积极的正向教育和引导，帮助他们认识到自己的不足，通过学习和实践，使他们从小明是非、懂礼仪、知荣辱。

《童丱须知·朋友篇》
南宋·史浩

原文

先王德泽深，士民皆修睦。
琢磨贵取友，为学不应独。
乐善忘君臣，严光蹴帝腹。
人君尚择交，况乃为臣仆。
仕宦同恩荣，庠序同诵读。
萍蓬偶邂逅，里闬频追逐。
握手出肺肝，勤渠叙寒燠。
一旦临利害，狞然遂返目。
朱博先着鞭，索居叹萧育。
不见管夷吾，全交有鲍叔。
苏张太不情，恩仇在隔宿。
不见庾公斯，孺子生可卜。
嗟哉世间人，云雨徒翻覆。
得丧自有天，人岂能祸福？
险心怀五兵，寿命多短促。
君子坦荡荡，为之歌伐木。

译文

先王的德行与恩泽深远，使得士人与百姓都致力于和睦相处。在追求学问和修养的过程中，结交良友是十分宝贵的，因为学习不应该是一个人的孤独旅程。在乐善好施、追求善行的道路上，人们甚至可以忘记君臣之间的界限，就像严光敢于用脚踢皇帝的肚子一样（典故，用以形容朋友间的亲密无间和无所顾忌）。连君王都尚且注重选择交友，更何况是作为臣子或仆人呢？在仕途上，人们共同享受恩荣；在学校里，学子们一同诵读经典。有时候，人们像浮萍和蓬草一样偶然相遇，但在邻里间却频繁地交往和追逐。他们握手言欢，彼此倾诉心声，勤勤恳恳地叙说寒暄。然而，一旦面临利害关系，有些人就会突然翻脸，变得凶恶起来。朱博抢先行动，而萧育则在独居时感叹。如果没有管仲，那么他的好友鲍叔牙的全心全意交友之情也就无从谈起了。战国时纵横家苏秦和张仪太过无情，他们的恩仇分明，仿佛只在一夜之间。如果看不到像庾亮那样的人，那么就连孩童的生死都难以预料了。唉，世间的人啊，他们的情感就像云雨一样变化无常。得失自有天意决定，人又怎么能主宰自己的祸福呢？那些心怀险恶、像藏着五种兵器（比喻内心凶险）的人，他们的寿命往往很短促。而君子则心胸坦荡、宽广无边，让我们为他们高唱《伐木》之歌。

作者简介

史浩（公元1106年—公元1194年），字直翁，号真隐，明州鄞县（今属浙江省宁波市）人，南宋政治家、词人。绍兴十四年（公元1144年），史浩中进士，曾任起居郎、参知政事、尚书右仆射等职。他主张固城自守，反对贸然北伐，并曾主持昭雪岳飞冤案。史浩为政宽厚，善荐人才，晚年以丞相致仕，封魏国公，进太师。他不仅是政治家，也有很深的文学造诣，著有《尚书讲义》《鄮峰真隐漫录》等，其词作多应酬之作，文学价值不高，但大曲歌辞对后世研究唐宋歌舞戏有重要价值。

家庭教育品读

《童丱须知》三卷是南宋淳熙八年（公元1181年）史浩致仕家居期间，为教导子孙而撰写的诗集。全篇采用了诗歌这一文学形式，使其迥异于以说理训示为主导的一般家训，常常有对人情世相的生动描绘。"朋友篇"是史浩创作的关于朋友之间交往的一首诗歌，教导子孙要处理好朋友之间的关系，对于人际交往具有重要的指导意义。

一是交友的重要性。史浩在诗中强调了交友对于个人成长和学问的重要性，认为"琢磨贵取友，为学不应独"。这告诉我们，在追求知识和成长的道路上，朋友是我们宝贵的资源和伙伴。

二是朋友之交的真诚与坦荡。诗中提到"握手出肺肝，勤渠叙寒燠"，展现了朋友之间应该坦诚相待、勤于沟通的真挚情感。同时，"君子坦荡荡"也强调了君子之交应该光明磊落、坦坦荡荡。

三是利害面前的考验。诗中也揭示了朋友之交在面临利害冲突时的考验，如"一旦临利害，狞然遂反目"。这提醒我们，在人际关系中要经得起考验，真正的朋友应该在关键时刻相互支持而非背弃。

四是对朋友品质的期许。通过历史典故的引用，如管夷吾与鲍叔牙的全交之谊、苏章的无情等，史浩表达了对朋友品质的期许。他希望人们能够像鲍叔牙那样珍视友谊、宽容待人；同时警惕苏章那样的无情行为，避免在人际交往中种下祸根。

五是对世态炎凉的感慨。"嗟哉世间人，云雨徒翻覆"，表达了史浩对世态炎凉的感慨。他认识到人际关系中的复杂性和多变性，并告诫人们要保持清醒的头脑和独立的人格。

《童卯须知·朋友篇》不仅是一首描绘朋友之交的诗歌，更是一篇深刻的人际关系智慧之作。它教会我们在人际交往中需要注意的一些事项，给当代家庭教育以很大启发。在当代家庭教育中，家长应引导孩子树立正确的交友观念，教会他们如何识别真正的朋友，如何维护友谊，处理人际关系中的冲突。教育引导他们珍惜每一次与他人的相遇和交流机会，用心去感受和理解他人，建立深厚的友谊。此外，在当代家庭教育中，家长还应培养孩子正确看待和处理人生中的得失与祸福，保持豁达与超脱的人生态度。告诉他们，人生中的得失并非完全由个人掌控，应学会接受并珍惜所拥有的，不为一时的得失而过分悲喜。

《家训》(节选)

南宋·朱熹

原 文

君之所贵者,仁也。臣之所贵者,忠也。父之所贵者,慈也。子之所贵者,孝也。兄之所贵者,友也。弟之所贵者,恭也。夫之所贵者,和也。妇之所贵者,柔也。事师长贵乎礼也,交朋友贵乎信也。

见老者,敬之;见幼者,爱之。有德者,年虽下于我,我必尊之;不肖者,年虽高于我,我必远之。慎勿谈人之短,切莫矜己之长。仇者以义解之,怨者以直报之,随所遇而安之。

人有小过,含容而忍之;人有大过,以理而谕之。勿以善小而不为,勿以恶小而为之。人有恶,则掩之;人有善,则扬之。

处世无私仇,治家无私法。勿损人而利己,勿妒贤而嫉能。勿称忿而报横逆,勿非礼而害物命。见不义之财勿取,遇合理之事则从。

译 文

君主所看重的是仁爱。臣子所看重的是忠诚。父亲所看重的是慈爱。子女所看重的是孝顺。兄长所看重的是友爱。弟弟所看重的是恭敬。丈夫所看重的是和睦。妻子所看重的是温柔。侍奉师长看重的是礼仪,结交朋友看重的是信义。

遇见老人,要尊敬他们;遇见小孩,要爱护他们。有德行的人,即使年龄比我小,我也一定尊敬他;没有品德的人,即使年龄比我大,我也一定远离他。谨慎不要谈论他人的短处,千万不要自夸自己的长处。对有仇恨的人要以正义化解,对有怨恨的人要以正直回报,随遇而安。

别人有小过失，要包容忍耐；别人有大过错，要以道理开导他。不要因为善事小就不去做，不要因为恶事小就去做。别人有缺点，要遮掩；别人有优点，要宣扬。

处世没有私人恩怨，治家没有私人的法规。不要损害他人来利己，不要妒忌贤德之人和有才能的人。不要借着愤怒去报复无理的行为，不要违反礼仪去伤害生命。见到不义之财不要取，遇到合理的事情就遵从。

作者简介

见前文《与长子受之》处。

家庭教育品读

朱熹的这段家训主要阐释了人在社会上如何自处和处理人际关系的问题，对当代家庭教育具有重要的指导意义。

朱熹在家训中首先强调了人在不同社会角色中应该秉持不同的道德准则和行为规范。他指出，领导者应以仁爱之心治理国家，关心民众福祉。臣子要忠于职守，忠于君主，尽心尽力为国家服务。父亲要对子女充满关爱，给予他们温暖和支持。子女要尊敬父母，赡养他们，传承家族的美德。兄长要关心弟弟妹妹，帮助他们成长。弟弟要尊重兄长，学习他们的优点。丈夫要与妻子和谐相处，共同经营家庭。妻子要以柔和的态度对待丈夫，营造温馨的家庭氛围。侍奉师长要看重礼仪，表达对师长的尊敬和感激。结交朋友要看重信义，诚实守信，互相扶持。遇见老人要尊敬他们，体现尊老的传统美德。遇见小孩要爱护他们，关心他们的成长。这些主张告诉我们，在当代家庭教育中，家长应该教导孩子尊敬父母、长辈，传承孝顺的美德。同时，也要教育孩子关心兄弟姐妹，培养他们的友爱精神。

朱熹在家训中还强调了以德为先，尊重有德之人。他指出，有德行的人，即使年龄比自己小，也要尊敬；没有德行的人，即使年龄比自己大，也要远离。这种以德为尊的观念，打破了以年龄、地位为标准的传统观念，突出了道德品质的重要性。这也启发我们，在当代家庭教育中，家长应该教育引导孩子以德立身、以德服人，亲近有德之人，远离无德之人，树立正确的择友观念。

随后，朱熹在家训中指出了一些人际交往中的具体要求。

一是要谦虚谨慎，谨言慎行。朱熹的这段家训告诫人们，不谈论他人的短处，不炫耀自己的长处。这种自省和自律的态度，有助于个人修养的提升和良好人际关系的建立。在现代社会，过度的自我宣传和对他人的批评，容易引发矛盾和冲突。因此，在当代家庭教育中，家长应该注重培养孩子谦逊的品格和谨慎的言行。

二是以正义和宽容的态度处理仇怨。这段家训主张：对有仇恨的人，用正义的方式化解；对有怨恨的人，以正直的行为回应；随遇而安，顺应环境。这种处理人际关系的智慧，体现了以和为贵的理念。在当今多元化的社会中，人与人之间难免会有摩擦，提倡宽容和理解，有助于化解矛盾，促进社会稳定。在当代家庭教育中，家长应该教育引导孩子以和为贵，与他人和平相处。

三是包容他人过失，善于劝导他人。朱熹在家训中强调，对于他人的小过失，要包容忍耐；对于大的错误，要以道理开导。这种以德报怨、以理服人的方式，有助于改善人际关系，提升社会道德水平。这也启发我们，在当代家庭教育中，家长应该以正面引导代替惩罚批评，以身作则，为孩子树立良好的榜样。

四是善于发现和宣扬他人的优点，遮掩他人的缺点。这有助于营造积极向上的社会风气，鼓励人们互相学习，共同进步。在竞争激烈的现代社会，嫉妒和诋毁他人的现象时有发生，倡导欣赏他人、分享荣誉，有利于促进团队合作和社会和谐。在当代家庭教育中，家长应该鼓励孩子善于寻找他人优点，并加以学习，但不要拿别人的缺点说事。

五是反对损人利己和妒贤嫉能。朱熹告诫人们，不要通过损害他人来获取利益，不要妒忌有才德的人。这种胸怀和格局，有助于个人心态的健康发展，也有利于社会的良性竞争。在市场经济条件下，公平竞争、诚信经营是市场秩序的基础，提倡道德自律，反对不正当竞争，对于经济社会的健康发展具有重要意义。在当代家庭教育中，家长应该要注意引导孩子心胸开阔，公平竞争。

通过将这些智慧融入当代家庭教育，我们可以帮助孩子树立正确的价值观和人生观，培养他们的品德和行为习惯，为他们未来的成长和发展打下坚实的基础。

《寄诸弟》（节选）

明·王阳明

原 文

乡人来者，每询守文弟，多言羸弱之甚，近得大人书，亦以为言，殊切忧念。血气未定，凡百须加谨慎。弟自聪明特达，谅亦不俟吾言。

向日所论工夫，不知弟辈近来意思如何，得无亦少荒落否？大抵人非至圣，其心不能无所系著。不于正，必于邪；不于道德功业，必于声色货利，故必须先端所趋向，此吾向时立志之说也。趋向既端，又须日有朋友砥砺切磋，乃能熏陶渐染，以底于成。弟辈本自美质，但恐独学无友，未免纵情肆志而不自觉。李延平云："中年无朋友，几乎放倒了。"延平且然，况后学乎？吾平生气质极下，幸未至于大坏极败，自谓得于朋友持之力为多，古人"蓬麻之喻"，不诬也。凡朋友必须自我求之，自我下之，乃能有益。若悻悻自高自大，胜己必不屑就，而日与污下同归矣。此虽子张之贤，而曾子所以犹有"堂堂"之叹也。

石川叔公，吾宗白眉，虽所论或不能无过高，然其志向清脱，正可以矫流俗污下之弊。今又日夕相与，最可因石川以求直谅多闻之友，相与讲习讨论。惟目孜孜于此，而不暇及于其他，正所谓"置之庄、岳之间，虽求其楚，不可得矣"。

守俭弟颇好仙，学虽未尽正，然比之声色货财之习，相去远矣。但不宜惑于方术，流入邪径。果能清心寡欲，其于圣贤之学犹为近之。却恐守文弟气质通敏，未必耐心于此，闲中试可一讲，亦可以养身却疾，犹胜病而服药也。偶便灯下草草，弟辈须体吾言，勿以为孟浪之谈，斯可矣。

长兄守仁书，致守俭、守文弟，守章亦可读与知之。

译 文

　　乡里来的人，每次问起守文弟，都说他非常瘦弱，最近收到大人的信，也提到了这点，我特别担忧。他血气未定，凡事必须加倍谨慎。守文弟向来聪明出众，相信不用我多说也能明白。

　　之前我们谈论过的学问工夫，不知你们近来进展如何，有没有稍微荒废呢？大概人若不是至圣，心中总会有所牵挂。不是正向的就是邪恶的，不是道德功业就是声色货利。因此，必须先端正自己的志向，这就是我过去立志的说法。志向端正之后，还需要每天有朋友相互砥砺切磋，才能逐渐受到熏陶，最终有所成就。你们本来资质就很好，但我担心你们独自学习没有朋友，可能会不自觉地放纵情感、肆意行事。李延平曾说："中年没有朋友，几乎就要倒退了。"连李延平都这样认为，更何况是后学者呢？我平生气质低下，幸好没有大败大坏，自认为多得益于朋友的帮助。古人用"蓬生麻中，不扶而直"来比喻，确实不假。交朋友必须自己主动去寻求，自己放低姿态，才能有益处。如果自高自大，对比自己强的人不屑一顾，那就只会一天天与庸俗之人同流合污了。即使像子张那样贤能的人，曾子还感叹他未能达到更高的境界呢。

　　石川叔公是我们家族中的杰出人物，虽然他的言论有时可能过高，但他的志向清高脱俗，正好可以用来矫正流俗的污浊低下之风。现在又与他朝夕相处，最可以通过石川叔公来寻求正直、诚信、博学多闻的朋友，一起讲习讨论。只要每天孜孜不倦地专注于此，而没有时间顾及其他，这就像把一个人放在齐国、鲁国的交界处，即使他原本想说楚国方言，但久而久之也会变得说不出来了。

　　守俭弟很喜欢仙道，他的学问虽然未尽正道，但比起追求声色货财的习气，还是要好得多。只是不应该被方术所迷惑，走上邪路。如果能清心寡欲，那他就离圣贤之学更近了。不过，我担心守文弟气质通透敏捷，可能没有足够的耐心去研究这些。你们有空的时候可以试试跟他讲一讲，这也可以修身养性、祛除疾病，比生病了再吃药要好得多。我偶尔在灯下匆匆写下这些，你们一定要体会我的话，不要以为是轻率之谈，这样就可以了。

　　这是长兄守仁写给弟弟守俭、守文的，也可以读给守章，让他知晓。

作者简介

见前文《与徐仲仁》处。

家庭教育品读

　　王阳明在这封写给弟弟的书信中，深刻体现了对弟弟成长和教育的关切，涉及了对人际关系重要性的认识。

　　首先，王阳明表达了对弟弟守文身体状况的担忧，并劝诫他要谨慎行事，这是基于兄弟间深厚的情感联系和相互关心。他提到"血气未定，凡百须加谨慎"，这是对弟弟身心健康的关怀，也是对其行为规范的引导。

　　其次，王阳明强调了朋友在成长和学习中的重要性。他指出，"大抵人非至圣，其心不能无所系著"，因此必须端正自己的趋向，并与朋友相互砥砺切磋，才能逐渐熏陶成长。他提到李延平的话，"中年无朋友，几乎放倒了"，进一步强调了朋友在人生道路上的支持和引导作用。王阳明还以自己的经历为例，说明朋友对他的成长和进步起到了重要作用。

　　在信中，王阳明还提到了与石川叔公的交往，认为他是一位志向清脱的人，可以矫正流俗污下的弊端。他建议弟弟与石川叔公多交流，以求得直谅多闻之友，相互讲习讨论。这体现了王阳明对人际交往中择友标准的看法，即要选择那些有正直品质、有学问见识的人为友，以便在相互学习中共同进步。

　　最后，王阳明对弟弟守俭的学仙行为表示了理解，但同时也提醒他要清心寡欲，不要迷惑于方术而流入邪径。他认为，如果守俭能够清心寡欲，那么他的行为就与圣贤之学相近了。这里，王阳明既体现了对弟弟个人兴趣的尊重，又对其进行了正确的引导和教育。

　　综上所述，王阳明在这封书信中，从人际关系的角度，对弟弟进行了深切地关怀和引导。他强调了朋友在成长和学习中的重要性，提出了择友的标准，并对弟弟的个人兴趣进行了正确的引导和教育。在当代家庭教育中，我们应该从中汲取智慧，教育引导孩子正确处理人际关系，更好地在社会中立足。

《孝友堂家训》（节选）

明末清初·孙奇逢

原 文

与人相与，须有以我容人之意，不求为人所容。颜子犯而不校，孟子三自反，此心翕聚处，不肯少动，方是真能有容。一言不如意，一事少拂心，即以声色相加，此匹夫而未尝读书者也。韩信受辱胯下，张良纳履桥端，此是英雄人以忍辱济事。静修之言曰："误人最是娄师德，何不春生未唾前。"学人当进此一步。

译 文

与人相处时，必须具备宽容他人的气度，而不是苛求被别人所宽容。颜回被别人冒犯却不计较，孟子每天多次自我反省，这种心思集中、不轻易波动的态度，才是真正能够宽容他人的表现。如果因为一句话不如意，一件事稍不顺心，就对人厉声厉色，这是没有涵养、没有读过书的人才会做的事。韩信忍受胯下之辱，张良在桥端为老人捡鞋，这些都是英雄人物以忍辱来成就大事的例子。曹端曾说："最容易误导人的是娄师德的做法，为何不在生气之前就用春天的温暖去化解矛盾呢？"后学者应该更进一步，学会这种宽容与忍让。

作者简介

孙奇逢（公元 1584 年—公元 1675 年），字启泰，号钟元，直隶容城（今属河北省容城市）人，明末清初著名学者。他与黄宗羲、李颙并称"明末清初三大儒",晚年讲学于河南辉县夏峰村,世称"夏峰先生"。孙奇逢一生著述颇丰,代表作有《理学宗传》《圣学录》等。他注重家庭教育,著有《孝友堂家规》与《孝友堂家训》,强调品行为先,教子成人。

家庭教育品读

  孙奇逢一生著述颇丰,晚年隐居讲学,一边教诫族中子弟,一边著书立说。《孝友堂家训》便是他在这一时期的重要作品之一。其中详细阐述了治家之道,强调了孝顺、友善、忠诚、厚道等品德的重要性,并提出了如何通过家庭教育来培养这些品德。孙奇逢的《孝友堂家规》不仅在当时备受推崇,也对后世的家庭教育产生了深远的影响,成为中国传统家训文化中的瑰宝。此处节选的文字,集中反映了孙奇逢在待人接物上的教育理念,值得我们深入思考和应用于对子女的培养之中。

  首先,家训中指出"与人相与,须有以我容人之意,不求为人所容",这句话强调了在与他人交往时,应当主动以宽容之心对待他人,而非一味地期望他人来容忍自己。在当代家庭教育中,家长应当教导子女学会理解和包容他人。孩子在成长过程中,会遇到各种性格、背景、习惯不同的人,培养他们的包容心,能够帮助他们建立良好的人际关系。

  其次,家训提到了"颜子犯而不校,孟子三自反,此心禽聚处,不肯少动,方是真能有容"。这句话以颜回和孟子的事例,说明了自省和内心坚定的重要性。颜回受到冒犯却不计较,孟子每天多次反省自己,这种内心的自律和修养,使他们能够真正做到宽容待人。在当代家庭教育中,家长应鼓励孩子养成自省的习惯,学会反思自己的言行。通过自我反省,孩子可以更好地认识自己的不足,避免因情绪冲动而伤害他人。同时,内心的坚定和安宁也是培养孩子心理素质的重要方面,能够帮助他们在面对外界压力时保持理智。

  再次,家训中批评了"一言不如意,一事少拂心,即以声色相加,此匹夫而未尝读书者也"。这句话指出了那些稍有不顺就以怒气相向的人,是缺乏修养和学识的表现。在当代家庭教育中,家长应当教导子女控制情绪,避免因小事而大发脾气。情绪管理是当代家庭教育中不可或缺的一环,孩子需要学会如何表达和调节自己的情绪。家长可以通过与子女的沟通,帮助他们理解情绪的来源,并提供适当的引导和支持。这样,孩子才能在面对挫折和矛盾时,以成熟的方式处理,而不是被情绪所支配。

家训中还提到"韩信受辱胯下,张良纳履桥端,此是英雄人以忍辱济事",以历史上著名的忍辱负重的故事,强调了忍耐和宽容在成就大事中的重要性。韩信和张良都是因为能够忍受一时的屈辱,最终成就了伟业。在当代家庭教育中,家长应向子女传达忍耐的重要性。现代社会竞争激烈,孩子可能会在学业、友情等方面受到挫折,培养他们的抗压能力和韧性,能够帮助他们在逆境中成长。家长可以通过讲述这些历史故事,激励孩子坚持自己的目标,不被暂时的困难所打倒。

此外,家训引用了"误人最是娄师德,何不春生未唾前"这句话,点明了及时指出他人错误的重要性。娄师德因不计较他人的冒犯,反而使对方无法改正错误,最终受到更大的损失。在当代家庭教育中,家长应当教导孩子,善意地指出他人的错误,也是对他人的一种帮助。当然,这需要方式方法,必须以尊重和理解为前提。培养孩子的沟通技巧和同理心,能够使他们在帮助他人时,既达到了目的,又维护了双方的关系。

最后,家训以"学人当进此一步"结尾,勉励学习的人应当向这些榜样看齐,提高自己的修养。在当代家庭教育中,家长应鼓励孩子不断提升自我,不仅是在学业上,更是在品德和修养上。通过树立正确的榜样,孩子能够有明确的努力方向。家长可以与孩子一起阅读经典,讨论其中的道理,让他们从中汲取智慧和力量。

这段家训中强调了待人处事的原则,尤其是容忍和自省的重要性,以及如何在面对外界的不顺和挑战时保持内心的平和与坚定。对于当代家庭教育者而言,这些教诲不仅有助于培养子女的品德修养,更能塑造他们健全的人格和正确的价值观。

《治家格言》(节选)

明末清初·朱柏庐

原 文

见富贵而生谄容者,最可耻;遇贫穷而作骄态者,贱莫甚。

居家戒争讼,讼则终凶;处世戒多言,言多必失。

毋恃势力而凌逼孤寡,毋贪口腹而恣杀生禽。

乖僻自是,悔误必多;颓惰自甘,家道难成。

狎昵恶少,久必受其累;屈志老成,急则可相依。

轻听发言,安知非人之谮诉,当忍耐三思;因事相争,焉知非我之不是,须平心暗想。

施惠无念,受恩莫忘。

凡事当留余地,得意不宜再往。

人有喜庆,不可生妒忌心;人有祸患,不可生欣幸心。

善欲人见,不是真善;恶恐人知,便是大恶。

见色而起淫心,报在妻女;匿怨而用暗箭,祸延子孙。

家门和顺,虽饔飧不继,亦有余欢;国课早完,即囊橐无余,自得至乐。

安分守命,顺时听天,为人若此,庶乎近焉。

译 文

看到富贵的人,便做出巴结讨好的样子,这是最可耻的;遇到贫穷的人,便做出骄傲的态度,这是鄙贱不过的。居家过日子,要避免争斗诉讼,因为争斗诉讼无论胜败,结果都不吉祥;处世不可多说话,因为言多必失。

不可用势力来欺凌压迫孤儿寡妇，不要贪口腹之欲而任意地宰杀牛羊鸡鸭等动物。性格古怪、自以为是的人，必会因常常做错事而懊悔；颓废懒惰、沉溺不悟的人，是难以成家立业的。亲近不良少年，日子久了必然受牵累；恭敬自谦，虚心地与那些阅历多而善于处事的人交往，遇到急难的时候，就可以得到他的帮助。他人来说长道短，不可轻信，要再三思考，因为怎知道他不是来说人坏话呢？因事相争，要冷静反省自己，因为怎知道不是我的过错？对人施了恩惠，不要记在心里；受了他人的恩惠，一定要常记在心。无论做什么事，当留有余地；得意以后，就要知足，不应该再进一步。他人有了喜庆的事情，不可有妒忌之心；他人有了祸患，不可有幸灾乐祸之心。做了好事，而想他人看见，就不是真正的善人；做了坏事，而怕他人知道，就是真的恶人。看到美貌的女性而起邪心的，将来报应会在自己的妻子儿女身上；怀怨在心而暗中伤害人的，将会替自己的子孙留下祸根。家里和气平安，虽缺衣少食，也觉得快乐；尽快缴完赋税，即使口袋所剩无余也自得其乐。我们守住本分，努力工作生活，上天自有安排。如果能够这样做人，那就差不多和圣贤做人的道理相合了。

作者简介

见前文《朱柏庐先生劝言》（节选）处。

家庭教育品读

《治家格言》（又称《朱子家训》）是朱柏庐根据自己一生的研究，以儒家"修身""齐家"的核心思想为宗旨，广采儒家的为人处世经验、方法编撰而成。全文仅五百多字，以警句、箴言的形式讲述了许多为人处世、修身治家的道理。开篇即从日常起居方面提出要求，强调勤俭持家、不贪便宜、公平厚道、诚实待人等美德。此处节选的是其关于人际交往方面内容，在这里，朱柏庐以简洁的语言，阐述了为人处世应当遵循的原则，以及应当避免的行为，这些都对当代家庭教育有着深远的启示。

家训中指出："见富贵而生谄容者，最可耻；遇贫穷而作骄态者，贱莫甚。"这句话强调了做人应当保持尊严和正直，不应因他人的富贵而阿谀奉承，也不应因他人的贫穷而傲慢无礼。在当代家庭教育中，家长应当教导子女尊重每一个人，无论对方的社会地位、财富多少，都应以礼相待。培养孩子的平等意识和尊重他人的品质，能够使他们在未来的社会交往中赢得他人的尊重和信任。

"居家戒争讼，讼则终凶；处世戒多言，言多必失。"这句话告诫人们在家庭生活中应当避免争吵和诉讼，在社会交往中应当谨言慎行。家庭是孩子的第一所学校，家长应当以身作则，营造和谐的家庭氛围，避免在孩子面前争吵。通过良好的家庭环境，孩子能够学会和平解决冲突的方法。同时，家长应当教导孩子在与他人交往时，要谨慎言行，不要多言多语，以免"言多必失"。培养孩子的沟通技巧和倾听能力，使他们能够有效地与他人交流，避免因言语不当而引发误会或矛盾。

"毋恃势力而凌逼孤寡，毋贪口腹而恣杀生禽。"这句话强调了不要仗势欺人，不要因为自己的欲望而伤害他人或生命。在当代家庭教育中，家长应当培养孩子的同理心和怜悯之心，教导他们尊重生命，关爱弱小。通过参与公益活动、关爱小动物等方式，孩子能够体验到帮助他人的快乐，培养他们的社会责任感和慈悲心。

"乖僻自是，悔误必多；颓惰自甘，家道难成。"这句话强调了固执己见和懒惰的危害。在当代家庭教育中，家长应当引导孩子保持开放的心态，善于接受他人的意见，避免固执己见。同时，培养孩子的勤奋精神，鼓励他们努力学习，积极进取。只有这样，才能为家庭的兴旺和个人的成功奠定坚实的基础。

"狎昵恶少，久必受其累；屈志老成，急则可相依。"这句话强调了交友的重要性。在当代家庭教育中，家长应当教导孩子慎重选择朋友，远离品行不端的人，多向有经验、有智慧的长者学习。当遇到困难时，这些良师益友能够给予帮助和指导。培养孩子的判断力和社交能力，帮助他们建立健康的人际关系，避免受到不良影响。

"轻听发言，安知非人之谮诉，当忍耐三思；因事相争，焉知非我之不是，需平心暗想。"这句话告诫人们在听到他人言论时，不要轻信，应当冷静思考；在与他人发生争执时，应当反省自身是否有过错。在当代家庭教育中，家长应当培养孩子的独立思考能力和自我反省的习惯，避免冲动行事。教导他们在面对纷繁复杂的信息时，学会辨别是非，理性判断。

"施惠无念，受恩莫忘。凡事当留余地，得意不宜再往。"这句话强调了行善应当无私，接受他人帮助时应当心存感激。在当代家庭教育中，家长应当教导孩子乐于助人，不求回报，同时也要懂得感恩。无论在何种情况下，都应当给自己和他人留有余地，避免过度行事。培养孩子的宽容和谦逊，使他们在为人处世中更加成熟稳重。

"人有喜庆,不可生妒忌心;人有祸患,不可生欣幸心。"这句话强调了应当为他人的成功感到高兴,为他人的不幸感到同情。在当代家庭教育中,家长应当培养孩子的宽广胸怀,教导他们与人为善,乐于分享,避免嫉妒和幸灾乐祸的心理。通过引导,孩子能够形成健康的心理素质,建立良好的人际关系。

"善欲人见,不是真善;恶恐人知,便是大恶。"这句话强调了行善应当出于真心,而不是为了博取他人的赞赏。在当代家庭教育中,家长应当教导孩子行善不应有功利之心,不应以此为炫耀的资本。同时,提醒孩子不应因为害怕他人知道自己的过错而隐瞒错误,应该勇于承认和改正。培养孩子的诚信和正直,使他们成为有道德的人。

"见色而起淫心,报在妻女;匿怨而用暗箭,祸延子孙。"这句话警示人们不要因为贪欲而做出伤害他人的事情,否则会给家庭和子孙带来灾祸。在当代家庭教育中,家长应当培养孩子的道德观念和自律能力,教导他们遵守社会规范,尊重他人,不做违背道德的事情。通过正确的引导,孩子能够树立良好的价值观,避免走上歧途。

最后,家训指出:"家门和顺,虽饔飧不继,亦有余欢;国课早完,即囊橐无余,自得至乐。安分守命,顺时听天,为人若此,庶乎近焉。"这句话强调了家庭和睦的重要性,即使生活清贫,也能感受到快乐。只要尽早完成国家的赋税,即使囊中羞涩,也能自得其乐。提倡人们安于本分,顺应天命,这样的做人之道,就已经接近了理想的境界。在当代家庭教育中,家长应当以身作则,营造和谐的家庭氛围,即使物质生活并不富裕,也应当让孩子感受到家庭的温暖和幸福。通过实际行动,孩子能够理解到金钱并不是衡量幸福的唯一标准,真正的快乐来自内心的满足和家庭的和睦。

家庭教育不仅是知识的传递,更是品德的塑造和人格的培养。古人的智慧告诉我们,良好的品德和正确的价值观是一个人立足社会的根本。家长应当重视对子女的道德教育,引导他们走上正直、善良、勤奋的道路。只有这样,才能为子女的未来奠定坚实的基础,也才能使家庭的幸福和社会的和谐得以实现。

《聪训斋语》(节选)

清·张英

原　文

　　四者立身行己之道，已有崖岸，而其关键切要，则又在于择友。人生二十内外，渐远于师保之严，未跻于成人之列。此时知识大开，性情未定，父母之训不能入，即妻子之言亦不听，惟朋友之言，甘如醴而芳若兰。脱有一淫朋匪友，阑入其侧，朝夕浸灌，鲜有不为其所移者。从前四事，遂荡然而莫可收拾矣。此予幼年时知之最切。

　　今亲戚中，倘有此等之人，则踪迹常令疏远，不必亲密。若朋友则直以切不识其颜面，不知其姓名为善；比之毒草哑泉，更当远避。芸圃有诗云："于今道上揶揄鬼，原是尊前妩媚人。"盖痛乎其言之矣。择友何以知其贤否？亦即前四件能行者为良友，不能行者为非良友。

译　文

　　这四条是立身行事的准则，已经为人设定了明确的界限，而其中最为关键和重要的，又在于选择朋友。人在二十岁左右的时候，逐渐远离了师长的严格管教，也还未完全踏入成年人的行列。这个时候，知识的大门已经敞开，但性情尚未稳定，父母的教诲听不进去，就连妻子的话也不听从，唯独朋友的话，听起来甘甜如美酒，芬芳似兰花。假如有一些淫邪不良的朋友混入身边，日夜熏陶影响，很少有人能不被他们所改变。之前提到的那四条立身行事的准则，于是就会荡然无存，无法再挽回。这是我年幼时最深切的体会。

　　现在亲戚中，如果有这样的人，就应该让他们的行踪常常远离，不必与他们过于亲密。至于朋友，则应该直接做到不认识他们的面目，不知道他们的姓名才是最好的；他们比起毒草和哑泉来，更应该远远避开。芸圃有诗说："如今路上被人嘲笑的鬼魅，原是酒宴前那妩媚的人。"这话说得真是痛心啊。那么，选择朋友怎样才能知道他是贤良还是否呢？其实就看他能否践行前面提到的那四条准则，能做到的就是良友，不能做到的就是非良友。

作者简介

张英（公元 1638 年—公元 1708 年），字敦复，号学圃（又号乐圃），安徽桐城（今属安徽省安庆市）人，清代文学家。张英在康熙六年（公元 1667 年）考中进士，此后历任内阁学士、礼部侍郎、翰林院掌院学士、工部尚书等，最终官至文华殿大学士兼礼部尚书，卒后谥文端。张英以学识渊博、为官清廉勤慎著称，深受康熙皇帝赞誉。张英治家有术，教子有方，其家族在科举、仕宦方面多有成就，成为清代声名显赫的政治世家、科举世家、文化世家。

家庭教育品读

《聪训斋语》是张英为子弟所作家训，是张英为官处世的亲身经历和心得体悟，他结合古代先贤的圣典名言和事例，告诫家中子孙修身、治家乃至为政之要。该书主要讲述治家、读书、修身、择友、养生、怡情等方面的内容，旨在通过言传身教、修身养性、肯定鼓励、循序渐进等科学的教育方法，培养后代的道德品质和学识才能。这是一部具有深远影响的家训著作，它以平实的语言、丰富的内容和实用的建议，为后世提供了宝贵的家庭教育经验。

《聪训斋语》中的教育思想深受儒家文化的影响，强调了读书的重要性以及耕读传家的传统。张英认为，读书可以修养身心，拓宽视野，涵养心性，是获得感受幸福、直面挫折的能力和随遇而安的心境的重要途径。同时，他也十分注重择友的重要性，认为朋友的影响对个人的成长和发展具有深远的影响。此处节选的就是其关于择友方面的内容，深刻地阐述了选择朋友对一个人成长的重要性，为当代人际关系处理提供了借鉴，也是当代家庭教育中需要关注的问题。

张英提到了青年时期的关键性。人在二十岁左右，正处于从青少年向成年过渡的关键阶段。这个时期，孩子们逐渐脱离了父母和老师的直接管束，但他们的性格和价值观尚未完全定型。在当代家庭教育的语境下，青年时期也被视为一个至关重要的转折点，它标志着个体从依赖走向独立，性格与价值观在这一阶段逐步成型。面对这一关键时期的挑战，家庭教育的重心应放在如何在尊重孩子独立思考与自由需求的同时，持续施加正面的引导。

张英强调了青年时期朋友影响的巨大力量。他指出，青年人往往对父母和妻子的劝诫充耳不闻，但对朋友的话却甘之如饴。这反映出人际关系，尤其是朋友关系，在青年时期显得尤为关键。因此，在当代家庭教育中，家长需认识到朋友对孩子的影响力，并积极引导孩子构建健康的社交网络。这包括教导孩子如何识别并远离那些可能带来负面影响的"不良朋友"，他们的存在如同毒草，悄无声息地侵蚀着孩子的价值观和行为模式。

张英指出了早期教育对人的一生的奠基作用。早期教育为孩子打下了道德和价值观的坚实基础，是抵御外界不良诱惑的重要防线。在当代家庭教育中，家长应在孩子年幼时便灌输正确的道德观念，使之成为孩子内心不可动摇的信念。同时，建立开放的沟通渠道至关重要，它有助于父母了解孩子的想法，以平等、尊重的态度给予引导，即便在孩子逐渐展现出独立性的时候。

张英认为父母应该以身作则，树立榜样。家长的言行是孩子最直接的榜样。在当代家庭教育中，家长可以通过积极参与公益活动、维持良好的社交圈，给孩子示范如何选择朋友和处理人际关系，对孩子产生深远的影响。此外，培养孩子辨别是非的能力，通过讨论现实案例让他们认识到不同行为的后果，是提升孩子判断力的重要途径。

张英还鼓励积极的社交活动。在当代家庭教育中，家长应该鼓励孩子积极参与社交活动，如加入社团或志愿者组织，这样不仅能丰富他们的生活经历，还能帮助他们找到志同道合的朋友，构建健康的社交环境。同时，父母应密切关注孩子的行为变化，一旦发现不良行为的苗头，应及时介入，提供必要的指导和支持。

最后，张英也提到了家庭教育的持续性不容忽视。家庭教育不是一朝一夕的事情，需要持续的投入和关注，即使孩子进入青年时期，父母的教育职责依然重大。只有通过持续的关爱和正确的引导，才能帮助孩子顺利度过这一人生的关键阶段，确保他们在人际关系中做出明智的选择，为未来的发展奠定坚实的基础。

总之，张英提醒我们，家庭教育在孩子成长过程中扮演着不可替代的角色。家长应当高度重视孩子的交友情况，帮助他们建立正确的社交观。同时，通过早期的道德教育和持续的关注，培养孩子健全的人格，使之在面对外界各种诱惑和挑战时，能够坚守自己的原则和信念。只有这样，孩子才能真正成长为有担当、有道德的社会公民，为家庭和社会带来积极的影响。

《杭州韬光庵中寄舍弟墨》

清·郑板桥

原 文

谁非黄帝尧舜之子孙,而至于今日,其不幸而为臧获,为婢妾,为舆台、皂隶,窘穷迫逼,无可奈何。非其数十代以前即自臧获、婢妾、舆台、皂隶来也。一旦奋发有为,精勤不倦,有及身而富贵者矣,有及其子孙而富贵者矣,王侯将相岂有种乎!而一二失路名家,落魄贵胄,借祖宗以欺人,述先代而自大。辄曰:"彼何人也,反在霄汉;我何人也,反在泥涂。天道不可凭,人事不可问!"嗟乎!不知此正所谓天道人事也。天道福善祸淫,彼善而富贵,尔淫而贫贱,理也,庸何伤?天道循环倚伏,彼祖宗贫贱,今当富贵,尔祖宗富贵,今当贫贱,理也,又何伤?天道如此,人事即在其中矣。

愚兄为秀才时,检家中旧书簏,得前代家奴契券,即于灯下焚去,并不返诸其人。恐明与之,反多一番形迹,增一番愧恶。自我用人,从不书券,合则留,不合则去。何苦存此一纸,使吾后世子孙借为口实,以便苛求抑勒乎!如此存心,是为人处,即是为己处。若事事预留把柄,使人其罗网,无能逃脱,其穷愈速,其祸即来,其子孙即有不可问之事、不可测之忧。试看世间会打算的,何曾打算得别人一点,直是算尽自家耳!可哀可叹,吾弟识之。

译 文

谁不是黄帝、尧、舜的子孙呢?但到了今天,有的人不幸成为奴仆、婢妾、差役、奴隶,生活在困窘逼迫之中,无可奈何。这并不是说他们数十代之前就一直是奴仆、婢妾、差役、奴隶。一旦他们奋发努力，勤奋不懈，有的人自身就能获得富贵，有的人能让子孙后代获得富贵。王侯将相难道是天生就有的吗？然而，有一些失去地位的名门之后，落魄的贵族子孙，却借着祖宗的名声来欺人，述说祖先的辉煌来自我夸大。他们常说："那个人是什么出身，反而高高在上；我是什么出身，反而身处泥泞。天道不可依靠，人间事也无法预料！"唉！他们不知道这正是天道和人事的体现啊。天道让善良的人得到福报，让淫邪的人遭遇灾祸。那些人因为善良而富贵，你因为淫邪而贫贱，这是理所当然的，又何必悲伤呢？天道循环往复，盛衰相依。他们的祖宗曾经贫贱，现在应当富贵；你的祖宗曾经富贵，现在应当贫贱，这也是理所当然的，又何必悲伤呢？天道就是这样，而人事的变化也就蕴含在其中了。

当愚兄还是秀才的时候，曾经在家中检查旧书箱，意外发现了前代家奴的卖身契券。我当即就在灯下将它们焚烧了，并没有将这些契券归还给那些人。我之所以这样做，是担心如果明确地将契券还给他们，反而会多出一番痕迹，增加一份愧疚。从我用人开始，就从不签订这样的契券。如果合适就留下他们，如果不合适就让他们离开。何必留下这样一张纸，让后世子孙以此为借口，去苛求、压制别人呢！这样的用心，既是对别人的处世之道，也是对自己的处世之道。如果事事都预留把柄，让自己陷入别人的罗网中，那么就无法逃脱，困境会来得更快，灾祸也会随之而来。子孙后代也可能会因此惹上不可预知的事情和无法预测的忧患。你看这世间那些精于算计的人，何曾真正算计到别人一点，最终都是算尽了自己而已！这真是可悲可叹啊，希望弟弟你能明白这个道理。

作者简介

见前文《与舍弟书十六通》（其二）处。

家庭教育品读

这是雍正十年（公元1732年），郑板桥在杭州时写给弟弟郑墨的一封家书。这封家书首先从天道和人事的变化展开，然后通过自己处理家奴契约的经历，表达了对待他人的仁爱之心和高尚的道德情操，强调了善待他人就是善待自己的理念。这对于培养子女的品德修养、道德观念和社会责任感都有着积极的影响。

  首先，郑板桥在发现前代家奴的契约后，选择在灯下将其焚毁，而没有归还给家奴。这一举动体现了他对他人尊严的尊重和保护。他深知如果将契约明白地交还给家奴，反而会让他们感到羞愧和不安。因此，他选择默默地消除这些可能带来心理负担的证据。这种体贴入微的关怀和尊重他人感受的做法，是当代家庭教育中应当强调的品质。

  其次，郑板桥在用人方面，不与下人订立契约，而是以合则留，不合则去的方式相处。他认为保留契约可能会被后世子孙利用，作为压迫他人的借口。这种忧患意识和责任感，体现了他对后代的深切关怀。在当代家庭教育中，家长应当引导子女树立正确的权力观和责任观。拥有权力并不意味着可以随意支配他人，而是应当善用权力，为他人带来积极的影响。培养子女的同理心和道德责任感，使他们在未来的社会角色中，能够尊重他人，公平待人。

  再次，郑板桥强调，"如此存心，是为人处，即是为己处。"这句话点明了善待他人就是善待自己的道理。在当代家庭教育中，应当让子女明白，人与人之间是相互影响的，善意会带来善报，恶意则可能引来不幸。通过实际的例子，家长可以向子女解释，如何通过善待他人，建立良好的人际关系，获得他人的尊重和支持。这种以德报德的理念，有助于培养子女的道德品质和社交能力。

  同时，郑板桥警示道，如果凡事都留下把柄，陷害他人，那么自己的衰败和祸患将会加速到来，甚至影响子孙后代。他指出，那些善于算计他人的人，最终并没有真正占到便宜，反而是损害了自己。这个道理对于当代家庭教育来说，具有深刻的现实意义。家长应当教育子女，切勿为了眼前的利益而伤害他人，或是采取不道德的手段。短期的得失并不能决定人生的成败，唯有坚守道德底线，才能获得长久的幸福和成功。在现代社会，竞争激烈，许多人为了追求成功，不惜牺牲道德和良知。这种风气对青少年的成长产生了不良的影响。当代家庭教育的责任，就是要为子女树立正确的价值观，引导他们明辨是非。通过这段家书的解读，家长可以告诉子女，真正的智慧在于善待他人，诚信待人，而不是通过算计和欺骗获取利益。长远来看，诚信和善良才是立足社会的根本。

  最后，郑板桥感叹道："可哀可叹，吾弟识之。"他希望弟弟能够明白其中的道理，不要步入那些算计他人的人的后尘。这种忧患意识和对家族的责任感，是当代家庭教育中应当传承的精神。家长应当教育子女，关注社会和他人的福祉，培养他们的社会责任感和使命感。当每个人都能够以善良和诚信待人，整个社会才能更加和谐和美好。

　　总而言之，这封家书从多个层面为当代家庭教育提供了宝贵的指导。它强调了尊重他人、善待他人、诚信待人的重要性，提醒人们不要为了私利而伤害他人，更不要以不正当的手段获取利益。对于家庭教育者来说，应当以此为鉴，培养子女的道德品质和正确的价值观。通过言传身教，引导子女成为有责任感、有同理心、诚信善良的人，为家庭和社会做出积极的贡献。

《训大儿》

清·纪晓岚

原 文

尔初入世途,择交宜慎,友直、友谅、友多闻,益矣。误交真小人,其害犹浅;误交伪君子,其祸为烈矣。盖伪君子之心,百无一同,有拗捩者,有偏倚者,有黑如漆者,有曲如钩者,有如荆棘者,有如刀剑者,有如蜂虿者,有如狼虎者,有现冠盖形者,有现金银气者,业镜高悬,亦难照彻。缘其包藏不测,起灭无端,而回顾其形,则皆岸然道貌,非若真小人之一望可知也。并且此等外貌麟鸾中藏鬼蜮之人,最喜与人结交,儿其慎之。

译 文

你刚步入社会,选择朋友应当谨慎。与正直的人交友,与诚信的人交友,与见多识广的人交友,这是有益的。错误地结交真正的小人,危害还算浅的;错误地结交伪君子,灾祸就更为严重了。因为伪君子的心思,千变万化没有一定的,有的扭曲乖戾,有的偏颇不正,有的黑如墨漆,有的弯曲如钩,有的心如荆棘,有的心如刀剑,有的像蜂虿一样狠毒,有的像狼虎一样凶猛,有的一心升官,有的一心发财,即使有高悬的明镜,也难以彻底照透他们的内心。因为他们内心深藏不露,变化无常,但回头看他们的外表,却都是一副道貌岸然的样子,不像真正的小人那样一望便知。而且这些外表看似麒麟鸾凤般美好,内心却藏着魑魅魍魉的人,最喜欢与人结交,你一定要谨慎小心。

作者简介

见前文《训诸子书》处。

家庭教育品读

纪晓岚写给儿子的这封信蕴含了深刻的交友智慧和人生指导，对当代家庭教育具有深远的指导意义。

一是要注重人际交往能力的培养。在现代社会中，人际交往能力是一项重要的软技能。纪晓岚强调"择交宜慎"，提醒儿子在初入社会时要谨慎选择朋友，这与当代家庭教育中重视培养孩子识别他人、建立良好人际关系的理念不谋而合。通过谨慎交友，孩子可以学会如何识人、如何与人相处，从而在未来的生活和工作中更好地融入社会。

二是强调品德教育的重要性。纪晓岚提倡与正直、诚信、见多识广的人交友，这实际上是在强调品德教育的重要性。在当代家庭教育中，品德教育应被视为培养孩子全面发展的重中之重。通过结交品德优良的朋友，孩子可以受到积极的影响，形成正确的价值观和道德观。

三是交友中提高警惕意识。纪晓岚在信中警告儿子误交真小人和伪君子的危害，特别是伪君子的隐蔽性和危险性。这实际上是在告诫儿子学会在交友过程中保持警惕，避免受到不良影响。在当代家庭教育中，家长应该提醒孩子在交友时要明辨是非，分清好坏，时刻警惕不良朋友。

四是注重批判性思维的培养。纪晓岚通过描绘伪君子的多种心态和行为，引导儿子学会批判性地看待他人。在当代家庭教育中，批判性思维被视为一种重要的思维能力，它有助于孩子分析问题、评估信息、做出明智的决策。通过结交不同类型的朋友并学会批判性地看待他们，孩子们可以锻炼自己的思维能力，提高判断力。

五是注重自我保护能力的培养。纪晓岚提醒儿子要谨慎结交外貌麟鸾中藏鬼蜮之人，这实际上是在培养儿子的自我保护能力。在现代社会中，学会保护自己免受伤害是非常重要的。通过谨慎交友、保持警惕，孩子可以学会如何在复杂的人际关系中保护自己的权益和尊严。

总之，这既是一封饱含深情的训子之文，也是一篇极具家庭教育智慧的经验之书。

《致诸弟》(节选)

清·曾国藩

原 文

现在朋友愈多。讲躬行心得者,则有镜海先生、艮峰前辈、吴竹如、窦兰泉、冯树堂,穷经知道者,则有吴子序、邵慧西。讲诗、文、字而艺通于道者,则有何子贞。才气奔放,则有汤海秋。英气逼人,志大神静,则有黄子寿。又有王少鹤、朱廉甫、吴莘畬、庞作人,此四君者,皆闻予名而先来拜,虽所造有浅深,要皆有志之士,不甘居于庸碌者也。

京师为人文渊薮,不求则无之,愈求则愈出。近来闻好友甚多,予不欲先去拜别人,恐徒标榜虚声。盖求友以匡己之不逮,此大益也,标榜以盗虚名,是大损也。天下有益之事,即有足损者寓乎其中,不可不辨。

黄子寿近作《选将论》一篇,共六千余字,真奇才也。子寿戊戌年始作破题,而六年之中遂成大学问,此天分独绝,万不可学而至,诸弟不必震而惊之。予不愿诸弟学他,但愿诸弟学吴世兄、何世兄。吴竹如之世兄现亦学艮峰先生写日记,言有矩,动有法,其静气实实可爱。何子贞之世兄,每日自朝至夕总是温书,三百六十日,除作诗文时,无一刻不温书,真可谓有恒者矣。故予从前限功课教诸弟,近来写信寄弟,从不另开课程,但教诸弟有恒而已。

译 文

现在我的朋友越来越多了。讲亲身实践心得的,有镜海先生、艮峰前辈、吴竹如、窦兰泉、冯树堂;深入研究经典、通晓道理的,有吴子序、邵慧西;讲求诗文写作而才艺贯通于道的,有何子贞;才气奔放的,有汤海秋；英气逼人、志向远大而心神宁静的，有黄子寿。还有王少鹤、朱廉甫、吴莘畲、庞作人，这四位，都是听说我的名字后先来拜访的，虽然他们的学问造诣有深有浅，但都是有志向的人，不甘心居于平庸之辈。

京城是人文荟萃之地，不去寻求就没有，越寻求就越多。近来听说好朋友很多，我不想先去拜访别人，恐怕只是徒然标榜虚名。因为寻求朋友是为了弥补自己的不足，这是大有益处的；而标榜自己以窃取虚名，这是大有害处的。天下有益的事情，就往往有足以损害的事情蕴含在其中，不能不辨别清楚。

黄子寿最近写了一篇《选将论》，共六千多字，真是个奇才！黄子寿在戊戌年才开始学习写作文章，而六年之中就成就了大学问，这是天分独特，万万不是通过学习可以达到的。弟弟们不必震惊于他，我不希望弟弟们学他，只希望你们学习吴世兄、何世兄。吴竹如的世兄，现在也学习艮峰先生写日记，言谈有规矩，行为有法度，他的沉静气质实在可爱！何子贞的世兄，每天从早到晚总是温习功课，三百六十天，除了作诗写文章的时候，没有一刻不温习功课，真可称得上是有恒心的人了。所以我从前限定功课教导弟弟们，近来写信给你们，从不另外开设课程，只是教导你们有恒心罢了。

作者简介

见前文《曾国藩家书》（其二）（节选）处。

家庭教育品读

这是曾国藩于道光二十二年十二月（公元1843年1月）写给弟弟们的一封家书，其主要内容是勉励自立课程，但也涉及人际交往的一些内容。从人际交往的角度出发，曾国藩写给他弟弟的这封信具有很多启发性思想，主要体现在以下几个方面：

一是交友需慎，以志趣相投为本。曾国藩在信中列举了多位朋友，并对他们的学识、品德进行了评价。这反映出他在交友方面的慎重和选择。他强调，朋友的好坏对个人的成长和发展有着重要影响，因此应该选择那些有志向、有品德、有才能的人为友。这一观点在当今社会依然适用，提醒我们在交友时要注重对方的内在品质，而非仅仅看重外在条件。

二是求友以辅己之不足，而非标榜虚名。曾国藩在信中明确指出，求友的目的是弥补自己的不足,而非为了标榜虚名。他认为,通过结交有志之士,可以互相学习、共同进步。这一观点强调了交友的实用性和功利性,但同时也提醒我们,真正的友谊应该是建立在真诚相待、互相尊重的基础上的。在人际交往中,我们应该注重实质性的交流和合作,而非仅仅追求表面的虚荣和名利。

三是以榜样为引领,注重自身修养。曾国藩在信中提到了吴世兄、何世兄等人的优秀品质和学习态度,并希望弟弟们能够向他们学习。这反映出他注重榜样引领的作用,认为通过向优秀的人学习,可以提升自己的修养和学识。这一观点在当今社会依然具有重要意义,提醒我们要善于发现和学习身边的榜样,不断提高自己的综合素质。

从曾国藩写给他弟弟的这封信中,家长也能够得到一些经验启迪。在当代家庭教育中,家长应该注意引导孩子:在交友时,要慎重选择、注重志趣相投;在求友时,要以辅己之不足为目的,而非标榜虚名;要善于发现和学习身边的榜样、注重自身修养,从而帮助他们建立健康、积极的人际关系。

参考文献

[1] 熊承涤. 秦汉教育论著选 [M]. 北京：人民教育出版社，1986.

[2] 屈守元，皮朝纲 华夏家书：第1卷 [M]. 成都：成都出版社，1990.

[3] 叶昶，王廷洽. 历代家书选 [M]. 北京：知识出版社，1994.

[4] 欣敏. 中国君臣家书精品 [M]. 成都：四川辞书出版社，1995.

[5] 全上古三代秦汉三国六朝文 [M]. 石家庄：河北教育出版社，1997.

[6] 马镛. 中国家庭教育史 [M]. 长沙：湖南教育出版社，1997.

[7]《诫子弟书》编委会. 诫子弟书 [M]. 北京：北京出版社，2000.

[8] 包东坡. 中国历代名人家训精萃 [M]. 合肥：安徽文艺出版社，2000.

[9] 卢正言. 中国历代家训观止 [M]. 上海：学林出版社，2004.

[10] 王人恩. 古代家书精华 [M]. 兰州：甘肃教育出版社，2012.

[11] 李金旺. 纪晓岚家书 [M]. 丘建红，译. 北京：外文出版社，2012.

[12] 李金旺. 郑板桥家书 [M]. 曾兆旺，译. 北京：外文出版社，2012.

[13] 李金旺. 林则徐家书 [M]. 王文放，译. 北京：外文出版社，2012.

[14] 李金旺. 曾国藩家书 [M]. 王振华，译. 北京：外文出版社，2012.

[15] 李金旺. 胡林翼家书 [M]. 汤小林，译. 北京：外文出版社，2012.

[16] 李金旺. 彭玉麟家书 [M]. 沈抒寒，译. 北京：外文出版社，2012.

[17] 李金旺. 左宗棠家书 [M]. 李轩，译. 北京：外文出版社，2012.

[18] 李金旺. 张之洞家书 [M]. 谢辰，译. 北京：外文出版社，2012.

[19] 赵振. 中国历代家训文献叙录 [M]. 济南：齐鲁书社，2014.

[20] 陈天顺. 中国古代家庭教育史 [M]. 郑州：河南人民出版社，2014.

[21] 庄辉明，章义如. 颜氏家训译注 [M]. 上海：上海古籍出版社，2016.

[22] 楼含松. 中国历代家训集成 [M]. 杭州：浙江古籍出版社，2017.

[23] 漆子扬，马富罡，苏鹏飞. 中华经典家训选注 [M]. 兰州：甘肃人民出版社，2018.

[24] 赵忠心. 中国家庭教育发展史 [M]. 南昌：江西高校出版社，2020.
[25] 石孝义. 中华历代家训集成 [M]. 南京：河海大学出版社，2021.
[26] 孙培青. 隋唐五代教育论著选 [M]. 上海：上海教育出版社，2022.

后 记

传统家书家训为培育时代新人提供了丰厚的文化土壤，而立德树人则为传统价值的现代转化指明方向。传统家书家训与现代教育的深度融合，既能破解当代家庭教育的"情感缺位"难题，又能增强时代新人培育的文化厚度与实践温度。未来需在"创造性转化"中构建新型教育范式——让传统家书家训中的修身智慧与社会主义核心价值观对话，使家书家训中的温情笔触成为铸魂育人的精神密码。

当 AI 技术开始模拟人类情感，我们更需要从传统家书中学习如何培育有温度的灵魂。传统家书家训不是尘封的古董，而是可供开采的文化富矿，其核心在于唤醒家庭作为"人生第一课堂"的教育自觉。在工具理性盛行的时代，重拾家书家训中的人文精神，或许能为破解当代教育焦虑提供文化解药。

立足于此，在实际教育教学过程中，我们通过将传统家书家训融入课堂教学之中，实现了文化传承与价值观教育的有机融合。当"身无半亩，心忧天下；读破万卷，神交古人"的呐喊在课堂回响时，传统家书家训不再是故纸堆中的文字，而是激活学生价值认知的"文化芯片"。这种教学实践的本质，是在数字时代重建"情感—伦理—政治"的教育闭环，让思想政治教育既保有历史的厚度，又焕发青春的锐度。最终，学生收获的不仅是知识，更是在古今对话中形成的文化自信与价值自觉——这才是真正意义上的"铸魂育人"。

本书由魏云豹、刘耀编写完成，魏云豹负责编写了本书导论、道德修养篇与劝学治学篇部分（18.4 万字），刘耀负责编写了生活态度篇与人际交往篇（17 万字）。在编写过程中，本书还吸纳了不少既有研究成果，参考了不少文章。鉴于本书写作体例，相关注释并未详细标注，也未联系相关负责人，敬请谅解。由于时间仓促、篇幅限制和水平有限，加之中国传统家书家训内容繁多，虽然我们倾注了较大心力，但仍会出现这样那样的不足，敬请方家和读者批评指正。

　　博大精深的中华优秀传统文化蕴含着丰富的育人资源，作为中华优秀传统文化的重要组成部分，中华优秀传统家书家训所蕴含的修身、齐家、治国等思想，在时代新人培养中具有独特作用。我们希望借由此书，探索家训文化创造性转化机制，回应转型期文化传承与青少年培育的双重挑战，以文化人，为新时代时代新人培育提供本土化理论支撑。

编　者

2024年10月